STAR WARS

THRAWN
ASCENDANCY

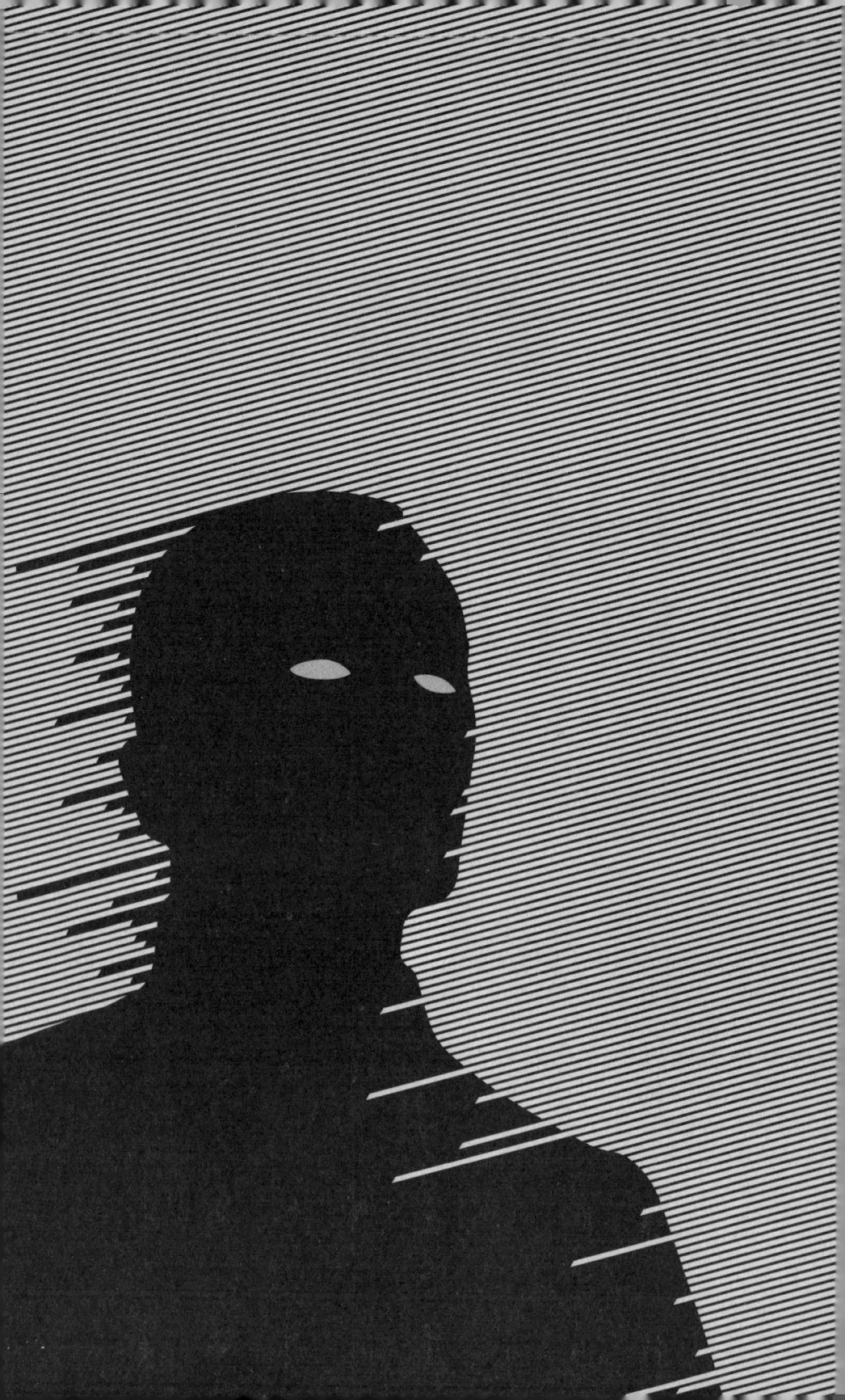

TIMOTHY ZAHN

STAR WARS

THRAWN
ASCENDANCY

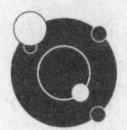

LIVRO I:
ASCENSÃO DO CAOS

São Paulo
2023

Star Wars: Thrawn Ascendancy: Chaos Rising
Copyright © 2020 by Lucasfilm Ltd. & ® or ™ where indicated. All rights reserved.

Star Wars: Thrawn Ascendancy: Ascensão do caos é uma obra de ficção. Todos os nomes, lugares e situações são resultantes da imaginação dos autores ou empregados em prol da ficção. Qualquer semelhança com eventos, locais e pessoas, vivas ou mortas, é mera coincidência.

© 2023 by Universo dos Livros
Todos os direitos reservados e protegidos pela Lei 9.610 de 19/02/1998. Nenhuma parte deste livro, sem autorização prévia por escrito da editora, poderá ser reproduzida ou transmitida sejam quais forem os meios empregados: eletrônicos, mecânicos, fotográficos, gravação ou quaisquer outros.

Diretor editorial
Luis Matos

Gerente editorial
Marcia Batista

Assistentes editoriais
Letícia Nakamura
Raquel F. Abranches

Tradução
Dante Luiz

Preparação
Monique D'Orazio

Revisão
Guilherme Summa
Tássia Carvalho

Arte
Renato Klisman

Capa
Sarofsky

Dados Internacionais de Catalogação na Publicação (CIP)
Angélica Ilacqua CRB-8/7057

Z24s

Zahn, Timothy
 Star Wars : Thrawn ascendancy : livro 1 : ascensão do caos / Timothy Zahn ; tradução de Dante Luiz. -- São Paulo : Universo dos Livros, 2023.
 416 p.

 ISBN 978-65-5609-157-0
 Título original: *Star Wars: Thrawn Ascendancy - Chaos Rising*

 1. Ficção norte-americana 2. Ficção científica I. Título II. Luiz, Dante III. Série

21-5077   CDD 813.6

Universo dos Livros Editora Ltda.
Avenida Ordem e Progresso, 157 — 8º andar — Conj. 803
CEP 01141-030 — Barra Funda — São Paulo/SP
Telefone: (11) 3392-3336
www.universodoslivros.com.br
e-mail: editor@universodoslivros.com.br

Para todos aqueles que estão à beira do caos

A ASCENDÊNCIA CHISS

AS NOVE FAMÍLIAS GOVERNANTES

UFSA	CLARR	BOADIL
IRIZI	CHAF	MITTH
DASKLO	PLIKH	OBBIC

HIERARQUIA FAMILIAR CHISS

SANGUE

PRIMO

POSIÇÃO DISTANTE

NASCIDO POR PROVAÇÃO

ADOTADO POR MÉRITO

HIERARQUIA POLÍTICA

PATRIARCA – Líder da família

ORADOR – Síndico-chefe da família

SÍNDICO – Membro da Sindicura, principal órgão governamental

PATRIEL – Lida com assuntos da família em escala planetária

CONSELHEIRO – Lida com assuntos da família em escala local

ARISTOCRA – Membro intermediário de uma das Nove Famílias Governantes

*Há muito tempo,
além de uma galáxia muito, muito distante...*

Por milhares de anos, aqui tem sido uma ilha de calmaria no interior do Caos. É um centro de poder, um modelo de segurança e um farol de integridade. As Nove Famílias Governantes a protegem por dentro; a Frota de Defesa Expansionária a protege por fora. Seus vizinhos são deixados em paz, seus inimigos ficam em ruínas. É luz, cultura e glória.

Eis a Ascendência Chiss.

PRÓLOGO

O ataque a Csilla, o planeta natal da Ascendência Chiss, foi repentino, inesperado e – apesar do seu escopo limitado – extremamente eficiente.

Três grandes naves de guerra saíram do hiperespaço em vetores amplamente espaçados, avançando em direção ao planeta com espectro-lasers em plena potência, rumo às plataformas de defesa e às naves de guerra em órbita da Força de Defesa Chiss. As plataformas e as naves, apesar de pegas de surpresa, levaram menos de um minuto para começar a retaliação. A essa altura, os invasores já haviam alterado seu sentido, voltando-se para o aglomerado de luzes espalhadas pela gélida superfície planetária que marcava a capital de Csaplar. Seus lasers continuaram a disparar e, quando chegaram ao alcance, acrescentaram salvas de mísseis ao ataque.

Mas, no fim das contas, foi tudo em vão. As plataformas de defesa abateram com facilidade os mísseis que se aproximavam, enquanto as naves de guerra miravam nos agressores, reduzindo-os a destroços e certificando-se de que qualquer fragmento que entrasse na atmosfera fosse pequeno demais para sobreviver à jornada. No espaço de quinze minutos após a chegada das forças de ataque, estava tudo acabado.

A ameaça chegou ao fim, o supremo general Ba'kif pensou com severidade, andando em passadas largas no corredor central em direção à Cúpula, onde os síndicos e outros Aristocra se reuniam depois de sair dos abrigos.

Agora vinha a *verdadeira* fúria e barulheira.

E haveria muito de ambas. Como órgão regente supremo da Ascendência, a Sindicura gostava de projetar uma imagem de atenciosidade, nobreza e inabalável dignidade. Na maior parte do tempo, apesar das inevitáveis disputas políticas, isso era algo próximo o suficiente da verdade.

Não naquele dia. A Sindicura estava com a sessão completa, e os Oradores tiveram sua própria reunião privada marcada para o fim da tarde, o que significava que quase toda a Aristocra de elite da Ascendência estivera nos escritórios, corredores e salas de reunião quando o alarme soou. Os abrigos que se encontravam muito abaixo da Cúpula eram razoavelmente espaçosos e ligeiramente confortáveis, mas fazia décadas desde o último ataque direto a Csilla, e Ba'kif duvidava de que algum dos governantes atuais já estivera lá antes.

Passar duas horas de inatividade forçada enquanto a Força de Defesa esperava para ver se haveria um novo ataque não tinha sido algo bem aceito entre eles, e Ba'kif não se iludia de pensar que o que viria a seguir seria atencioso, nobre ou inabalável.

Ele estava certo.

– O que *eu* quero saber – disse o Orador da família Ufsa quando Ba'kif concluiu seu relato – é quem são os estrangeiros que ousaram pensar que poderiam nos atacar sem retaliação. Um nome, general. Queremos um *nome*.

– Temo não poder oferecer nenhum, Orador – falou Ba'kif.

– Por que não? – exigiu o Orador. – Há destroços, não há? Há registros de dados, corpos e perfis de armas. Certamente é possível extrair um nome disso tudo.

– A Ascendência foi atacada – interveio gravemente o Orador da família Mitth, como se os outros tivessem deixado de notar esse fato. – Queremos saber quem devemos punir por tamanha prepotência.

– Sim – disse o Ufsa, dando um breve olhar sobre a mesa.

Ba'kif reprimiu um suspiro. No passado, grandes ameaças à Ascendência geralmente levavam as Famílias Governantes a uma união que suplantava as manobras políticas habituais. Ele tivera um pouco de esperança de que o ataque daquele dia poderia causar uma resposta parecida.

Era claro que isso não aconteceria. No caso de Ufsa e Mitth, em particular, estas eram famílias que estavam metidas em uma campanha especialmente complicada, cujo prêmio eram os recém-abertos campos minados em Thearterra, de modo que o Ufsa estava claramente irritado de ter os holofotes roubados pelo presente chefe rival de sua família.

— Mais do que isso — acrescentou, sua expressão de poucos amigos, desafiando Mitth a interrompê-lo de novo —, precisamos ter certeza de que a Força de Defesa tem recursos para defender os Chiss contra possíveis ações desses inimigos não identificados.

O questis, leitor de link de dados que estava na mesa diante de Ba'kif, se iluminou quando chegou um novo relatório. Ele o pegou, apoiando-o em um ângulo na palma esquerda enquanto passava o dedo no canto para rolar a página.

— A Sindicura não precisa se preocupar com sua segurança — disse. — Acabei de receber a notícia de que quatro naves de guerra da Frota Expansionária entraram às pressas em Naporar e estão se movendo para apoiar as naves da Força de Defesa que já estão a postos.

Ele estremeceu consigo mesmo. Jovens homens e mulheres, prontos para dar suas vidas com o objetivo de proteger sua terra natal. Nobre e honrado... e um sacrifício que, se exigido, ele e todos os outros na Cúpula sabiam que seria completamente vão.

Felizmente, não parecia que nenhum sacrifício assim seria necessário naquele dia.

— E se eles atacarem outros planetas da Ascendência? — pressionou o Ufsa.

— Outras naves já foram enviadas para auxiliar as forças de patrulha dos sistemas vizinhos caso sejam alvos de um próximo ataque — disse Ba'kif.

— Alguém mais relatou ataques ou avistou inimigos? — perguntou o Orador dos Clarr.

— Até agora não, Orador — Ba'kif respondeu. — Até onde sabemos, foi um incidente isolado.

A Oradora da família Obbic bufou de forma teatral e disse:

— Duvido seriamente disso, general. Ninguém manda naves de guerra contra a Ascendência de brincadeira e depois volta para casa. Alguém está tramando contra nós. E esse alguém precisa ser encontrado e receber uma verdadeira lição.

O debate prosseguiu da mesma forma por mais uma hora, com cada uma das Nove Famílias Governantes — e muitas das Grandes Famílias que tinham aspirações de juntar-se à elite — deixando que sua revolta e determinação fossem registradas.

Na maior parte, foi uma perda do tempo de Ba'kif. Felizmente, sua extensa experiência no exército o ensinara a ouvir políticos usando metade da mente, enquanto a outra pensava em assuntos mais urgentes.

Os Oradores e síndicos queriam saber quem atacara a Ascendência. Estavam focando na coisa errada.

A pergunta mais importante não era *quem*, mas *por quê*.

Porque a Oradora da Obbic estava certa. Ninguém atacava Csilla por diversão. Isso era ainda mais verdadeiro para um ataque que custara três naves de guerra importantes sem obter qualquer ganho óbvio. Ou os agressores tinham feito um grave erro de julgamento, ou haviam focado em um objetivo mais sutil.

Qual poderia ser esse objetivo?

A maior parte da Sindicura claramente presumia que o ataque fora um prelúdio de uma campanha mais bem-sustentada, e assim que acabassem de mostrar suas posições, sem dúvida começariam a incitar a Força de Defesa a disponibilizar todas as naves para a proteção de seus maiores sistemas. Mais do que isso, insistiriam para que a Frota de Defesa Expansionária recuasse das fronteiras a fim de aumentá-las.

Era esse o objetivo? Manter os Chiss olhando para dentro e não para fora? Se fosse esse o caso, abaixar a cabeça para as demandas da Sindicura por segurança seria cair direto nos planos do inimigo. Por outro lado, se os síndicos estivessem certos a respeito de aquele ser o início de uma campanha reforçada, deixar a Frota Expansionária solta no Caos poderia ser uma escolha igualmente fatal. De qualquer forma, se estivessem errados, seria tarde demais para corrigir o erro quando soubessem a verdade.

Mas, conforme Ba'kif considerava as possibilidades, ocorreu-lhe que havia outra. Talvez o ataque não tivera a intenção de fazer a Aliança pensar em algo que aconteceria, e sim distraí-la de algo que *já* acontecera.

E *essa* possibilidade, ao menos, ele poderia considerar agora. Furtivamente, digitou uma ordem de busca em seu questis.

Na metade da sessão da Cúpula, enquanto ele fazia sons reconfortantes para a Aristocra, recebeu a resposta.

Talvez.

Um dos auxiliares de Ba'kif estava esperando quando o general finalmente voltou para seu escritório.

— Conseguiu localizá-lo? — perguntou Ba'kif.

— Sim, senhor — respondeu o auxiliar. — Está em Naporar, em seu último ciclo de terapia física para os ferimentos que sofreu durante as operações piratas dos Vagaari.

Ba'kif fez cara feia. Operações bem-sucedidas sob uma ótica militar, mas um desastre completo no âmbito político. Meses depois, muitos dos Aristocra continuavam a refletir a respeito daquela bagunça.

— E quando ele estará livre?

— Quando quiser, senhor — disse o auxiliar. — Ele disse que estará a seu dispor quando o senhor quiser.

— Ótimo — disse Ba'kif, checando o horário. Meia hora para preparar a *Turbilhão* para o voo, quatro horas para ir até Naporar, outra meia hora para dirigir-se em uma nave auxiliar até o centro médico da Frota Expansionária Chiss. – Diga a ele que esteja pronto em cinco horas.

– Sim, senhor. – O auxiliar hesitou e então: – Quer que eu registre a ordem, ou isso conta como uma viagem particular?

– Registre – disse Ba'kif. Talvez a Aristocra não gostasse se descobrisse; a Sindicura poderia até mesmo reunir um tribunal em algum lugar para perder ainda mais tempo com essas perguntas inúteis, mas Ba'kif seguiria as regras estritamente.

– Ordem do Supremo general Ba'kif – continuou, ouvindo sua voz baixar para o tom que sempre usava para comandos formais e relatórios. – Preparar transporte para mim e para o capitão sênior Mitth'raw'nuruodo. Destino: Dioya. Propósito: investigar uma nave abandonada encontrada dois dias atrás em um sistema externo.

– Sim, senhor – o auxiliar respondeu bruscamente. Sua voz era deliberadamente neutra, sem mostrar nenhum de seus sentimentos pessoais em relação ao assunto. Nem todos que desgostavam do Capitão Thrawn, afinal, eram membros da Aristocra.

No momento, Ba'kif não se importava com nenhum deles. Tinha encontrado a primeira metade do *porquê*.

Agora só havia uma pessoa em que ele confiava para descobrir a outra metade.

LEMBRANÇAS I

DE TODOS OS DEVERES esperados da família intermediária, o Aristocra Mitth'urf'ianico pensou amargamente enquanto caminhava pelo corredor principal da escola, recrutar era um dos piores. Era maçante, envolvia viagens demais e, no geral, era uma perda de tempo. Ali em Rentor — fisicamente perto de Csilla, mas paradoxalmente no quintal da Ascendência Chiss —, ele não tinha dúvida alguma de qual seria o resultado da viagem.

Ainda assim, quando um general — mesmo um recentemente criado — dizia ter um recruta promissor, era incumbência da família ao menos avaliar.

O General Ba'kif estava esperando no mirante da assembleia quando o Aristocra chegou. Sua expressão era de avidez contida, o rosto em si jovem demais para estar junto a um cargo tão alto. Mas era para isso que existiam conexões familiares.

Os olhos de Ba'kif se iluminaram quando notou o visitante.

— Aristocra Mitth'urf'ianico? — perguntou.

— Ele que vos fala. General Ba'kif?

— Ele que vos fala.

E, superada esta formalidade, podiam continuar sem o uso de títulos e nomes-núcleo constrangedores.

— Onde está, então, esse estudante que você achou que valeria eu cruzar o planeta? — Thurfian perguntou.

— Aqui embaixo — disse Ba'kif, apontando para as fileiras de estudantes que iam recitando seus votos matutinos. — Na terceira fileira de trás, à direita.

Então era um líder de fileira? Impressionante, mas só um pouco.

— Nome?

— Kivu'raw'nuru.

Kivu. Não era uma família com a qual Thurfian estava familiarizado.

— E? — ele solicitou, enquanto pegava seu questis para digitar o nome de família.

— E suas notas, aptidão e matriz lógica são bem acima da média — disse Ba'kif —, o que o torna um candidato ideal para a Academia Taharim em Naporar.

— Hum — disse Thurfian, espiando o registro. De todas as famílias que a Ascendência Chiss já havia gerado, a Kivu era uma das mais obscuras. Não admirava que nunca tivesse ouvido falar deles.
— E você nos contatou por quê?

— Porque a Mitth ainda tem duas vagas disponíveis para este ano — disse Ba'kif. — Se não levar Vurawn, ele não terá outra chance até ano que vem.

— Seria isso uma catástrofe tão grande?

O rosto de Ba'kif endureceu.

— Sim, eu acredito que seria — disse ele, oferecendo-lhe seu próprio questis. — Aqui está o histórico escolar dele.

Thurfian apertou os lábios enquanto rolava a tela. Já havia visto melhores, mas não com muita frequência.

— Não vejo nenhum indicativo de que a família o tenha preparado para o serviço militar.

— Não, não preparou — confirmou Ba'kif. — É uma família pequena, sem recursos ou acesso que a Mitth tem para tais coisas.

— Se pensavam que ele era tão excepcional, deveriam ter encontrado ou produzido recursos eles mesmos — Thurfian falou com aspereza. — Então você acha que a Mitth só deveria dar um passo à frente e recebê-lo sem fazer perguntas?

— Faça todas as perguntas que quiser — disse Ba'kif. — Pedi que ele fosse retirado da primeira aula para uma entrevista.

Thurfian deu um sorriso tenso.

— Os Aristocra são assim tão previsíveis?

— Os Aristocra? Não. — Ba'kif retribuiu o sorriso de Thurfian. — Mas suas rivalidades são.

— Imagino que sim — admitiu Thurfian, baixando os olhos para os registros de Vurawn mais uma vez. Se o garoto cumprisse até metade de seu potencial, seria uma adição valiosa para a família Mitth.

Milhares de anos antes, famílias eram só isto: grupos de pessoas ligadas por sangue e casamento, fechadas para todos os outros, mas as limitações inerentes de tal sistema levaram ao declínio e à estratificação, e alguns dos patriarcas começaram a experimentar métodos para absorver forasteiros que não envolvessem casamento. O resultado foi o sistema atual, no qual indivíduos promissores poderiam ser adotados por mérito, e aqueles que se provassem especialmente merecedores poderiam virar nascidos por provação ou até mesmo uma posição distante.

Vurawn certamente se encaixava nos critérios para se tornar um adotado por mérito. Mais importante, se a Mitth o aceitasse, a Irizi não seria capaz de roubá-lo. Uma das muitas rivalidades familiares em que Ba'kif, sem dúvida, estava pensando quando falou sobre previsibilidade.

Mas mesmo isso era irrelevante. A Sindicura havia finalmente concordado com os insistentes apelos da Força de Defesa para expandir seu mandato e suas capacidades, o que resultou na recém-formada Força de Defesa Expansionária. A sua missão era cuidar dos interesses dos Chiss nas partes do Caos que iam além das fronteiras da Ascendência, para descobrir quem estava lá e avaliar o nível de ameaça.

E, pela primeira vez, a Aristocra havia sido generosa com seu financiamento militar. As novas naves, bases e instalações de apoio da Frota Expansionária já estavam em construção, e precisariam de todos os combatentes e oficiais competentes que pudessem obter.

Vurawn parecia alguém que poderia cumprir esse papel. Um homem que poderia fazer um nome tanto para si quanto para sua família.

— Está bem — ele disse. — Vamos falar com ele. Ver se ele consegue resistir a um interrogatório adequado.

— O complexo não está muito longe daqui, acredito — comentou Vurawn enquanto o veículo de Thurfian voava com rapidez pela paisagem de Rentor. — Já perdi todas as aulas de hoje. Meus instrutores não iam gostar se eu perdesse as de amanhã também.

— Vai ficar tudo bem — Thurfian assegurou, percebendo a tensão em sua voz. O garoto não conseguia compreender a profundidade da honra que lhe havia sido concedida?

Aparentemente, não. Ir às aulas era importante. Ser adotado por uma das Nove Famílias Governantes, não.

Rentor não era exatamente um centro político ou cultural, e Thurfian sabia que precisava fazer concessões para um certo grau de ignorância. Ainda assim, essa falta de consciência separava Vurawn até mesmo dos indivíduos comuns e incultos ao seu redor.

Apesar disso, se a avaliação de Ba'kif estivesse correta, o garoto estava encaminhado para uma carreira militar. Política não era algo tão importante lá.

Se Vurawn fosse encaminhado para a Mitth, o que não era garantido. Thurfian tinha enviado seu próprio relatório, mas ainda havia uma entrevista a ser feita pelos Conselheiros que lidavam com os interesses de Mitth em Rentor, seguido por um encontro rápido com a Patriel local, se os Conselheiros ficassem impressionados. Uma vez que tudo isso estivesse acabado, os resultados seriam transmitidos para o domicílio da família em Csilla para uma avaliação final, e só assim Vurawn descobriria se fora selecionado para adoção por mérito pela família Mitth. O processo inteiro costumava levar dois ou três meses; Thurfian já vira demorar até seis...

Seu questis sinalizou. Puxou-o de seu bolso e digitou.

Era uma mensagem de texto. Uma breve mensagem de texto.

Vurawn aceito como adotado por mérito.

Thurfian encarou a mensagem. *Aceito?*

Impossível. As entrevistas... a avaliação da Patriel, a revisão do domicílio...

Mas lá estava a mensagem, encarando-o de volta. O processo todo fora encurtado por alguém, e nenhum dos procedimentos habituais importavam mais.

Na verdade, nenhum deles sequer seriam necessários. Presumia-se, a Patriel havia recebido a mesma mensagem, e a única coisa que aconteceria quando chegassem ao complexo seria uma curta cerimônia dissolvendo os laços de Vurawn com a família Kivu, reassociando-o com a Mitth.

— Aconteceu alguma coisa? — Vurawn perguntou.

— Nada. Não aconteceu nada — respondeu Thurfian, guardando o questis no bolso. Então, com base apenas no interrogatório de Thurfian, e talvez no histórico escolar do garoto, ele fora aceito?

Isso não fazia sentido algum. O garoto podia ser impressionante, mas tinha que haver algo mais. Certamente, alguém no alto escalão da família estava de olho na missão de Thurfian. Essa mesma pessoa aparentemente também estava a par da vida de Vurawn, e já havia decidido que tê-lo era do melhor interesse para a Mitth.

Então, se a decisão já havia sido tomada, por que Thurfian fora enviado para fazer a entrevista para começo de conversa? Certamente sua recomendação não tivera muita importância para o domicílio.

Claro que não. Thurfian tinha sido enviado para lá para encobrir o fato de que Vurawn já havia sido selecionado para a reassociação. Pura política, porque, com as Nove Famílias, tudo era política.

Ele franziu o cenho, seus pensamentos o alcançando de forma tardia. Não reagiu de nenhuma maneira quando recebeu a mensagem — era um Aristocra, e uma criatura política por tempo o suficiente para conseguir manter emoções como surpresa afastadas de seu rosto e voz. Ainda assim, de alguma maneira Vurawn conseguiu perceber que a mensagem tinha sido perturbadora o suficiente para não perguntar nada a respeito.

Ele olhou o garoto mais uma vez. Aquele tipo de percepção não era comum. Talvez houvesse algo a mais lá que ele não tinha percebido. Algum brilho que um dia traria honra para si mesmo e para sua família.

Ao que parecia, alguém do domicílio concordava, e esse alguém determinara que a família que receberia aquela glória seria a Mitth.

Ainda havia a questão de saber se o garoto seria enviado para a Academia Taharim ou não, mas com o benfeitor anônimo de Vurawn manipulando os eventos, Thurfian esperava que isso também fosse uma conclusão óbvia.

Fez cara feia para a paisagem que ia passando por baixo deles. Não gostava de ser manipulado. E não gostava nem um pouco de que procedimentos tradicionais como aqueles fossem abandonados pelo mero capricho de alguém.

Mas ele era um Aristocra da Mitth, e não era sua obrigação aprovar ou desaprovar as decisões de sua família. Sua obrigação era apenas cumprir as tarefas que lhe eram incumbidas.

Talvez, um dia, isso mudaria.

— Não aconteceu nada — disse. — Só acabei de receber uma mensagem dizendo que você já foi aceito.

Vurawn virou os olhos arregalados na direção dele.

— Já?

— Já — confirmou Thurfian, secretamente apreciando a confusão do outro. Então ele *podia* ser surpreendido. E ao menos entendia o suficiente de política para perceber como aquele tipo de situação era incomum. — É provável que passemos pela cerimônia quando chegarmos ao complexo.

— Como um adotado por mérito, suponho?

Então, o garoto também entendia alguma coisa sobre as Famílias Governantes.

— É por aí que todo mundo começa — Thurfian respondeu. — Se você passasse pelas Provações, se tornaria um nascido por provação.

— E então, uma posição distante — disse Vurawn, pensativo.

Thurfian deu um suspiro silencioso. Aquilo, ao menos, jamais aconteceria. Não com alguém que vinha de uma família tão insignificante.

— Talvez. Por enquanto, só tente se acostumar com o nome Mitth'raw'nuru.

— Sim — murmurou o garoto.

Thurfian o estudou com o canto dos olhos. O garoto que poderia trazer glória à Mitth, como Ba'kif presumia. Também poderia facilmente trazer vergonha e arrependimento. Era assim que o universo costumava funcionar.

Mas, de qualquer maneira, já estava feito.

Já não era mais *Vurawn*. Em seu lugar, agora havia *Thrawn*.

CAPÍTULO UM

Havia momentos, Ba'kif pensou de forma distante, em que era bom para um homem voltar seu olhar da relativa estabilidade da Ascendência Chiss diretamente para o Caos. Era uma chance de apreciar tudo que a Ascendência era, e tudo que ela significava: ordem e confiabilidade, segurança e poder, luz, cultura e glória. Era um oásis de calmaria no meio da sinuosidade do hiperespaço e todos os caminhos em constante mudança que retardavam as viagens e dificultavam o comércio para todos que viviam por lá.

O Caos não havia sido sempre assim, ou era o que diziam as lendas. Um dia, na aurora da viagem espacial, não havia sido mais difícil ir de uma estrela a outra do que agora era navegar dentro da Ascendência, mas então, milênios antes, uma série de explosões de supernovas em cadeia lançara enormes massas rodopiando em alta velocidade através das estrelas, algumas delas destruindo asteroides ou planetas inteiros, outras provocando mais supernovas com seus impactos em velocidade próxima à da luz. Os movimentos de todas essas massas, junto com regiões de alto fluxo eletromagnético, haviam resultado nas hipervias em constante transformação, que tornavam qualquer viagem envolvendo mais do que um par de sistemas estelares algo difícil e perigoso.

Mas essa instabilidade era uma faca de dois gumes. As limitações que continham as viagens e, assim, protegiam os Chiss de invasões também atrasavam missões de reconhecimento e coleta de informações. Havia perigos lá fora, na escuridão, mundos escondidos e tiranos que buscavam conquista e destruição.

Aparentemente, um desses tiranos estava agora de olho na Ascendência.

– Tem certeza de que este é o caminho? – ele perguntou à jovem no leme da nave auxiliar.

– Sim, general, tenho – disse ela. Uma centelha de dor controlada percorreu seu rosto. – Eu fazia parte da equipe que o encontrou.

Ba'kif assentiu.

– É claro. – Houve outro silêncio momentâneo, outro instante observando as estrelas distantes...

– Ali – a mulher disse subitamente. – Dez graus a estibordo.

– Estou vendo – respondeu Ba'kif. – Leve-nos junto a ela.

– Sim, senhor.

A nave avançou, diminuindo a distância de modo constante. Ba'kif olhou a janela de observação, sentindo o estômago revirar. Uma coisa era ver os hologramas e gravações de uma nave de refugiados destruída. Outra era testemunhar pessoalmente a realidade desoladora do massacre.

Ao seu lado, o Capitão Sênior Thrawn agitou-se.

– Isso não foi feito por piratas – disse.

– E por que não? – perguntou Ba'kif.

– O padrão de dano foi feito para destruir, não imobilizar.

– Talvez a maior parte da destruição tenha sido feita depois do saque.

– Pouco provável – objetou Thrawn. – O ângulo da maior parte dos disparos indica um ataque pela retaguarda.

Ba'kif assentiu. Era a mesma análise e lógica que tivera, e que o levara à mesma conclusão.

Essa lógica, somada a um fato terrível e crucial.

– Vamos tirar a pergunta óbvia do caminho – disse. – Essa nave tem alguma relação com as naves que atacaram Csilla dois dias atrás?

— Não — Thrawn respondeu prontamente. — Não vejo nenhuma conexão artística ou arquitetural entre elas.

Ba'kif assentiu mais uma vez. Essa também tinha sido sua conclusão.

— Então é possível que os dois incidentes não tenham relação.

— Se for verdade, seria uma coincidência interessante — disse Thrawn. — Acredito que seja mais plausível pensar que o ataque a Csilla foi uma distração com o intuito de tirar nossa atenção deste evento.

— De fato — Ba'kif concordou. — E, considerando o custo da distração, me parece que alguém *realmente* não quer que demos uma boa olhada nesta nave.

— De fato — disse Thrawn, pensativo. — Me pergunto por que eles deixaram os destroços em vez de destruí-los completamente.

— Eu tenho essa resposta, senhor — a pilota intercedeu. — Eu estava na nave de patrulha que detectou o ataque. Estávamos longe demais para intervir ou conseguir qualquer dado real do sensor, mas os agressores aparentemente notaram nossa aproximação e decidiram não arriscar um confronto. Quando chegamos e começamos a investigação, já tinham escapado de volta para o hiperespaço.

— Então já sabíamos a respeito do ataque — acrescentou Ba'kif. — Acredita-se que distração era uma tentativa de tirar nossa atenção do ocorrido.

— Ao menos até que tempo suficiente tivesse passado — disse Thrawn. — Quanto tempo estima, senhor?

Ba'kif sacudiu a cabeça.

— Impossível dizer com certeza. Mas, considerando a revolta da Sindicura em relação ao ataque contra Csilla, imagino que vão continuar pressionando a frota para encontrar culpados por pelo menos três ou quatro meses. Considerando, é claro, que não os identifiquemos antes disso.

— Não vamos — disse Thrawn. — Pelos registros que vi do ataque, as naves pareciam velhas e até mesmo obsoletas. Quem quer que fosse seu capitão, escolheu naves que provavelmente pouco se assemelham com as que está usando agora.

Ba'kif deu um sorriso soturno.

– Um pouco de semelhança talvez seja tudo o que precisamos.

– Talvez. – Thrawn gesticulou em direção aos destroços da nave. – Suponho que vamos embarcar?

Ba'kif olhou para a pilota. As bochechas dela estavam tensas, e a pele ao redor dos olhos estava retraída. Já estivera a bordo uma vez, e claramente não tinha nenhuma vontade de voltar.

– Sim – disse ele. – Apenas nós dois. A tripulação deve permanecer aqui de guarda.

– Entendido – disse Thrawn. – Com sua permissão, vou preparar os trajes de abordagem.

– Vá em frente – Ba'kif respondeu. – Já o acompanharei.

Ele esperou até que Thrawn já tivesse saído.

– Suponho que você deixou tudo como encontrou? – ele perguntou à pilota.

– Sim, senhor – respondeu ela. – Mas...

– Mas...? – Ba'kif a encorajou a concluir.

– Não entendo por que você queria deixá-la intacta, em vez de trazê-la para uma investigação meticulosa – ela disse. – Não consigo entender como qualquer coisa lá poderia lhe trazer qualquer benefício.

– Você pode se surpreender – afirmou Ba'kif. – Nós dois podemos.

Ele olhou em direção à escotilha para onde Thrawn tinha ido.

– Na verdade, estou contando com isso.

Ba'kif já tinha visto os holos que a patrulha enviara para a Sindicura, em Csilla, e para o quartel-general da Frota de Defesa Expansionária, em Naporar.

Como a própria nave, a realidade era muito pior.

Consoles destruídos. Módulos e bancos de dados avariados. Sensores e pods de análise em destroços.

E corpos. Muitos corpos.

Ou melhor, *restos* de corpos.

– Isso aqui não era um cargueiro. – A voz de Thrawn chegou calma pelo alto-falante do capacete de Ba'kif. – Era uma nave de refugiados.

Ba'kif assentiu em silêncio. Adultos, jovens, crianças – todos os estágios da vida haviam sido representados.

Todos eles chacinados com a mesma eficiência brutal.

– O que a análise da frota nos informou? – Thrawn perguntou.

– Quase nada – admitiu Ba'kif. – Como você já deve ter notado, não estamos familiarizados com o design da nave. O código nucleico das vítimas não está nos nossos bancos de dados. O tamanho da nave sugere que ela não tenha viajado para muito longe, mas existem muitos sistemas planetários e pequenos aglomerados de nações no Caos que nunca visitamos.

– E suas características físicas... – Thrawn acenou.

– Não são fáceis de ler – Ba'kif disse, de forma sombria, sentindo calafrios contra sua vontade. Tiros explosivos haviam deixado muito pouco material, mesmo para a melhor equipe de reconstrução.

– Estava torcendo para que você pudesse captar algo do que eles deixaram para trás.

– Algumas coisas – disse Thrawn. – O design básico da nave tem certos traços que provavelmente se referem a alguns aspectos de sua cultura. As roupas também são características.

– Em que sentido? – Ba'kif perguntou. – Material? Estilo? Padronagem?

– Tudo isso e mais – disse Thrawn. – Tem um certo ar a respeito dessas coisas, e um sentimento geral se forma em minha mente.

– Nada que poderia classificar para nós?

Thrawn se virou para ele, e Ba'kif viu seu sorriso irônico pelo visor.

– Francamente, general – respondeu ele. – Se eu pudesse descrever tudo isso, certamente o faria.

– Eu sei – disse Ba'kif. – Tudo seria muito mais fácil se pudesse.

– Concordo – disse Thrawn. – Mas fique tranquilo que serei capaz de reconhecer estes seres quando os vir de novo. Presumo que seu plano seja procurar pelo ponto de origem da nave?

– Certamente faria isso, em circunstâncias normais – Ba'kif disse. – Mas com a Sindicura nesse estado de alvoroço e revolta, vai ser difícil conseguir uma força-tarefa da defesa da Ascendência.

– Estou preparado para ir sozinho, se necessário.

Ba'kif assentiu. Tinha esperado que Thrawn se voluntariasse, é claro. Se havia algo que o homem gostava, era ir atrás de enigmas e resolver quebra-cabeças. Somada a isso a habilidade única de ver conexões que os outros não enxergavam – e o fato de que grande parte dos Aristocras ficariam felizes que ele saísse de perto por um tempo –, ele era a pessoa perfeita para o trabalho.

Infelizmente, as coisas não eram tão fáceis quanto pareciam.

– Vou precisar de algo razoavelmente bem equipado para este tipo de missão – Thrawn continuou, olhando para os destroços. – A *Falcão da Primavera* seria uma boa opção.

– Achei que diria isso – Ba'kif disse, amargo. – Sabe que ela foi tirada de você por um motivo, certo?

– Claro. O Supremo Almirante Ja'fosk e o Conselho ficaram descontentes com minhas ações contra os piratas Vagaari. Mas, certamente, essa raiva já se dissipou.

– Talvez tenha se dissipado – Ba'kif disse, evasivo. – Contudo... Bem. Digamos que sua reputação entre os membros do Conselho continua tênue.

Certamente, o aborrecimento do Conselho de Hierarquia de Defesa em relação às ações de Thrawn tinha sido a razão oficial de ele ter sido removido da posição de comandante da *Falcão da Primavera*. Não haviam sido apenas as ações não autorizadas contra os piratas, mas também a morte subsequente do Síndico Mitth'ras'safis e a perda de valiosa tecnologia estrangeira.

Mas, nos bastidores, outros fatores também pesavam contra ele. A campanha bem-sucedida de Thrawn, quer os Aristocra a aprovassem ou não, elevara o nome e o prestígio da *Falcão da Primavera*, e a família Ufsa decidira que queriam que a nave fosse pilotada por um dos seus. Uma petição discreta ao Conselho, uma troca de favores ou dívidas futuras ainda mais discretas, e Thrawn estava fora.

Tudo seguindo o protocolo de maneira estrita, é claro. Supostamente, os Aristocra não deveriam ter influência em decisões militares, mas isso não significava que nunca acontecia.

A questão, como sempre, era que Thrawn via apenas a superfície, e não captava as sutilezas políticas.

Ainda assim, poderia ser uma boa oportunidade de lembrar aos líderes civis da Ascendência que era o Conselho, e não a Sindicura, quem mandava no exército. Os síndicos haviam tirado deles a *Falcão da Primavera*; era hora de o Conselho tomá-la de volta.

– Vou ver o que posso fazer – disse. – A *Falcão da Primavera* está programada para se juntar ao ataque punitivo da Almirante Ar'alani contra o Paataatus em alguns dias, mas depois disso acredito que podemos colocá-lo de volta no comando.

– Realmente acredita que os Paataatus são responsáveis pelo ataque contra Csilla?

– Não, *eu* não acredito – admitiu Ba'kif. – E a maior parte do Conselho também não, mas um dos síndicos apresentou essa teoria, e os outros estão começando a gostar dela. De qualquer forma, os Paataatus estão cutucando os limites da Ascendência de novo, então um tapinha punitivo seria adequado mesmo assim.

– Suponho que faça sentido – disse Thrawn. – Em vez de esperar até a operação, porém, eu gostaria de me juntar à nave antes do ataque. Não necessariamente como comandante, mas para observar e avaliar os oficiais e guerreiros.

– Talvez seja possível – Ba'kif disse. – Por outro lado, por que não como comandante? Vou passar a ideia para Ar'alani e ver se ela aprova.

– Tenho certeza de que vai aprovar – disse Thrawn. – Eu imagino que também terei uma sky-walker para minha investigação?

– Provavelmente – disse Ba'kif. O corpo de sky-walkers era restrito ultimamente, mas sem saber até onde a investigação de Thrawn o levaria, seria ineficiente fazê-lo viajar na lenta velocidade de salto por salto. – Vou ver quem estará disponível quando o levarmos de volta para Naporar.

– Obrigado. – Thrawn gesticulou em direção à popa. – Presumo que as forças hostis daqui tenham deixado muito pouco no compartimento do motor ou nas salas de abastecimento?

– Quase nada – respondeu Ba'kif, sombrio. – Mais alguns corpos explodidos.

– De qualquer forma, gostaria de ver essas áreas.

– Claro – Ba'kif disse. – Por aqui.

Por um longo momento, o Capitão Intermediário Ufsa'mak'ro olhou para as ordens recentes no questis dado por seu primeiro-oficial.

Não. Não *seu* oficial. O Comandante Sênior Plikh'ar'illmorf era agora o oficial do Comandante Sênior Mitth'raw'nuruodo. E ele não era mais o primeiro, mas o segundo.

O próprio Samakro virara o primeiro-oficial de Thrawn.

Olhou do questis para o homem parado rigidamente à sua frente. Kharill estava furioso, mas era provável que estivesse ocultando o sentimento.

– Alguma pergunta, comandante sênior? – Samakro questionou brandamente.

As sobrancelhas de Kharill se contraíram de leve. Ao que parecia, ele tinha esperado que o capitão da *Falcão da Primavera* estaria com tanta raiva das ordens inesperadas quanto ele mesmo estava.

– Não exatamente uma pergunta, senhor, mas um comentário – disse, tenso.

– Deixe-me adivinhar – Samakro disse, erguendo um pouco o questis. – Está revoltado que minha nave tenha sido tirada de mim e dada ao Capitão Sênior Thrawn. Está se perguntando se deveríamos apresentar nossas reclamações juntos ou separados e, se juntos, qual família deveria ser contatada primeiro. Você também acha que deveríamos protestar com a Almirante Ar'alani, o Almirante Supremo Ja'fosk, e o Conselho de Hierarquia de Defesa, provavelmente nesta ordem, e argumentar que mudar a estrutura de comando de uma nave nas vésperas de uma batalha é tolo e perigoso. E você absolutamente acredita que deveríamos mostrar nossa insatisfação e obedecer às ordens de Thrawn da maneira menos entusiasta possível. É isso?

A boca de Kharill começara a se abrir lá pela segunda frase de Samakro, e agora estava completamente aberta.

– Ah... Sim, senhor, é isso – Kharill conseguiu dizer.

– Pois então – continuou Samakro, devolvendo o questis. – Já que falei tudo isso, não tem mais motivo para que fale também. Volte para seus afazeres, e prepare-se para a mudança de comando.

A garganta de Kharill se manifestou, mas ele apenas assentiu brevemente.

— Sim, senhor — disse, e virou-se para ir embora.

— Mais uma coisa — Samakro o chamou.

— Senhor?

Samakro estreitou os olhos.

— Se eu o vir desobedecendo uma ordem, uma ordem vinda de *qualquer* um, ou obedecendo uma ordem legal de forma lenta ou inapropriada, vou me encarregar eu mesmo de que seja punido. Entendido?

— Muito, senhor — Kharill falou entre os lábios apertados.

— Ótimo — Samakro disse. — Pode continuar.

Ficou observando as costas rígidas de Kharill conforme este andava pelo corredor em direção à ponte de comando da *Falcão da Primavera*. Com sorte, Samakro teria convencido o homem mais jovem a ao menos fingir entusiasmo em relação ao novo comandante, mesmo que ele próprio não o sentisse.

O que era uma fachada que Samakro deveria garantir que permanecesse fixa diante de seus próprios sentimentos.

Porque estava furioso. Furioso, indignado, sentindo-se traído — tudo isso. Como o Conselho e o Supremo Almirante Ja'fosk *ousavam* fazer aquilo com ele e com a *Falcão da Primavera*? O comportamento deslumbrado do General Supremo Ba'kif a respeito de tudo que Thrawn tocava era bem conhecido, mas certamente Ja'fosk teria mais bom senso.

Ainda assim, as ordens haviam sido passadas, e protestar do jeito que Kharill queria não traria nada além de lenha na fogueira de um fogo que já ardia. Então, Samakro faria seu trabalho, e se certificaria de que todos os oficiais e guerreiros da nave fizessem o mesmo.

E ele torceria para que, seja lá qual fosse o desastre político que Thrawn causara dessa vez, não explodisse na cara de todos eles.

LEMBRANÇAS II

A JORNADA ACABOU, E Al'iastov saiu da Terceira Visão para a iluminação suave da ponte de comando da *Tomra*, nave de transporte da Força de Defesa Chiss. Ela afastou as mãos dos controles de navegação, com uma sensação de vazio tanto no estômago quanto no coração.

— Comandante sênior? — ela perguntou, com cautela, olhando para o oficial de leme sentado ao seu lado.

— Chegamos — ele confirmou. — Obrigado. Eu assumo a partir daqui.

— Ok — Al'iastov murmurou.

Desatando-se, ela levantou e atravessou a silenciosa ponte de comando até a escotilha. Então cruzou a abertura e continuou até o corredor vazio que ia até os aposentos do capitão, onde ela e sua cuidadora haviam sido recebidas. A *Tomra* nunca havia saído da Ascendência, então não tinha uma suíte sky-walker apropriada. Mafole, a cuidadora de Al'iastov, chegou a reclamar a respeito em voz alta, o que fez a Capitã Júnior Vorlip ficar furiosa.

Nas outras naves de Al'iastov, a sua cuidadora tinha o costume de encontrá-la do lado de fora da ponte de comando, e a acompanhava de volta à suíte sky-walker, mas depois da briga de Mafole com Vorlip, ela declarou que não deixaria o quarto até chegarem em Naporar, e que Al'iastov faria seu caminho de volta sozinha.

E enquanto Al'iastov caminhava pelo longo corredor, seus olhos se encheram de lágrimas.

Não havia motivo para ter uma sky-walker naquela viagem. Ela sabia disso. As rotas dentro da Ascendência não eram como as do Caos. Ali, os caminhos eram sempre desobstruídos, e os pilotos sempre sabiam para onde estavam indo.

Era por isso que a frota a estava testando ali. Viagens como aquela eram uma forma segura de ver se uma sky-walker ainda era capaz de cumprir seu trabalho.

O piloto não disse nada. Nem a Capitã Júnior Vorlip.

Mas Al'iastov sabia.

Ela não conseguiu manter a *Tomra* no caminho certo. O piloto teve que corrigir a rota enquanto navegavam.

Sua Terceira Visão estava desaparecendo. Seu trabalho estava encerrado. A única vida que ela conhecia estava acabada. Um ano inteiro antes do previsto, sua vida acabara.

Aos treze anos.

— Você está bem?

Al'iastov parou abruptamente, enxugando as lágrimas que a impediram de ver a outra pessoa se aproximando. Um rapaz de uniforme preto parou alguns passos à sua frente. Não havia nenhuma insígnia em sua gola, o que o marcava como um cadete, e havia o emblema de um sol nascente em seu ombro. Alguém das Nove Famílias, ela sabia, mas não conseguia se lembrar de qual.

— Estou bem — ela disse. Uma de suas cuidadoras dissera que nunca deveria reclamar sobre seus sentimentos. — Quem é você?

— Cadete Mitth'raw'nuru — ele respondeu. — Em jornada para a Academia Taharim. E quem é você?

— Al'iastov. — Ela estremeceu, lembrando tarde demais que sua identidade deveria ser mantida em segredo de todos além dos oficiais de patentes mais altas. — Sou a filha da capitã — ela acrescentou, repetindo a mentira que deveria dar caso alguém de fora da tripulação da ponte de comando perguntasse.

Thrawn ergueu uma sobrancelha, só um pouco, e Al'iastov entristeceu-se ainda mais. Ele não tinha acreditado. Não só a vida dela havia acabado, mas provavelmente também estava encrencada.

— Quer dizer...

— Está tudo bem — Thrawn respondeu. — O que aconteceu, Al'iastov? Posso ajudar?

Al'iastov suspirou. Não deveria reclamar; mas, pela primeira vez, não se importava com o que deveria fazer.

— Acho que não — ela disse. — Eu só estou... preocupada. A respeito... Eu não sei. Sobre o que eu deveria fazer.

— Entendo — disse Thrawn.

Al'iastov prendeu a respiração. Será que ele havia percebido quem ela era? Sua breve rebeldia desapareceu, deixando-a mais uma vez plenamente consciente de que estava em apuros.

— Entende? — ela perguntou cuidadosamente.

— Claro — disse Thrawn. — Todos nós sentimos incertezas ao longo da vida. Não sei exatamente o que a preocupa, mas garanto que todos os cadetes a bordo desta nave também estão enfrentando mudanças em seus futuros.

Ela sentiu um certo alívio. Então, ele *não* sabia que ela era uma sky-walker.

— Mas todos vocês sabem para onde estão indo — ela respondeu. — Você é um cadete, e você vai fazer parte da Força de Defesa. Já eu não sei o que farei.

— Você é a filha de uma capitã — disse Thrawn. — Isso certamente lhe dará um leque de oportunidades. Só porque eu sei que irei para a Academia, não significa que não haja muitas incógnitas. E a incerteza pode ser um dos estados mentais mais assustadores.

E então, para a surpresa de Al'iastov, Thrawn ajoelhou-se em sua frente, colocando o rosto um pouco abaixo do dela. Adultos raramente faziam isso. Até mesmo as cuidadoras de Al'iastov costumavam olhá-la de cima para baixo.

— Mas enquanto todos nós enfrentamos uma variedade de caminhos — ele continuou —, todos nós temos poder de escolher entre eles. Você também tem esse poder. O poder de escolher qual caminho é o certo para você.

— Eu não sei... — Al'iastov disse, sentindo as lágrimas prestes a começarem de novo. Que tipo de escolha uma sky-walker fracassada de treze anos poderia ter? Ninguém conversava com ela a respeito desse tipo de coisa. — Mas agradeço por...

— O que está acontecendo aqui? — a voz áspera da Capitã Júnior Vorlip retumbou atrás dela. — Quem é você, e o que está fazendo aqui?

— Cadete Mitth'raw'nuru — Thrawn respondeu, levantando-se com rapidez. — Estava explorando a nave quando me deparei com sua filha. Ela parecia angustiada, então parei para oferecer ajuda.

— Você não deveria estar neste corredor — disse Vorlip, rispidamente. Ela passou por Al'iastov e parou em frente a Thrawn. — Não viu os avisos de APENAS PESSOAL AUTORIZADO?

— Presumi que os avisos eram para deter civis — respondeu Thrawn. — Como cadete, pensei que estaria isento.

— Bom, não está — Vorlip declarou. — Você deveria estar com os outros cadetes.

— Peço perdão — disse Thrawn. — Só queria sentir a nave.

Ele abaixou a cabeça, e começou a se virar.

Vorlip bloqueou seu caminho com um dos braços.

— O que você quis dizer com "sentir" a nave?

— Queria entender seus ritmos — disse Thrawn. — O convés tem vibrações sutis que refletem o fluxo e refluxo dos propulsores. Nosso movimento pelo hiperespaço foi pontuado por leves ondas de hesitação. O fluxo de ar indica pequenas variações conforme mudamos de direção. Os compensadores ocasionalmente ficam um pouco atrasados em relação às mudanças de curso, com efeitos que são transmitidos pelo convés.

— É mesmo? — Vorlip disse. Ela já não parecia tão zangada. — Quantas espaçonaves você teve antes desta?

— Nenhuma — disse Thrawn. — Esta é minha primeira viagem longe de casa.

— Ah, é? — Vorlip se aproximou dele. — Feche os olhos. Continue com eles fechados até eu dizer que pode abrir.

Thrawn fechou os olhos. Vorlip o puxou pela parte de cima do braço e, sem aviso, começou a girá-lo.

Os braços de Thrawn se sacudiram com surpresa. Seus pés cambalearam, tentando se acostumar aos movimentos do corpo. Vorlip continuou a girá-lo, e se moveu lentamente com ele. Quando viu que estava a um terço do caminho do qual começara, ela pegou a parte de cima de seus braços e o parou.

— Ainda de olhos fechados — ela disse, segurando-o firme —. Qual é o caminho para a frente?

Thrawn ficou em silêncio por um momento. Levantou a mão, então, e apontou para a proa da *Tomra*.

— Ali — disse.

Vorlip continuou a segurá-lo por um segundo. Depois o soltou e deu um passo para trás.

— Pode abrir os olhos. Volte para seus aposentos. E nunca passe por esse tipo de aviso até saber que tem permissão.

— Sim, capitã — disse Thrawn. Piscou algumas vezes enquanto se reequilibrava. Assentiu para Vorlip, assentiu e sorriu para Al'iastov, e virou para a esquerda.

— Sinto muito — Al'iastov falou em voz baixa.

— Não tem problema — disse Vorlip. Ela ainda olhava para Thrawn.

— Está brava com ele? — Al'iastov perguntou. — Ele só queria me ajudar.

— Eu sei.

— Está brava *comigo*?

Vorlip se virou e sorriu de leve.

— Não, é claro que não — disse. — Você não fez nada errado.

— Mas... — Al'iastov parou, confusa.

— Não estou brava com ninguém — Vorlip disse. — É só que... Precisei de quinze viagens, em quatro naves diferentes, até desenvolver esse tipo de consciência. Este Mitth'raw'nuru conseguiu de primeira.

— Isso é algo estranho?

— Muito — Vorlip assegurou.

— Ele parece legal — comentou Al'iastov. Pausou, pensando no que ele tinha dito a respeito de caminhos. — O que acontecerá comigo quando eu sair daqui?

— Vai ser adotada — Vorlip falou. — Por uma das Nove Famílias Governantes, provavelmente. Eles gostam de ter ex-sky-walkers.

— Por quê?

— É prestigioso — Vorlip disse. — Tenho certeza de que entende que meninas com sua habilidade são muito raras. É uma honra uma de vocês ser adotada por mérito.

Al'iastov sentiu a garganta fechar.

— Mesmo quando não temos utilidade para ninguém?

— Não diga coisas assim — repreendeu Vorlip, severa. — Todas as pessoas são valiosas. A questão é que você será bem-vinda em qualquer família que adotá-la. Eles cuidarão de você, vão arranjar que tenha educação superior, e eventualmente encontrarão a carreira que mais combine com você.

— A não ser que se desfaçam de mim.

— Já disse para não falar assim — insistiu Vorlip. — Eles não vão se desfazer de você. Você é prestígio para a família, lembra?

— Sim — respondeu Al'iastov. Ainda não acreditava nisso completamente, mas sabia que não havia mais nada a ser dito agora. Se bem que *havia* mais uma coisa. — Posso escolher a família que quiser?

Vorlip franziu o cenho.

— Não sei. Para falar a verdade, não sei os detalhes de como essas coisas funcionam. Por quê? Quer alguma família em particular?

— Sim — Al'iastov disse. — Os Mitth.

— Mesmo? — Vorlip olhou por cima do ombro. — Como o cadete Thrawn?

— Sim.

Vorlip bufou, pensativa.

— Como falei, não sei como essas coisas funcionam, mas não há motivo pelo qual não possa perguntar. Na verdade, agora que penso sobre isso, uma ex-sky-walker com um histórico como o seu deveria poder perguntar o que quer que fosse.

E aí estava. Vorlip mesma dissera. *Ex-sky-walker*.

A carreira navegacional de Al'iastov estava oficialmente acabada.

Mas, estranhamente, não parecia mais importante agora.

— É o que ele disse — Al'iastov contou a Vorlip. — Ele falou que eu poderia escolher meu próprio caminho.

— Bem, cadetes falam muitas coisas — Vorlip disse, fazendo pouco de Thrawn e da conversa que tiveram com um aceno de mão. — Venha, eu preciso de você e de sua cuidadora no meu escritório. Há formulários a serem preenchidos.

Mitth'raw'nuru era o nome que ele escolhera para si, Al'iastov lembrou enquanto ela e a capitã caminhavam. *Mitth'raw'nuru*. Ela se lembraria disso.

E, quando o momento chegasse, a família Mitth definitivamente receberia um pedido.

CAPÍTULO DOIS

O OFICIAL DO DEPARTAMENTO pessoal sacudiu a cabeça.
— Pedido negado — disse bruscamente. — Tenha um bom dia.

Mitth'ali'astov piscou de perplexidade. Será que tinha ouvido certo?

— O que quer dizer, negado? — perguntou. — Tenho todos os dados aí.

— Sim, tem — ele disse. — Infelizmente, precisava ter preenchido tudo quatro dias atrás.

Thalias rangeu os dentes. Tivera que lutar contra a burocracia da família Mitth o dia inteiro com unhas e dentes, para que pudessem concordar com aquilo. Agora que era tarde demais, entendia por que tinham finalmente cedido e aceitado sua requisição.

— Temo não ter entendido — ela disse, segurando a raiva em relação à família. O homem sentado diante dela era a chave para que pudesse entrar na *Falcão da Primavera*, e precisava que ele estivesse ao seu lado. — Sou membro da família Mitth, a *Falcão* está sendo comandada por um membro da família Mitth, e me disseram que a frota oferece o direito de observação.

— Oferece, realmente — o oficial confirmou. — Mas mesmo esse direito tem limites. — Ele tocou no questis. — E fazer as coisas no momento adequado é um deles.

— Sei disso agora — respondeu Thalias. — Infelizmente, a família não foi clara o suficiente quanto a isso. Típico. Não há nada que possa fazer?

— Temo que não — ele disse de forma um pouco menos truculenta. Jogar a culpa dessa bagunça nas mãos da família Mitth e não nas dele o levara a simpatizar ao menos um pouco com sua situação. — Há um período de processamento que precisa ser considerado, especialmente porque as famílias de outros oficiais sênior têm o direito de contestação.

— Entendo — afirmou Thalias. — No fim, a questão é sempre as famílias, não é?

— Geralmente, *parece* que sim — o oficial disse, a rigidez arrefecendo um pouco mais.

— Bem, se não posso ir a bordo como uma observadora, tem mais alguma maneira de entrar na nave? — Thalias perguntou. — Algum outro trabalho que eu poderia fazer? Sou proficiente em computadores, análise de dados...

— Sinto muito — ele interrompeu com a mão erguida. — Você é civil, e a *Falcão da Primavera* não oferece nenhuma função para civis. — Ele franziu a testa de repente. — A não ser... Um segundo.

Ele digitou no questis, fez uma pausa, digitou de novo, rolou para baixo nas páginas. Thalias tentou ler junto do outro lado da escrivaninha, mas o texto estava de cabeça para baixo e ele estava usando um formato de texto projetado especificamente para ser difícil de ler assim.

— Aqui vamos nós — disse, olhando para cima. — Talvez. Tem um único trabalho que talvez possa fazer. Acabam de escolher uma sky-walker para a *Falcão da Primavera*, mas ainda não designaram uma cuidadora. Tem alguma experiência ou qualificação para lidar com crianças?

— Não muita — respondeu Thalias. — Mas já fui uma sky-walker. Conta?

Ele arregalou os olhos.

– Você era uma *sky-walker*? Mesmo?

– Mesmo – ela confirmou.

– Interessante – murmurou, seus olhos voltando ao normal, e talvez desviando só um pouco para outra direção. – Há cem anos, todas as cuidadoras eram ex-sky-walkers. É o que dizem.

– Interessante – comentou Thalias. Aí estava a abertura de que precisava.

Se ela quisesse.

Não era uma resposta fácil ou óbvia. Aquela parte de sua vida havia sido deixada para trás. Mais do que isso, a enchia de lembranças que ela preferia deixar por lá.

Claro, muitas das lembranças ruins estavam atreladas às mulheres designadas para cuidar dela em suas naves. Algumas tinham sido razoáveis; outras não a compreendiam nem um pouquinho. Ela estaria no outro lado da relação agora, o que ajudava muito.

Talvez. Para ser sincera, teria que admitir que também não tinha sido uma garota fácil de cuidar. Muito daquela época se misturava, mas ela lembrava nitidamente de várias birras prolongadas, e mais do que uma situação envolvendo gritos e ataques de raiva.

Aceitar aquele trabalho – encarar uma sky-walker e tudo que isso implicava – para tornar a vida de uma garotinha menos estressante...

Endireitou os ombros. Visitar aqueles momentos obscuros de seu passado seria difícil, mas representaria sua única chance de ver Thrawn mais uma vez. Certamente seria sua maior oportunidade de observá-lo realmente.

– Tudo bem – disse. – Sim. Aceito.

– Espere aí – o oficial avisou. – Não é tão fácil assim. Ainda vai precisar...

Ele foi interrompido quando a porta atrás dela se abriu. Thalias se virou para ver um homem de meia-idade entrando no escritório com passos largos. Preso no alto de seu robe externo amarelo estava o brasão de sol nascente de um síndico da família Mitth.

— Vejo que não cheguei tarde demais — comentou. — Mitth'ali'astov, sim?

— Sim — Thalias respondeu, franzindo o cenho. — E você?

— Síndico Mitth'urf'ianico — o homem se identificou, seus olhos voltando-se para o oficial. — Me parece que essa jovem está tentando conseguir um lugar a bordo da *Falcão da Primavera*?

— Sim, síndico — respondeu o oficial, estreitando os olhos mais ainda. — Se me desculpar, este é um assunto da frota, não da Aristocra.

— Não se ela subir a bordo como uma observadora da família Mitth — Thurfian argumentou.

O oficial sacudiu a cabeça.

— Os dados dela não estão em ordem para isso.

— Alguém na família atrasou o processo — Thalias acrescentou.

— Entendo — disse Thurfian. — E não tem nada que possa ser feito a respeito disso?

— Não é tão fácil — o oficial falou.

— Claro que é — Thurfian disse. — A posição está aberta, e a família Mitth continua a ter o direito da observação.

— As aprovações não foram completas.

— Estou completando agora mesmo — Thurfian disse.

O oficial sacudiu a cabeça.

— Com todo o respeito que é devido, síndico...

— Com todo respeito que é devido a *você* — Thurfian interrompeu. Levantou-se e...

E, de súbito, Thalias teve uma noção do poder que a Sindicura possuía. Era mais do que a autoridade política, e carregava o peso completo da história Chiss.

— A Ascendência está em risco de ataque — Thurfian disse com a voz baixa e sombria. — A Força de Defesa e a Frota Expansionária precisam estar completamente prontas. Toda nave que requer uma sky-walker precisa ter uma, e uma sky-walker não pode subir a bordo sem uma cuidadora. A *Falcão da Primavera* sai de Naporar em quatro horas para entrar em combate. Nós não temos tempo, *você* não tem tempo para ter dúvidas.

Ele respirou fundo, e Thalias achou que parecia ter abrandado um pouco.

– Veja. Tem aqui uma cuidadora que está pronta, disposta e é capaz de servir. Tem a autorização da família para estar a bordo. Certamente pode encontrar uma forma de prover os recursos que a *Falcão da Primavera* precisa para o que há de ser feito.

Por um momento, ele e o oficial ficaram em silêncio, os olhos fixos um no outro. A rivalidade entre a frota e os Aristocra...

Mas havia razão e urgência no argumento de Thurfian, e o oficial claramente sabia disso.

– Que seja – cedeu. Abaixou os olhos e mexeu no questis por um momento. – Tudo bem – disse, olhando para Thalias. – Suas ordens, instruções e autorizações estão no seu questis. Leia-as, e esteja onde precisa estar quando precisar estar lá. – Seus olhos se voltaram para Thurfian. – Como o Síndico Thurfian disse, a *Falcão da Primavera* parte em quatro horas.

– Obrigada – disse Thalias.

– Não há de quê. – Ele abriu um leve sorriso. – Bem-vinda à Frota Expansionária, Cuidadora Thalias. E boa sorte com essa sky-walker.

Um momento depois, Thalias e Thurfian estavam de volta ao corredor.

– Obrigada – disse Thalias. – Chegou a tempo.

– Fico contente de ajudá-la – respondeu Thurfian, sorrindo. – Você é uma ótima pessoa, Thalias.

Ela sentiu o rosto esquentar.

– Obrigada – disse mais uma vez.

– E, como eu a ajudei – Thurfian continuou –, tem algo que pode fazer para me ajudar também.

Thalias afastou-se dele automaticamente.

– Desculpe? – perguntou com cuidado.

– Não há tempo – Thurfian disse, puxando-a pelo braço para que se movessem de novo. – Venha. Eu conto no caminho.

Fazia duas décadas que Thalias tivera que ler um cronograma militar, que dirá seguir um. Felizmente, assim que o choque inicial passou, os antigos hábitos e reflexos assumiram o controle, e ela chegou à nave auxiliar da *Falcão da Primavera* com tempo de sobra.

A jovem a esperava na suíte da sala dos sky-walker quando chegou, largada em uma cadeira gigante e jogando um jogo toca-clique em seu questis. Parecia ter nove ou dez anos, mas sky-walkers costumavam ser baixas, então era só um palpite. Ela olhou para cima quando Thalias entrou, avaliando a mulher de forma um tanto suspeita, e depois se voltou para o jogo mais uma vez. Thalias começou a se apresentar, lembrou-se como ficava sensível cada vez que uma nova cuidadora aparecia e, em vez disso, deixou as malas em sua parte da suíte.

Não se apressou em se acomodar. Quando ela voltou à sala, a menina tinha deixado o questis na cadeira ao seu lado e agora encarava de forma temperamental a linha de mostradores repetitivos na divisória abaixo do minibar.

– Já saímos? – Thalias perguntou.

A menina assentiu.

– Agora há pouco – disse. Ela hesitou, e depois olhou furtivamente para Thalias. – Você é minha nova meiamãe?

– Sou sua nova cuidadora – Thalias respondeu, franzindo o cenho. *Meiamãe*? Era o novo termo oficial para sua posição ou algo que a menina inventara sozinha? – Vou cuidar de você enquanto estivermos a bordo da *Falcão da Primavera* – continuou, indo até uma das cadeiras e sentando-se. – Meu nome é Thalias. E o seu?

– Você já não deveria saber?

– Me escolheram de última hora – Thalias admitiu. – Passei a maior parte do tempo me certificando de que chegaria ao espaçoporto antes da nave auxiliar partir.

– Ah – disse a menina, parecendo confusa. Provavelmente estava acostumada a cuidadoras com mais disciplina. E competência. – Sou Che'ri.

– É um prazer conhecê-la, Che'ri – disse Thalias, sorrindo. – Que jogo é esse que você estava jogando antes?

– O quê? Ah. – Che'ri tocou no próprio questis. – Eu não estava jogando nada. Estava desenhando.

– Mesmo? – disse Thalias, estremecendo um pouco. Che'ri gostava de desenhar, e Thalias não sabia com qual ponta de uma caneta se escrevia. – Não sabia que toca-cliques podiam ser adaptados para arte.

– Não é arte de verdade – Che'ri disse, parecendo envergonhada. – Eu só pego peças que já estão no questis e as junto.

– Parece interessante – comentou Thalias. – Como uma colagem. Posso ver?

– Não – respondeu Che'ri, afastando-se um pouco e apertando o questis contra o próprio peito. – Eu nunca deixo ninguém olhar.

– Tudo bem, não tem problema – Thalias se apressou a acalmá-la. – Mas gosto de arte.

– Não acha que desenhar é bobagem?

– Não, claro que não – Thalias a tranquilizou. – Ter um talento assim é uma coisa boa.

– Eu não desenho de verdade – Che'ri disse. – Já falei que só junto as coisas.

– Ainda assim é um talento – Thalias insistiu. – E talentos nunca são bobagem.

Che'ri baixou os olhos.

– Minha última meiamãe disse que era.

– Sua última meiamãe estava errada – disse Thalias.

Che'ri bufou.

– Ela sempre achava que estava certa.

– Acredite em mim – disse Thalias. – Já vi muitas meiasmães, e posso te dizer que essa estava errada.

– Ok. – Che'ri a espiou. – Você não é como as outras.

– As outras meiasmães? – Thalias sorriu de leve. – Provavelmente não. Quantas você já teve?

Che'ri voltou a baixar o olhar.

– Oito – disse, quase inaudível.

Thalias estremeceu ao ouvir a dor na voz da menina.
– Uau – disse gentilmente. – Deve ter sido difícil.
Che'ri bufou de novo.
– E como você saberia?
– Porque eu tive quatro – disse Thalias.
Che'ri arregalou os olhos.
– Você é uma *sky-walker*?
– Era. E eu lembro como doía cada vez que tiravam uma das minhas cuidadoras e me davam outra.
Che'ri olhou para baixo e encolheu os ombros.
– Eu não sei o que fiz errado.
– Provavelmente não foi nada – disse Thalias. – Eu me preocupava muito com isso também, e nunca consegui entender o porquê. Exceto que, às vezes, eu e ela não nos dávamos bem, então talvez tenha sido isso.
– Elas não entendem. – Che'ri engoliu em seco. – Nenhuma entendeu.
– Porque nenhuma delas já foi uma sky-walker – disse Thalias. Apesar de não ser sempre o caso, se aquele oficial estivesse certo. – Assim que saímos do programa, a maior parte de nós não volta.
– Então por que *você* voltou?
Thalias deu de ombros. Não era hora de falar para a menina que estava lá para se reconectar com alguém que só vira uma vez.
– Eu lembro como era difícil ser sky-walker. Achei que alguém que já foi uma poderia ser uma boa cuidadora.
– Até você ir embora – Che'ri murmurou. – Todas vão.
– Mas não necessariamente porque querem ir – disse Thalias. – Há todo tipo de motivo para transferências de cuidadoras. Às vezes, a sky-walker e a cuidadora não se dão bem, como você e a última cuidadora que teve, e eu e a que acabei de mencionar. Mas, às vezes, há outros motivos. Às vezes, precisam de uma cuidadora especial para cuidar de uma nova sky-walker. Outras vezes, existem disputas familiares, quero dizer, entre as muitas famílias, e isso acaba atrapalhando. – Sentiu os lábios se comprimindo. – E às vezes é culpa dos idiotas míopes que tomam conta do processo.

– Míopes? Você quer dizer que eles não enxergam direito?
– Por míope quero dizer que eles têm o cérebro de um salta-sapo – disse Thalias. – Tenho certeza de que já deve ter conhecido gente assim.

Che'ri abriu um sorriso incerto.

– Não devo falar assim dos outros.

– Tem razão, provavelmente não deve – disse Thalias. – Eu também não. Não muda o fato de que eles têm o cérebro de um salta-sapo.

– Acho que sim. – Che'ri estreitou os olhos. – Você foi sky-walker por quanto tempo?

– Tinha sete anos quando naveguei minha primeira nave. Tinha treze quando naveguei minha última.

– Eles me disseram que vou ser sky-walker até eu fazer catorze anos.

– É geralmente essa idade – disse Thalias. – Minha Terceira Visão aparentemente decidiu se aposentar cedo. Você tem... quanto? – Estreitou os olhos de forma exagerada, olhando para Che'ri. – Oito anos?

– Nove e meio. – A menina ponderou. – Nove e três quartos.

– Ah – disse Thalias. – Então tem bastante experiência. Isso é bom.

– Suponho que sim – respondeu Che'ri. – Vamos para uma batalha?

Thalias hesitou. Havia coisas que adultos não deveriam contar às sky-walkers, coisas que o Conselho, em sua estranha sabedoria, decidira que poderiam perturbá-las.

– Não sei, mas não é nada para se preocupar – respondeu. – Especialmente não a bordo da *Falcão da Primavera*. O Capitão Sênior Thrawn é nosso capitão, e ele é um dos melhores guerreiros da Ascendência.

– Porque não me contaram o motivo de eu estar aqui – Che'ri insistiu. – Não tem ninguém muito longe daqui para a gente enfrentar, tem? Eles dizem que não saímos da Ascendência para lutar com ninguém. E se as pessoas com as quais estão lutando estão perto, a nave não precisa de uma sky-walker.

— São pontos muito bons — disse Thalias, sentindo uma sensação desagradável no estômago. Mesmo que a força-tarefa estivesse indo em direção de alguma ação punitiva, viajar salto por salto os levaria a uma distância razoável sem precisar arriscar levar uma sky-walker a combate. Então, por que ela e Che'ri estavam a bordo? — Bem, seja lá o que for, o Capitão Sênior Thrawn vai resolver.

— Como você sabe?

— Li muito sobre ele. — Thalias pegou seu questis. — Você gosta de ler? Quer ler a respeito da carreira dele?

— Não precisa — disse Che'ri, enrugando o nariz um pouquinho. — Prefiro desenhar.

— Desenhar também é bom — reconheceu Thalias, enviando os arquivos sobre Thrawn para o questis de Che'ri. — Só para o caso de você querer ler um pouco depois.

— Tá — Che'ri disse, incerta, olhando para o próprio questis. — É um montão, isso sim.

— É um tanto mesmo — Thalias admitiu, sentindo um certo constrangimento. Ela adorava ler quando era sky-walker. Por isso, achou que Che'ri também gostaria. — Olha só. Vou dar uma olhada nisso depois e fazer uma versão resumida para você. Com algumas das coisas mais interessantes que ele já fez.

— Tá — Che'ri disse, ligeiramente mais entusiasmada.

— Ótimo. — Por um momento, Thalias quis pensar em algo mais para falar, mas conseguia ver o muro que havia entre elas, e lembrou como podia ser temperamental quando tinha a idade de Che'ri. Melhor não insistir. — Preciso falar com o primeiro-oficial — disse, ficando de pé. — Pode voltar a desenhar.

— Tá — repetiu Che'ri. — Eu deveria fazer meu próprio almoço?

— Não, não, eu faço para você — Thalias assegurou. — Está com fome?

Che'ri deu de ombros.

— Eu posso esperar.

O que não era exatamente uma resposta.

— Quer que eu prepare alguma coisa agora?
— Eu posso esperar — Che'ri repetiu.
Thalias apertou os dentes.
— Tudo bem, então. Vou lá agora, e depois volto. Enquanto eu estiver fora, você pode pensar no que quer comer.
Ela deu de ombros mais uma vez.
— Não me importa.
— Bem, pense nisso mesmo assim — disse Thalias. — Volto logo.
Saiu e caminhou pelo corredor, irritada. Talvez aceitar aquele trabalho tivesse sido um erro.
Ainda assim, ela e Che'ri mal se conheciam. Não era surpreendente que a menina estivesse se contendo, especialmente quando ainda estava magoada pelo que via como abandono da parte das cuidadoras anteriores.
Então Thalias daria a ela tempo, e espaço, e provavelmente mais um pouco de tempo. No fim, com sorte, as coisas dariam certo.
E se ela ainda não soubesse o que queria almoçar quando Thalias voltasse, seria um sanduíche de pasta de castanhas. Mesmo que Che'ri não gostasse de ler, ao menos deveria gostar de sanduíche de pasta de castanhas.

⌒⌒

Thrawn era mais alto do que Samakro imaginara, e movia-se com graça, com um ar confiante. Também era educado com os oficiais e guerreiros, e parecia à vontade dentro da *Falcão da Primavera*. Além disso, não era nada de mais.
Naquele momento, também estava atrasado.
— Aproximando do sistema alvo — Kharill relatou. — Saída em trinta segundos.
— Entendido — Samakro confirmou, olhando ao redor da ponte de comando. Todos os sistemas de armamento estavam verdes, incluindo o relutante computador de mira de esferas de plasma que dera problema nos últimos dias. Todas as portas de eclusa de ar estavam seladas contra possíveis arrombamentos, a barreira eletrostática que

envolvia o casco da *Falcão da Primavera* estava carregada, e todos os guerreiros estavam em seus postos.

Impressionante, mas não muito necessário. Pelo que Samakro sabia, aquela missão toda era só um pequeno passo acima de testar uma brincadeira de guerra. A *Vigilante* era uma nave de guerra do tipo Nightdragon armada, de classe máxima, e a força atual da Almirante Ar'alani também incluía cinco outros cruzadores além da *Falcão da Primavera*. Com todo aquele poder de fogo, aparecer no mundo natal dos Paataatus provavelmente não geraria nenhum tipo de resistência efetiva.

O que não significava que a *Falcão da Primavera* e sua tripulação não devessem ser completamente profissionais ali, é claro. E o profissionalismo incluía o capitão. Se Thrawn não estivesse lá ao saírem do hiperespaço, Samakro teria que assumir e...

– Fiquem a postos – a voz calma de Thrawn surgiu atrás dele.

Samakro se virou, lutando contra uma contração involuntária. Como *diabos* Thrawn tinha se esgueirado para dentro da ponte de comando sem que ele ouvisse a escotilha abrindo?

– Capitão – cumprimentou o superior. – Já estava achando que havia perdido o alerta.

– Estou aqui há meia hora – disse Thrawn, parecendo um tanto surpreso por Samakro não ter notado. – Estava checando o trabalho do computador de mira de esferas.

Samakro olhou para o console de esfera de plasma enquanto dois técnicos apareciam atrás dele.

– Ah. Está verde agora.

– De fato – confirmou Thrawn. – A qualidade das equipes de reparo e manutenção da *Falcão da Primavera* aumentou consideravelmente desde que você foi colocado no comando.

Samakro sentiu os olhos se estreitando. Um elogio? Ou um lembrete sutil de que Thrawn agora era o capitão?

– Alguma instrução de última hora da *Vigilante*? – Thrawn continuou.

– Nada desde o último salto – respondeu Samakro. Provavelmente um elogio, decidiu. Thrawn não parecia ser o tipo que contava vantagem. – Apenas o aviso de sempre de Ar'alani para estarmos prontos para qualquer coisa.

– Acredito que estamos – disse Thrawn. – Saída... Agora.

Samakro viu o clarão das estrelas brilhando e encolhendo pela panorâmica, levando a *Falcão da Primavera* para fora do hiperespaço.

Para uma tempestade de fogo laser.

– Caças inimigos! – Kharill esbravejou. – No ângulo... Ao nosso redor, capitão. Como um enxame. Um enxame para *tudo* que é lado.

Samakro sibilou uma maldição. Kharill estava certo. Havia ao menos cinquenta naves de combate Paataatus lá, zumbindo em torno da força de ataque Chiss como zangápulas furiosas, seus lasers criando flashes verdes e pálidos enquanto cortavam através da poeira interestelar rarefeita.

E, da mesma forma que zangápulas, mesmo que cada ferroada individual fosse fraca demais para causar danos à barreira eletrostática da *Falcão da Primavera*, uma enxurrada suficientemente grande poderia derrubar suas defesas e começar a corroer o casco.

– Entendido – Thrawn disse calmamente. – Esfera Um: atire no agressor mais próximo do meu vetor.

– Esfera Um atirando. – A esfera de plasma se afastou do lançador de bombordo da *Falcão da Primavera*.

E errou o alvo completamente.

– Controle de esfera! – esbravejou Samakro. – Reajustar e atirar novamente.

– Ignore isso – Thrawn ordenou. – Leme: guinada de noventa graus para bombordo e coloque a Esfera Dois para carregar. Dispare quando estiver pronta.

– Não, espere! – Samakro vociferou.

Tarde demais. A *Falcão da Primavera* já estava girando, angulando em direção às naves inimigas daquele lado.

Para *longe* da *Vigilante*.

E, antes mesmo que o lançador de esfera de plasma estivesse em posição para disparar, os caças inimigos estavam se reposicionando para tirar vantagem do erro de Thrawn, apressando-se para cercar a *Falcão da Primavera* triunfalmente enquanto ela se afastava das outras naves Chiss.

– *Falcão da Primavera*, volte à formação – a voz de Ar'alani retumbou no alto-falante da ponte. – Thrawn?

– Não responda – disse Thrawn. – Dispare a Esfera Dois.

Desta vez, a esfera de plasma foi certeira, explodindo no alvo e desencadeando um clarão multicolorido de energia iônica no casco do inimigo enquanto derrubava a barreira eletrostática do caça e embaralhava todos os dispositivos eletrônicos a seu alcance.

– Recarregar e preparar para disparar – Thrawn continuou.

– Não deveríamos voltar para a força principal? – Samakro pressionou. – A Almirante Ar'alani...

– Mantenha o curso – disse Thrawn. – Esfera Dois, dispare quando pronta. Diminua a força da barreira em vinte por cento.

Samakro grunhiu outra maldição, uma bem pior dessa vez.

– Posso sugerir empregarmos uma isca? – pressionou. – Ao menos desviaria um pouco o foco de nós.

– Desviaria, sim – Thrawn concordou. – Iscas, negativo. Guinada de cinco graus para bombordo, e mais três graus para estibordo.

A *Falcão da Primavera* girou, e girou de novo. Os lasers Paataatus continuaram a colidir contra a barreira eletrostática já enfraquecida, e pela panorâmica, Samakro pôde ver os caças Paataatus formando mais uma vez seu agrupamento de ataque para dirigir mais de sua força.

– Capitão, se não voltarmos até os outros, não vamos durar muito – avisou, discretamente, perguntando-se o que teria acontecido com o Thrawn que um dia trouxera renome à *Falcão da Primavera*.

– Vamos durar o suficiente, capitão intermediário – disse Thrawn. – Não consegue ver?

Samakro ergueu uma mão em um gesto de confusão e futilidade.

A mão congelou no ar quando finalmente entendeu. Mais naves atacando a *Falcão da Primavera* significava menos inimigos atacando as outras naves. Menos agressores significava menos confusão para os artilheiros Chiss, os computadores de mira, e os observadores de triangulação, permitindo uma destruição organizada e sistemática de alvos hostis que não estivessem focados na *Falcão da Primavera*.

E essa destruição sistemática significava...

Do estibordo da *Falcão da Primavera* veio uma enxurrada súbita de fogo laser, rompendo mísseis e esferas de plasma, e invadindo o enxame de caças inimigos. Samakro olhou para a tela para ver a *Vigilante* e as outras naves Chiss avançando contra elas em formação de cunha.

– Erga a barreira em potência máxima; todas as armas: disparar – ordenou Thrawn. – Foco nos inimigos fora dos arcos de disparo de nossas outras naves.

Os lançadores de lasers e esferas de plasma da *Falcão da Primavera* se abriram, e o número de agressores despencou enquanto a força Chiss continuava a explodir os inimigos até não sobrar nada. Samakro assistiu à força Paataatus reduzir-se a apenas algumas naves fugitivas sendo perseguidas por dois dos cruzadores de Ar'alani, e deu um passo para perto de Thrawn.

– Então fingimos ser um animal ferido e deixamos que o inimigo se aproxime – disse. – Para dar ao restante da força tempo de se reagrupar e contra-atacar.

– Sim – disse Thrawn, parecendo satisfeito ao ver Samakro chegar a essa conclusão. Mesmo que um pouco tarde demais. – Os Paataatus possuem mentalidade de enxame. Esse tipo de padrão de pensamento os torna mais predispostos a concentrar toda sua atenção em inimigos feridos.

– Começam por acabar com os mais fracos, depois partem para os outros – Samakro disse, assentindo.

– Exatamente – concordou Thrawn. – Quando vi o tamanho da força dos agressores, notei que a melhor estratégia seria retirar o maior número possível deles de nossas naves antes que pudessem infligir dano significativo.

– Assim como atraí-los para uma aglomeração mais restrita que facilitaria o trabalho de nossos artilheiros e computadores de mira.

– Correto. – Thrawn sorriu ironicamente. – Essa dificuldade com múltiplos alvos é *nossa* fraqueza. Confio que os técnicos e instrutores da frota estão trabalhando para resolver isso.

— Capitão Sênior Thrawn? — Era a voz de Ar'alani pelo alto-falante.

— Sim, almirante? — Thrawn chamou.

— Bom trabalho, capitão — Ar'alani disse com um leve tom de irritação. — Da próxima vez que tiver algum plano espertinho, faça o favor de compartilhar comigo antes de executá-lo.

— Vou me esforçar para tentar — Thrawn prometeu. — Contanto que tenha tempo.

— E contanto que não se importe de que o inimigo descubra o plano se estiver nos espiando — Samakro acrescentou em voz baixa.

Não tão baixa quanto achou, aparentemente.

— Se acha que isso é uma desculpa legítima, Capitão Intermediário Samakro, deixe que eu sugira o contrário — Ar'alani disse. — Tenho certeza de que o futuro Capitão Thrawn vai encontrar uma forma de comunicar a informação necessária sem o inimigo bisbilhotar.

— Sim, senhora — Samakro disse, estremecendo. Havia um boato de que oficiais generais tinham uma configuração de comunicação especial que possibilitava que ouvissem mais de suas escoltas do que era normalmente possível.

— Capitão Thrawn?

— Almirante?

— Acho que a situação está sob controle — Ar'alani disse. — Pode continuar com sua próxima missão quando estiver pronto.

Samakro franziu o cenho. Ninguém tinha dito nada sobre uma missão extra nas ordens da *Falcão da Primavera*.

— Muito obrigado, almirante — disse Thrawn. — Com sua permissão, eu gostaria de dedicar uma hora para primeiro checar possíveis danos na nave, e então começar os reparos.

— Tome o tempo que precisar — disse Ar'alani. — Estamos indo para dentro do sistema a fim de falar com os comandantes Paataatus. Espero que tenham aprendido que é loucura atacar a Ascendência Chiss.

— Certamente aprenderam — afirmou Thrawn. — Uma derrota dessa magnitude vai tolher seus desejos expansionários. Deveriam ter ficado em suas próprias fronteiras até a geração atual ter passado.

– Exceto por um deslize ou outro em Csilla? – Ar'alani sugeriu. Thrawn sacudiu a cabeça.

– Não acredito que eles sejam responsáveis por aquele ataque.

Samakro estremeceu. Pessoalmente, também não acreditava, mas isso não significava que um oficial sênior deveria dizer aquilo em voz alta. Ainda mais porque uma grande parte da Sindicura acreditava no contrário.

– Talvez – Ar'alani comentou em um tom neutro muito mais politicamente aceitável. – Isso é para os outros investigarem. Faça seus reparos e me avise quando estiver pronto para partir. Almirante desligando.

A configuração de comunicação desconectou.

– Capitão intermediário, inicie uma verificação completa da nave, por favor – ordenou Thrawn. – Preste atenção em especial às armas e os sistemas de defesa.

– Sim, senhor – Samakro disse, sentindo uma onda de alívio. E, com isso, acabava a conversa política. Ao menos por enquanto. – Tripulação: verificação completa da nave. Chefes de departamento, relatem o status quando concluírem.

Houve um coro de concordância, e a tripulação da ponte mergulhou em silêncio pensativo ao iniciar a varredura.

– Espero que esteja certo a respeito dos Paataatus – disse Samakro. – Só porque os agressores de Csilla usaram naves diferentes, não significa que não possam ter encontrado algo que escondesse suas identidades.

– Não – disse Thrawn. – Viu as táticas deles aqui... Enxame com números esmagadores. Suas táticas não permitem o que vimos em Csilla, especialmente não depois de um ataque meia-boca que custou três naves. Não, o ataque de Csilla foi causado por outra pessoa.

– Por que eles não poderiam ter convencido alguém a fazer isso por eles? – Samakro sugeriu, sentindo o desejo perverso de continuar insistindo. Nunca se sentira confortável com conclusões instintivas e, baseado no que estava vendo ali, era tudo que Thrawn tinha. – Existem gangues de piratas por aí que poderiam ser contratadas para despistar.

– O propósito do ataque era definitivamente chamar nossa atenção – continuou Thrawn. – Mas não nessa parte da fronteira. – Seus lábios se comprimiram brevemente. – Assim que deixarmos o restante da força-tarefa para trás, poderei contar a você e aos outros oficiais sêniores sobre a missão que a Almirante Ar'alani mencionou.

– Sim, senhor – Samakro disse, observando-o de perto. Também nunca se sentira confortável com missões ultrassecretas. – É possível adiantar um pouco?

Thrawn abriu um leve sorriso.

– Sim, eu também sempre odiei ordens sigilosas – respondeu. – Posso dizer que pode haver uma nova ameaça do outro lado da Ascendência. Nossa missão é localizar, identificar e avaliar essa ameaça antes de que prestem atenção a nossos mundos.

– Ah – Samakro disse. Então era por isso que tinham designado de última hora uma sky-walker à nave. Viagem salto por salto era uma forma ineficiente de percorrer distâncias reais dentro do Caos, e com esse tipo de investigação não havia como prever a que distância a busca os levaria. – Posso perguntar se espera que esta busca termine em combate? – acrescentou, voltando a pensar nas instruções específicas de Thrawn a respeito das armas e defesas da *Falcão da Primavera*.

– Sempre há essa possibilidade – disse Thrawn. Viu a expressão de Samakro e sorriu de novo. – Não se preocupe, capitão. Já me repassaram todo tipo de protocolo sobre ataques preventivos.

– Sim, senhor – respondeu Samakro. – Com sua permissão, gostaria de supervisionar pessoalmente a verificação da barreira.

– Ótimo, capitão – disse Thrawn. – Pode ir.

Samakro foi em direção à estação de defesa, sentindo o estômago contrair. A barreira eletrostática era a primeira linha de defesa contra ataques da *Falcão da Primavera* e, como tal, tinha que estar em perfeitas condições.

Porque ele tinha ouvido histórias sobre Thrawn. E só porque tinham repassado protocolos para ele, não significava que o capitão os respeitaria.

LEMBRANÇAS III

EM QUASE QUATRO ANOS na Academia Taharim, a Cadete Sênior Irizi'ar'alani tinha conseguido um currículo impecável. Ela se destacara, estava indo de vento em popa na direção de posições de comando, e nem um centésimo de escândalo manchara seu nome.

Até aquele momento.

— Cadete Sênior Ziara — o Coronel Wevary entoou, usando a voz que ele reservava às ofensas mais hediondas contra as tradições de Taharim —, um cadete sob sua tutela foi acusado de trapacear. Tem algo a dizer em sua defesa ou na dele?

Sob sua tutela. Tudo o que Ziara fizera fora fiscalizar a maldita simulação que o Cadete Thrawn tinha feito.

Mas seu nome estava ligado à acusação, então ali estava ela.

Não que existisse uma grande possibilidade de consequências graves. Certamente, o representante Irizi sentado em um dos cantos do painel de três oficiais não parecia preocupado. Do outro lado da mesa...

Ela sentiu uma dolorida pontada de simpatia. Thrawn estava de pé ali, mas o representante da família Mitth sequer se dera o trabalho de aparecer. Ou tinha esquecido a audiência, ou não se importava. Nenhuma das duas alternativas era boa para o futuro de Thrawn.

A parte mais estranha era que nada daquilo fazia sentido. Ziara tinha checado os registros de Thrawn, e ele já estava muito à frente de seus colegas. A última coisa de que precisava era trapacear em uma simulação.

Ainda assim, mesmo que sua pontuação normal na simulação fosse consistentemente alta, a maior parte estava dentro ou só um pouco acima das notas máximas da academia. Naquele exercício em particular, ninguém na história de Taharim conseguia chegar perto da pontuação de 95 que Thrawn atingira. Só havia uma dedução lógica para tal pontuação, e o Coronel Wevary chegou a ela.

Ziara voltou-se para o acusado. Thrawn estava tenso na cadeira, seu rosto uma máscara rígida. Ele já havia se declarado inocente das acusações, insistindo que não havia trapaceado, e sim tirado vantagem dos parâmetros que o exercício lhe oferecera.

Mas, como um dos membros do painel já dissera, isso era exatamente o que uma pessoa culpada diria. Infelizmente, cadetes demais já haviam burlado o sistema com sessões clandestinas de prática com os parâmetros de testes futuros, uma trapaça que os instrutores reverteram ao se assegurar que nenhuma simulação poderia ser repetida exatamente. A limitação embutida significava que Thrawn não poderia repetir a técnica e provar sua inocência.

Supostamente, os instrutores poderiam dar uma olhada na programação e mudar isso, mas levaria muito tempo, e aparentemente ninguém achava que um único cadete valeria tanto esforço.

Mentalmente, Ziara sacudiu a cabeça. A outra parte do problema era que as gravações do exercício estavam limitadas aos pontos de vista de três naves de patrulha. Uma das gravações havia travado no momento errado, sem mostrar nada do encontro dramático, enquanto as outras duas simplesmente mostravam a nave de patrulha de Thrawn desaparecendo por vários segundos cruciais.

Um dispositivo prático de camuflagem era um sonho dos cientistas da Força de Defesa havia gerações. Era pouco provável que uma simulação de cadete fosse conseguir aquele avanço vago. Ao menos, não sem mexer um pauzinho aqui e outro ali na programação.

E ainda assim...

Ziara estudou o rosto de Thrawn. Ele explicara suas táticas ao conselho pelo menos duas vezes, e ainda não acreditavam nele. Agora, com nada mais a dizer, ele se refugiava no silêncio. Ziara esperou encontrar rebeldia ou raiva ali, mas não conseguia ver nenhuma das duas. Ele estava sozinho, sem apoio de ninguém, nem mesmo da própria família.

Naquele meio-tempo, Coronel Wevary fez uma pergunta a Ziara, que respondeu:

— Não tenho nada a dizer. — E olhou para Thrawn mais uma vez.

De repente, um pensamento estranho veio à mente de Ziara. Algo que tinha percebido no registro de Thrawn, uma história de como tinha saído de uma família obscura e conseguido uma indicação para Taharim...

— Por enquanto — apressou-se a acrescentar. — Gostaria de pedir encarecidamente a indulgência do conselho para que eu possa usar o intervalo do almoço a fim de considerar novamente a situação e as evidências.

— De jeito nenhum — um dos outros membros do conselho bufou. — Você já viu as evidências...

— Devido ao horário avançado da manhã — Wevary interrompeu calmamente —, não vejo motivo pelo qual não poderíamos adiar a decisão até depois do meio-dia. Nos vemos novamente em uma hora e meia.

Ele tocou na pedra polida com a ponta dos dedos e ficou de pé. Os outros o seguiram, e saíram em silêncio da sala. Nenhum, Ziara notou, sequer olhou para ela ou Thrawn mais de uma vez.

Exceto o Coronel Wevary. O último a sair, ele parou ao lado da cadeira de Ziara...

— Não aprecio táticas de enrolação, Ziara — murmurou com um olhar duro. — Acho bom que tenha algo quando nos reunirmos novamente.

— Entendido, senhor — Ziara murmurou de volta.

Ele fez um aceno microscópico com a cabeça, e seguiu os outros para fora da sala, deixando Ziara e Thrawn sozinhos.

— Aprecio seu esforço — disse Thrawn, em voz baixa, seus olhos ainda no lugar vazio que o coronel ocupara. — Mas pode ver que eles já se decidiram. Sua ação não vai provocar nada além da irritação deles, e possivelmente isolá-la em sua família.

— Se eu fosse você, estaria mais preocupado com sua família do que com a minha — Ziara disse acidamente. — Falando neles, por que seu representante não veio?

Thrawn deu de ombros.

— Não sei. Suspeito de que não gostem de ver um dos adotados por mérito ligado a um escândalo.

— Nenhuma família gosta — Ziara disse, franzindo o cenho.

Ele estava certo, é claro.

Mas adotados por mérito também faziam parte da família e deveriam ser defendidos e protegidos. Se os Mitth estivessem se afastando de Thrawn em um momento tão crucial, deveria ter mais algum motivo.

— Enquanto isso, o Coronel Wevary foi para o intervalo de almoço — ela o lembrou quando se levantou. — Vou pegar algo para comer. Você deveria fazer o mesmo.

— Não estou com fome.

— Coma mesmo assim. — Ziara hesitou, mas era uma chance boa demais para ser desperdiçada. — Assim, se eles o expulsarem, ainda vai ter mais uma refeição gratuita.

Ele olhou para ela e, por um momento, achou que ele ficaria furioso por sua falta de sensibilidade. Então, para seu alívio, ele sorriu.

— É verdade — disse. — Você tem uma mente eminentemente tática, cadete sênior.

— Eu tento ter — respondeu Ziara. — Faça uma boa refeição e não se atrase ao voltar.

Ela acenou com a cabeça e saiu da sala.

Mas não foi ao refeitório. Em vez disso, encontrou uma sala de aula vazia perto dali e entrou.

Uma mente eminentemente tática, Thrawn dissera. Outros já haviam dito o mesmo, e Ziara nunca achara motivo para discordar deles.

Era hora de descobrir se estavam certos.

O secretário respondeu no terceiro toque.

— Escritório do General Ba'kif — anunciou.

— Meu nome é Cadete Sênior Irizi'ar'alani — Ziara disse. — Pergunte por favor ao general se ele poderia me dar alguns minutos de seu tempo. Diga que é sobre o Cadete Mitth'raw'nuru.

∞

O Coronel Wevary e os outros entraram na sala de audiências exatamente uma hora e meia depois. Nem os oficiais nem o representante Irizi olharam para os dois cadetes quando se sentaram.

O que deixou as expressões chocadas ainda mais engraçadas quando eles demoraram ao notar o recém-chegado sentado ao lado de Ziara.

— General *Ba'kif*? — o Coronel Wevary disse, resfolegando de forma explosiva. — Eu... Me perdoe, senhor. Não fui informado de sua chegada.

— Não tem problema, coronel — Ba'kif respondeu, olhando rapidamente para cada homem. Os outros dois oficiais estavam tão despreparados quanto Wevary para encontrar um oficial de alta patente, mas a surpresa logo se traduziu em respeito apropriado.

A surpresa do Irizi, em contraste, logo virou suspeita. Claramente, também vira o histórico de Thrawn e suspeitava de que Ba'kif estava lá para encobrir o ocorrido.

— Pelo que entendo, o Cadete Mitth'raw'nuru está sob suspeita de trapaça — Ba'kif continuou, virando-se para Wevary. — Acredito que a Cadete Ziara e eu encontramos uma forma de resolver o problema.

— Com todo respeito, general, nós já examinamos todas as evidências — disse Wevary, um pouco de tensão aparecendo em sua deferência. — A simulação não pode ser repetida com os mesmos parâmetros do exercício que ele completou, e ele diz que, sem os parâmetros, não pode duplicar o sucesso.

— Entendo — disse Ba'kif. — Mas existem outras maneiras.

— Espero que não nos sugira reprogramar o simulador — disse um dos oficiais. — Os mecanismos de defesa foram colocados para prevenir que cadetes fizessem exatamente isso, e levariam semanas para serem desfeitos.

— Não, não estou sugerindo isso — Ba'kif assegurou. — Suponho, coronel, que tenha todos os parâmetros relevantes do exercício?

— Sim, senhor — respondeu Wevary. — Mas, como eu disse...

— Um momento — interrompeu Ba'kif, virando-se para Thrawn. — Cadete Thrawn, você tem duzentas horas registradas no simulador de patrulha. Está preparado para testar a realidade?

Os olhos de Thrawn pularam para Ziara, e depois Ba'kif.

— Sim, senhor, estou.

— Só um minuto — interveio o Irizi. — O que está propondo, exatamente?

— Acredito que seja óbvio — disse Ba'kif. — Temos aqui uma oportunidade de comparar a simulação com a realidade, e estamos prontos para tirar vantagem disso.

— A Academia Taharim responde à autoridade do Coronel Wevary — o Irizi insistiu.

— Sim, responde. — Ba'kif virou-se para Wevary. — Coronel?

— Concordo, general — Wevary disse sem hesitação. — Estou ansioso para ver o exercício.

O Irizi o encarou de maneira hostil, mas ele só comprimiu os lábios e inclinou a cabeça.

— Ótimo. — Ba'kif se virou para o restante do conselho. — Cavalheiros, tenho quatro naves de patrulha preparadas e aguardando na plataforma, assim como uma lançadora de observação para que nós seis possamos assistir. — Ele ficou de pé e fez um gesto em direção à porta. — Vamos?

As quatro patrulhas estavam a postos: Thrawn em uma, três dos pilotos do General Ba'kif nas outras. A área de teste foi isolada, e os pontos iniciais do exercício, definidos. A lançadora de observação estava em posição, fora da área de combate, mas perto o suficiente para ver e gravar tudo.

Ziara estava sentada ao lado de Ba'kif na segunda fileira de assentos, vendo o toldo por cima das cabeças dos três outros oficiais e do Irizi. Ela apresentara a situação ao general como uma acusação injusta contra Thrawn, focando no brilhante histórico acadêmico do jovem cadete. E, para ser sincera, Ba'kif não precisou ser persuadido.

Mas isso não mudava o fato de que Ziara se arriscara, e agora havia pintado um alvo em sua testa. Antes de ligar para Ba'kif, seu envolvimento era periférico, com pouca chance de macular seu nome ou o da família Irizi. Agora, se Thrawn falhasse em provar seu ponto, seu nome estaria lá no alto junto com o dele.

— Patrulhas Um e Três: partir — Ba'kif comandou no comunicador. — Patrulha Quatro: partir. Patrulha Dois: partir. Certifiquem-se de que seus vetores estejam no caminho correto.

Na distância diante deles, as três naves de patrulha começaram a se mover. Abaixo, a Patrulha Quatro de Thrawn ia atrás.

— Mantenha-se estável — Ba'kif avisou. — Dois, aumente a propulsão em alguns graus. Um e Três, continuem assim. Cadete Thrawn?

— Estou pronto, senhor — veio a voz comedida de Thrawn.

Ziara sentiu os lábios retorcendo. *Agora*, quando o estômago dela estava cheio de nós, era naturalmente o momento em que ele decidiu ficar calmo e de cabeça fria.

Ou talvez fosse só que o espaço e o combate eram ambientes mais confortáveis para ele do que uma audiência cheia de oficiais, regulamentos e políticas familiares.

— Aguarde — instruiu Ba'kif. — O exercício começa... agora.

As quatro naves de patrulha saltaram uma em direção à outra, seguindo precisamente os parâmetros originais do exercício. Thrawn desviou a estibordo, em direção à Três. Um e Dois curvaram-se em sua direção, diminuindo a distância. Thrawn abriu fogo, varrendo Um e Três com disparos de espectro de laser com baixa potência, como os utilizados em exercícios. As duas naves se afastaram, saindo das linhas de fogo, e Dois foi em direção ao flanco de Thrawn, os três mirando-o com o próprio fogo. Por alguns segundos, Thrawn ignorou a destruição teórica martelando o próprio casco, e continuou em direção às Um e Três. Então, abruptamente, girou a nave em uma guinada de cento e oitenta graus, virando os propulsores para Um e Três como se estivesse preparado para fugir.

Mas, em vez de acionar os propulsores traseiros, ligou os da frente em máxima potência, continuando até Um e Três.

A manobra pegou os três agressores de surpresa. Um e Três se afastaram mais ainda, esquivando-se por reflexo da ameaça da colisão. A Dois, que parecia determinada a flanquear uma posição de queima-roupa, atirou além da proa de Thrawn.

E, conforme a Dois passava diante dele, Thrawn disparou os lasers contra a popa da nave ao mesmo tempo em que acionava os propulsores traseiros a toda potência em direção às Um e Três.

Alguém praguejou em voz baixa. De alguma forma, o ataque de Thrawn tinha aniquilado a aceleração da Dois, e jogado a nave em um tombo lento. O tiro no propulsor do próprio Thrawn o fez passar pela popa da Patrulha Dois, de novo deixando um caminho livre para a fuga.

Mas, para a surpresa de Ziara, em vez de fugir, ele continuou ligando os propulsores, cessando a própria velocidade e baixando para perto da Dois, deixando a nave trôpega entre ele e as distantes Um e Três.

E, de alguma forma, bem no meio dessa manobra, a nave dele empregou a mesma redução que seu ataque causara na Dois, imitando precisamente a velocidade e rotação enquanto ele se escondia atrás dela.

Ziara bufou uma meia-risada.

— Ele conseguiu — disse em voz baixa. — Ele sumiu.

— Do que você está falando? — o Irizi perguntou, parecendo confuso. — Ele está ali.

— Não acabou — Ba'kif avisou.

Um segundo depois, Thrawn tirou a nave de sua oscilação e, enquanto a Dois rotacionava para longe dele, disparou os lasers da proa e da popa, pegando a Um e a Três em suas proas.

— Parem! — Ba'kif exclamou. — O exercício acabou. Obrigado a todos; por favor, voltem à plataforma de lançamento. Cadete Thrawn, consegue atracar a nave sozinho?

— Sim, senhor.

— Eu o vejo lá dentro, então. Bom trabalho, cadete — desligou.

— O que quer dizer, bom trabalho? — o Irizi insistiu. — O que isso tudo provou? Foi uma manobra habilidosa, sim, mas todos nós vimos o que aconteceu. Ele não desapareceu da forma que disse ter ocorrido.

— Ao contrário — Ba'kif disse, um misto de admiração e divertimento em sua voz. — Só vimos porque estávamos acima do campo de combate, e porque estávamos usando lasers de baixa potência para diminuir os efeitos do mundo real. A simulação, por outro lado, não era tão limitada. — Olhou para Wevary. — Coronel?

— Sim — Wevary disse. Não parecia tão contente quanto Ba'kif, mas Ziara conseguia ouvir a admiração em sua voz. — Realmente, um ótimo trabalho.

— General... — o Irizi começou.

— Paciência, Aristocra — disse Ba'kif.

E, para a surpresa de Ziara, ele se virou para ela.

— Cadete Sênior Ziara, talvez possa fazer a gentileza de explicar?

— Sim, senhor — respondeu Ziara, sentindo que acabara de ser lançada no abismo. Era a pessoa mais inexperiente no compartimento, e ele queria que *ela* fizesse o equivalente a dar uma palestra?

Ainda assim, ter uma Irizi explicando a outro Irizi era provavelmente a ação mais correta, politicamente falando.

— O primeiro ataque contra Thrawn teria aberto as reservas de oxigênio da traseira da nave e os tanques de combustível, deixando vazar ambos os gases no espaço atrás dele — ela disse. — Quando ele virou de ré para as Patrulhas Um e Três e acionou os propulsores, esses gases pegaram fogo, temporariamente cegando os sensores dos agressores.

O Irizi bufou.

— Isso é só especulação.

— Nada disso — Wevary opinou. — É exatamente o que aconteceu na simulação, e a razão pela qual aconteceu. Continue, cadete sênior.

Ziara assentiu.

— Ao mesmo tempo em que Thrawn disparou contra os propulsores traseiros da Dois, danificando-os de forma precisa e específica para que não só os nocauteasse temporariamente, mas também fizesse a nave cambalear de forma previsível. Tudo o que precisava fazer era duplicar o efeito com seus próprios propulsores quando emparelhasse, imitando o padrão e se escondendo atrás da nave. Esperou tempo suficiente para Um e Três prestarem atenção em outra coisa, tentando encontrá-lo, e saiu de trás para disparar antes que pudessem responder.

O Irizi pareceu levar isso em consideração.

— Tudo bem — disse, relutante. — Mas e os sensores da Dois? A simulação não mostra imagens dessa nave enquanto o cadete está se escondendo.

— A tripulação estaria utilizando os propulsores do flanco para diminuir a oscilação — Ziara disse, aliviada. O outro ainda não estava contente, mas ele finalmente se dera conta de que não havia motivo para continuar com aquilo. Ela e sua família não estariam envolvidos em nenhum escândalo, afinal. — Todos os disparos ofuscariam os sensores.

— Então — disse Ba'kif. — Confio, coronel, que isso ponha um fim em seu inquérito?

— Sim, general — disse Wevary. — Obrigado pela sua assistência. Isso foi muito esclarecedor.

— Certamente — Ba'kif disse. — Leme: traga-nos de volta ao cais, por favor.

E, quando a lançadora se virou para continuar até a plataforma, Ba'kif olhou de relance para Ziara.

— E uma lição para você, cadete sênior — disse, baixo o suficiente para que só ela ouvisse. — Você tem bons instintos. Continue a confiar neles.

— Obrigada, senhor — respondeu Ziara. — Vou me esforçar para isso.

CAPÍTULO TRÊS

O CORREDOR QUE LEVAVA à sala de audiências Aristocra era longo, um pouco escuro, e um tanto ecoante. Ar'alani ouvia seus próprios passos enquanto andava, encontrando uma certa zombaria no *tum, tum, tum* dos sons maçantes. Dramático, feito para dar uma desvantagem psicológica a testemunhas e Oradores antes que entrassem na câmara.

Quem eles realmente queriam jogar à fogueira era Thrawn, é claro, mas ele estava em alguma missão ultrassecreta para o Supremo General Ba'kif e fora de alcance. Em sua ausência, alguém aparentemente decidira que sua comandante em batalha deveria ser chamada para um tribunal oficial, supostamente na esperança de que fosse dizer algo derrogatório que pudessem usar contra ele no futuro próximo.

Uma perda de tempo, francamente. Ar'alani já dissera tudo que pretendia dizer ao Conselho de Hierarquia de Defesa, e duvidava de que qualquer pessoa lá realmente acreditasse que mudaria seu testemunho. E, não importava o quanto pudessem ficar furiosos, os Aristocras e as Nove Famílias não podiam, em teoria, fazer nada com uma oficial general da patente dela.

Em teoria.

— Isso é uma farsa. — A Capitã Sênior Kiwu'tro'owmis bufou enquanto ela e suas pernas curtas se esforçavam para acompanhar as passadas largas de Ar'alani. — Uma farsa total. Uma farsa à nona potência, fatorial.

— São muitas farsas, essas — Ar'alani disse, sorrindo para si mesma. Não só Wutroow era uma excelente primeira-oficial, mas tinha o talento de quebrar a tensão e apontar os absurdos.

— Mantenho cada uma delas — Wutroow disse. — Explodimos os Paataatus em pedacinhos minúsculos de metal e conseguimos o acordo de paz mais subserviente da parte deles que já vi na vida. E os Aristocras *ainda* não estão satisfeitos?

— Não — Ar'alani concordou. — Mas o problema não somos nós. Só somos os alvos mais convenientes no momento.

Wutroow bufou.

— Thrawn.

Ar'alani assentiu.

— Thrawn.

— Nesse caso, é uma farsa até o décimo fatorial — Wutroow disse firmemente. — Ele desobedeceu a sua ordem com um bom motivo. E o plano dele funcionou.

Motivo pelo qual o Conselho não o tinha acusado nem punido, é claro. Especialmente, já que nem Ar'alani nem os outros comandantes quiseram registrar uma acusação.

Mas Thrawn tinha inimigos entre os Aristocra. E, vindicação do Conselho ou não, esses inimigos queriam sangue.

— Então, o que devemos fazer, senhora?

— Responder as perguntas — disse Ar'alani. — Honestamente, é claro. A maior parte dos Aristocras sabe que não devem fazer perguntas para as quais já não sabem a resposta.

— Presumo que isso não significa que não possamos distorcer nossa resposta um pouquinho?

— Essa certamente vai ser *minha* estratégia — disse Ar'alani. — Só cuide para não distorcer demais e acabar pega pelo próprio laser. Alguns Aristocras refinaram essa tática até torná-la uma arte e conseguem reconhecê-la.

Wutroow deu uma risadinha.

– Uma arte. Thrawn gostaria disso.

– Não o tipo de arte na qual tem talento, infelizmente – Ar'alani disse. – Tome cuidado. Se eles não podem ter o sangue dele, podem tentar ter o nosso.

– Não acho que precisemos nos preocupar demais, almirante – disse Wutroow. – Lembre o ditado: o céu está sempre mais escuro...

– ... Antes de ficar completamente negro – Ar'alani concluiu por ela. – Sim, também tive esse instrutor na academia.

E lá estavam elas. Os guardas das portas puxaram os anéis, fazendo os painéis pesados balançarem (mais drama psicológico), revelando a mesa de testemunhas e duas cadeiras viradas para um semicírculo escuro onde o grupo de síndicos as esperava, sentados em silêncio. Andando com confiança, Ar'alani foi até a mesa e parou atrás de uma das cadeiras, com Wutroow ao seu lado.

– Síndicos da Ascendência Chiss, eu os saúdo – falou Ar'alani, assegurando-se de que sua voz soasse tão confiante quanto seu passo. – Sou a Almirante Ar'alani, atualmente no comando da *Vigilante* e Força de Piquete Seis da Frota de Defesa Expansionária. Esta é minha primeira-oficial, a Capitã Sênior Kiwu'tro'owmis.

– Saudações, almirante; capitã sênior – uma voz disse do círculo.

E, de súbito, a escuridão foi clareada com um relampeio de luz.

Ar'alani piscou algumas vezes enquanto seus olhos se acostumavam, sua mente lá no fundo apreciando este ardil final. Os síndicos não tinham necessidade de encolher-se nas trevas; podiam olhar para qualquer um na Ascendência sem medo.

– Sentem-se, por favor – disse outra voz. – Temos apenas algumas perguntas.

– Estamos prontas para respondê-las – disse Ar'alani, puxando uma cadeira e se sentando, seus olhos passando pela mesa. Nenhum dos rostos era familiar, mas as placas com os nomes de família no canto da mesa forneceram todas as informações de que precisava. Seis famílias foram escolhidas para este tribunal em particular, como sempre compostas de uma mistura entre os Nove e as Grandes: os

Irizi, a antiga família de Ar'alani; os Kiwu, a família atual de Wutroow; e ainda os Clarr, os Plikh, os Ufsa, e os Droc.

Notáveis em sua ausência eram os Mitth, a família de Thrawn.

Notáveis *e* suspeitos. O fato de que o próprio Thrawn não estava ali era, provavelmente, a desculpa que os Mitth tinham usado para não ir ao interrogatório. Mas, dado o fato de que ele era o foco evidente, os Mitth deveriam ter insistido para estarem presentes.

A não ser que já tivessem decidido entre si que Thrawn era um estorvo e o estivessem jogando aos caçadores. Não seria a primeira vez que teriam escolhido esse caminho.

– Deixe-me ir direto ao ponto – disse o Clarr. – Seis dias atrás, sua força de piquete foi enviada contra os Paataatus como reprimenda por suas sondas em nossa fronteira sudeste-zênite. Durante essa batalha, um de seus comandantes, o Capitão Sênior Mitth'raw'nuruodo, desobedeceu a uma ordem direta. É verdade?

Ar'alani hesitou. Era verdade, mas estava distorcida.

– Ele desobedeceu a uma ordem menor, sim, síndico – disse.

O Clarr franziu o cenho.

– Desculpe?

– Ele desobedeceu a uma ordem menor – Ar'alani repetiu. – No momento, porém, estava obedecendo a uma ordem maior.

– Bem, isso é certamente fascinante – ironizou o Irizi. – A família Irizi teve a honra de fornecer oficiais e guerreiros à Força de Defesa por gerações, e eu nunca ouvi falar de ordens maiores ou menores.

– Talvez *prioridades* seria a palavra correta – Ar'alani consertou. – A primeira prioridade de um guerreiro é, obviamente, defender a Ascendência. A segunda é vencer o combate em que se encontra e a guerra. A terceira é proteger a nave e a tripulação. A quarta é obedecer a uma ordem específica.

– Está sugerindo que a Frota de Defesa Expansionária funciona como uma confusão desordenada? – o Droc perguntou.

– Mais como uma escultura abstrata, se Thrawn estiver envolvido – a Ufsa grunhiu.

Alguns deles deram uma risadinha. O Clarr mal sorriu.

– Fiz uma pergunta, almirante.

– A frota não é, certamente, esse lugar caótico que seu comentário sugeriu – explicou Ar'alani. – Idealmente, as ordens da comandante sênior estão perfeitamente alinhadas com todas essas prioridades. – Ela inclinou a cabeça, como se tivesse chegado a uma conclusão de repente. – Na verdade, eu diria que é o mesmo com vocês.

Os olhos do Clarr se estreitaram.

– Explique-se.

– Seu primeiro dever é com a Ascendência – disse Ar'alani. – Seu segundo é com suas famílias individuais.

– O que é bom para as Nove Famílias é bom para a Ascendência – o Plikh disse, rígido.

– Sem dúvida – Ar'alani concordou. – Simplesmente me referi à hierarquia de objetivos e deveres.

– Mesmo dentro das famílias – opinou Wutroow. – Imagino que tratem quem é do seu sangue de maneira diferente dos primos, das posições distantes, dos nascidos por provação, e adotados por mérito.

– Obrigada por declarar o óbvio, capitã sênior – disse o Clarr, acidamente. – Mas não foram trazidas aqui para uma discussão sobre relações familiares. Foram trazidas aqui para explicar por que o Capitão Thrawn teve a permissão de desobedecer a uma ordem direta de sua superior sem sofrer consequências por suas ações.

– Desculpe, síndico – Wutroow disse antes de Ar'alani poder responder –, mas tenho uma dúvida.

– Almirante Ar'alani, faça a gentileza de informar à sua primeira-oficial que ela está aqui para responder perguntas, não para fazê-las – cutucou o Clarr.

– De novo, peço desculpas, síndico – Wutroow disse obstinadamente –, mas minha pergunta tem relação direta com as ações do Capitão Thrawn.

O Clarr começou a falar, hesitou, e apertou os lábios.

– Muito bem – disse. – Mas já aviso, capitã, que não estou com humor para deflexões frívolas.

– Nem eu, síndico – disse Wutroow. – Como foi estabelecido, o motivo pelo qual o Capitão Thrawn moveu a *Falcão da Primavera* para longe da força da Almirante Ar'alani foi para atrair a emboscada para si mesmo, e dar tempo para as outras naves prepararem o contra-ataque. Minha pergunta é: *por que* a força foi emboscada tão rápida e completamente?

– Porque os Paataatus sabiam que suas ações contra a Ascendência naturalmente causariam reprimendas – disse o Clarr. – Ainda mais se eles estiverem por trás do ataque a Csilla. Eu a adverti a respeito de perguntas frívolas...

– Mas por que *ali*? – Wutroow insistiu. – Por que naquele lugar em particular? Eles estavam muito claramente nos esperando chegar.

– Você parece já saber a resposta – disse o Kiwu. – Por que não fala o que tem em mente?

– Obrigada – Wutroow disse, inclinando a cabeça na direção dele. – Consegui um relatório detalhado da missão que a Sindicura enviou a Paataatus logo após eles serem identificados como aqueles contra o nosso flanco. As conversas foram breves...

– Todos nós lemos o relatório – o Clarr interrompeu. – Vá direto ao ponto.

– Sim, síndico – Wutroow disse. Não havia nenhum sinal de sorriso em seu rosto, Ar'alani notou. Wutroow sabia que não seria boa ideia parecer zombar da Aristocra, mas havia um brilho em seu olhar que lhe assegurava que estava preparando algo bom. – Assim que as discussões terminaram e os emissários voltaram à nave, um deles disse à delegação de Paataatus – Wutroow pausou e checou seu questis – e cito: "A próxima vez que vir naves Chiss vindo em sua direção nestas estrelas, elas trarão sua dizimação absoluta". – Olhou para cima. – Preciso identificar a direção para a qual o emissário apontou?

– Ridículo – a Ufsa rebateu. – Nenhum diplomata faria algo tão tolo.

– Ao que parece, um deles fez – Wutroow disse. – Se a Almirante Ar'alani soubesse a respeito disso, é claro, ela teria certamente escolhido um vetor diferente de ataque, mas não sabia.

– E, nessas circunstâncias – Ar'alani acrescentou, retomando o fio da meada de Wutroow –, tenho certeza de que podem reconhecer que as ações do Capitão Thrawn foram tão necessárias quanto apropriadas.

– Talvez – disse o Clarr. Sua voz e seu rosto ainda não estavam entregando o jogo, mas a confiança anterior tinha esfriado bastante. – Interessante. Obrigado por seu tempo, almirante; capitã. Podem se retirar. Nós as chamaremos de volta depois de analisarmos este assunto mais profundamente.

– Sim, síndico – disse Ar'alani, ficando de pé. – Mais uma coisa. Eu acredito firmemente que esse ataque foi a última demonstração que precisamos fazer contra os Paataatus. Os diplomatas deles parecem completamente comprometidos em retrair as fronteiras e deixar a Ascendência em paz. Se isso fizer algum tipo de diferença para suas deliberações.

– Obrigado – o Clarr disse de novo. – Tenham um bom dia.

– Eles não vão, é claro – disse Wutroow, quando as duas mulheres refizeram o caminho de volta no longo corredor. – Nos chamar de volta, quero dizer. Assim que entenderem o que aconteceu, a última coisa que vão desejar é trazer atenção a uma gafe dessas.

– Concordo – disse Ar'alani. – Então, a história é verdade?

– É claro. – Wutroow sorriu. – Blefar contra um inimigo em combate às vezes funciona. Blefar contra os Aristocras não. Não, um dos emissários foi estúpido o suficiente para ficar de pé e apontar para nosso vetor de ataque otimizado.

– Conseguiu essa informação com sua família, imagino?

– Sim, senhora – Wutroow confirmou. – Sinto muito, mas não posso ser mais específica que isso.

– Eu não pretendia perguntar – Ar'alani assegurou-a. – Suponho que repassar isso a você tenha a ver com políticas familiares, e não só com ajudar Thrawn?

– Não, esse foi só um efeito colateral positivo. – Wutroow olhou para Ar'alani de relance. – Notei que você não deu crédito a Thrawn com aquela previsão a respeito da inação futura dos Paataatus.

Ar'alani torceu o nariz. Naturalmente, odiava a prática comum de um oficial ganhar o crédito pelas ideias ou façanhas dos outros, mas naquele caso...

— Vou corrigir isso em um ou dois anos, considerando que a previsão se realize — disse. — Mas acho que não teria sido bom falar isso hoje.

— Mas você queria que ficasse registrado — perguntou Wutroow, assentindo. — E foi a melhor forma que encontrou de fazer isso. Suponho que nunca nota como são importantes as conexões e canais familiares até perdê-los.

— Não, você não nota — Ar'alani disse, com uma sensação antiga e distante de perda. — Então aproveite enquanto ainda a tiver.

— O quê, *eu*? — Wutroow deu uma risadinha. — Aprecio o elogio, almirante, mas nunca vou ser elevada a oficial general.

— Nunca se sabe, capitã — Ar'alani disse. — Nunca se sabe mesmo.

CAPÍTULO QUATRO

Che'ri saiu da Terceira Visão com os olhos turvos, um cansaço horrível, e uma dor de cabeça imensa. Era como se um encantamento de sobrecarga estivesse começando.

Ela queria desesperadamente que não fosse um encantamento de sobrecarga.

– Estamos aqui – alguém disse.

Che'ri virou a cabeça, com cuidado para não se mexer rápido demais. O Capitão Sênior Thrawn estava sentado na cadeira de comandante, com o Capitão Intermediário Samakro à esquerda e Thalias à direita.

Essa era novidade. A maior parte das meiasmães de Che'ri a levavam até a ponta e a traziam de volta, mas ficavam na suíte enquanto estava trabalhando. Ela sempre concluíra que não deixavam que elas entrassem.

Talvez elas pudessem ter ficado lá, se quisessem, e só não quiseram. Ou Thalias fosse especial por já ter sido uma sky-walker.

Thrawn e Samakro estavam olhando para um planeta no meio da panorâmica principal.

Thalias olhava para Che'ri.

Rapidamente, Che'ri voltou aos seus controles, o movimento súbito provocando mais uma marretada de dor em sua cabeça. *Nunca mostre fraqueza*, tinham lhe avisado tantas vezes. *Uma sky-walker nunca mostra fraqueza. Sempre tem que estar pronta para continuar, feliz e eficientemente, fazer mais uma viagem, e mais uma depois disso, até que seu capitão permita que descanse.*

– Nenhuma emissão de energia – disse a mulher na estação de sensores. – Nenhuma massa de metal refinado nem indicações de sinal de vida. O planeta parece estar morto.

– Nada surpreendente, dado o ambiente – Samakro disse. – Risque mais um. Para o próximo sistema?

Houve uma pausa. Che'ri continuou encarando os controles diante de si, esperando que Thrawn dissesse que não.

Mas tinha certeza de que ele diria que sim. Ninguém explicara que viagem era essa, mas pareciam procurar por algo importante. Um capitão como Thrawn não gostaria de perder tempo algum.

Será que Che'ri conseguiria navegar com um encantamento de sobrecarga vindo? Ela nunca havia tentado antes, mas tinha trabalho a fazer, e ninguém mais a bordo poderia fazê-lo por ela. Se Thrawn dissesse que precisava continuar...

– Acho que não – disse Thrawn. – A nave e os guerreiros poderiam descansar um pouco.

Che'ri sentiu os olhos turvos de lágrimas. Lágrimas de alívio por poder descansar. Lágrimas de vergonha por estar cansada demais para continuar.

Thrawn sabia. Ela conseguia notar em sua voz. Ele poderia dizer que todo mundo precisa descansar, mas ele sabia. Era culpa dela. Culpa de Che'ri. Ela era o motivo pelo qual precisavam parar.

– Leme, leve-nos à órbita elevada sobre este planeta – o capitão mandou.

– Sim, senhor – disse o homem no console próximo ao de Che'ri.

Ela viu os dedos dele se movendo sobre os controles, fascinada apesar da dor e da visão embaçada. Já jogara jogos de voo em seu questis, mas assistir alguém fazendo isso na vida real era bem mais interessante.

– Sensores, estendam a busca para fora durante a entrada – Thrawn continuou. – Assim que estivermos em órbita, refinem a busca em direção ao planeta.
– Sim, senhor – respondeu a mulher.
– O que espera encontrar? – Samakro perguntou.
– Não espero, capitão intermediário – Thrawn corrigiu. – Apenas especulo.
Che'ri franziu a testa. Especulando? Sobre o quê? Continuou ouvindo, esperando que Samakro perguntasse algo.
Mas não perguntou.
– Sim, senhor – foi tudo o que disse. Che'ri ouviu seus passos enquanto ele se afastava.
– Obrigada – disse Thalias em voz baixa.
Che'ri apertou os olhos com força, contra a dor e a vergonha, lágrimas escorrendo por suas bochechas. Thalias também sabia. E Samakro, sabia?
Todo mundo na nave sabia?
Che'ri sentiu o hálito de alguém na bochecha, esquentando suas lágrimas.
– Está tudo bem? – Thalias perguntou suavemente em seu ouvido. – Preciso ajudá-la a voltar à suíte?
– Posso ficar aqui um pouco mais? – Che'ri perguntou. – Eu não consigo... Eu não quero ser carregada.
– Ela está bem, cuidadora? – Thrawn perguntou.
– Ela vai ficar bem – afirmou Thalias, pressionando a mão contra a testa de Che'ri. O frio e a pressão eram confortantes. – Às vezes, sky-walkers saem da Terceira Visão com sobrecarga sensorial que se materializa em dores e visão embaçada. Se virar um encantamento completo, pode levar um tempo até passar.
– Mais um motivo para pararmos agora – disse Thrawn.
– Sim – Thalias concordou. – De qualquer forma, gostaria de dar a Che'ri alguns minutos para começar sua recuperação antes de andarmos de volta à suíte.
Um pouco de conforto sussurrou entre a dor. Nenhuma das outras meiasmães de Che'ri tinham entendido os encantamentos de

sobrecarga. Uma até ficara brava com ela. Era bom ter alguém que soubesse o que eram, e o que fazer com eles.

— Tome todo o tempo que precisar — disse Thrawn. — Não fico surpreso que ela tenha ficado tão afetada, considerando os parâmetros deste sistema.

Che'ri franziu o cenho, abrindo os olhos e espiando o planeta para o qual a *Falcão da Primavera* se dirigia. Não parecia diferente de nenhum outro planeta que já vira durante a viagem. O que era tão especial a respeito daquele?

— Não o planeta — disse Thrawn.

Che'ri se sobressaltou, o movimento lançando outra onda de dor em sua cabeça e ombros. A voz do capitão viera bem de trás dela.

Capitães não costumavam se aproximar de suas sky-walkers. Ela não sabia se eles não deveriam, ou se só não o faziam, mas Thrawn estava parado ao lado de Thalias. Quase perto o suficiente para tocá-la.

— Observe a tela tática — Thrawn continuou, apontando para uma das grandes telas ao lado da panorâmica. — Dá uma visão mais ampla do sistema como um todo.

Che'ri estreitou os olhos, tentando entender as linhas, curvas e números.

E, quando entendeu, sentiu os olhos se arregalarem.

Ali não havia apenas uma estrela, como pensou. Havia *quatro*.

— Sistemas estelares quádruplos como este são um tanto raros — disse Thrawn. — Imagino que navegar dentro de um deve ser ainda mais cansativo na Terceira Visão.

— Sim, imagino que sim — disse Thalias, mudando de mão para colocar a mais fria na testa de Che'ri. — Por que estamos aqui? Quero dizer, *aqui*?

— Realmente quer saber, cuidadora? — Thrawn perguntou.

A mão de Thalias na testa de Che'ri ficou rígida de repente.

— Sim, senhor — afirmou Thalias. — Realmente quero.

Thrawn foi para o outro lado de Thalias.

— Uma nave de refugiados foi encontrada à deriva em um dos sistemas remotos da Ascendência — disse em voz baixa. Talvez Che'ri não devesse escutar isso? — Estamos seguindo o vetor de onde a nave veio para tentar identificar as pessoas. Alguma pergunta, Tenente Comandante Azmordi?

– Não, senhor – respondeu o tenente comandante, tenso. – Mas talvez eu deva lembrar o capitão de que há certos assuntos que devem ser mantidos... – ao estreitar os olhos atrás da mão de Thalias, Che'ri o viu apontando para ela – ... dentro do corpo de oficiais superiores?

– Sua preocupação foi registrada, tenente comandante – afirmou Thrawn. – Mas, a certo ponto, a Sky-walker Che'ri e a Cuidadora Thalias podem ter que fazer coisas extraordinárias. É importante que a equipe saiba o que está em jogo e que estejam todos preparados mentalmente.

Che'ri franziu o cenho. *A equipe*. Ninguém nunca a contara como parte da equipe antes. Nunca se vira assim, também. Ela era uma sky-walker, a cuidadora era sua meiamãe, e só. Che'ri guiava a nave para onde ela precisava ir, e a cuidadora preparava suas refeições e a colocava na cama à noite. Elas não eram uma equipe.

Eram?

– Sim, senhor – disse Azmordi. Che'ri já ouvira oficiais contrariados demais para saber que aquele definitivamente estava contrariado.

Mas ele não continuou discutindo.

– Passou pela minha cabeça que os refugiados não gostariam que seu inimigo soubesse aonde estavam indo – Thrawn continuou. – Também li que, pela forma como as unidades familiares estavam juntas na nave destruída, as pessoas deveriam ter um senso forte de camaradagem. Me parece que pessoas assim prefeririam viajar em grupo. E, se não fosse em um grupo, que ao menos tivessem uma nave de companhia.

Pausou, como se esperasse que algum deles dissesse algo. Che'ri olhou para as quatro estrelas de novo, tentando pensar com a dor de cabeça.

E, então, conseguiu.

– Eu sei! – disse, levantando a mão. – As quatro estrelas. É difícil chegar aqui.

– É – disse Thrawn. – O que significa...?

Che'ri sentiu os ombros encolherem. Não sabia o que significava.

– Significa que é o lugar perfeito para duas naves se encontrarem – disse Thalias. – Um lugar onde qualquer perseguidor hesitaria em procurar. Acha que podemos encontrar a outra nave aqui?

– Possivelmente. – Thrawn pausou de novo, e Che'ri teve a sensação de que estava olhando para ela. – Sky-walker Che'ri, está pronta para voltar ao seu quarto?

O momento de empolgação desapareceu. Che'ri não era mais parte da equipe, só alguém que movia a nave.

– Acho que sim – disse ela com um suspiro.

– Deixe-me ajudar – disse Thalias. Pegou um dos braços de Che'ri com a mão e tirou os cintos de segurança com a outra. – Está pronta para ficar de pé?

– Sim – Che'ri respondeu. Ficou de pé, parou quando a cabeça girou de vertigem. O universo se acalmou, e ela assentiu.

– Tá – disse, e andou ao redor da cadeira. Com Thalias ainda segurando seu braço, foi até a escotilha da ponte.

Um momento depois, estavam caminhando no corredor.

– Está com fome? – Thalias perguntou quando chegaram à porta da suíte. – Ou gostaria de um banho quente primeiro?

– Banho – Che'ri disse. – Você tinha encantamentos de sobrecarga assim?

– Às vezes – Thalias respondeu. – Geralmente na época em que comecei, mas voltei a ter alguns no fim. Porém, acho que nenhum deles deve ter sido tão ruim quanto este que você teve. – Sacudiu a cabeça. – Um sistema de quatro estrelas. O pior que já tive tinha três. Você é bem incrível, Che'ri.

Che'ri torceu o nariz.

– Não muito.

Mas as palavras fizeram com que se sentisse bem. O Capitão Thrawn tirando um tempo para falar com ela também tinha sido bom.

Um banho quente seria *muito* bom.

– Bem, você é – disse Thalias. – Deixe-me acomodá-la, e aí vou preparar seu banho. Você quer seu questis enquanto espera?

Três horas depois, com Che'ri de banho tomado, refeição terminada e dormindo, Thalias voltou para a ponte.

Para descobrir que a *Falcão da Primavera* não estava mais sozinha. Flutuando a meio quilômetro de distância da panorâmica, com as luzes externas escuras, estava uma nave estrangeira.

Samakro estava sentado na cadeira de comando, falando silenciosamente com um dos outros oficiais. Ele notou Thalias, murmurou um comentário final e, quando o outro homem voltou para um dos consoles, ele a chamou.

– Como está Che'ri? – perguntou.

– Dormindo – disse Thalias, parando ao lado de sua cadeira e olhando para a nave estrangeira. Ela achava que o formato de bloco a fazia parecer um cargueiro e não uma nave de guerra. – Onde está o Capitão Sênior Thrawn?

– Ele embarcou com uma equipe de pesquisa. – Samakro sacudiu a cabeça. – Maldito seja.

– O cargueiro?

– O capitão. Como ele sabia que estaria aqui? – disse Samakro.

Thalias começou a recordá-lo da análise anterior de Thrawn, e lembrou a tempo que Samakro não estava lá para isso.

– Ele tem seus métodos – ela disse em vez disso. – Onde estava?

– Orbitando do outro lado do planeta – Samakro esclareceu. – Foi só um pouco depois que vocês saíram que a nave apareceu.

Thalias estremeceu. Uma nave morta, provavelmente com gente morta dentro. Será que Thrawn sabia ou suspeitava quando sairia do esconderijo? Foi por isso que ele quis tirar Che'ri dali logo e levá-la de volta à suíte?

Porque o oficial do leme estava certo. Havia coisas que não se deveria mostrar a sky-walkers.

– Então, qual é a *sua* história? – Samakro perguntou.

– Desculpe? – questionou Thalias, franzindo o cenho.

– Por favor – Samakro disse desdenhosamente. – Uma sky--walker aposentada, agora trabalhando de cuidadora? Isso não acontece mais. Pelo que sei, assim que as sky-walkers se aposentam, passam o mais longe possível daquela vida.

— Não era tão ruim assim — disse Thalias, mentindo só um pouquinho.

— Sei... *E* da família Mitth, *e* a bordo da nave de Thrawn? Se realmente for quem diz ser, é uma grande quantidade de coincidências.

A lembrança de sua breve conversa com o Síndico Thurfian voltou à sua cabeça. Samakro não fazia ideia. Um movimento chamou sua atenção: uma das naves auxiliares da *Falcão da Primavera*, saindo da outra nave e voltando para lá.

— Se quer dizer algo, diga. O capitão está voltando.

— Os Mitth a mandaram para que ficasse de olho em nós — Samakro disse. — Não se incomode em negar isso. O oficial que a colocou na *Falcão da Primavera* me disse que foi como você tentou entrar na tripulação em primeiro lugar, e que um síndico Mitth apareceu de última hora para mexer os pauzinhos.

Thalias não mudou a expressão.

— E?

— E eu já vi o desastre flamejante que observadores podem causar em uma nave de guerra — Samakro disse. — Eles atrapalham, nunca sabem onde ficar, ou como pular, e introduzem mais política familiar do que é necessário.

— Não estou aqui para causar problemas.

— Não importa — Samakro disse. — Você simplesmente vai causá-los. — Ele apontou para a nave flutuando diante deles. — Todo mundo lá está morto. Todo mundo na nave que foi atacada em Dioya está morto. Alguém os matou, alguém que podemos nem conhecer. E, em algum momento, é possível que haja combate. — O dedo que apontava virou-se para Thalias. — Não quero morrer porque as pessoas estavam ignorando os próprios painéis para olhar por cima do próprio ombro para checar se tem um olheiro Mitth atrás deles.

— Acho que é um sentimento com o qual todos concordamos — disse Thalias, tensa. — Vamos fazer um acordo. *Eu* vou fazer o possível para não atrapalhar. *Você* vai fazer o possível para me avisar se eu estiver atrapalhando mesmo assim.

– Não prometa coisas que não pode cumprir – avisou Samakro.
– Temos uma cela, sabe.

– Não ameace algo que não vai poder cumprir, capitão intermediário – disse Thalias. – Não esqueça que eu sou a única que pode cuidar de sua sky-walker.

– Desde quando? – Samakro caçoou. – Mistura sopa quando ela está doente, a abraça quando está chorando, e toma cuidado para que nenhum de nós, guerreiros perigosos, a assuste.

– Acredite em mim, envolve bem mais do que isso – Thalias objetou, jogando para longe sua irritação instintiva. Se Samakro queria incitá-la a causar tanto problema que pudesse ter uma desculpa para prendê-la, teria que fazer muito mais esforço. – Então, o que sabemos a respeito daquela nave? Você disse que todos estão mortos? Como?

Samakro respirou fundo.

– Tudo o que sabemos até agora é que o hiperpropulsor falhou, e é isso que os deixou encalhados aqui. Ao menos estes não foram assassinados como o último grupo... Parece que ficaram sem ar. – Comprimiu os lábios brevemente. – Não é a pior forma de morrer, isso é claro.

– Também significa uma nave intacta com corpos intactos – lembrou Thalias.

– É – disse Samakro. – Se tudo der certo, isso nos dará o que precisamos para seguir o caminho de volta ao sistema deles.

– Capitão Intermediário Samakro, aqui quem fala é o capitão – a voz de Thrawn veio do alto-falante. – A sala de exames está preparada?

Samakro ligou o microfone em sua cadeira.

– Sim, senhor – confirmou. – Nós temos quatro mesas na Sala Pronta Dois, e os médicos e o equipamento estão no aguardo.

– Excelente – disse Thrawn. – Me encontre lá, se puder.

– Estou indo, senhor.

Ele chegou a dar três passos até a ponte antes de Thalias alcançá-lo.

– Aonde pensa que está indo? – indagou Samakro, franzindo o cenho.

— Sala Pronta Dois — disse Thalias. — O que quer que o capitão tenha encontrado pode impactar aonde vamos e como Che'ri faz o seu trabalho. Preciso saber de tudo para prepará-la quando chegar a hora.

— Claro que precisa — Samakro disse amargamente. — Bem. Lidere o caminho.

— Certo — disse Thalias, hesitante. — Ah...

— Não sabe onde é, não é mesmo?

Thalias bufou.

— Não.

— Foi o que pensei — disse Samakro. — Siga-me. E, quando chegarmos, fique fora do meu caminho. E não atrapalhe.

⸻

A sala pronta era menor do que Thalias esperava e, com quatro mesas, mais a equipe médica abarrotada no lugar, estava lotada quando ela e Samakro chegaram.

Os médicos, naturalmente, abriram espaço para o primeiro-oficial da *Falcão da Primavera*. Thalias, também naturalmente, teve que abrir espaço para si mesma, escapando de cotovelos e olhares mal-encarados, até encontrar um canto que não estava sendo usado.

Ela estava se ajeitando na posição quando Thrawn e os corpos chegaram.

Havia quatro deles, como Thrawn insinuara. Três eram da mesma espécie: estatura média, com saliências pronunciadas no peito e quadris, a pele rosa-clara com manchas roxas ao redor dos olhos, todos com cristas emplumadas na cabeça. Seus braços e pernas eram finos, mas pareciam musculosos. Vestiam roupa que era estrangeira, mas, ainda assim, com um nível de estilo e detalhe que fizeram Thalias achar que estavam com vestimentas refinadas.

O quarto corpo, em contraste, era alto e magro, com ombros, cotovelos, pulsos, joelhos e tornozelos amplos. A pele era de um cinza pálido, e em suas têmporas havia um xadrez de cicatrizes tatuadas em verde, vermelho e azul. Estava vestido com um macacão vermelho-escuro, completamente utilitário.

– Não temos nada assim em nossos registros – Thrawn declarou, fazendo um gesto na direção dos corpos rosados. – Mas o quarto... Consegue reconhecê-lo, capitão intermediário?

– Consigo – Samakro disse, chegando perto e olhando para seu rosto rochoso. – Não sei quais são as espécies, mas as cicatrizes nas têmporas o marcam como um Guia do Vão. – Olhou para Thalias. – É um dos grupos contratados como navegadores de longa distância pelo Caos – acrescentou.

– Eu sei – disse Thalias. Uma vez, estivera a bordo de uma nave de guerra escoltando uma missão diplomática, e ambas as naves contrataram estrangeiros da Guilda de Navegadores para reforçar a ilusão cuidadosamente criada de que os Chiss tinham navegadores próprios. Ela e sua cuidadora estavam fora de vista, na suíte, mas vira algumas imagens em vídeo do navegador trabalhando.

Não lembrava do navegador se parecer nem um pouco com aquele Guia do Vão morto, mas a guilda era composta de muitos grupos e espécies.

– Na verdade, eu estaria surpreso se conhecesse a espécie dele – Thrawn comentou. – A Guilda de Navegadores se esforça para não identificar as espécies e sistemas de seus membros. De qualquer forma, a presença dele foi um golpe de sorte.

– Por quê? – Thalias perguntou.

– Porque algumas das gravações da ponte sobreviveram à morte da tripulação e dos passageiros – disse Thrawn. – Naturalmente, essas gravações foram feitas na linguagem dos habitantes.

– Que, eu presumo, não sabemos? – Samakro perguntou.

– Correto – disse Thrawn. – Talvez os analistas possam descobrir algo, mas sem uma base linguística, acho difícil que consigam fazer muito progresso.

– Mas eles também precisavam falar com o navegador – disse Thalias quando notou onde Thrawn estava querendo chegar. – E, a não ser que ele pudesse falar a língua deles, teriam que usar alguma linguagem comercial.

— Exatamente — disse Thrawn, inclinando a cabeça na direção dela. — E, já que a maior área operacional dos Guias do Vão coincide com a nossa, existe uma possibilidade razoável de ser uma linguagem conhecida.

— Você disse que algumas gravações sobreviveram — Samakro disse. — Elas incluem algum registro de navegação?

— Excelente pergunta, capitão intermediário — elogiou Thrawn, sua voz ficando mais sombria. — A resposta é não. Parece que o navegador foi o último a morrer, e apagou todas as gravações que conseguiu antes do fim. A única razão pela qual temos registros em áudio é porque foram armazenados em uma localização diferente dos outros, e ele aparentemente não os encontrou.

Thalias encarou o corpo do Guia do Vão, um sentimento perturbador se espalhando por ela.

— Ele não queria que ninguém soubesse de onde vieram — disse. — Ele estava trabalhando para os inimigos deles.

— Ou estava se esforçando para que os inimigos não pudessem rastreá-los — Samakro sugeriu.

— Não — disse Thrawn. — Se fosse esse o caso, o capitão teria deletado os registros ele mesmo. O horário indica que não foi o que aconteceu. — Ele se virou para Samakro. — Estarei aqui pelas próximas horas, observando a autópsia. Quero que faça duas cópias do áudio: uma para os analistas e a outra para mim.

— Sim, senhor — Samakro disse. — Com sua permissão, gostaria de fazer uma cópia extra para mim também. O Comandante Sênior Kharill assume a vigilância em meia hora, e eu posso começar a ouvi-las enquanto você fica de olho aqui.

— Excelente ideia, capitão intermediário — disse Thrawn. — Obrigado.

Ele olhou para o corpo do Guia do Vão.

— Ele se deu ao trabalho de esconder essas pessoas e seus lares de nós. Vamos ver o que podemos aprender apesar de seus esforços.

Thalias observou enquanto Thrawn examinava os corpos, notando a atenção especial que dava às roupas e aos enfeites. Mas, assim que essa parte passou, e os médicos se aproximaram com seu equipamento cirúrgico, ela decidiu que já vira o suficiente.

A suíte estava escura e quieta quando entrou e trancou a escotilha atrás dela. Andou na ponta dos pés na sala diurna, perguntando-se se um banho quente seria bom, ou se estava cansada demais para fazer qualquer coisa além de se jogar na cama...

— Thalias? — uma voz incerta veio do quarto de Che'ri.

— Estou aqui — Thalias chamou de volta suavemente, virando-se para a escotilha meio aberta. — Acordei você?

— Não, já estava acordada — respondeu Che'ri.

— Desculpa — disse Thalias. — Está com fome? Quer que eu pegue algo para comer?

— Não. — Che'ri hesitou. — Eu tive um pesadelo.

— Sinto muito — disse de novo, abrindo o restante da escotilha para entrar. Na luz fraca dos marcadores luminosos da válvula de escape, viu Che'ri sentada na cama, encolhida com os braços abraçando um dos travesseiros contra o próprio peito. Disse adeus àquele banho quente. — Quer falar sobre isso?

— Não, acho que não — Che'ri disse. — Está tudo bem.

Mas ela continuava apertando aquele travesseiro.

— Vai — Thalias a encorajou, sentando-se em uma das pontas da cama da menina. — Me conte seu pesadelo e eu conto um dos meus.

— Você também tinha pesadelos?

— Todas temos — disse Thalias. — Assim como os encantamentos de sobrecarga. Não sei se faz parte da Terceira Visão ou se é por culpa da pressão que todas as sky-walkers sofrem, mas todas temos. — Afagou o joelho de Che'ri por cima do lençol. — Deixa eu adivinhar. Você estava perdida e todo mundo estava bravo com você?

— Quase — Che'ri disse. — Eu estava perdida, mas eles não estavam bravos. Ou ao menos não disseram nada, mas ficavam lá, olhando para mim. Só... olhando.

— É, eu tinha um assim também — disse Thalias, pesarosamente. — Ninguém falava comigo, e se negavam a me ouvir. Às vezes eles nem sequer conseguiam me escutar.

— Lembro de pensar que era como estar presa em uma grande bolha de sabão — Che'ri disse.

Thalias sorriu.

— Isso foi do seu banho.

— Quê?

— Seu banho — Thalias repetiu. — As bolhas de alívio. Seu cérebro pegou essa lembrança e a colocou em seu sonho.

— Sério? Cérebros podem fazer coisas assim?

— O tempo todo — disse Thalias. — O seu pegou as bolhas de alívio, misturou o medo de se perder, jogou um pouco do sentimento que você tem quando está na ponte, pensando que nenhum dos adultos presta atenção em você, e cozinhou tudo dentro do sonho. Aí é só abrir a porta do forno e você tem seu pesadelo.

— Ah. — Che'ri pensou por um momento. — Não parece assustador, vendo assim.

— Não mesmo — Thalias concordou. — É quase bobo, na verdade, quando as luzes se acendem. Não significa que não seja aterrorizante quando você está no meio do sonho, mas ajuda a melhorar quando você consegue separar as peças depois. É só seu cérebro e seus medos brincando com você.

— Tá. — Che'ri abraçou a almofada com mais força. — Thalias... Você já se perdeu?

Thalias hesitou. Como deveria responder a isso?

— Não com a sua idade — disse. — Aposto que você também nunca se perdeu.

— Mas você se perdeu mais tarde?

— Mais ou menos, uma ou outra vez — Thalias admitiu. — Mas isso foi quando eles já sabiam que minha Terceira Visão estava sumindo, e eu tive que passar por alguns testes na Ascendência. Eles fazem isso de propósito, porque sabem que, se a sky-walker se perder, não será perigoso para a nave.

— E então acabou para você — Che'ri murmurou.

– E eu achei que minha vida tinha acabado. – Thalias sorriu.
– Mas, como pode ver, não acabou. A sua não vai acabar também.

– Mas e se eu me perder aqui...?

– Você não vai – disse Thalias com firmeza.

– Mas e se?

– Você não vai – repetiu Thalias. – Confie em mim. E confie em você mesma.

– Não acho que eu consiga.

– Você tem que confiar – insistiu Thalias. – A incerteza pode ser um dos estados mentais mais difíceis e assustadores. Se ficar sempre se perguntando para onde ir, pode congelar e não ir a lugar algum. Se tiver medo de fazer algo, pode acabar nem tentando.

Che'ri sacudiu a cabeça.

– Não sei.

– Bom, você não precisa saber nada esta noite – disse Thalias. – Tudo que precisa é deitar e voltar a dormir. Tem certeza de que não quer que eu faça algo para comer?

– Não, tá tudo bem. – Che'ri olhou para o travesseiro em seus braços, e o deixou atrás de si. – Acho que vou desenhar um pouco – acrescentou, apoiando-se no travesseiro e pegando o questis da mesa de cabeceira.

– Boa ideia – disse Thalias. – Quer que eu fique com você?

– Não, tá tudo bem – Che'ri insistiu. – Obrigada.

– Não há de quê – disse Thalias, ficando de pé e voltando à escotilha. – Vou deixar a porta aberta. Se precisar de algo, é só chamar, tudo bem? E tente dormir.

– Chamo sim – Che'ri disse. – Boa noite, Thalias.

– Boa noite, Che'ri.

Thalias esperou mais uma hora, caso Che'ri mudasse de ideia e decidisse que precisava de algo. Quando finalmente apagou a luz e deitou na cama, a luz do quarto de Che'ri se apagou, e a menina estava dormindo de novo.

E, é claro, porque Thalias tinha falado sobre eles, os pesadelos que tinha quando era sky-walker decidiram voltar naquela noite.

— Isto acabou de chegar, almirante — Wutroow disse, passando o próprio questis para ela. — Não sei se entendi o que quer dizer.

Ar'alani passou os olhos na mensagem: *Encontro comigo nas seguintes coordenadas o quanto antes. Só traga a* Vigilante. *Não contrate um navegador.*

— Vou checar as coordenadas — Wutroow continuou. — É bem longe. Sem um navegador, vamos levar uns quatro ou cinco dias para chegar lá.

— Não é exatamente a definição de Thrawn de o quanto antes — Ar'alani concordou. — Certo. Suponho que tenha contatado Naporar e perguntado se eles podem nos passar uma sky-walker temporária?

Wutroow assentiu.

— Contatei. E...

— Não, não, deixa eu adivinhar — Ar'alani disse. — Ficaram te enrolando em ao menos três mesas diferentes até que finalmente encontrou alguém que disse que só teria gente livre daqui a um mês?

— Não exatamente — Wutroow disse com uma voz estranha. — Me mandaram diretamente ao Supremo General Ba'kif. — Ela ergueu um dedo para enfatizar. — Não ao *escritório* do general. Ao general.

— Ba'kif aceitou sua ligação *pessoalmente*?

— Também fiquei chocada — respondeu Wutroow. — Especialmente quando ele disse que uma sky-walker estaria nos esperando quando chegássemos em Naporar.

— Bem, essa vai ficar para a história. — Ar'alani franziu o cenho. — Assim tão fácil?

— Não a respeito da sky-walker — Wutroow disse. — Mas tem outra coisa estranha. Quando encontrarmos Thrawn, nós precisamos perguntar a respeito da cuidadora da sky-walker da *Falcão*. Aparentemente, teve alguma confusão a respeito de quem ela é e como conseguiu o emprego.

— Sério? — Ar'alani olhou para a mensagem no questis mais uma vez. Por um lado, o que quer que Thrawn estivesse fazendo era importante o suficiente para que algumas das pessoas do mais alto escalão do Conselho estivessem interessadas, e por outro, havia algo acontecendo com a cuidadora da sky-walker dele.

E Thrawn não fazia a mínima ideia a respeito dos dois problemas, naturalmente.

– Muito bem – ela disse. – Defina o rumo para Naporar; com a maior velocidade que tivermos.

– Sim, senhora – atendeu Wutroow.

– E, assim que estivermos a caminho – Ar'alani acrescentou, devolvendo o questis –, peça à equipe do armamento que comece varreduras completas nos equipamentos.

– Acha que vamos entrar em combate no fim desta viagem?

– Thrawn está lá – Ar'alani lembrou. – Então, sim, eu diria que é garantido que vamos.

CAPÍTULO CINCO

A *FALCÃO DA PRIMAVERA* estava esperando exatamente no local onde Thrawn dissera que estaria. Após uma pequena viagem na nave auxiliar, uma hora depois de chegarem ao sistema, Ar'alani e Wutroow estavam sentadas na sala de reunião com Thrawn e Samakro, lendo os dados e a proposta de Thrawn.

Ar'alani não teve pressa para ler o material. Leu duas vezes, como sempre fazia. E então, só para ter certeza de que dizia o que ela pensava que dizia, leu uma terceira vez.

Quando levantou os olhos do questis, viu que Wutroow e Samakro também tinham terminado. Os dois oficiais estavam olhando para os segmentos da mesa diante deles, suas expressões uma mistura de surpresa, descrença e apreensão.

Moveu o olhar para o fim da mesa. Thrawn esperava pacientemente, tentando esconder sua ansiedade.

– Bem – ela disse, deixando o questis de lado. – Preciso admitir que é criativo.

Um pouco da ansiedade de Thrawn se dissipou. Parecia que parte de sua preocupação estava focada em como ela reagiria.

– Obrigado – ele disse.

– Com todo o respeito, capitão sênior, não tenho certeza se isso foi um elogio – Samakro falou. – O plano pode ser criativo, mas não acho que é fisicamente possível.

– Na verdade, capitão intermediário, eu já o vi em prática – manifestou-se Ar'alani. – Quando ainda estávamos na Academia, o Capitão Thrawn fez esta mesma manobra. – Ela ergueu as sobrancelhas. – Por outro lado, eram naves de patrulha. Dessa vez, estamos falando de um cruzador pesado. Faz uma grande diferença.

– Não tão grande quanto parece – disse Thrawn. – É verdade, a massa da *Falcão da Primavera* é maior, mas os propulsores e jatos de manobra são proporcionalmente mais poderosos. Com o cuidado e a preparação apropriados, acredito que pode ser feito.

– E tem certeza de que este é o sistema correto?

– Temos indicações de que sim – disse Thrawn. – Não posso ter certeza até examinar a estação de mineração.

Ar'alani pressionou os lábios e pegou o questis de novo. Certamente não seria fácil. O lugar em que Thrawn queria se infiltrar era o que se conhecia coloquialmente como *sistema caixa*: fluxos eletromagnéticos incomumente fortes envolvendo as bordas externas, interagindo com o vento solar para criar ainda mais obstrução à viagem de hiperespaço do que era o comum. A não ser que uma nave aceitasse sair do hiperespaço fora do cinturão cometário e passar dias ou semanas viajando no espaço normal para o sistema interno, havia só uma dúzia de caminhos internos razoavelmente seguros.

Ainda mais intimidante que isso era o fato de que algum cataclismo ocorrido milênios antes havia semeado o sistema interno e grande parte do sistema externo com enormes meteoros, tornando a área inteira uma versão em miniatura do próprio Caos. Levando esses perigos de navegação em consideração, o número de locais seguros até o planeta habitado diminuía para apenas três.

Três rotas para um único planeta isolado, desconhecido pela Ascendência e aparentemente desconectado de qualquer espécie conhecida na área. Uma seleção um pouco maior de caminhos para o cinturão de asteroides externos, que consistia em vários aglomerados extremamente compactos e um número de estações espaciais de mineração possivelmente abandonadas.

Mas, enquanto as estações poderiam estar abandonadas, o restante do sistema estava suficientemente ativo. O breve reconhecimento de Thrawn havia captado uma quantidade considerável de viagens dentro do sistema, a maior parte entre o planeta e algumas colônias e estações de manufatura que orbitavam ao redor delas. Infelizmente, a *Falcão da Primavera* estava muito longe para dizer se aquelas naves eram ou não similares às naves de refugiados destruídas, cujos registros Thrawn agora compartilhara com ela e Wutroow.

E, para apimentar tudo ainda mais, todas as três rotas de entrada estavam sendo patrulhadas por pequenas naves de guerra de modelos completamente diferentes.

– Então você acha que este é o sistema de onde as naves de refugiados vieram – disse ela, olhando para Thrawn de novo. – E também acha que elas estão sendo bloqueadas por essas outras naves.

– Interditadas mais do que bloqueadas – sugeriu Thrawn. – Pode ver que a configuração das naves de patrulha foi feita para controlar o acesso ao planeta principal. As estações de asteroides não são tão fortemente protegidas e, por isso, mais acessíveis.

– Mas ainda *estão* protegidas – Wutroow apontou. – E só estou contando aqui os três caminhos bons de entrada e saída do sistema.

– Só se você quiser o planeta – disse Thrawn. – Se quiser a estação de asteroides que indiquei, tem vários vetores funcionais.

– Ao menos até que chamem mais algumas naves para bloquear isso também – Ar'alani disse.

– Certamente – Thrawn concordou. – Por isso me parece que, se quisermos fazer isso, precisamos ser rápidos.

– Quanto tempo você ficou na borda observando? – Ar'alani perguntou.

– Só três dias – Samakro disse.

– Três dias inteiros – Thrawn corrigiu. – Tempo o suficiente para analisar o padrão de patrulha e descobrir como penetrá-lo.

– De novo, a não ser que eles tenham conseguido mais naves nas últimas quinze horas – Ar'alani continuou.

O lábio de Thrawn tremeu.
— Sim.
Por alguns momentos, a sala de conferências ficou em silêncio. Ar'alani encarou o próprio questis, fingindo estudá-lo, pensando nas opções. Para qualquer outra pessoa, ela sabia, três dias não seriam suficientes para analisar o padrão de patrulha de naves estrangeiras, muito menos achar uma forma de superá-lo.

Mas, para Thrawn, três dias provavelmente *eram* suficientes, independentemente das dúvidas de Samakro. Ar'alani não poderia ter elaborado um plano daquele nível tão rápido, mas podia ver que o plano de Thrawn tinha uma boa chance de funcionar.

Por outro lado, não seria nadar às cegas. A proposta de Thrawn deveria levá-los para longe de qualquer perseguição das naves de patrulha que estavam vigiando o sistema externo, mas se o comandante do bloqueio destacasse algumas naves próximas de sua força vindas do planeta, conseguiriam pegar as duas naves Chiss logo, logo.

— E qual é a estratégia de saída? — perguntou. — Precisamos de uma imediatamente, e você vai precisar de uma mais cedo ou mais tarde.

— Temos duas opções interessantes — disse Thrawn.

Como se, Ar'alani pensou sarcasticamente, isso não pudesse ser categorizado como *interessante*.

— O sistema caixa típico é limitado em grande parte pelos padrões externos de fluxo interagindo com o vento solar. Estes dois pontos — ele tocou no questis — marcam os dois planetas gigantes gasosos do sistema externo.

Ar'alani deu um sorriso tenso.

— Planetas que provocam pequenos buracos no vento solar enquanto realizam suas órbitas.

— Buracos dos quais podem entrar e sair sem confundir seu hiperpropulsor ou sua sky-walker — Wutroow disse. — Hã. Difícil de bater do lado de fora, porém, a não ser que tenha ótimos dados planetários.

— Mas não tão difícil do lado de dentro — Ar'alani disse —, já que sabe onde os planetas e as fendas estão. — Olhou para Thrawn, entendendo de repente. – É como as naves de refugiados escaparam da patrulha, não?

– É o que eu supus – disse Thrawn.

– E agora, é claro, temos os dados planetários que precisamos – Wutroow falou. – Então vamos por Sombra Número Um e saímos por Sombra Número Dois?

– Exatamente – disse Thrawn. – E a *Falcão da Primavera* pode, subsequentemente, sair por qualquer uma das duas. Estão perto o suficiente para seus propósitos, mas longe o suficiente uma da outra para que as naves que estejam fazendo os bloqueios não possam guardar as duas suficientemente bem, mesmo que quisessem.

– A não ser, como estamos todos falando, que eles encontrassem mais naves – apontou Wutroow.

Thrawn assentiu.

– Sim.

– Tá, estou confusa – Wutroow disse, franzindo o cenho ao ver seu questis. – Você não bloqueia um lugar a não ser que queira tomá-lo. Tenho certeza de que é um ótimo lugar para se viver, mas por que alguma outra pessoa iria querê-lo?

– Sistemas caixa têm algumas vantagens – Samakro disse. – Como já apontamos, são fáceis de defender e não têm muito tráfego. Como tais, são ideais para depósitos de suprimentos, áreas de preparação e instalações de manutenção.

– Mas fácil de defender também significa fácil de esconder – Wutroow ressaltou.

– Nossos oponentes desconhecidos mostram um certo nível de arrogância – disse Thrawn. – Algo que poderemos usar contra eles na hora certa. – Olhou para Ar'alani. – *Se* for necessário – ele consertou. – Almirante?

Ar'alani apertou os lábios. Era uma aposta, mas toda guerra era.

– Tudo bem, vamos lá – disse. – Escolha o local e nos encontraremos lá. – Levantou um dedo. – Mas primeiro, duas coisas. Antes de sairmos, quero levar sua sky-walker e a cuidadora para a *Vigilante*. O que vai fazer é perigoso e quero as duas a salvo. Pode viajar salto por salto para sair, e se encontrar conosco para pegá-las de volta.

– Concordo que a Sky-walker Che'ri deveria ir com você – disse Thrawn. – Mas quero que Thalias fique comigo.

Ar'alani franziu o cenho.

– Por quê?

– As roupas dos estrangeiros e as posições dos corpos sugerem que os machos têm grande estima pelas fêmeas – Thrawn explicou. – Se eu tiver uma mulher comigo...

– Um momento, capitão sênior? – Wutroow se meteu, franzindo o cenho. – O que quer dizer com roupas e posições dos corpos?

Thrawn sacudiu a cabeça.

– Queria poder explicar, mas não consigo dizer em palavras. O ponto é que, se eu tiver uma mulher comigo, acredito que os guardas que pudermos encontrar terão menos chance de atacar antes de escutar nossas explicações.

– Achei que você tinha dito que as estações de mineração estavam desertas.

– Eu acredito que estavam – disse Thrawn. – Mas, como a Almirante Ar'alani falou, passaram-se quinze horas desde nossa última observação. É só uma precaução.

– E realmente acha que uma mulher poderia convencê-los? – Wutroow insistiu. – Como?

– Vamos pular a parte do *como* por um momento e focar no *quem*. – Ar'alani simpatizava com o sentimento de Wutroow, já que ela também tivera seus momentos de confie-em-mim com Thrawn, mas também sabia que, a certo ponto, ele não conseguia explicar suas análises. – Thalias é uma civil, o que limita o que pode ordená-la a fazer ou não.

– Acredito que ela estaria disposta a se voluntariar.

– Não é essa a questão – objetou Ar'alani. – Se quer que uma mulher o acompanhe, há muitas oficiais mulheres que pode escolher.

Thrawn sacudiu a cabeça.

– Preciso que a *Falcão da Primavera* esteja em plena capacidade se algo der errado. Isso significa que todos os oficiais e guerreiros precisam estar a postos.

Ar'alani mudou o foco para Samakro.

– Capitão intermediário? – solicitou.

– Infelizmente, o Capitão Sênior Thrawn está correto – disse Samakro, relutante. – Não estamos com falta de pessoal, mas temos mais oficiais inexperientes do que gostaríamos. Se Thalias estiver disposta, ela provavelmente seria a melhor escolha.

Ar'alani virou-se novamente para Thrawn.

– Acha mesmo que conseguiria provar que os refugiados vieram daqui se entrar naquela estação? Mesmo se não houver pessoas ou corpos ou nada ali?

– Certamente – disse Thrawn. – Os padrões e designs vão responder à pergunta rapidamente.

E a que ponto... o quê? Ar'alani não fazia ideia de qual era o plano de Ba'kif assim que Thrawn localizasse a origem da nave destruída.

Mas descobrir era trabalho dele, não de Ar'alani. O trabalho dela era ajudar Thrawn a conseguir a evidência de que Ba'kif precisava.

– Tudo bem – ela disse. – Mas só se Thalias estiver disposta. Se não, ela fica na *Vigilante*, e você escolhe outra pessoa.

– Entendido – disse Thrawn. – Assim que estiver pronta, almirante, eu tenho as coordenadas preparadas para nosso encontro.

A *Falcão da Primavera* estava pronta. Ou, ao menos, pronta na medida do possível.

Samakro não estava tanto.

Ele conseguia apreciar o fato de que o Conselho achava aquela missão importante. Ele também conseguia apreciar que o plano de Thrawn era, provavelmente, a melhor escolha de entrar no sistema estrangeiro e conseguir dados sem precisar interagir com os habitantes ou as naves que os cercavam.

Esse último ponto era crucial. A política da Ascendência era fazer o que fosse necessário para evitar combates preventivos contra adversários em potencial. Uma incursão no território de outra pessoa, mesmo que fosse só para conseguir informações, estava perigosamente próximo de cruzar essa linha. Quanto mais rápido

Ar'alani conseguisse entrar e sair com a *Vigilante*, menor a chance de uma nave Chiss precisar disparar suas armas.

– *Vigilante?* – Thrawn chamou.

– Estamos prontas – a voz de Ar'alani respondeu. – Vetor trancado; jatos de manobra carregados. Avise quando pudermos sair.

– Um momento – disse Thrawn, inclinando-se para a frente em sua cadeira de comando enquanto olhava para a tela tática. – Preciso que o Bloqueio Quatro vá um pouco mais longe em sua órbita... Aí. Aguarde a contagem regressiva: Três, dois, *um*.

Houve a mudança sutil nas vibrações do convés quando a *Falcão da Primavera* avançou. Samakro olhou por cima da cobertura da ponte, confirmando que a *Vigilante* também estava em movimento e em perfeita sincronia com o cruzador menor.

Em perfeita sincronia, e *muito* mais perto do que gostaria.

Samakro fez cara feia. Na teoria, o plano era simples: a *Falcão da Primavera* voaria junto da *Vigilante*, ficando perto do casco e escondendo-se na sombra do sensor da nave maior, até que alcançassem o ponto onde o cruzador sairia de trás e entraria em um dos aglomerados de asteroides. A *Falcão da Primavera* ficaria escura e, com sorte, indetectável, e deixaria a *Vigilante* liderar qualquer perseguição.

Na prática, a coisa inteira era um desastre anunciado. Thrawn optara por não usar cabos de liga para conectar as duas naves, alegando que um pequeno erro no vetor de qualquer uma delas causaria uma pequena ondulação que um operador de sensor alerta poderia notar. Os raios tratores eram pouco práticos por esse mesmo motivo, além da desvantagem adicional de gerar uma assinatura energética potencialmente detectável. Conectar as duas naves com travas magnéticas, deixando a nave maior simplesmente carregar a menor, deixaria uma discrepância evidente de massa/propulsão.

Em vez disso, Thrawn ia tentar o tipo de voo próximo que era geralmente associado a shows aéreos.

O problema é que tentaria fazer isso com um cruzador e uma Nightdragon, e não os lança-mísseis menores e muito mais manobráveis.

— Mudança de inclinação em um — Thrawn instruiu. — Aguarde a contagem regressiva: Três, dois, *um*.

Samakro ficou tenso, esperando pela colisão inevitável. Para seu alívio e surpresa, o inevitável não aconteceu. As proas das duas naves foram para cima ao mesmo tempo, e no mesmo ângulo, e ambas continuaram.

— Bloqueios Um e Dois reagindo — veio uma voz da *Vigilante*. — Aumentando a velocidade e movendo-se para interceptar vetores.

— Hora de interceptar? — Ar'alani perguntou.

— Interceptação projetada para... três minutos depois do desengate da *Falcão da Primavera*.

— Thrawn? — Ar'alani perguntou.

Thrawn não respondeu. Samakro olhou para a estação de comando, para ver seu comandante usando o próprio questis.

— Sugiro um aumento de dois por cento na velocidade, almirante — ele disse.

— Dois por cento, confirmado — Ar'alani respondeu. — Mudança de curso?

— Os outros dois podem seguir como planejado — Thrawn instruiu. — Vou precisar recalcular os outros.

— Entendido — respondeu Ar'alani. — Aumento de velocidade e curva de estibordo prontos.

— Entendido — disse Thrawn. — Aguarde aumento de velocidade. Três, dois, *um*.

Houve uma pequena sensação, tão imaginada quanto sentida, quando a *Falcão da Primavera* aumentou de velocidade.

— Aguarde curva de estibordo — Thrawn continuou quando as duas naves se acomodaram em seus novos vetores. — Três, dois, *um*.

Esse giro foi maior que a primeira manobra de inclinação, virando sete graus completos. De novo, as duas naves continuaram em perfeita formação.

— Concentre-se nessas revisões — Ar'alani avisou. — A mudança de bombordo está planejada para daqui a três minutos.

— Entendido — Thrawn confirmou, seus dedos passando por cima do questis. — Estarão prontos quando precisarmos deles.

Samakro olhou por cima da cobertura; suor empapava o colarinho da túnica. Quanto mais mudanças faziam, maiores as chances de que uma das naves cometesse um erro, e a ilusão inteira estouraria como uma bolha.

Mas Thrawn insistiu em acumular complexidade na incursão, argumentando que um vetor estável e reto poderia levantar suspeitas de um segundo intruso, enquanto mudanças múltiplas de curso os deixariam mais tranquilos.

A outra opção era concluir que quem quer que estivesse no comando da missão era louco. O que era exatamente o que Samakro pensava no momento.

Minutos passavam. Uma por uma, as mudanças de curso eram recalculadas e ponderadas. Samakro observava a tela tática conforme as duas naves continuavam deslocando-se para dentro, ouvindo os comentários do oficial de sensor sobre o *status* das naves bloqueadoras que os perseguiam. Uma terceira nave se juntara ao grupo agora, vinda de uma direção que a deixaria à vista da *Falcão da Primavera* cerca de um minuto antes do tempo planejado para o cruzador desviar. Thrawn e Ar'alani discutiram a situação, e mais uma vez as naves Chiss aumentaram alguns percentuais de velocidade. Samakro continuou olhando e ouvindo, atento aos monitores de armamento e defesa da *Falcão da Primavera* caso o plano de Thrawn desse errado e virasse uma batalha.

E, então, de repente, eles estavam lá.

– Aguarde o desvio – disse Thrawn. – Almirante?

– Aguardando – disse Ar'alani. – Bloqueios Um e Dois a quatro minutos e meio, Bloqueio Três a noventa segundos de aparecer na tela. Vamos continuar por três minutos, e então entrar na Sombra Dois e no hiperespaço. Isso deve dar tempo suficiente para você.

– Entendido – confirmou Thrawn. – Podemos fazer isso em dois minutos se você precisar desviar antes.

– Vou levar isso em consideração – afirmou a almirante. – Vamos esperar por você no encontro. Boa sorte.

– Leme? – Thrawn chamou.

– No aguardo, senhor – Azmordi confirmou.

— Prepare-se para desviar — Thrawn instruiu. — Fique pronto: três, dois, *um*.

Com várias baforadas de gás comprimido, a *Falcão da Primavera* virou para bombordo, afastando-se da *Vigilante* em um vetor que a levaria até a borda do aglomerado de asteroides mais próximo. Samakro segurou a respiração, focando sua atenção na tela tática. Se as naves bloqueadoras os vissem, a farsa estaria acabada.

Ele se contraiu por reflexo quando a *Vigilante* se afastou deles, aumentou depressa a velocidade, e mudou o ângulo como se Ar'alani estivesse tentando uma última manobra para ir até o planeta distante antes dos perseguidores estarem próximo o suficiente para combate. Se ela conseguisse manter a atenção dos bloqueadores por só mais alguns segundos, tudo poderia dar certo. À frente, o asteroide que vacilava lentamente era seu alvo, e...

Com outra explosão de gás frio, a *Falcão da Primavera* freou e parou ao lado do asteroide. Outro pulso cuidadosamente ajustado, e o cruzador se adequou ao giro lento do asteroide. Samakro olhou para a tela tática, notando que as naves bloqueadoras continuavam focadas em perseguir a *Vigilante*.

— Modo furtivo total — Thrawn mandou.

Ao redor deles, as telas e os monitores da ponte brilhavam vermelho e depois ficaram escuros.

— Parece que chegamos sem sermos detectados — Thrawn acrescentou calmamente.

Samakro respirou fundo, fazendo mais uma varredura visual para ter certeza de que todos os sistemas não essenciais estivessem travados.

— Parece que sim — disse, no mesmo tom que o de seu comandante. — Quanto tempo devemos esperar?

Thrawn olhou para além dele, para as estrelas que agora se moviam lentamente no céu.

— Precisamos dar um tempo para que a *Vigilante* escape e as naves bloqueadoras voltem às suas posições. Algumas horas, não mais do que isso.

Samakro assentiu. E, daí, seria hora de Thrawn ir até a estação de mineração abandonada que flutuava no meio do aglomerado de asteroides.

Onde descobririam se aquela aposta valera o esforço.

※

A sky-walker da *Vigilante* se chamava Ab'begh, e só tinha oito anos.

Mas possuía alguns bonecos moldáveis interessantes, e umas canetinhas coloridas bem legais. E tinha *um monte* de fotos de construção. Muito mais do que Che'ri.

Estavam brincando com elas quando a meiamãe de Ab'begh mandou que parassem.

— É hora de ler, meninas — a mulher disse. — Deixem as fotos de lado e peguem seus questis. Vamos, vamos, vamos. Brinquedos para lá, questis na mão.

— Nós precisamos ler? — Ab'begh perguntou com voz manhosa. — A gente quer brincar.

Che'ri fez careta. Uma chorona. Ótimo. Ela odiava estar perto de gente chorona.

Ainda assim, Ab'begh tinha razão.

— Nós acabamos de fazer algumas viagens — Che'ri falou. — É nossa hora de descansar.

— Oh, shhh — a meiamãe falou, mexendo os dedos como se estivesse jogando fora as palavras de Che'ri. — Vocês fizeram duas viagens de, talvez, duas horas cada uma. Já vi sky-walkers fazerem dez horas de cada vez e sair sorrindo e pedindo por mais.

— Mas... — Ab'begh começou.

— Sem contar que ler *é* descansar — a meiamãe falou. — Vamos, vamos, vamos... Questis e cadeiras. Agora.

Che'ri olhou para Ab'begh. Se as duas insistissem, talvez poderiam conseguir enrolar por ao menos alguns minutos. Che'ri tinha começado um design legal com as fotos, e queria acabá-lo antes de esquecer onde cada peça deveria ficar.

Mas Ab'begh só suspirou e deixou as fotos de lado. Ela ficou de pé e foi até uma das cadeiras.

— Che'ri? — disse a meiamãe. — Você também.

Che'ri olhou para as imagens. Aquela mulher não era a meiamãe de Che'ri. Talvez ela não tivesse direito de dizer para a sky-walker de outra meiamãe o que fazer.

Mas Che'ri tivera algumas meiasmães como ela. Insistir geralmente não levava a nada.

Além do mais, Ab'begh parecia implorar com o olhar. Che'ri até conseguiria contestar as regras da meiamãe, mas depois ela despejaria sua irritação na outra menina quando Che'ri fosse embora. Ela também tivera meiasmães assim.

Não havia nada que pudesse fazer além de aceitar. Fazendo careta, foi até suas coisas, retirou o questis da bolsa, e dirigiu-se até a cadeira ao lado de Ab'begh.

Ela nunca admitiria isso a Thalias ou qualquer outra pessoa, mas odiava ler.

— Pronto — a meiamãe falou. Agora que tinha conseguido o que queria, parecia mais alegre. Elas sempre pareciam. — Ler é muito importante, sabiam? Quanto mais prática tiverem, melhor vão ficar.

— Não é hora de estudar — Ab'begh disse. — Nós não precisamos estudar, precisamos?

— É hora de estudar se eu digo que é hora de estudar — repreendeu a meiamãe. — O que você sabe muito bem. Quando a nave está em uma jornada, nunca se sabe quando vai ser chamada para a ponte, então precisamos estudar quando dá tempo. — Olhou para Che'ri. — Mas, como temos uma convidada, as aulas dela não serão as mesmas que as suas, então não, não vamos estudar agora, mas ainda precisa ler — acrescentou, quando Ab'begh começou a falar alguma coisa. — O que quiser. Meia hora, e depois podem brincar até a hora do jantar.

Um toque se ouviu na escotilha.

— Entre — chamou a meiamãe.

A escotilha se abriu, e a Almirante Ar'alani entrou na suíte.

— Tudo bem por aqui?

– Precisa de Ab'begh? – a meiamãe perguntou.

– Não, agora não – Ar'alani disse, levantando uma mão e sorrindo para Ab'begh quando a menininha deixou o questis de lado. – Acredito que a *Vigilante* vai ficar onde está pelo restante da noite. Se tivermos que ir a algum lugar, podemos usar o salto a salto. Então, não, as meninas podem descansar.

Ela olhou para Che'ri.

– Vim aqui para falar, Che'ri, que Thrawn e a *Falcão da Primavera* chegaram ao asteroide onde ficarão escondidos pelas próximas horas. Estão seguros, e não parecem ter sido vistos por ninguém.

– Tá – Che'ri não tinha muita certeza do que tinha sido todo aquele voo elaborado, mas estava feliz pela segurança da *Falcão da Primavera*. – Thalias está com ele, né?

– Sim, está – Ar'alani disse com uma voz estranha. – Mas acho que você vai ter que dormir aqui por hoje. Vou trazer uma cama extra para você.

– Ela pode dormir na minha cama – Ab'begh ofereceu, ficando ereta na cadeira. – É grande o suficiente.

Che'ri se encolheu. Nunca tivera que compartilhar uma cama antes. E com uma menina de oito anos?

– Prefiro ter uma cama individual – disse. Olhou para a expressão desapontada de Ab'begh. – Eu me mexo muito quando durmo – explicou.

– Pode botar a cama no meu quarto? – Ab'begh perguntou. – Eu... – Ela parou e olhou para a meiamãe. – Às vezes, fico com medo – terminou com uma vozinha.

Che'ri se sentiu culpada. Depois de falar com Thalias sobre pesadelos...

– Pode ser – disse. – Claro. A gente pode levar algumas figurinhas e brincar antes de dormir.

– Cuidadora? – Ar'alani perguntou.

– Se está tudo bem para Ab'begh, está tudo bem para mim. – A mulher sorriu de verdade. – Lembro de dormir no quarto de amigas quando tinha a idade dela. Posso preparar alguns lanchinhos para ela e vai virar um evento especial.

– Parece razoável – contemporizou Ar'alani. – Mas... – ela ergueu um dedo em sinal de aviso – ... quando a cuidadora diz que é hora de apagar as luzes, meninas, é hora de apagar as luzes. Se precisarmos de vocês, não quero que estejam tão cansadas que nos joguem por acidente em uma supernova.

– Sim, senhora, vamos fazer isso – Ab'begh prometeu, a empolgação de antes voltando a aparecer.

– Podemos fazer mais alguma coisa por você, almirante? – a meiamãe perguntou.

– Não – respondeu Ar'alani. – Só queria que soubessem o que está acontecendo. Tenham uma boa noite... – Ela fingiu fazer cara séria para as meninas. – E durmam.

A cara séria desapareceu, ela sorriu e foi embora.

– Isso vai ser divertido – Ab'begh comentou, pulando um pouco na cadeira. – Vai ser divertido, não vai?

– Vai – Che'ri concordou.

– Vamos cuidar que seja – a meiamãe prometeu. – Por enquanto, ainda é hora de ler. Por meia hora, e quanto antes começarem, mais cedo vão acabar.

– Quer ler uma história a respeito de pessoas das árvores? – Ab'begh perguntou, mostrando o questis para Che'ri. – Tem muitas imagens boas.

Che'ri torceu o nariz. Um livro ilustrado? Ela podia não gostar de ler, mas já não tinha mais idade para livros ilustrados.

– Não precisa – disse para a menina mais nova. – Tenho outra coisa que preciso ler.

– Ela disse que a gente não precisa estudar.

– Isso não é estudo – Che'ri assegurou. – Pode começar. Quero voltar logo para as fotos.

– Tudo bem.

Acomodando-se na cadeira com as pernas cruzadas, Ab'begh apoiou o questis no joelho e começou a ler.

Che'ri pegou o próprio questis, olhando de relance para a mesa baixa onde estavam as canetinhas coloridas de Ab'begh. Sua última meiamãe dissera que canetinhas sujavam tudo e que ela não podia tê-las.

Mas aquilo fora a última mãe. Talvez Thalias deixasse. Ela perguntaria quando estivesse de volta à *Falcão da Primavera*. Se pudesse ter canetinhas e papel, poderia fazer arte de verdade.

Olhando de volta para o questis, tocou na lista. Junto com os livros de histórias de sempre, alguns dos quais lera várias vezes, viu um texto mais longo: algumas histórias a respeito de Mitth'raw'nuruodo.

Ela franziu o cenho. Tinha esquecido completamente do arquivo que Thalias enviara. Era bem longo, e devia ter um monte de palavras complicadas.

Mas, se Thrawn, Thalias e a *Falcão da Primavera* estavam em perigo, talvez ler um pouco sobre isso a faria se sentir melhor. Thalias achava que ajudaria, de qualquer forma.

E, só porque começou, não precisava ler tudo.

Acomodando-se confortavelmente no canto da cadeira, ela se preparou e abriu a primeira página.

LEMBRANÇAS IV

General Ba'kif dissera a Ziara que ela tinha bons instintos, mas ela não demorou a aprender que bons instintos não eram instintos *perfeitos*, infelizmente.

A primeira lição veio logo. No fim de semana seguinte, após Thrawn ser inocentado, ele a convidou para sair com ele, tanto para celebrar quanto para agradecer a ajuda dela. Pelo jeito entusiástico com o qual ele falou, ela imaginou que seria uma noite regada a música e comida, talvez uma apresentação musical ou de ginástica, e certamente com uma boa quantidade de bebida.

O que ela recebeu, porém...

Ela olhou em volta para os patronos silenciosos e as cores sóbrias, para as pinturas, os tecidos, as esculturas e cortinas cuidadosamente arranjadas.

— Uma galeria de arte — disse, com a voz monótona. — Você me trouxe para uma *galeria de arte*.

— É claro — ele afirmou, confuso. — Aonde você achou que estávamos indo?

— Você disse que haveria ideias, drama e a empolgação de uma nova descoberta — ela o lembrou.

— E tem. — Ele apontou para o corredor. — A História da Ascendência se encontra nestas salas, algumas peças remontam à participação Chiss nas guerras entre a República Galáctica e o Império Sith.

— Me parece que essa não foi uma era particularmente gloriosa da Ascendência.

— Concordo — admitiu Thrawn. — Mas veja como nossas táticas e estratégias mudaram desde então.

Ziara franziu o cenho.

— Oi?

— Nossas táticas e estratégias — Thrawn repetiu, franzindo de volta.

— Sim, eu ouvi o que você disse — Ziara falou. — Por que estamos falando de táticas em uma galeria de arte?

— Porque uma coisa reflete a outra — disse Thrawn. — A arte é um espelho da alma, do qual as táticas surgem. Podemos ver na arte as forças e fraquezas daqueles que a criam. Na verdade, se tivermos uma variedade suficiente de peças artísticas para estudar, podemos estender e extrapolar as forças, fraquezas e táticas de culturas inteiras.

Abruptamente, Ziara notou que estava de boca aberta.

— Isso é... muito interessante — conseguiu dizer. Talvez, pensou tarde demais, não deveria ter feito tanto esforço para ajudá-lo a escapar da punição, afinal.

— Não acredita em mim — disse Thrawn. — Está bem. Há arte estrangeira duas câmaras acima. Escolha a cultura que quiser e eu vou mostrar como ler suas táticas.

Ziara nunca estivera em uma ala de arte estrangeira, naquela ou em qualquer outra galeria. O mais próximo que chegara de artefatos que não eram Chiss fora um pedaço retorcido de destroços de uma nave de guerra Paataatus que estava em exposição na casa da família Irizi em Csilla.

— De onde veio tudo isso? — perguntou, olhando para os painéis e esculturas enquanto Thrawn guiava o caminho pelo arco de entrada do salão.

— A maior parte foi comprada de vários mercadores e comerciantes e, subsequentemente, doados para a galeria — disse Thrawn. — Alguns são de espécies estrangeiras com as quais ainda temos contato, mas a maioria são de outras que encontramos durante as Guerras Sith, antes de voltar para nossas próprias fronteiras. Chegamos.

Parou diante de um estojo transparente contendo garrafas e gravuras translúcidas.

— Utensílios e talheres formais Scofti, de um regime do século passado — Thrawn identificou. — O que você vê aqui?

Ziara deu de ombros.

— É bonito, suponho. Especialmente com esses redemoinhos de cor do lado de dentro.

— E a durabilidade? — Thrawn perguntou. — Parece duradouro?

Ziara olhou mais de perto. Agora que ele falou...

— A não ser que o material seja mais forte do que parece, não, não muito.

— Exatamente — disse Thrawn. — Os Scofti mudam de líderes e governos com frequência, geralmente de forma violenta ou com a ameaça de violência. Já que todos os novos líderes costumam reorganizar o palácio da prefeitura, incluindo a decoração e o jogo de mesa, os artesãos não acham que vale a pena fazer algo que dure mais de um ano. E, de fato, como os novos mestres costumam gostar de destruir os itens pessoais de seus predecessores, são fortemente incentivados a fazer tudo ser frágil.

— Ora. — Ziara o olhou de relance, desconfiada. — Isso é verdade? Ou você só deduziu?

— Tivemos um pouco de contato com eles nos últimos vinte anos — Thrawn disse —, e nossos registros apoiam essa conclusão, mas eu fiz essa avaliação na galeria antes de pesquisar a história Scofti.

— Hum. — Ziara olhou para os itens mais uma vez. — Tudo bem. Qual é o próximo?

Thrawn olhou para a sala.

— Este é interessante — disse, apontando para outro item exposto. — Esta espécie costumava se chamar Brodihi.

— *Costumava*, passado? — Ziara perguntou enquanto eles andavam até lá. — Eles estão todos mortos?

— Na verdade, não sabemos se estão. Estes artefatos foram recuperados dos destroços de uma nave abatida três séculos atrás. Não sabemos quem eram, de onde vieram, ou se ainda existem.

Ziara assentiu, escaneando os conteúdos da vitrine. Mais talheres, louças alongadas decoradas com angulosas listras arco-íris, e algumas ferramentas. Na parte de trás, uma imagem de um estrangeiro com um focinho longo e um par de chifres saindo do topo da cabeça, junto com uma rápida descrição das criaturas e as circunstâncias da descoberta.

— Então, o que pode falar sobre eles?

— Note as barras angulares e coloridas na louça — disse Thrawn. — Para as linhas combinarem, facas, garfos e colheres precisam estar curvados em direção ao centro da mesa, e depois de volta para a beirada.

Ziara assentiu.

— Como um par de asas se abrindo.

— Ou...? — Thrawn instigou.

Ziara franziu o cenho e olhou de novo para a foto do estrangeiro.

— Ou como o formato dos chifres deles.

— Cheguei à mesma conclusão — Thrawn concordou. — Note também que, enquanto as colheres e os garfos apontam para o centro da mesa, as facas precisam apontar para trás, para a borda, para que as linhas coloridas possam se alinhar. O que acha disso?

Ziara estudou a exposição, tentando visualizar uma das criaturas sentadas onde ela e Thrawn estavam, esperando que colocassem a comida em seu prato.

— As facas são armas melhores do que colheres e garfos — disse lentamente. — Posicioná-las em sua própria direção sugere que não é hostil em relação aos convidados.

— Muito bom — disse Thrawn. — Agora adicione o fato de que, se virar as facas, o padrão sugere que elas apontam *para* o centro como o restante da louça, e não para a beirada da mesa. O que *isso* sugere?

Ziara sorriu. A estrutura da cultura Chiss respondia essa charada.

— Que existe hierarquia social ou política envolvida — disse. — Dependendo de sua hierarquia em relação aos outros na mesa, você vira as facas para o centro ou para dentro.

— De novo, a mesma conclusão que eu — disse Thrawn. — Uma última coisa. Note o comprimento da louça, claramente pensado para depositar comida a vários centímetros do focinho em vez de diante dele.

— Parece estranho — Ziara disse. — Eu imaginaria que os receptores de sabor da maior parte das espécies estariam na parte da frente da boca, na língua, ou algum lugar equivalente.

— Esse costuma ser o padrão geral, sim — disse Thrawn. — Me faz pensar que os dentes externos eram sua arma tradicional, e que as mandíbulas se desenvolveram para que pudessem morder os inimigos sem provar sua carne ou sangue.

Ziara torceu o nariz.

— Isso é nojento.

— Concordo — disse Thrawn. — Mas, se os encontrarmos algum dia, teríamos ao menos alguma ideia de quais são suas táticas mais prováveis. Armas de uso próximo como dentes e facas costumam significar preferência por combates igualmente próximos, com armamento de longa distância sendo considerado secundário ou desonroso.

— E uma hierarquia rígida permeada pela ameaça de violência nos avisaria com quem e onde estaríamos negociando — Ziara disse, assentindo. — Interessante. Tudo bem. Aonde vamos agora?

— Quer ver mais? — Thrawn perguntou, franzindo um pouco a testa.

Ela deu de ombros.

— Já estamos aqui. Vamos aproveitar, então.

Ela se arrependeu rapidamente de ter feito um convite tão aberto. Quando pediu uma trégua uma hora depois, sua cabeça estava girando com nomes, imagens e deduções táticas.

— Certo, tudo isso é muito interessante — disse. — Mas, até onde consigo entender, quase tudo é muito teórico. Nos casos em que temos os históricos das espécies estrangeiras, você poderia só pesquisar e preencher as lacunas com a sua análise.

— Já disse que não faço isso.

— Mas você pode ter visto alguma coisa quando era mais novo, e esqueceu de ter lido — Ziara apontou. — Isso já aconteceu comigo. E, quando não temos história, nós provavelmente nunca saberemos se estamos certos ou errados.

— Entendo — disse Thrawn, a voz subitamente reprimida. — Eu... Pensei que você acharia interessante. Peço perdão se a fiz perder seu tempo.

— Não foi isso que eu disse — Ziara protestou, olhando para ele quando teve uma ideia. — Mas eu sou uma pessoa prática, e quando ouço uma nova teoria, gosto de testá-la.

— Devemos pedir para a Ascendência declarar guerra contra alguém?

— Estava pensando em algo menor que isso — disse. — Vem.

Ela se virou para a saída.

— Aonde vamos? — Thrawn perguntou quando a alcançou.

— Meus aposentos — respondeu ela. — Faço esculturas de arame no meu tempo livre para relaxar. Você pode estudá-las para ver o quanto consegue analisar das minhas estratégias e táticas pessoais.

Thrawn ficou em silêncio por alguns passos.

— Está considerando que um dia estaremos em guerra um com o outro?

— Sim, e mais rápido do que imagina — Ziara disse com um sorriso. — Quando acabar, vamos para o dojo no andar de baixo, duelar.

— Compreendo — disse Thrawn. — Com bastão ou desarmados?

※

Ziara deixou que ele escolhesse. Thrawn escolheu o bastão.

— Tudo bem — Ziara disse, dando alguns passos experimentais no tatame e girando os dois bastões pequenos nas mãos para alongar os pulsos. Os protetores de rosto e peito eram leves e não interferiam em seus movimentos, e os bastões acolchoados eram robustos, com o mesmo peso e movimento de bastões de combate. — E, se tiver visto alguma gravação das minhas sessões de combate, diga já ou vou chamá-lo de trapaceiro.

— Nunca a vi lutar — Thrawn assegurou. — Pode escolher quando a luta acaba.

— Obrigada — Ziara disse. — E esse foi seu primeiro *erro*! — ela gritou, pulando para a frente. Uma combinação rápida de cabeça-costelas-cabeça acabaria logo com a luta sem que ele perdesse totalmente a dignidade.

Mas não acabou. Thrawn bloqueou os três ataques, colocando os bastões nos lugares certos na ordem certa. Sua combinação de costelas-cabeça-cotovelo-finta-costelas também não funcionou. Nem sua melhor finta-finta-quadril-costela-cabeça-finta-barriga.

Fez cara feia, dando um passo para trás para se reorganizar e repensar a situação. Sorte de principiante, é claro, mas estava começando a ficar preocupante. Até ali, ele só ficara parado, bloqueando os ataques casualmente sem efetuar nenhum por conta própria, mas isso mudaria logo. Hora de deixar as coisas mais difíceis, acertar um ataque, forçá-lo a contra-atacar ou ao menos mover os pés. Ela pulou para a frente de novo, começando um finta-costela-finta...

Só que, dessa vez, na segunda finta, ele parou de ser passivo e fez um movimento. Aproveitando a abertura da finta, ele bateu no bastão dela para afastá-lo, fez um giro pequeno dentro da abertura, e trouxe o próprio bastão para tocar de leve ao lado de seu protetor de cabeça. Mesmo quando ela tentou levar os dois bastões até ele, ele girou de novo e saiu de seu alcance.

Ela pulou para a frente, tentando pegá-lo enquanto ainda estava de costas, mas ele foi mais rápido, virando-se para vê-la e bloqueando seu ataque duplo mais uma vez.

De novo, ela se afastou, usando a oportunidade para respirar fundo. Thrawn não a seguiu; continuou onde estava.

Claramente, suas técnicas preferidas não estavam funcionando. Hora de mudar o jogo. Só porque ela gostava dessas táticas, não significava que não conhecesse outras. Respirando fundo pela última vez, atacou de novo.

Só que, desta vez, em vez de usar as combinações de finta-ataque, ela investiu direto contra ele, usando os dois bastões para golpeá-lo, um no rosto e o outro no peito. Ele bloqueou o primeiro, mas o segundo o acertou em cheio contra o protetor do peito, em um baque audível e satisfatório. Ela se moveu de novo, inclinando os braços para repetir o golpe.

De novo, Thrawn foi mais rápido. Ele recuou agilmente, para longe de seu alcance. Ela o seguiu, tentando tornar a acertá-lo e, de novo, só um dos dois ataques funcionou. Mais um, decidiu, e acabaria com a luta. Ela avançou...

E abruptamente se encontrou em um furacão de bastões em movimento enquanto ele a atacava.

Dessa vez, foi ela que foi para trás, praguejando em silêncio enquanto bloqueava e defendia e tentava reverter o ataque contra ele, mas ele não estava deixando nenhuma abertura. Seus pés sentiram a mudança no tatame, avisando que estava perto demais da borda.

Thrawn também percebeu. Ele parou, deixando-a se demorar na retirada antes que batesse contra a parede.

Outro erro. A pausa foi longa o suficiente para que retomasse a iniciativa, e de novo o atacou.

Ele recuou devagar, claramente de volta à posição defensiva. Mas, para a decepção dela, seus ataques foram todos bloqueados.

Ela parou o ataque e deu um passo para trás e, por um longo momento, os dois se encararam. *Sem que ele perdesse totalmente a dignidade*, sua presunção voltou para zombar dela.

— Existe motivo para continuarmos?

Thrawn deu de ombros.

— Você decide.

Por um longo momento, o orgulho e a determinação insistiram para que continuasse. O bom senso venceu.

— Como? — perguntou, abaixando os bastões e se aproximando dele.

— Suas esculturas mostram seu gosto por combinações de amplo espaço — disse Thrawn, abaixando os próprios bastões. — Particularmente padrões de três e quatro espirais. Seus assuntos favoritos, como puleões, dragoneles, e aves de rapina, indicam ataques curtos, fintas de hesitação e agressão. O formato particular de áreas abertas mostra como você compõe suas fintas, e o estilo anguloso sugere que um ataque giratório seria inesperado e desconcertante o suficiente para atrasar sua resposta.

O que, ela lembrou, fora seu primeiro ataque bem-sucedido.

— Interessante — disse Ziara.

— Mas o que veio depois foi igualmente informativo — Thrawn continuou. Ele ergueu as sobrancelhas de leve, com um convite óbvio.

Ziara sentiu um uma onda de irritação. Ela era a veterana ali, não ele. Se alguém deveria estar recitando aulas e oferecendo análises, era ele, não ela.

O que, ela notou instantaneamente, era a coisa mais estúpida que já pensara na vida. Só uma tola perderia a oportunidade de aprender algo novo.

— Percebi que você notou meus padrões e por isso eu mudei de tática — disse ela. — E funcionou, ao menos por alguns ataques. Então você atacou, e eu não consegui passar pela sua defesa de novo.

— Você sabe por quê?

Ziara franziu a testa, pensando na luta...

— Voltei para minhas táticas iniciais — ela disse com um sorriso irônico. — As que você já tinha entendido como derrotar.

— Exatamente — disse Thrawn, sorrindo de volta. — Uma lição para todos nós. Em momentos de estresse e incerteza, tendemos a voltar ao que é familiar ou confortável.

— Sim — Ziara murmurou, notando de repente onde estava em relação a ele. Ainda no campo de ataque... e nunca dissera que a luta estava acabada.

O momento de tentação passou. Só porque ela não havia acabado oficialmente o duelo, não significava que seria justo recomeçá-lo de forma unilateral. Thrawn se comportara de forma honrada. Ela deveria fazer o mesmo.

— E o cuidado que você coloca nas esculturas mostra que é honrada demais para usar truques baixos contra um parceiro — Thrawn acrescentou.

Ziara sentiu o rosto queimar.

— Tem certeza disso?

— Tenho.

Por um longo momento, sentiu-se tentada novamente. Então, girando-se nos calcanhares, caminhou pelo tatame e devolveu os bastões à estante das armas.

— Tudo bem — disse sobre os próprios ombros enquanto tirava a armadura de treino. — Estou impressionada. Realmente acha que conseguiria fazer isso com culturas e táticas estrangeiras?

— Acho — disse Thrawn. — Algum dia, espero ter a oportunidade de provar.

CAPÍTULO SEIS

CINCO HORAS DEPOIS DA *Falcão da Primavera* se esconder, Thrawn e Thalias colocaram os cintos em uma das naves auxiliares do cruzador, e passaram pelo aglomerado de asteroides até chegar à estação escura, que flutuava ao longe.

– A jornada pode ser um tanto maçante – Thrawn avisou enquanto se moviam entre o pó e as rochas flutuantes. – Estamos usando os jatos de manobra exclusivamente para evitar que nossos adversários detectem qualquer emissão de propulsão. Isso torna a viagem mais lenta.

– Entendo – disse Thalias.

– Ainda assim, nos oferece a oportunidade de falar em particular – Thrawn continuou. – O que está achando do trabalho de cuidadora?

– É desafiador – Thalias admitiu, um alerta silencioso soando ao fundo de sua mente. Thrawn poderia tê-la chamado em seu escritório a qualquer momento desde que tinham saído da Ascendência, se o que queria era falar em particular. Será que ele sabia daquela conversa de última hora com Thurfian, e o trato que o síndico a forçara a fazer? – Che'ri é fácil de lidar, mas existem algumas coisas complicadas que toda sky-walker precisa enfrentar.

– Pesadelos?

– E cefaleias e mudanças de humor ocasionais – disse Thalias. – Tudo isso e ser uma menina de nove anos.

– Especialmente uma que é vital para uma nave e sabe disso?

– Ah, sim... As histórias de terror da arrogância e das demandas das sky-walkers – disse Thalias, com desdém. – Pura lenda da calota de gelo. Nunca conheci alguém que já tenha visto isso acontecer. Todas as sky-walkers que conheci são o absoluto oposto disso.

– Sentimento de inadequação – disse Thrawn. – O medo de que não será suficiente para o que o capitão e a nave exigem dela.

Thalias assentiu. Assim como os pesadelos, os sentimentos eram coisas de que se lembrava bem demais.

– Sky-walkers estão sempre preocupadas em fazer a nave se perder ou que algo dê errado.

– Apesar disso, os registros não mostram quase nenhum ocorrido assim – Thrawn contrapôs. – E a maior parte das naves afetadas acabou voltando em segurança via salto por salto. – Ele pausou. – Suponho que Che'ri não esteja passando por nenhum desafio que você mesma já não teve que superar?

– Não – disse Thalias, com um suspiro silencioso. Não tinha esperado que Thrawn a deixasse subir a bordo sem checar quem era, mas, ainda assim, tivera esperança de que ele não saberia que ela havia sido uma sky-walker. – Além da parte de voar em uma possível situação de perigo.

– Perigo é uma parte implícita do que fazemos.

– Exceto que vocês escolheram esta vida – disse Thalias. – Nós, sky-walkers, não tivemos essa chance.

Thrawn ficou em silêncio por um momento.

– Você tem razão, é claro. O bem maior da Ascendência é a razão. E a verdade, é claro, mas o fato permanece.

– Permanece – disse Thalias. – Se serve de consolo, acho que nenhuma de nós se ressente do serviço. Quero dizer, além dos medos e pesadelos e tudo mais. E a Ascendência *precisa* de nós.

– Talvez – comentou Thrawn.
Ela franziu o cenho para ele.
– Só talvez?
– Uma conversa para outro dia – disse Thrawn. – Tela Quatro. Consegue ver?

Ela virou a atenção para o painel de controle diante deles. Tela Quatro... aquilo.

No centro da tela havia uma pequena fonte de calor. Uma fonte de calor vindo de uma posição orbital perto do planeta habitado do sistema.

Uma fonte de calor que, de acordo com os cálculos do computador, estava vindo na direção deles.

– Eles nos viram – arfou, com o coração na garganta.
– Talvez – disse Thrawn, ainda pensativo. – A sequência de fatos certamente sugere isso, já que só faz trinta segundos que a nave ativou os propulsores a essa potência.

– Está vindo direto até nós – disse, sentindo-se subitamente claustrofóbica na cabine apertada. Eles estavam em uma nave auxiliar, e não em uma nave de combate, sem armas, sem defesa, com a capacidade de manobra de uma lesma do pântano. – O que faremos?

– Isso vai depender de quem eles são, e para onde estão indo – disse Thrawn.

Thalias franziu o cenho ao olhar para a tela.

– O que quer dizer? Eles estão vindo até nós, não estão?
– Podem também estar indo até a *Falcão da Primavera* – disse Thrawn. – Também pode ser uma visita programada à estação de mineração e o momento é uma pura coincidência. A essa distância, e a esse ponto do caminho, é impossível definir precisamente qual é o destino final do trajeto deles.

– Então o que vamos fazer? – Thalias perguntou. – Podemos voltar à *Falcão da Primavera* a tempo?

– Possivelmente – disse Thrawn. – A pergunta mais imediata é se queremos fazer isso.

– Se *queremos*? – Thalias repetiu, encarando-o.

– Viemos aqui para descobrir se esse é o ponto de origem dos refugiados massacrados – Thrawn a lembrou. – Minha intenção era estudar a estação de mineração, mas uma conversa direta seria mais rápida e mais informativa.

– Só se eles não atirarem de cara.

– Eles podem tentar – respondeu Thrawn. – Diga-me, já atirou com uma carbônica?

Thalias engoliu em seco.

– Pratiquei com uma delas algumas vezes. Mas sempre em baixa potência, nunca alta.

– Não tem muita diferença operacional entre essas configurações. – Thrawn digitou no console. – Bem. A não ser que a nave aumente de velocidade nas próximas duas horas, vamos chegar à estação vinte ou trinta minutos antes deles.

– E se estiverem indo até a *Falcão da Primavera*? – Thalias perguntou. – Não deveríamos avisá-los?

– Tenho certeza de que o Capitão Intermediário Samakro já os notou – Thrawn assegurou. – E, mesmo que tenham encontrado a *Falcão da Primavera*, e existe uma grande chance de que não tenham encontrado, acho que sei como fazer com que nossos visitantes parem na estação primeiro.

– Como?

Thrawn sorriu.

– Convidando-os.

※

A estação de mineração estava equipada com várias plataformas de pouso, agrupadas em diferentes pontos da superfície. Um dos aglomerados incluía dois dos chamados "deques universais", que muitas espécies da região tinham adotado nos últimos séculos para acomodar diferentes tamanhos de nave. Thrawn atracou a nave auxiliar em um deles, esperou até o sistema de biolimpeza fazer a verificação de toxinas e contaminantes biológicos de sempre no ar da estação, e guiou-os até o interior.

Thalias esperava que o lugar tivesse um cheiro de coisa velha e bolorenta, talvez o fedor pungente de comida podre ou, pior, de corpos apodrecendo. Mas, apesar de o local definitivamente ter um certo ranço, não era nada insuportável. Quando quer que fosse que os donos haviam partido, eles aparentemente o tinham feito de forma organizada.

– Este é o lugar – Thrawn disse suavemente, iluminando as alcovas e salas enquanto caminhavam por um longo corredor. – É daqui que eles vieram.

– As naves de refugiados? – Thalias perguntou.

– Sim – Thrawn confirmou. – O estilo é inconfundível.

– Hum. – Thalias olhou para todos os lugares que ele olhara, e não conseguiu encontrar nenhuma pista do que ele estava deduzindo. – E agora?

– Precisamos ir ao centro de controle principal – disse Thrawn, aumentando a velocidade. – É lá que nossos visitantes provavelmente vão atracar.

– E como vamos encontrar o centro de controle?

– Passamos por dois esquemas de andares afixados nas paredes desde que saímos da nave auxiliar – disse Thrawn, franzindo o cenho de leve. – Os centros de comando e controle principais eram óbvios.

Thalias fez careta. Não apenas um esquema de andar, mas dois? Tudo bem. Talvez ela não tivesse visto *tudo* que ele tinha visto.

Encontraram o centro de controle no lugar exato que Thrawn previu que estaria. Os controles e consoles tinham sido categorizados com um alfabeto que não conheciam, mas tudo parecia ter sido arranjado de forma lógica. Precisaram de um pouco de tentativa e erro, mas logo a sala ficou iluminada.

– Melhor assim – disse Thalias, desligando a própria luz. – E agora?

– Isto – disse Thrawn, acionando outros interruptores. – Se li a organização do console corretamente, nós acionamos as luzes externas da estação.

Thalias o encarou.

– Você...? Mas aquela nave vai nos ver.

– Eu disse que ia convidá-los a virem – Thrawn lembrou. – Mais importante que isso: com sorte, as luzes vão distraí-los da *Falcão da Primavera*, se estiverem se dirigindo até ela.

– Entendi – disse Thalias, lembrando de novo da carbônica contra seu quadril. – Você não está esperando um combate, está?

– Espero evitar chegar a isso, sim – disse Thrawn. – O compartimento de equipamentos com as maiores plataformas de atracação fica a bombordo da estação. Vamos esperá-los ali.

Olhando uma última vez no centro de controle, ele foi até a escotilha que conduzia até lá.

Thalias o seguiu depois de respirar fundo até se acalmar.

O compartimento de equipamentos era maior do que Thalias esperara, apesar de que havia menos espaço aberto do que antecipara, com seus guindastes, elevadores de manobra, cabos suspensos, fileiras de ferramentas e estantes de peças. Ela e Thrawn já tinham se acomodado diante da plataforma principal, onde houve um sopro de ar ventilado e o porto começou a funcionar.

– Eles estão vindo – ela murmurou, olhando além dos ombros de Thrawn, já que ele estava diante dela, parcialmente bloqueando sua vista. *Eles têm grande estima pelas fêmeas*, Thrawn dissera dos estrangeiros que estavam procurando. Se estivesse certo, sua posição de proteção à sua frente poderia conectá-los com esse viés cultural.

– Sim. – Thrawn fez uma pausa com a cabeça inclinada, como se estivesse ouvindo.

E, então, para a surpresa de Thalias, ele foi para trás dela, revertendo as posições originais para que ela ficasse diante dele.

– O que você está fazendo? – questionou ela, sentindo-se inundada pela sensação de vulnerabilidade. Eles estavam prestes a chegar e, seja lá quais fossem suas armas...

A escotilha dilatou-se, e quatro criaturas apareceram.

Estatura média, saliências pronunciadas no peito e nos quadris, pele rosa, cristas emplumadas na cabeça. Exatamente como os corpos que Thrawn levara a bordo da *Falcão da Primavera*, vindos da segunda nave de refugiados.

Ele os encontrara.

Por um momento, os dois grupos se entreolharam. Então, um dos recém-chegados falou, com voz rouca e palavras incompreensíveis.

– Falam Minnisiat? – Thrawn perguntou na língua comercial.

Os estrangeiros falaram de novo, ainda na própria linguagem.

– Falam Taarja? – indagou Thrawn.

– Falo – disse um deles. – O que estão fazendo aqui?

– Somos exploradores. Meu nome é Thrawn. – Ele cutucou Thalias. – Diga a eles seu nome.

– Sou Thalias – disse ela, seguindo a deixa e dando apenas o nome-núcleo. Por algum motivo, Thrawn não parecia querer que soubessem seus nomes completos.

Os olhos do estrangeiro se arregalaram até quase saírem para fora das órbitas enquanto a estudava.

– Você é uma fêmea?

– Sou – disse Thalias.

O estrangeiro pareceu bufar.

– Então você, Thrawn, se esconde atrás de sua fêmea?

– De forma alguma – disse Thrawn. – Estou usando meu corpo para protegê-la daqueles que você enviou para nos atacarem por trás.

Thalias prendeu a respiração.

– Está brincando, certo? – murmurou ela, sentindo-o sacudir a cabeça atrás dela.

– Senti a mudança no ar assim que eles entraram pela segunda escotilha atrás de nós.

Thalias assentiu para si mesma. Da mesma forma que ele rapidamente absorvera a sensação da *Tomra* todos aqueles anos atrás, ele agora compreendera vários detalhes daquela estação estrangeira com a mesma rapidez.

– Não pretendemos usar da violência – apressou-se em dizer o interlocutor estrangeiro. – Foi apenas precaução. Sua chegada foi inesperada e estávamos preocupados com nossa segurança.

– Peço perdão por tê-los perturbado – disse Thrawn. – Achamos que a estação estava abandonada. Foi por isso que viemos até aqui.

O estrangeiro relinchou, dessa vez mais rápido que antes.

– Se pensou em construir um lar aqui, pensou errado. Pode ser tarde demais para reverter o erro, mesmo agora.

– Não viemos para viver aqui – disse Thrawn. – Como falei, somos exploradores. Procuramos no Caos por obras de arte daqueles que já se foram.

Os padrões sarapintados na pele do estrangeiro mudaram.

– Procura por *obras de arte*?

– A arte reflete a alma de uma espécie – disse Thrawn. – Procuramos preservar o eco daqueles que não podem preservá-lo.

Um dos estrangeiros falou na língua deles.

– Ele diz que não temos nenhuma obra de arte aqui – o interlocutor traduziu.

– Talvez tenha mais arte entrelaçada ao design do que ele imagina – disse Thrawn. – Mas estou intrigado. Não vejo evidência de catástrofe ou destruição. Ao contrário, a estação parece completamente funcional. Por que a abandonaram?

– Não a abandonamos – objetou o interlocutor, com a voz notavelmente mais grave. – Fomos removidos por aqueles que procuram a dominação de Rapacc e dos Paccosh.

– Rapacc é seu mundo, então? – Thrawn perguntou. – E vocês são os Paccosh?

– Somos – afirmou o interlocutor. – Ao menos no presente momento. Os Paccosh podem parar de existir. O futuro de cada um dos Pacc está na mão dos Nikardun, e temos medo de contemplá-lo.

– Foram os Nikardun que nos seguiram no seu sistema? – Thrawn perguntou.

Outro relincho.

– Se acredita que só seguiram vocês, sua ignorância é verdadeiramente profunda. A intenção deles é capturá-los ou destruí-los.

Thalias sentiu um calafrio subir pelas costas. Não lembrava de nenhuma espécie com esse nome. Estava sem dúvida fora da vizinhança imediata deles, e provavelmente além de qualquer região que a Frota Expansionária já explorara.

E, se era essa a forma que eles se apresentavam, ao bloquear o acesso a sistemas inteiros e perseguir e massacrar qualquer um que conseguisse fugir deles, não poderiam ser amigos da Ascendência em nenhum futuro próximo.

— Ainda assim, não devem ser tão firmes assim com vocês e seu mundo — ela apontou, as palavras angulares da língua Taarja machucando sua boca. Taarja fora a língua comercial que menos gostara de aprender durante sua escolarização, mas a família Mitth insistia que seus adotados por mérito aprendessem todas as formas mais comuns de comunicação da região. — Caso contrário, como estão aqui falando conosco?

— Acha que viajamos até aqui por vontade própria? — o interlocutor falou, inclinando a cabeça de leve em direção a ela. — Acha que fomos nós que removemos as armas e defesas da nave na qual chegamos? Dificilmente. As naves Nikardun guardando as entradas que levam a Rapacc não reconheceram o formato de sua nave. Pensaram que esta estação ainda poderia ter sensores que mostrassem detalhes importantes de quando sua nave passou por lá. Nos mandaram vir aqui para descobrir se, de fato, havia algum registro.

— E eles estavam corretos? — Thrawn perguntou.

— Corretos sobre os sensores? — O interlocutor pausou, os olhos oscilando entre ele e ela. — Por que pergunta? Quer que os detalhes de sua nave permaneçam secretos?

— Dizem que existem pessoas que podem deduzir a origem de uma nave pela forma e estilo de voo — disse Thrawn. — O líder desconhecido desses Nikardun pode ser uma dessas pessoas.

— O líder não é desconhecido — o Pacc disse com nojo em sua voz. — O General Yiv, o Benevolente, veio pessoalmente até Rapacc para falar de suas demandas e se vangloriar com nossos líderes.

— Essas ações mostram uma confiança suprema — disse Thrawn. — Ele voltará em breve?

— Não sei dizer — respondeu o Pacc. — Mas mais Nikarduns certamente virão, e se não obedecermos às ordens dos que já estão aqui, as coisas ficarão feias para nós.

E, se os Paccosh falhassem em capturar os estranhos que passaram pelas naves de sentinela e entraram na estação, as coisas ficariam ainda piores, Thalias suspeitava.

— O que vão fazer conosco? — perguntou.

O interlocutor se virou para os outros e, por um momento, eles falaram entre si.

— Bom trabalho — Thrawn disse em voz baixa.

— O que quer dizer? — Thalias perguntou.

— Foi melhor essa pergunta vir de você e não de mim — ele disse. — A consideração que têm por fêmeas pode modificar a resposta e influenciar a decisão a nosso favor.

— E se não influenciar?

— Então usaremos as carbônicas — disse Thrawn, calmo mas determinado. — Você cuida dos que estão diante de nós. Eu farei o mesmo com os que estão atrás.

A boca de Thalias ficou seca de repente.

— Pretende só atirar neles?

— Somos duas pessoas — disse Thrawn. — Eles são quatro, além dos que não podemos ver, cujo número desconhecemos. Se eles decidirem nos capturar como prisioneiros, nossa única chance será um ataque letal e imediato.

Um calafrio gelado subiu pelas costas de Thalias. Ser forçada a entrar em um combate armado, atirar e receber tiros, tudo isso era uma perspectiva assustadora. Mas, ao menos, poderia entrar em uma batalha acirrada com uma consciência majoritariamente limpa.

O que Thrawn estava sugerindo era assassinato puro e frio.

Os Paccosh acabaram de discutir.

— Não temos ordens em relação aos intrusos — o interlocutor falou. — Fomos mandados exclusivamente para analisar os sensores.

O outro estrangeiro disse alguma coisa.

— Mas supomos que os Nikardun teriam requisitado sua captura se soubessem que estavam aqui — disse o primeiro.

– Talvez – disse Thrawn. – A pergunta mais importante é: o que os Paccosh precisam?

O interlocutor se virou para os outros. Thalias ergueu a mão para tocar no cabelo, fingindo arrumar alguns fios, esperando atrair mais atenção para si mesma.

– Se nos deixarem partir, vou tomar cuidado para que os Nikardun não nos detectem – Thrawn acrescentou durante o silêncio.

– E como pode ter certeza disso?

– Eles não detectaram nossa chegada – disse Thrawn. – Duvido que serão mais atentos agora.

– Certamente viram o momento em que vocês ligaram as luzes da estação.

– Certamente vocês podem ter ativado esses sistemas de forma remota – Thrawn argumentou.

O interlocutor considerou e inclinou a cabeça.

– Sim. Podemos. – Ele sibilou. – O comandante decidiu. Podem partir em paz.

Thalias deixou escapar um suspiro aliviado.

– Obrigada – disse ela.

– Não responderam à minha pergunta anterior – disse Thrawn. – Os sensores da estação ainda estão em operação?

O interlocutor relinchou.

– Semanas atrás, os Nikardun nos mandaram desligar a estação antes de abandoná-la – disse. – Com as vidas de cada um dos Pacc na ponta de suas espadas, obedecemos às ordens ao pé da letra. Não há nenhum sensor em operação.

– Isso é bom – disse Thrawn. – Adeus, então, e que consigam encontrar liberdade e paz.

Ele tocou no braço de Thalias, e fez um sinal com a cabeça para que voltassem à escotilha que os levaria até a nave auxiliar.

– Esperem.

Thalias se virou. O Pacc que falara antes na língua original, o que ela supôs ser o líder do grupo, estava andando até eles. Ela deu um passo para trás e parou quando Thrawn tocou novamente em seu braço.

– Este é Uingali – o interlocutor disse quando o Pacc parou diante de Thrawn. – Tem algo que ele deseja dar a vocês.

Por um momento, Uingali ficou parado. Depois, com óbvia relutância, ergueu ambas as mãos na direção de Thrawn, uma segurando os dedos da outra. Depois, tirou um anel duplo de dois dos dedos, os círculos gêmeos conectados por uma malha curta e flexível. Outro momento de hesitação, e ele segurou o anel duplo na direção de Thrawn.

– *Uingali foar Marocsaa.*

– O anel duplo é uma herança familiar estimada do subclã dos Marocsaa – o interlocutor disse em voz baixa. – Uingali quer que o leve e que o adicione às suas obras de arte, para que o subclã e o povo Marocsaa não sejam esquecidos.

Desde que Thalias conhecera Thrawn, essa era a primeira vez que ele parecia genuinamente surpreso. Ele olhou para Uingali, para os anéis, e depois para Uingali novamente. Então, esticou a mão com a palma para cima.

– Obrigado – disse. – Vou guardá-lo em um lugar de honra.

Uingali abaixou a cabeça em uma reverência enquanto deixava o anel duplo na mão de Thrawn. Endireitou-se, virou-se e voltou para os outros Paccosh. Eles se viraram ao mesmo tempo quando ele passou, e todos os quatro foram até a escotilha. Houve um sopro de ar atrás de Thalias, e ela se contraiu enquanto três outros Paccosh, aparentemente a força de apoio de Uingali, passaram em silêncio pelos Chiss e foram até seus camaradas. Todos desapareceram de seu campo de visão, e a escotilha se fechou atrás deles.

Thalias olhou para o anel duplo na palma da mão de Thrawn. Era feito de um metal prateado, com uma série de arcos curvos em relevo na base. Um aglomerado do que pareciam pequenas serpentes saía do centro dos arcos, flanqueadas por duas cobras maiores que davam a volta, cruzando uma à outra e acabando com as cabeças para cima e as bocas abertas e altivas.

Ela ainda estudava os anéis quando as luzes à sua volta se apagaram de repente.

– O quê...? Ah – ela acrescentou, atrasada. – Controles remotos.

– Uingali está reforçando a ilusão para qualquer Nikardun que possa estar observando – disse Thrawn, acendendo a própria luz. – Venha.

Ele deu a volta e andou em passos largos até a escotilha.

– Já vamos voltar? – Thalias perguntou, apressando-se para alcançá-lo.

– Já temos tudo que o Supremo General Ba'kif nos mandou encontrar – disse Thrawn. – Os refugiados assassinados eram Paccosh do sistema Rapacc, os opressores se chamam Nikardun, e o líder dos Nikardun é o General Yiv, o Benevolente. – Ele pareceu considerar o que estava dizendo. – Além disso, temos alguns fatos adicionais que Ba'kif não estava esperando.

– Como o quê?

Thrawn ficou em silêncio por alguns passos.

– Localizamos os Paccosh, em parte, porque a nave dos refugiados vinha desta direção, no geral. Também presumimos que os Nikardun os seguiam, ou que anteciparam de alguma maneira sua chegada na Ascendência, e então ordenaram o ataque a Csilla para nos distrair da destruição dos Paccosh.

Thalias concordou.

– Faz sentido.

– Mas isso leva a outra questão – disse Thrawn. – Como os Nikardun sabiam como encenar a emboscada naquele lugar em particular?

– Bem... – Thalias pausou, tentando pensar a fundo. – Sabemos que duas naves Paccianas se encontraram no sistema de quatro estrelas antes de uma das naves ir até a Ascendência. Talvez o capitão tenha decidido que era a melhor oportunidade que teriam de conseguir ajuda, especialmente com uma das duas naves incapaz de continuar. Apesar disso, não sei como sabiam onde estavam.

– Muitos estrangeiros sabem a respeito de nós, ou ao menos têm uma ideia de quem somos – disse Thrawn. – Porém, nossa reputação costuma vir antes de qualquer conhecimento real. Vai notar que os Paccosh não parecem ter reconhecido que somos Chiss, mas você não entendeu o ponto mais crítico da minha pergunta. A nave de refugiados saiu do hiperespaço muito mais longe no sistema do que era necessário. Longe o suficiente para que precisassem de várias horas de viagem espaço-normal antes de estarem próximos de iniciar qualquer tipo de comunicação. – Pausou. – E longe o suficiente para que, se a matança fosse detectada, não houvesse chance de que alguma das naves de patrulha pudesse responder a tempo.

Thalias praguejou em voz baixa quando tudo ficou claro.

– A única forma de os Nikardun esperarem pela nave seria se o navegador dos refugiados os tirasse deliberadamente do hiperespaço ali. – Ela franziu o cenho. – Eles *tinham* um navegador, não tinham?

– Imagino que sim – disse Thrawn. – Na teoria, um Guia do Vão, como o da segunda nave. Note também o fato de que não encontramos nenhum corpo desse tipo a bordo da primeira nave.

Ele pausou de novo, claramente esperando que Thalias conseguisse seguir sua lógica.

– Os Nikardun o levaram com eles? – sugeriu.

– Creio que sim – disse Thrawn. – Vivo ou morto?

Thalias mordeu o lábio. Como ela poderia saber? Além disso, por que Thrawn estava fazendo esse quebra-cabeça lógico com ela, especialmente dessa forma? Era como as aulas que tivera na escola quando era uma sky-walker relutante, ou as mesmas aulas que agora teria que forçar em uma Che'ri mais relutante ainda.

– Os Paccosh a bordo da outra nave morreram muito depois do que aqueles que foram atacados na Ascendência – ele deu a dica.

Thalias assentiu quando finalmente entendeu para onde ele estava indo. Especialmente porque o segundo grupo ficou sem ar, enquanto o primeiro foi assassinado.

– Ele estava morto – disse. – Se estivesse vivo, teria dito aos Nikardun onde a primeira nave estava, e eles teriam ido até lá para matá-los também, em vez de deixar que morressem por conta própria.

– Excelente – aprovou Thrawn. – Também captamos o fato de que foram os Paccosh, e não os Guias do Vão, que escolheram o sistema de quatro estrelas para o encontro.

– Certo – disse Thalias, franzindo a testa. – E como isso vai nos ajudar?

– Pode não ajudar – Thrawn admitiu. – Mas, às vezes, pequenos fragmentos de conhecimento voltam de formas inesperadas. – Ele gesticulou. – De qualquer forma, acredito que aprendemos tudo que podíamos aprender aqui. Precisamos agora voltar furtivamente à *Falcão da Primavera* e, com sorte, sair do sistema sem conflitos.

– Os Nikardun estarão de olho – Thalias avisou.

– Concordo – disse Thrawn. – Mas antes da incursão da *Vigilante*, imagino que os Nikardun terão colocado as linhas de sentinelas mais para perto do sistema interno. Nossa fuga deve ser direta, assim como nosso encontro com a *Vigilante* para buscar nossa sky-walker.

– Voltaremos então para a Ascendência?

Thrawn olhou para o anel duplo em sua mão.

– Não agora – disse ele. – Não, acho que deveríamos ir até um saguão da Guilda de Navegadores e contratar um navegador.

Thalias franziu o cenho.

– Você disse que já teremos Che'ri de volta.

– Caso precisemos dela – disse Thrawn. – Mas os Paccosh indicaram que mais naves Nikardun podem chegar em um futuro próximo. Tem algo que quero fazer antes que isso aconteça.

– Ah – disse Thalias com cuidado. A não ser que a frota tivesse mudado as regras desde que ela era sky-walker, um capitão que queria expandir a missão recebida deveria primeiro pedir autorização.

Mas isso não era da conta dela.

– Está à procura de um Guia do Vão?

– Não – disse Thrawn. Tocou no anel uma última vez, e depois o colocou com cuidado em seu bolso. – Não, acredito que tem alguém que vai ser muito mais útil para nós lá.

LEMBRANÇAS V

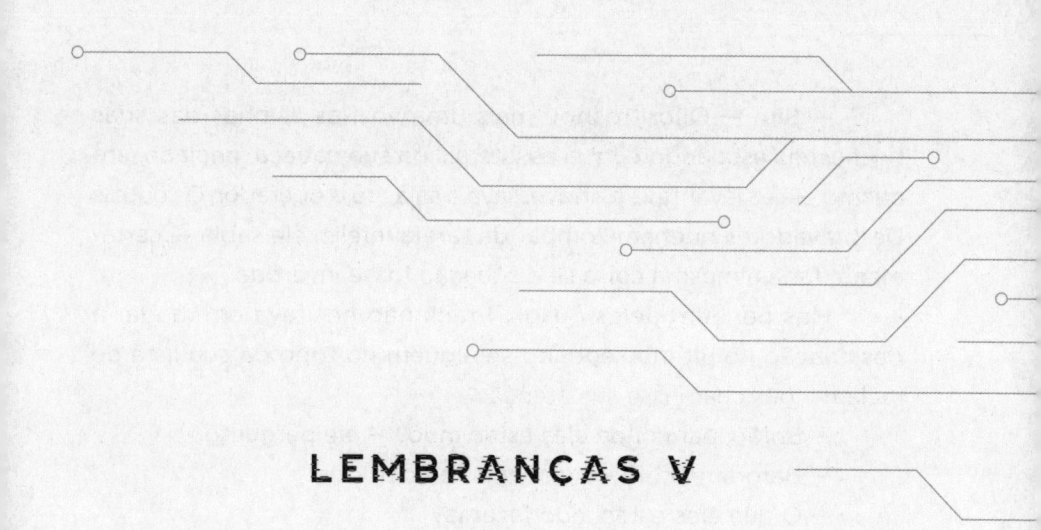

— **C**RUZADOR DIPLOMÁTICO **C**HISS chegando — disse o operador dos Desbravadores Prack, acima do burburinho que enchia o salão da Guilda de Navegadores. — Quem vai querer?

A conversa foi interrompida como se uma porta tivesse sido fechada, e todos fizeram suas melhores imitações de estarem em outro lugar.

Isso incluía Qilori de Uandualon, que permaneceu imóvel em seu assento, com ombros caídos, ainda segurando a alça de sua caneca. Que má sorte desgraçada de estar de plantão quando um Chiss aparecia.

— Qilori, onde está você? — o operador continuou. — Vamos lá, Qilori, eu sei que você está aí.

— Ele está ali — disse alguém duas mesas adiante, prestativamente.

Qilori lançou um olhar furioso para o outro navegador.

— Sim, estou aqui.

— Que bom para você — disse o operador. — Pegue os fones, coloque o cinto e dê o fora. Sua vez na caixa quente.

— Sim — Qilori rosnou mais uma vez, as asinhas das suas bochechas estalando contra as laterais da sua cabeça, enojado, enquanto ele se levantava e atravessava a sala até o operador. Os outros Desbravadores queriam zombar da tarefa infeliz, ele sabia — certamente faria a mesma coisa se a situação fosse invertida.

Mas nenhum deles ousou. Prack não hesitava em mudar a designação no último segundo se alguém no topo da sua lista de reclamações chamasse sua atenção.

— Então, para onde eles estão indo? — ele perguntou.

— Bardram Scoft — respondeu o operador.

— O que eles estão indo fazer lá?

— Não sei; não me importo. Portão de embarque cinco, em quinze minutos. — Ele deu a Qilori um sorriso malicioso. — Divirta-se.

Quinze minutos depois, com a bolsa de viagem pendurada no ombro, Qilori observou um par de peles-azuis de uniforme preto entrar pelo portão de embarque.

— É você o nosso Desbravador? — um deles perguntou na língua comercial Minnisiat.

Ao menos esse bando não esperava que o restante do Caos falasse Cheunh.

— Sim, sou eu. Sou Qilori de Uandualon, classe cinco...

— Sim, tudo bem — disse o pele-azul. — Venha. Estamos com pressa.

Ele se virou e voltou pelo portão. Qilori o seguiu, amaldiçoando Prack entredentes por ter largado aquela tarefa sobre ele.

Ninguém ali gostava dos Chiss. Ao menos, ninguém que Qilori conhecia que já havia trabalhado com eles.

Não era só pelo fato de eles se considerarem melhores que todo mundo. A maior parte das espécies, no fim das contas, tinha essa mesma ilusão. Não, era porque os Chiss pareciam pensar que não havia mais ninguém ali a quem eles poderiam se sentir superiores. Eles tinham um ponto cego estranho e irritante no que dizia respeito a todo o Caos, como se todas as outras espécies fossem compostas apenas de animais particularmente espertos, ou então tivessem sido trazidos à existência apenas para o benefício da Ascendência.

Quase não viam ninguém, e certamente não se importavam com ninguém.

A ponte era praticamente a mesma de todas as outras naves mercantes e cruzadores diplomáticos Chiss que Qilori já tinha visto: pequena e eficiente, com leme, navegação, defesa e consoles de comunicação. O capitão estava posicionado em um assento atrás do leme e dos consoles, com todos os outros Chiss nelas, exceto o posto de navegação.

Aquele, claro, era de Qilori.

— Desbravador — o capitão disse, acenando com a cabeça. — Partiremos assim que você tomar o seu lugar.

As asinhas das bochechas de Qilori se achataram quando ele se sentou, flexionando os dedos sobre os controles.

Certo. Divirta-se.

A viagem foi monótona. Ao comando do capitão, Qilori colocou seus fones de privação sensorial e entrou em transe, deixando a Grande Presença sussurrar dentro, ao redor e através dele.

Como de costume, a Grande Presença foi mesquinha com a Sua sabedoria, tornando a viagem um pouco mais lenta do que Qilori gostaria. Felizmente, o espaço naquela parte do Caos era relativamente calmo, com apenas algumas poucas anomalias aqui e ali que tornavam navegadores como os Desbravadores necessários para viagens interestelares de longo alcance. Eles chegaram a Bardram Scoft alguns minutos mais cedo do que o capitão tinha previsto, e em muito menos tempo que uma viagem salto por salto teria levado. Em resumo, Qilori decidiu enquanto retirava os fones, ele tinha feito por merecer seu pagamento.

Ele piscou para afastar as teias de aranha pós-transe, flexionando a rigidez de seus dedos. O planeta se mostrava enorme pela panorâmica enquanto a nave entrava em órbita. A ponte estava praticamente vazia — apenas Qilori e o piloto ainda estavam presentes.

— Onde está todo mundo? — ele perguntou.

— Preparando o embaixador para a cerimônia de boas-vindas — o piloto respondeu. — A cultura Scoftica exige que o oficial da patente mais alta acompanhe o embaixador, e talvez tenha outros protocolos a serem seguidos.

— *Talvez* tenha? — Qilori perguntou, franzindo a testa enquanto examinava o céu. Havia *muitas* naves lá fora, muito mais do que ele já tinha visto em um mundo atrasado como aquele. — Achei que vocês Chiss gostassem de estar preparados para tudo com antecedência.

— E gostamos — o piloto respondeu. — O governo Scoftico mudou mais uma vez, e com ele os protocolos. Nosso embaixador precisa reaprendê-los.

— Ah... — Qilori disse. Então era isso. Novo governo, e todo mundo nas proximidades enviara emissários para desejar boa sorte e avaliar o recém-chegado. — Não sabia que o antigo governador estava adoentado.

— Não estava — o piloto disse. — Ele foi assassinado. Que nave é aquela?

— O quê? — indagou Qilori, suas asinhas tremulando de surpresa. *Assassinado?* — E todo mundo está de acordo com isso?

— Não é incomum entre os Scofti — respondeu o piloto com calma. — Aquela nave. Que nação ela representa?

Qilori espiou pela panorâmica, ainda estranhando a casualidade de tudo aquilo.

— Acho que é uma Lioaoin.

— Modelo novo?

— Não sei. Como deveria saber?

— Você é um navegador — o Chiss respondeu. — Você vê muitas naves de nações diferentes.

— Sim, mas só o interior delas, na maioria das vezes — Qilori explicou, franzindo o cenho. — Por que o interesse repentino?

— Essa embarcação tem características semelhantes às de um grupo de naves piratas que têm atacado cargueiros nos limites externos da Ascendência Chiss.

— Jura? — Qilori perguntou, tentando fingir surpresa. Corriam rumores entre vários grupos de navegadores de que o Regime Lioaoin se voltara a pirataria para sustentar sua economia em frangalhos. A maior parte das histórias vinha de Guias do Vão, que trabalhavam naquela região com mais frequência, mas Qilori também havia ouvido alguns de seus camaradas Desbravadores falarem a respeito.

Claro, não podia contar aquilo ao piloto. As regras de confidencialidade e neutralidade da Guilda de Navegadores não podiam ser quebradas.

— Parece pouco provável.

— Você não acredita que os piratas poderiam ter comprado suas naves de um fabricante local?

— Ah — disse Qilori, aliviado. Então, os Chiss não achavam que os Lioaoin estavam oficialmente envolvidos. — Não, entendo o que você quer dizer. Suponho que seja possível.

— Sim — o piloto disse. — Você já navegou pelo espaço Lioaoin?

— Uma vez ou outra, sim.

— E poderia encontrar o caminho até lá de novo?

— Da Ascendência Chiss? Claro que sim. Poderia encontrar o caminho para qualquer sistema que vocês quisessem. É isso o que um navegador faz.

— O Regime Lioaoin será o suficiente por enquanto — o piloto disse. — E se fosse para se aproximar por uma direção diferente do que a da Ascendência? Digamos, daqui de Bardram Scoft?

— Por acaso *estamos* indo para lá?

O piloto olhou pela panorâmica por um momento.

— Ainda não — ele respondeu com uma voz pensativa. — Talvez mais tarde. Qual é o seu nome?

— Qilori de Uandualon — respondeu este, franzindo a testa. O que queriam os Chiss com todo aquele interrogatório?

— Você costuma estar naquela estação da Guilda de Navegadores onde o contratamos?

— Eu estou sempre entre uma estação e outra — Qilori respondeu. — Obviamente. Mas o Terminal 447 é minha base oficial, sim.

— Que bom — comentou o Chiss. — Talvez possamos trabalhar juntos no futuro.

— Isso seria ótimo — Qilori disse, estudando o perfil do Chiss. Poucos deles se importavam em perguntar seu nome, muito menos em querer saber como encontrá-lo novamente. E menos ainda se preocupavam em estudar o modelo da nave de outras espécies.

Quem era esse Chiss, afinal?

— E qual é o seu nome? — ele perguntou. — Caso você pergunte especificamente por mim.

— Comandante Júnior Thrawn — o Chiss respondeu com uma voz suave. — E sim, sem dúvida alguma perguntarei por você.

CAPÍTULO SETE

Qilori não esperava que o Chiss chamado Thrawn escureceria seu céu novamente. Ao menos, esperava que não. Mas lá estava ele, de volta ao Terminal da Guilda 447, requisitando especificamente Qilori de Uandualon.

E agora, inclusive, era capitão sênior. Qilori não tinha muito conhecimento a respeito da hierarquia militar Chiss, nem de seus cronogramas de promoção, mas tinha a impressão distinta de que Thrawn era mais jovem que a maior parte dos Chiss que já havia alcançado aquele posto.

Considerando o que havia acontecido em Kinoss alguns anos antes, ele supôs que não deveria estar muito surpreso.

– É um prazer ver você de novo, Qilori de Uandualon – disse Thrawn, enquanto Qilori era conduzido para a ponte.

– Obrigado – disse Qilori, olhando ao redor. Nunca tinha estado em uma nave de guerra Chiss antes, e as diferenças entre esta e os cargueiros e cruzadores diplomáticos com os quais estava acostumado eram como a diferença entre o doce e o azedo. Painéis de armamento, painéis de defesa, consoles de status, telas múltiplas, um compartimento repleto de peles-azuis de uniformes pretos...

– Está familiarizado com o sistema Rapacc? – Thrawn perguntou.

Qilori tirou a atenção das luzes e telas, lutando para manter as asinhas de suas bochechas no lugar. *Rapacc*. Esse era um dos locais que Yiv, o Benevolente, mantinha sob bloqueio, não era?

Era – tinha certeza disso. Qilori não sabia qual era o plano final de Yiv, se o Benevolente anexaria o sistema diretamente ou deixaria os Paccosh como tributários. Mas, de qualquer forma, os Nikardun certamente já estavam lá.

Em Nome da Grande Presença, o que Thrawn queria com Rapacc?

– Desbravador?

De súbito, Qilori lembrou que ele fizera uma pergunta.

– Sim, conheço o sistema – disse, de novo tentando controlar as asinhas. – Difícil de entrar. Nada muito interessante quando chegamos lá.

– Você ficaria surpreso se soubesse – disse Thrawn. – De qualquer maneira, esse é nosso destino. – Gesticulou para a estação do navegador. – Quando achar melhor.

Não havia nada a ser feito. Regras da Guilda à parte, Qilori não podia dizer a Thrawn que os Nikardun ficariam felizes em fazer em pedaços uma nave de guerra Chiss, como faziam com qualquer intruso. Fora as outras considerações, um aviso assim poderia estimular Thrawn a perguntar como Qilori sabia tanto sobre Yiv e os Nikardun, e como havia aprendido tudo isso.

Então, Qilori levaria os Chiss para Rapacc. E ele teria esperanças na Grande Presença de que o guardião Nikardun do sistema tiraria um momento para remover o valioso e completamente inocente Desbravador dos destroços, antes de mandar que destruíssem a nave de uma vez por todas.

Esperaria muito, muito mesmo por isso.

A ponte estava quieta quanto Samakro chegou, e apenas as estações de comando, leme, armamento primário e defesa primária estavam ocupadas. Além delas, é claro, estava o Desbravador estrangeiro sentado na estação de navegação, e os dois guardas armados com carbônicas em cada lado da escotilha, observando-o atentamente.

A Comandante Intermediária Elod'al'vumic estava sentada na cadeira de comando, tamborilando os dedos de forma silenciosa e agitada no apoio da cadeira enquanto olhava para a panorâmica e o céu bruxuleante do hiperespaço. Ela olhou para cima quando Samakro se aproximou.

– Capitão intermediário – ela o cumprimentou.

– Comandante intermediária – Samakro respondeu. – Algo a relatar?

– O Desbravador saiu do transe de novo uma hora atrás, fez uma pausa de dez minutos, e voltou a colocar os fones de ouvido – disse Dalvu. – Ele falou que mais um turno de três horas deve nos levar até Rapacc. Nós fizemos uma leitura de localização quando estávamos no espaço normal, e parecia que estávamos na posição certa.

– Presumo que você já relatou tudo isso ao capitão?

Os ombros de Dalvu deram um pequeno espasmo.

– Eu mandei uma mensagem pra ele. Se ele percebeu ou não, é algo que você teria que perguntar a ele.

Samakro sentiu os olhos se estreitarem. O comentário era desrespeitoso, mas sem ultrapassar *exatamente* os limites e se tornar algo contestável.

Dalvu não era do tipo de dar opiniões como aquela por si própria, muito menos alguém audaciosa o suficiente para verbalizá-las. Aparentemente, Kharill andava compartilhando seu desgosto em relação à nova estrutura de comando com seus colegas oficiais.

– Acredito que você encontrará o Capitão Thrawn no comando da situação – disse-lhe. – Mantenha as coisas como estão por mais uma hora, então comece a colocar a *Falcão da Primavera* em estado de combate. Quero que estejamos com postos de batalha...

– Estado de *combate?* – Dalvu o interrompeu com olhos arregalados. – Vamos entrar em combate?

— Quero que estejamos com postos de batalha completos em trinta minutos antes de chegarmos a Rapacc — Samakro concluiu.

— Mas *combate*?

— É possível — disse Samakro. — Por quê? Você achou que tínhamos outro motivo para voltar para Rapacc?

Os lábios de Dalvu se curvaram, quase fazendo uma careta.

— Eu presumi que o capitão havia esquecido alguma coisa e que íamos voltar para buscar.

Samakro a encarou, contando cinco segundos de silêncio. A careta de Dalvu desapareceu nos dois primeiros segundos, e no quinto ela já estava começando a parecer desconfortável.

— Sugiro que você mantenha qualquer pensamento depreciativo sobre o capitão para si mesma — Samakro disse com calma. — O estado mental dele não é da sua conta, nem a aptidão dele para comandar, nem sua autoridade para dar ordens a bordo desta nave. Está claro, comandante intermediária?

— Sim, senhor — Dalvu respondeu com um tom mais moderado. — Mas... estamos sequer autorizados a lutar contra essas pessoas?

— Estamos sempre autorizados a nos defender — Samakro a lembrou. — E dada a reação das naves de bloqueio da nossa última incursão, suspeito de que não teremos que esperar muito nesse sentido.

— Sim, senhor — Dalvu murmurou, abaixando os olhos.

Samakro apertou os lábios, seu aborrecimento com ela desaparecendo com relutância. Infelizmente, ela tinha razão. Correra tudo bem na última ida ao sistema, mas daquela vez tinham uma Nightdragon de reserva. Agora eram só eles.

— Você não estava a bordo da *Falcão da Primavera* durante o primeiro comando de Thrawn, estava?

— Não, senhor — respondeu Dalvu. — Mas ouvi as histórias a respeito de sua... imprudência.

— É melhor deixar isso de lado — Samakro aconselhou. — Só porque Thrawn não expõe suas táticas com antecedência para que todos vejam, não significa que ele não as tenha. O que quer que ele tenha planejado para hoje, nos levará ao sucesso.

Ele respirou fundo e olhou mais uma vez para a panorâmica.

— Confie em mim.

※

Era hora.

O disco cintilante da Grande Presença pairava enorme nos olhos vazios de Qilori. O ressoar ondulante ecoou em seus ouvidos cobertos. Alcançando às cegas a alavanca do hiperpropulsor à sua direita, retirou a barra de travamento e fechou os dedos ao redor da alavanca. Esperou até o disco preencher sua visão, e então empurrou a alavanca delicadamente para a frente. Esperou por outro momento, saboreando a experiência uma última vez, e desligou o bloqueador de som de seus fones.

A Grande Presença sumiu conforme o zumbido quieto das vozes Chiss preenchia seus ouvidos. Tirou o fone, piscando enquanto seus olhos se ajustavam à luz fraca da ponte, e checou a panorâmica.

Eles tinham chegado.

Olhou casualmente à sua volta. Todas as estações estavam ocupadas, mas nenhum dos Chiss parecia observá-lo. Fazendo apenas movimentos discretos, alcançou um dos bolsos de armazenamento dentro de sua faixa de identificação e acionou o comunicador. Ele passara os últimos três períodos de descanso gravando uma mensagem para as naves Nikardun nas redondezas, e depois descobrindo como conectar-se ao transmissor de curto alcance da nave.

Uma voz aguda vinda da estação de sensores sobrepôs-se ao burburinho. Os olhos de Qilori passaram pelas telas rapidamente, e encontraram a tática...

Sentiu as asinhas da bochecha tremulando. Três naves se dirigiam à *Falcão da Primavera,* uma a estibordo, e as outras duas pela retaguarda. Os códigos no visor estavam todos na ilegível escrita Cheunh, mas ele sabia que as naves só poderiam ser Nikardun.

As asinhas tremularam ainda mais. Se os agressores tivessem recebido a mensagem, e se o comandante do bloqueio decidisse que valia a pena salvar um Desbravador, talvez pegassem leve com o alvo, ao menos até terem tirado a maior parte da vida dele.

Se o comandante não estivesse se sentindo tão caridoso, Qilori acabara de ver seu último nascer estelar.

O convés deu um solavanco repentino. Qilori estremeceu em resposta, esperando plenamente ver um lampejo de fogo laser ou o muro de chamas de um míssil ardendo nas paredes da ponte, mas nada aconteceu. Olhou para a tela tática de novo, franzindo o cenho.

E ficou tenso. O solavanco não fora um ataque Nikardun, mas o coice da nave auxiliar ao se separar do flanco da *Falcão da Primavera*. Enquanto Qilori assistia, a nave continuou em direção ao sistema interno e ao planeta Rapacc em altíssima velocidade.

Rangeu os dentes. Se Thrawn esperava que alguém lá pudesse escapar, essa aposta já estava perdida. As duas naves traseiras deram uma guinada, acelerando para perseguir a nave auxiliar. Qilori não conseguia ler os códigos das curvas de velocidade/intercepção, mas não tinha dúvida de que as duas Nikardun pegariam a nave auxiliar muito antes de ela alcançar Rapacc ou mesmo a segurança relativa de um dos aglomerados de asteroides. Eles a apanhariam, e com uma saraivada de fogo laser ou a torção mais delicada de um raio trator, a destruiriam ou capturariam.

Na tática, viu que a *Falcão da Primavera*, com sua missão aparentemente cumprida, agora se virava para desviar-se do sistema interno e da nave auxiliar em fuga. Tentando, sem dúvida, se livrar da coleção de detritos que orbitavam o sistema, e alcançar um ponto seguro para salto no hiperespaço antes que o perseguidor restante pudesse chegar perto o suficiente para uma batalha. Qilori olhou para a tática, notando que a Nikardun aumentara sua própria velocidade.

Franziu o cenho. O perseguidor *restante*. A última de três naves Nikardun que esperavam no ponto de entrada da *Falcão da Primavera*, prontas para o combate.

O ponto que Thrawn havia propositalmente especificado entre os poucos vetores seguros disponíveis. Era só má sorte que os levara ao ponto onde três Nikardun estavam esperando?

Talvez. Talvez ele só não soubesse o suficiente a respeito do sistema.

Mas, nesse caso, por que ele não saíra do hiperespaço muito mais longe dali e fizera ao menos um reconhecimento rápido antes de comprometer a si mesmo e à sua nave a esse vetor? Ao menos assim ele teria encontrado uma forma ou rota que daria à nave auxiliar uma oportunidade melhor de chegar a algum local antes de ser destruída.

Um calafrio subiu por suas costas. Não, Thrawn não podia ser tão míope. Não o Thrawn cujas táticas de batalha Qilori tivera o azar de ver de perto.

O que só deixava uma única opção. Thrawn chegara àquele vetor em particular porque *queria* ser atacado pelos Nikardun.

Qilori olhou de uma tela para a outra, tentando achar sentido naquilo tudo. Será que a *Falcão da Primavera* era só uma isca, uma distração para deixar os intrusos de verdade entrarem no sistema Rapacc sem impedimentos? Seria possível que houvesse alguém tentando chegar aos aglomerados de asteroides, talvez, movendo-se sorrateiramente na esperança de que, com a atenção dos Nikardun focada neles, não seriam vistos até ser tarde demais?

Mas ele não conseguia enxergar nada disso em nenhuma das telas. Não havia outras naves, nem outros vetores, nem indicações de que havia alguém mais no sistema. Os Chiss certamente marcavam as próprias naves, mesmo quando estas não podiam ser detectadas pelos Nikardun. Ou não?

A nave de patrulha Nikardun aumentou a velocidade ainda mais. Qilori observou, nervoso, quando chegaram perto o suficiente para atirar...

Abruptamente, como se Thrawn tivesse acabado de notar a ameaça a estibordo, a *Falcão da Primavera* deu uma guinada acentuada para longe da agressora. A nave que os perseguia abriu fogo com espectro-lasers, e um pedaço enorme de detrito se soltou do flanco da nave Chiss, caindo para trás. A *Falcão da Primavera* mudou a direção de leve, e a Nikardun ajustou o próprio vetor para alcançá-la.

E, de repente, Qilori entendeu o que estava acontecendo. O objeto que caíra da parte de trás da *Falcão da Primavera* não era detrito do ataque Nikardun como ele pensara. Era, na verdade, outra nave auxiliar Chiss.

E a Nikardun, agora disparando em direção à *Falcão da Primavera* a toda velocidade, estava prestes a colidir com ela.

O primeiro pensamento horrível de Qilori foi que a nave auxiliar se espatifaria contra a panorâmica gigantesca da ponte, característica de todas as naves de combate de Yiv, mas o capitão Nikardun notou o obstáculo a tempo para girar para longe.

Infelizmente, não teve tempo de desviar o suficiente. A nave auxiliar atingiu com tudo o aglomerado de armas a bombordo, destruindo o grupo de lasers e lançadores de mísseis e fazendo a nave rodopiar.

Um segundo depois, a paisagem estelar do lado de fora da *Falcão da Primavera* girou loucamente, enquanto a nave Chiss fazia sua própria guinada rotacionada. Qilori agarrou os braços do assento, lutando contra a vertigem quando o movimento da *Falcão da Primavera* trouxe a popa da Nikardun rodopiante à vista. Houve um clarão combinado de fogo laser, e o flamejante brilho amarelo das pontas dos propulsores Nikardun estouraram e se apagaram, conforme os motores danificados atrás das pontas paravam de funcionar. Qilori trancou a respiração, esperando pela salva de tiros que transformaria a nave indefesa em pó.

A salva de tiros não veio. Em vez disso, a *Falcão da Primavera* desacelerou, esperando que o embalo da Nikardun a trouxesse mais para perto. A nave Chiss se moveu para cima e para baixo, ficando acima da crista dorsal do sensor da Nikardun, longe do alcance dos aglomerados de armas que ainda sobravam. Na tática, as linhas verdes de dois raios tratores piscaram, conectando as duas naves. O círculo nebuloso de uma rede desativadora disparou rodopiando do casco da *Falcão da Primavera* entre os projetores dos raios tratores e envolveu a embarcação Nikardun, enviando uma carga de alta voltagem pelo casco e eliminando a possibilidade de a tripulação ativar o sistema de fuga.

E, conforme a *Falcão da Primavera* girava em direção ao hiperespaço, todas as peças finalmente se juntaram.

Qilori notou então que a nave auxiliar em fuga estava no piloto automático, e tinha sido uma distração, como pensara.

Não para uma segunda nave Chiss. Era só Thrawn, e ele os levara àquele ponto em particular porque queria que os Nikardun fossem atrás dele. O objetivo daquilo tudo nunca fora morte, destruição, infiltração, ou mesmo enviar uma mensagem a Yiv. Thrawn simplesmente viera com a esperança de capturar uma nave Nikardun.

E havia conseguido o que queria.

– Desbravador? – a voz de Thrawn veio de trás dele.

Qilori se virou.

– Sim, capitão? – conseguiu dizer.

– Vamos viajar a um sistema próximo para entregar nosso prêmio – disse Thrawn. Falou isso de forma tão casual como se tivesse acabado de pegar uma compra encomendada em um mercadinho da esquina. – Depois disso, voltaremos ao Terminal 447. Precisa descansar antes de partirmos?

– Não, não preciso por algum tempo – disse Qilori.

Thrawn não parecia ansioso em sair daquela vizinhança, mas Qilori, pela Grande Presença, sim.

– Ótimo – disse Thrawn. – Acredito que achou o exercício interessante?

Com esforço, Qilori alisou as asinhas contra as bochechas.

– Sim, capitão – disse. – Realmente muito interessante.

⚊⚊⚊ ⧖ ⚊⚊⚊

Não era fácil requisitar uma nave para uso pessoal, nem mesmo para um Desbravador, mas Qilori estava no Terminal 447 havia tempo o suficiente para ter uma coleção de favores que poderia cobrar de volta.

Mais do que isso, tinha uma coleção de material para subornar várias pessoas-chave. Entre os favores e as ameaças, ele logo se viu fugindo da estação, dirigindo-se ao sistema Primea, capital do Combinado Vak.

Trinta e cinco horas depois, ele chegou.

Primea estava no estágio inicial da conquista Nikardun, o que significava que Yiv ainda estava cumprimentando e encontrando líderes planetários, discutindo os benefícios de juntar-se ao Destino Nikardun, e deixando suas naves de guerra em órbita como ameaça silenciosa do que aconteceria se recusassem. Qilori deu seu nome e informou a urgência de sua missão ao primeiro-guardião, ao segundo-guardião, e ao terceiro. Seis horas depois de chegar, estava finalmente sendo conduzido à sala do trono de Yiv, dentro do couraçado de batalha *Imortal*.

– Ah! Qilori! – Yiv exclamou, sua voz alegre e retumbante ecoando na quietude opressora da sala do trono. Tinha nos ombros os fios fungoides de criaturas estranhas que tomara como simbiontes, drapeados em seus ombros como dragonas vivas. A covinha em seu queixo estava aberta no que era considerado um sorriso entre os Nikardun, mas que Qilori sempre achara que se parecia mais com um predador prestes a dar o bote.

Ao menos ele estava de bom humor, Qilori pensou, aliviado. As conversas com os Vaks deveriam estar indo bem.

– Venha. Me diga que novidades traz dos lábios da Grande Presença.

Qilori fez uma careta enquanto caminhava entre os dois corredores de atentos soldados Nikardun. Yiv zombava dele, é claro, como zombava ou descartava todos aqueles que não acreditavam na divindade do próprio Yiv. Mas, no momento, o famoso ego do Benevolente não era tão preocupante quanto seu quase tão famoso temperamento.

Qilori nunca trouxera notícias ruins a Yiv antes. Ele não fazia ideia de como ele tratava os mensageiros em situações assim.

– Trago notícias de Rapacc, Vossa Benevolência – disse, parando entre o último par de guardas no corredor e abaixando-se para deitar de barriga para baixo no chão frio aos pés de Yiv. – Notícias e um aviso.

– As notícias já foram entregues – disse Yiv, seu jeito jovial desaparecendo como orvalho sob sóis gêmeos. – Acredita que perco meu tempo com histórias que já conheço?

– De jeito nenhum, Vossa Benevolência – Qilori disse, sentindo as costas coçarem sob os olhares e armas que certamente estavam focados nelas. – Já esperava que soubesse que suas fragatas de bloqueio foram capturadas. Vim aqui para dizer o nome do responsável.

– Você era o navegador na nave dele?

– Sim, Vossa Benevolência. Ele pediu especificamente por mim.

Yiv permaneceu em silêncio por um longo momento. Qilori ficou na mesma posição, tentando ignorar a sensação insidiosa que se espalhava por sua pele.

– Erga-se, Desbravador – disse Yiv finalmente. – Erga-se, e me conte tudo.

Aliviado, Qilori voltou a ficar de pé. Algo bateu em seus ombros com um golpe curto, mas forte, e ele voltou a ficar de joelhos rapidamente.

– Os Chiss vieram e me contrataram...

– O nome dele, Qilori – disse Yiv, sua voz suave e letal. – Já sei que a nave era Chiss. Quero o *nome* dele.

As asinhas de Qilori tremularam.

– Thrawn. Capitão Sênior Thrawn.

– O nome *inteiro*.

As asinhas enrijeceram em pânico.

– Eu não sei – murmurou. – Ele nunca me disse.

– E não se incomodou em descobri-lo para mim?

– Sinto muito – disse Qilori, encarando os pés de Yiv, sem ousar erguer os olhos na direção daquele rosto jovial e implacável. Ele morreria naquele dia, sabia disso com a sensação terrível de sua frágil mortalidade. A Grande Presença o aguardava.

Seria absorvido e perdido para sempre? Ou seria considerado digno de cavalgar as cristas do hiperespaço, guiando Desbravadores futuros pelo Caos?

Por um longo momento, a sala ficou em silêncio.

– Você o encontrará novamente – disse Yiv, enfim. – E, quando o fizer, obterá seu nome completo para mim.

– É claro, Vossa Benevolência, é claro – disse Qilori rapidamente, temendo a esperança que agora cantava dentro dele. Clemência? De Yiv, o Benevolente?

Não, é claro que não. Yiv não era clemente. Qilori era apenas uma ferramenta que valia a pena continuar usando.

Por enquanto.

– Volte à sua estação – disse Yiv. – Guie suas naves. Faça seu trabalho. Viva sua vidinha patética. E traga o nome dele.

– Trarei – Qilori prometeu. – Enquanto ainda respirar, jamais pararei de servi-lo.

– Exatamente – disse Yiv, um pouco de seu humor de sempre finalmente aparecendo nas trevas. – Enquanto ainda respirar.

LEMBRANÇAS VI

GENERAL BA'KIF TERMINOU de ler a proposta e tirou os olhos do questis.
— Está falando sério, comandante júnior — disse, ríspido.
— Muito sério, general — confirmou o Comandante Júnior Thrawn. — Estou convencido de que o governo Lioaoin está conectado aos piratas que têm expulsado nossas remessas para fora de Schesa e Pesfavri nos últimos meses.
— E acha que esse Desbravador sabe algo a respeito disso?
— Qilori — disse Thrawn. — Sim, ele sabe, ou ao menos suspeita.
— Seria difícil manter um segredo assim da Guilda de Navegadores — Ba'kif concordou, estudando os números novamente. Uma viagem salto por salto do espaço Lioaoin até os mundos afetados da Ascendência seria certamente mais segura para aqueles com intenções criminosas; não era necessário envolver testemunhas de fora, mas uma viagem assim levaria ao menos três semanas na ida, e mais três, na volta. Nas circunstâncias, era razoável que os piratas optassem por velocidade e eficiência, contando que a confidencialidade da Guilda mantivesse seus segredos. — Tem certeza de que as naves são as mesmas?

— A aparência é diferente o bastante para evitar conexões óbvias — disse Thrawn. — Mas há semelhanças notáveis que passam da mera funcionalidade.

Ba'kif assentiu. Tivera algumas conversas com a Capitã Intermediária Ziara a respeito das teorias de Thrawn sobre arte e tática, e os dois haviam concluído que não tinham a genialidade ou insanidade necessária para fazer as conexões que Thrawn parecia fazer por instinto.

Mas só porque não conseguiam vê-las, não significava que ele estivesse errado.

— Digamos que você esteja certo — disse. — E digamos ainda que consiga prová-lo. E agora?

Uma ruga franziu a testa de Thrawn.

— Eles atacaram naves da Ascendência — disse, como se esperasse uma armadilha secreta nas palavras de Ba'kif. — Nós decidimos as punições.

— E se os Lioaoi não estiverem envolvidos? — Ba'kif perguntou. — E se os piratas tiverem comprado ou alugado naves Lioaoin?

— Não estava sugerindo que atacássemos o Regime Lioaoin ou algum de seus planetas — disse Thrawn. — Apenas os piratas.

— *Se* conseguir distingui-los dos inocentes — Ba'kif advertiu. — Temos poucos dados a respeito do modelo atual de naves Lioaoin. É até possível que os Lioaoi e os piratas possam ter comprado naves do mesmo lugar.

— Compreendo — disse Thrawn. — Mas acredito que serei capaz de discernir quais naves são inimigas e quais são amigas.

— Vou me contentar com quais são inimigas e quais são neutras — Ba'kif disse amargamente. — A Ascendência mal reconhece a existência de outros fora dela, muito menos mostra interesse em formar amizades com qualquer um deles.

— Inimigos e neutros, então — Thrawn corrigiu. — Se não puder fazer uma distinção clara, não empreenderei ação alguma.

Ba'kif o olhou por um momento. O homem era inteligente, sim, mas nunca presenciara suas habilidades estratégicas e táticas.

A questão era que, talvez, ele fosse um pouco confiante demais. Se fosse, e essa confiança o fizesse cruzar os limites, alguma operação futura poderia dar muito errado. Possivelmente a operação que ele propunha naquele momento.

Mas aquele grupo particular de piratas estava virando mais do que um incômodo. Alguém precisava lidar com eles antes que outros começassem a acreditar que a Ascendência podia ser atacada impunemente. Se Thrawn achava ter encontrado o que precisavam, valia a pena tentar.

— Muito bem, comandante júnior — disse. — De quantas naves vai precisar?

— Apenas duas, senhor — Thrawn considerou. — Não. Na verdade, o melhor seria se eu tivesse três naves.

※

A Grande Presença se esvaiu, e Qilori tirou os fones para descobrir que já tinham chegado. O planeta central do Regime Lioaoin se estendia diante deles, verde, azul e branco, rodeado por um enxame de cargueiros, mensageiros, estações de atracação e de reparo e vigilantes naves de patrulhas militares.

Com o canto do olho, viu Thrawn se inclinar para a frente.

— E então? — Qilori perguntou cuidadosamente.

Thrawn ficou em silêncio por alguns segundos. Em seguida, assentiu.

— Sim — disse. — São essas naves.

Qilori estremeceu, sentindo as asinhas se retesarem.

— Tem certeza?

— Bastante certeza — disse Thrawn. — O modelo das naves de patrulha é similar o suficiente ao das naves piratas para não deixar dúvidas.

— Entendo — Qilori respondeu. Não entendia, na verdade. Para ele, as naves não eram nem um pouco parecidas com as que os corsários de Lioaoin usavam.

Mas o que ele pensava não importa. Thrawn estava convencido e, se levasse a informação para a Ascendência, a resposta provavelmente seria letal. E era igualmente provável que mais do que alguns Desbravadores fossem envolvidos.

Será que Thrawn poderia realmente transmitir essa informação a alguém importante? Tratava-se, é claro, da pergunta crucial. O cargueiro já tinha entrado o suficiente no poço gravitacional a ponto de o hiperdrive ser inútil, e o seu curso atual os estava levando cada vez mais fundo. Se Thrawn desviasse agora e voltasse para o espaço sideral, eles poderiam estar longe antes que alguém começasse a se perguntar por que um cargueiro Chiss repentinamente decidira que não queria fazer negócios com os Lioaoi, depois de tudo.

Mas Qilori não tinha muitas esperanças de que Thrawn fosse esperto o bastante para simplesmente parar e fugir.

E, mais uma vez, ele estava certo.

— Preciso ver mais de perto — disse Thrawn, pegando os controles do leme e mergulhando mais fundo no poço gravitacional em direção a um par de naves de patrulha que flutuava perto de uma das docas de reparo. — Suspeito que a nave dentro daquela estação é uma daquelas usadas no ataque ao sistema Massoss.

— Isso é uma má ideia — Qilori advertiu, suas asinhas se pressionando contra as bochechas. — Se o Regime Lioaoin está envolvido com os piratas, você corre o risco de mexer com um vespeiro.

— Você está dizendo que o Regime está envolvido? — Thrawn respondeu com frieza, encarando Qilori com seus olhos vermelhos.

Qilori o encarou de volta, amaldiçoando a si mesmo por ter falado demais. A primeira coisa que todo grupo de navegação aprendia quando se juntava à Guilda de Navegadores era que era proibido falar sobre um cliente para outro. A atividade criminosa mais hedionda precisava ser tão protegida quanto o mais inocente cargueiro ou exercício militar.

Mas, no momento, quebras de protocolo eram o menor dos problemas de Qilori. Pouco antes de chegarem, logo quando seu transe estava acabando, sentiu pela Grande Presença que havia outros Desbravadores por ali. Se eles estavam a bordo de algum dos corsários, e se algum desses corsários estivesse preparado para voar, eles poderiam seguir Qilori sem nenhuma dificuldade pelo hiperespaço, e não importaria quantas fintas e reajustes de rota Thrawn fizesse.

E nenhum dos corsários se importaria se silenciar um Chiss problemático exigisse também a morte de um Desbravador inocente.

— Não sei se o Regime é parte disso — disse. — Só confie em mim quando digo que este não é um lugar seguro.

Thrawn não estava prestando atenção. Ele encarava as naves e docas, seus olhos brilhantes se estreitando de leve.

— Estou falando sério — disse Qilori, tentando uma última vez. — Se suspeitarem que você está caçando piratas...

— Acha que eles só *suspeitam*? — Thrawn ecoou. Ele inclinou a cabeça. — Sim; anotado. Vamos remover qualquer dúvida que reste. — Ele acionou o comunicador... E, de repente, foi como se tivesse perdido a cabeça. — Alerta! — Thrawn exclamou de repente. — Encontrei os piratas. Repito: encontrei os piratas. Saiam daqui e voltem para relatar o ocorrido!

Qilori ofegou. O quê...?

— Thrawn...?

Thrawn desligou o comunicador.

— Pronto — disse, voz e expressão voltando à calma corriqueira. — Agora eles sabem mesmo.

— Pelas profundezas, o que você fez? — disse Qilori com a voz estrangulada. — Acabou de pintar um alvo nas nossas cabeças. Eles vão vir atrás de nós...

— Lá vão eles — disse Thrawn, mostrando um ponto na tela principal.

Qilori olhou para a tela a tempo de ver uma nave brilhar e desaparecer no hiperespaço.

— Minha segunda nave — Thrawn identificou. — Um dos meus colegas está a bordo, com um dos seus colegas, que vai navegá-lo de volta à Ascendência. — Ele virou o manche do leme, e o cargueiro girou suavemente para se afastar do planeta. — E, agora, como você sugeriu, é hora de partir.

— Sim, vamos — Qilori murmurou, afundando na cadeira enquanto Thrawn acionava os propulsores a toda potência. As patrulhas começavam a se mover e, quando Qilori olhou para as baías de docas em órbita alta, viu três corsários, intensificando os próprios propulsores conforme se viravam para ele e Thrawn, querendo interceptá-los antes que pudessem escapar para o hiperespaço.

Ou Thrawn os vira, ou antecipara a resposta. Já estava focando nisso, mudando a rota do cargueiro para um vetor que poderia driblar uma armadilha em potencial.

Mas não valeria a pena. Os corsários estavam a caminho, e se tivessem Desbravadores a bordo, não havia nada que Thrawn pudesse fazer para prevenir que os seguissem até o espaço Chiss. Eles o pegariam, e a tal nave de reserva, tão incrível, já fora embora, e as naves Lioaoin continuariam a atacar e saquear todos na região.

Talvez os corsários tentassem resgatar Qilori e o outro Desbravador antes que destruíssem as naves Chiss. Provavelmente não.

Mas, a esse ponto, tudo que podia fazer era ter esperança.

— Para onde vamos? — perguntou enquanto se aproximavam da beira do poço gravitacional.

— Kinoss — disse Thrawn. — É o sistema mais próximo, e deve ter mensageiros que possam levar nossa mensagem a Csilla e Naporar.

— Tudo bem — disse Qilori, pegando os controles. Talvez um dos dois cargueiros Chiss seria capaz de enviar uma mensagem antes dos corsários obstruírem suas transmissões e os destruírem.

Provavelmente não.

※

O transe dessa vez foi o mais difícil que Qilori já experimentara. Além das complexidades de sempre, havia uma malha sobreposta de imagens sombrias e perturbadoras, visões de naves que os perseguiam guiadas por Desbravadores como ele. Quase perdeu o caminho incontáveis vezes, e em duas delas, foi forçado a voltar ao espaço normal para resgatar sua conexão com a Grande Presença.

Thrawn não disse coisa alguma durante essas mudanças. Provavelmente sonhava com a glória de acabar com a ameaça pirata ou presumia que aquelas rotas entrecortadas encerrariam qualquer perseguição.

O outro cargueiro Chiss já estava lá quando finalmente chegaram ao sistema Kinoss. Qilori conseguia ver seus propulsores à distância, navegando a embarcação em direção ao planeta. Mesmo quando

Qilori acabara de despertar do transe, Thrawn já tinha pegado os controles e virado para segui-los.

Era inútil. Mesmo quando os propulsores estavam em potência máxima, quatro corsários Lioaoin apareceram na tela traseira.

— Ah — disse Thrawn, ainda naquela calma enlouquecedora. — Nossos hóspedes chegaram.

— Que surpresa — Qilori murmurou.

— Duvido — disse Thrawn. — Pesquisei a respeito de Desbravadores depois de nosso primeiro encontro. Seus colegas podem rastreá-lo pelo hiperespaço, não podem?

Qilori olhou para ele, perturbado. Aquilo deveria ser um grande segredo sombrio.

— Isso... Não. Não é verdade.

— Acredito que seja. — Thrawn gesticulou na direção da tela traseira. — O estilo Desbravador era evidente no último ataque pirata. Esperava que você e eu chegaríamos no mundo central Lioaoin antes dos navegadores serem devolvidos a suas respectivas bases.

— Você *queria* que eles nos seguissem?

— É claro — disse Thrawn como se fosse óbvio. — Com qualquer outro navegador, haveria incerteza em relação ao ponto de emersão deles, se é que eles fossem capazes de nos seguir para começo de conversa. Com Desbravadores a bordo, eu pude ter certeza de que os piratas chegariam exatamente onde eu queria que chegassem.

— Quer dizer logo acima de nós? — Qilori rebateu. Olhou mais uma vez para a tela traseira.

Suas asinhas enrijeceram. Não havia mais quatro naves atrás deles, e sim cinco. Os quatro corsários Lioaoin que já tinha visto... e uma nave de guerra Chiss.

— Capitã Intermediária Ziara, aqui quem fala é o Comandante Júnior Thrawn — disse Thrawn no comunicador. — Acredito que os alvos a aguardam.

— Realmente aguardam, comandante — disse uma voz feminina e suave. — Sugiro que continue em sua presente rota. Assim terá a melhor vista da destruição deles.

CAPÍTULO OITO

— Interessante — comentou o Supremo General Ba'kif, deixando o questis de lado. Ele tinha lido o relatório duas vezes, Ar'alani notou enquanto observava seus olhos irem de um lado para o outro no texto; era a primeira vez que o via fazer isso. Ou ele estava tentando absorver o máximo de informação que conseguisse, ou estava enrolando enquanto buscava pensar em algo a dizer e o que fazer a respeito. — Você entende, é claro, que roubar a nave de outra pessoa, em *qualquer* circunstância, é uma quebra séria no regulamento.

— As naves Nikardun nos atacaram, senhor — disse Thrawn. — Pelo que entendo, o regulamento permite autodefesa.

— Certamente — Ba'kif disse. — E, se tivesse destruído a maldita nave até torná-la um punhado de pó, ninguém teria dito nada, mas *capturá-la*? — Ele sacudiu a cabeça. — E você, almirante. Eu sei que você e Thrawn têm uma longa história, mas estou um pouco surpreso de que tenha aceitado fazer parte disso.

— Na verdade, general, fiz questão de refrescar minha memória a respeito do regulamento quando aceitei a proposta do Capitão Thrawn — disse Ar'alani, cruzando os dedos mentalmente. — Não tem nada que diga especificamente que capturar a nave de um agressor seja contra as regras.

– Acredito que você notará que isso se enquadra na categoria geral de ataques preventivos – disse Ba'kif. – Que é como alguns membros da Aristocra definitivamente interpretarão a situação, quando ouvirem o que aconteceu. Alguns podem até mesmo exigir que a nave seja devolvida.

– Sem a tripulação? – Thrawn perguntou. – Acho que isso seria um pouco constrangedor.

Ar'alani sentiu a garganta apertar. Mais do que *um pouco* constrangedor, considerando que a tripulação Nikardun não existia mais porque havia cometido suicídio em massa, minutos antes dos Chiss invadirem as escotilhas. Por um tempo, tinha até torcido para que fosse ao menos uma combinação de assassinato e suicídio, com oficiais acatando as ordens de massacrar seus guerreiros antes de tirarem as próprias vidas. Isso indicaria, ao menos, que só alguns Nikardun eram tão fanáticos, mas a equipe médica concluíra que todas as mortes haviam sido autoinfligidas.

Que tipo de compulsão e dominação este Yiv, o Benevolente, mantinha sobre eles que preferiam fazer algo tão violento e extremo?

– Pode até ser – Ba'kif admitiu. – Bem. Até os síndicos decidirem deixar a lei mais específica, suponho que podemos tratar o problema como zona cinzenta. – Ele tocou no questis. – Até lá, em que ninho de nighthunter desgraçado você acabou de pisar?

– Um ninho de nighthunter que acredito que logo estará atrás de nós – disse Thrawn, sombrio. – Eles claramente conhecem a Ascendência. Também se sentem confiantes o suficiente na própria força para massacrar uma nave de refugiados bem debaixo do nosso nariz. E – apontou para o questis – eles estão se mudando para nossa vizinhança externa.

Ba'kif bufou, olhando de volta para o questis como se os dados pudessem mudar para algo menos perturbador.

– Tem certeza de que eles tiveram contato com o Regime Lioaoin? – perguntou. – Prestei atenção em todos os indicadores que você apontou, e confesso que não consigo ver o que você encontrou, seja lá o que for.

— Está ali, senhor — disse Thrawn. — É sutil, mas está ali.

— O que nós *não* sabemos — disse Ar'alani — é se isso é evidência de que eles já estiveram no mundo central Lioaoin ou se só pegaram arte e influências artísticas Lioaoi de alguém.

— É por isso que precisamos ir ao mundo central em pessoa — disse Thrawn. — Preciso examinar a situação local e não posso fazer isso por análise de transmissões ou mesmo pelos relatos de outra pessoa.

— Sabe o que a Sindicura vai dizer a respeito de alguém indo até o Regime Lioaoin — Ba'kif advertiu. — Especialmente *vocês* dois.

— É por isso que queremos discrição — afirmou Ar'alani. — E a Frota Expansionária *tem* um certo nível de flexibilidade em seus deveres.

— Da qual eu não estou mais no comando — Ba'kif a lembrou, olhando de relance para seu novo escritório em Csilla com uma certa melancolia.

Ar'alani conseguia simpatizar com o sentimento. O escritório era maior que o antigo escritório dele da Frota de Defesa em Naporar, como condizia em sua recente e exaltada posição como o maior general da Ascendência.

Mas o escritório era em Csilla, o que significava não só que ficava abaixo da superfície congelada do planeta, como a uma pequena distância da Sindicura e o restante dos centros governamentais da Ascendência.

E só porque os Aristocras não deveriam interferir em assuntos militares, não significava que eram boa companhia.

— Mas você *está* no comando geral da frota — Thrawn apontou. — Uma diretriz vinda de você certamente seria reconhecida e colocada em prática.

— A *Falcão da Primavera* está passando por alguns reparos no casco no momento, mas poderíamos levar a *Vigilante* — Ar'alani disse. — Thrawn poderia ir a bordo como oficial ou mesmo como passageiro para dar uma olhada rápida e discreta.

Ba'kif bufou.

– Sabem bem o que certos síndicos pensam a respeito de sua definição de *discreto*. – Ele olhou de relance para a tela da escrivaninha e resfolegou de leve. – E, por pura coincidência, ou talvez não, dois desses síndicos acabam de chegar em meu escritório interno.

O primeiro instinto de Ar'alani foi pedir ao general que não os deixasse entrar, mas seria inútil. Claramente, alguém vira ela e Thrawn indo até lá; e, tão claramente quanto, os dois síndicos não iriam embora só porque o supremo general da Força de Defesa pedisse que fossem.

Políticas oficiais de separação de deveres isso, não interferência aquilo, os síndicos estavam lá para ter um confronto. Talvez fosse melhor resolver tudo agora.

Ba'kif parecia ter chegado à mesma conclusão. Ele bateu uma tecla e a porta se abriu.

– Bem-vindos, síndicos – ele disse bruscamente quando os três oficiais ficaram de pé. – Como posso servi-los?

Ar'alani se virou para ver os recém-chegados. Mitth'urf'ianico, um dos síndicos da família de Thrawn, vinha na frente. Era o procedimento padrão quando a família queria entregar uma mensagem ao exército a respeito de um dos seus, sem desfazer nenhum dos fios do emaranhado complexo de políticas interfamiliares.

Logo atrás estava Irizi'stal'mustro, um dos síndicos da antiga família de Ar'alani.

Ela estreitou os olhos. Aquilo *não* era procedimento padrão. Thurfian devia estar lá para falar sobre Thrawn em nome dos Mitth, mas ela não fazia mais parte da família Irizi, o que significava que Zistalmu não tinha motivo algum para falar com Ba'kif a respeito dela.

Mas havia ainda mais implicações interessantes a respeito desse assunto inteiro. Considerando a intensa rivalidade entre os Irizi e os Mitth, dois síndicos dessas famílias que queriam falar com Ba'kif a respeito de assuntos gerais do exército normalmente teriam marcado horários de visita separados, em vez de virem ao mesmo tempo.

Ou seria esse o motivo? Será que Thurfian e Zistalmu haviam pensado naquela reunião conjunta para enfatizar uma oposição de alto nível às atividades recentes de Thrawn, uma resistência que ia mais além das políticas familiares?

– Bom dia, general – cumprimentou Zistalmu, inclinando a cabeça para Ba'kif. – Almirante; capitão sênior – acrescentou, fazendo o mesmo gesto para Ar'alani e Thrawn. – Estamos interrompendo algo importante?

– Estava discutindo uma missão com dois dos melhores oficiais da Frota Expansionária – respondeu Ba'kif.

– É mesmo? – Thurfian disse com um entusiasmo tão falso que não enganaria nem uma criança. – Considerando a presença do Capitão Thrawn, podemos presumir que esta missão está conectada ao relatório que a frota enviou à Sindicura três dias atrás?

Ar'alani conteve uma maldição. Normalmente, relatórios da frota passavam dias ou semanas nos questis dos síndicos sem serem lidos por ninguém além de seus auxiliares e os Aristocra de patentes inferiores. No momento, isso era ainda mais real em relação a qualquer relatório que não estivesse conectado à investigação dos ataques a Csilla.

Aparentemente, ao menos para aqueles dois, o nome de Thrawn exigia o mesmo nível de atenção.

– Nós mandamos vários relatórios naquele dia – disse Ba'kif. – A qual deles está se referindo?

– Sabe perfeitamente bem do que estou falando – Os olhos de Zistalmu desviaram-se para Thrawn. – A invasão não autorizada de um sistema estrangeiro e o ataque subsequente a naves estrangeiras nesse sistema.

– Primeiro de tudo, a missão da *Falcão da Primavera* ao sistema Rapacc foi autorizada – disse Ba'kif. – Como sabem, houve um ataque na fronteira do sistema Dioya...

– Um ataque contra *estrangeiros* – Zistalmu interrompeu. – Enquanto isso, o ataque à Csilla, um ataque feito contra cidadãos Chiss de verdade, ainda não foi resolvido.

– Confio que você não esteja sugerindo que a frota é incapaz de lidar com mais de uma investigação ao mesmo tempo – disse Ba'kif, endurecendo a voz.

— De jeito nenhum — disse Zistalmu. — Mas se o objetivo era investigar, eu diria que o ataque do Capitão Thrawn em Rapacc foi muito além de suas ordens e função. E, ainda assim, não há nenhum indício de que um tribunal tenha sido instalado ou ao menos agendado.

— A *Falcão da Primavera* foi atacada — disse Ba'kif. — As ordens lhe permitem o direito de defesa.

— Seguindo limites estritos e claramente delineados — Thurfian respondeu. — Mas isso é passado, e assunto para um tribunal. Nossa maior preocupação é em relação ao futuro. Então pergunto de novo: essa missão que estavam discutindo tem a ver com o ataque em Rapacc? — Ele olhou de forma acusatória para Thrawn. — O tempo não é tão distante, nem a memória tão curta, que nós tenhamos esquecido o velho fiasco em Lioaoin.

— Acho difícil que eu esqueça, também — disse Thrawn em voz baixa.

Baixa, mas Ar'alani conseguia ouvir a vergonha e a dor ocultas em sua voz.

— Presumo que não estejam aqui só para colocar o dedo em feridas antigas — ela se meteu, esperando atrair para si um pouco da atenção do ataque de Zistalmu.

Foi uma perda de tempo. Thurfian apenas dirigiu-lhe um olhar rápido e ilegível, e voltou a concentrar-se em seu alvo principal.

— Como já disse, estamos focando no futuro, não no passado — disse. — Pelo que entendemos, alega ter encontrado pinturas e esculturas Lioaoin ou algo parecido na nave apreendida ilegalmente. Espero, general supremo, que não esteja planejando deixar o Capitão Thrawn sonhar em se aproximar do Regime Lioaoin.

— Por que não? — Ba'kif perguntou. — Os Lioaoi certamente têm sua parcela de culpa pelo que aconteceu naquela ocasião.

— Então você *vai* enviá-lo ao mundo central — Zistalmu disse, atacando implacavelmente como um puleão. — Ficou louco?

— Acredito que os Nikardun tenham se mudado para o Regime Lioaoin — disse Thrawn. — Precisamos saber se os Lioaoi foram completamente subjugados ou se continuam resistindo contra seus possíveis conquistadores.

— Não precisamos saber nada disso — Thurfian retorquiu. — O que acontece fora de nossas fronteiras não tem nada a ver conosco. Como achei ter deixado claro na primeira vez que se meteu nos assuntos daquela região.

— E quando os Nikardun chegarem à Ascendência? — Thrawn perguntou.

— *Se* os Nikardun chegarem à Ascendência — disparou Thurfian.

— Exato — concordou Zistalmu. — Francamente, Capitão Thrawn. Alguém com sua tão alardeada competência tática certamente consegue ver que, se fôssemos um alvo tão atraente, eles já teriam focado em nós. Parece óbvio que as histórias que contam sobre nós no Caos devem tê-los dissuadido.

— A não ser que estejam esperando ter força o suficiente para nos derrotar — disse Ba'kif.

— Está bem — Zistalmu disse. — Vamos olhar para essa possibilidade, sim? Você alega que os Nikardun estão subjugando outras espécies e criando um império. Correto?

— Temos evidência destas atividades, sim — disse Ba'kif.

— E controlar uma espécie conquistada requer força e a presença de armas, não requer?

Ar'alani sentiu um gosto amargo na boca. Ela conseguia ver aonde Zistalmu queria chegar com tudo aquilo.

Assim como Ba'kif também estava.

— Às vezes precisa de menos do que você imagina — o general disse. — Se o planeta for suficientemente subjugado, algumas naves de patrulha e um contingente pequeno no planeta são o bastante.

— Em especial, se eles usam um sistema de reféns e extorsão — Ar'alani acrescentou.

— O fato é que, conforme se movem em direção a nós, eles continuam consumindo naves e tropas — disse Zistalmu. — Quanto mais esperam, menor é a chance de serem uma ameaça real.

Ba'kif sacudiu a cabeça.

— Nem sempre funciona assim.

Mas era uma discussão perdida, Ar'alani conseguia ver pela cara dos síndicos. Mesmo que estivessem falando a verdade, não podiam ganhar deles.

– Mas isso também é conversa para outro dia – disse Thurfian. – Já que a nave do Capitão Thrawn está passando por preparativos e a Almirante Ar'alani está prestes a partir em uma missão diplomática, parece que *ninguém* irá viajar ao Regime Lioaoin.

– Perdão? – disse Ba'kif, olhando para Ar'alani. – Que missão diplomática é essa?

– A Ascendência está enviando um novo embaixador a Urch, a capital dos Urchiv-ki – Thurfian disse. – Como a *Vigilante* é uma das melhores naves de guerra da Frota Expansionária, e sua comandante é uma das melhores oficiais da frota – ele inclinou a cabeça em direção a Ar'alani –, decidimos que tanto a nave quanto a capitã serão anfitriãs do Embaixador Boadil'par'gasoi.

– Entendo – disse Ba'kif, seu tom ficando glacial. – E quando seríamos informados dessa decisão?

– Está sendo informado agora, general – Zistalmu disse, sem inflexão na voz. – A *Vigilante* parte em três dias.

Ba'kif olhou para Ar'alani.

– Pode ficar pronta tão rápido?

– Posso – Ar'alani respondeu, tentando controlar a irritação em sua voz. A Sindicura *não* deveria poder inventar esse tipo de artimanha.

Por outro lado, talvez eles não tivessem percebido tudo. Os reparos da *Falcão da Primavera* deveriam levar mais duas semanas, e Zistalmu claramente esperava que Thrawn estivesse fora do jogo por todo esse tempo, mas a maior parte dos danos da nave era estética e, como capitão da *Falcão da Primavera*, Thrawn poderia declarar que a nave estava pronta para voltar a voar sem que esses reparos fossem concluídos. Se fizesse isso, quando a *Vigilante* fosse para Urch, ele poderia estar praticamente pronto para tirar a *Falcão da Primavera* da estação de reparos e dar um pulinho discreto no Regime Lioaoin.

– Infelizmente, a Sky-walker Ab'begh foi relocada – Zistalmu continuou. – De qualquer forma, como a *Falcão da Primavera* não irá a lugar algum, ao menos por algumas semanas, a Sky-walker Che'ri e a Cuidadora Thalias foram transferidas para seu comando.

– Assim como o Capitão Thrawn – disse Thurfian. – Ele esteve sob seu comando uma vez, e tenho certeza de que suas contribuições serão tão bem-vindas agora como o foram antes.

– Imagino que ele receberá de bom grado a chance de visitar Urch – Zistalmu disse com um sorrisinho debochado. – Pelo que sei, suas galerias de arte são o orgulho do povo Urchiv-ki.

Ar'alani reprimiu um suspiro. Então, eles tinham pensado em tudo, afinal.

– Tenho certeza de que sim – disse. – Ficarei honrada de tê-lo a bordo.

✕

Com uma inspiração repentina, as mãos de Che'ri sofreram um último espasmo contra os controles; e, enquanto Thalias olhava por uma das escotilhas, viu as chamas estelares desaparecerem no fundo estrelado e no semicírculo azul e branco adiante.

Eles haviam chegado em Urch.

Thalias fez cara feia para o planeta. Grande coisa.

Ela olhou furtivamente para Thrawn, atrás da cadeira de comando de Ar'alani e ao lado do Embaixador Ilparg. O próprio Thrawn estava imóvel e calmo; Ilparg, em contraste, abria e fechava as mãos, balançando o corpo para a frente e para trás nos calcanhares. Estava claramente ansioso para chegar à sua nova posição diplomática, e não parecia muito paciente a respeito do tempo que a *Vigilante* tinha levado para chegar até lá.

Thalias ficou atrás de Che'ri, massageando gentilmente a tensão muscular nos ombros da menina, e fazendo uma carranca mental para o embaixador mal-humorado. Che'ri precisou fazer uma pequena curva adicional no fim da seção do Caos que levava ao sistema Urch, e o desvio inesperado fez com que a *Vigilante* chegasse com várias horas de atraso. Pela experiência de Thalias, esse tipo de coisa acontecia com bastante frequência, e nem Ar'alani nem Thrawn culparam Che'ri pela demora. Assim como nenhuma pessoa razoável culparia.

Ilparg, infelizmente, não pertencia a essa categoria. Estava claramente acostumado aos parâmetros mais bem definidos de viagem dentro da Ascendência e, ao que parecia, nunca havia compreendido que *Caos* não fora um nome dado ao acaso.

Isso mostrava que era um idiota. O que o tornava um tolo desprezível era que não tivera vergonha de dizer todas as suas críticas e opiniões dentro do alcance dos ouvidos de Che'ri. Na noite anterior, Thalias tinha precisado confortá-la por duas horas, fazer um bom jantar e um banho quente, e usar todo seu repertório limitado de canções de ninar para fazer Che'ri dormir.

— E qual é o atraso agora? — Ilparg grunhiu.

— Estamos esperando o controlador Urchiv-ki nos dar permissão para enviar a nave auxiliar — Ar'alani explicou.

— Sim, entendi isso — disse Ilparg, impaciente. — Não será melhor se eu já estiver *dentro* dessa nave quando a permissão chegar?

— Paciência, embaixador — disse Thrawn.

Thalias estremeceu. De todas as palavras de conforto que Thrawn poderia ter oferecido, *paciência* era uma das menos prováveis de obter algum resultado.

— Tenho toda a paciência que preciso ter, capitão sênior — disse Ilparg, com acidez, encarando Thrawn com um olhar fulminante. — O que precisamos aqui é resultado. Ação e resultados. Já que eles não parecem ter nos notado, uma segunda chamada seria indicada...

— Ali — disse Thrawn, mostrando um ponto da tela traseira. — Consegue ver?

— Sim — Ar'alani disse. — Tem certeza de que é Lioaoin?

Thalias sentiu-se prender a respiração na garganta. Alguma coisa estava acontecendo ali. Sabia disso pelas expressões nos rostos de Ar'alani e de Thrawn, e pela tensão equivalente em seus tons. Alguma coisa estava acontecendo, e não era nada bom.

— Não cem por cento, não — disse Thrawn. — O design das naves mudou desde que as vimos pela última vez, mas há semelhanças suficientes para que eu ache provável.

– Do que estão falando? – Ilparg questionou. – O que os Lioaoi têm a ver com isso? Estamos em Urch. – Olhou para Che'ri. – A não ser que nossa navegadora tenha se perdido mais uma vez.

Thalias respirou fundo. Basta.

– Desculpe, embaixador...

– Aqui quem fala é o Controle Espacial e Planetário de Urch – uma voz estrangeira falou no alto-falante da ponte em um Taarja quase incompreensível. – A nave Chiss não tem permissão de lançar a auxiliar. Repito: a nave Chiss não vai lançar a auxiliar. O embaixador Chiss não é bem-vindo em Urchiv-ki, nem em seus planetas, nem em seu espaço.

– Impossível – Ilparg vociferou. – Endossamos um tratado... A Sindicura aprovou. – Ele se esticou até chegar à sua altura completa. – Almirante Ar'alani, chame-os de volta – ordenou. – Diga que quer falar com um membro sênior da Dimensão Torre...

– Quieto – Ar'alani disse, focada na tela tática.

– Faça o favor de não falar comigo nesse...

– Disse para ficar quieto – Ar'alani repetiu. Ela não havia erguido a voz, mas um calafrio gélido desceu pelas costas de Thalias.

Ilparg também sentira a ameaça em sua voz. Ele abriu a boca para falar, mas pareceu pensar duas vezes e ficou em silêncio.

– O que acha? – Thrawn perguntou.

– Estou contando oito naves visíveis – Ar'alani disse. – A Lioaoin, seis que devem ser Urchiv... e aquela.

– A fragata Nikardun – disse Thrawn.

– É o que estava pensando – Ar'alani concordou, sua voz ficando mais sombria. – A panorâmica enorme da ponte é o que deixa mais óbvio. A questão é se os Urchiv-ki foram completamente conquistados ou se estão no mesmo estágio de interdição dos Paccosh.

– Eu diria que é o segundo caso – disse Thrawn. – Mas, falando em termos práticos, enquanto seguirem as ordens do General Yiv, o estágio preciso é irrelevante.

– Verdade – Ar'alani disse. – Ainda assim, se planejam nos destruir, certamente estão demorando.

– Nos *destruir*? – Ilparg ofegou.

— Não há pressa de verdade — disse Thrawn, ignorando o surto do embaixador. — Já estamos fundo demais no poço gravitacional para uma fuga rápida, e seus padrões de rede já estão se encaixando bem atrás de nós.

— Pessoalmente, acho que eles estão planejando uma vingança espelhada — opinou a Capitã Sênior Wutroow.

— É uma ideia interessante e ambiciosa da parte deles — comentou Ar'alani.

— O que é uma vingança espelhada? — Che'ri murmurou, olhando para Thalias.

Thalias sacudiu a cabeça.

— Não sei.

— É um contra-ataque de um lado que corresponde exatamente ao golpe anterior do outro lado — disse Thrawn, olhando para elas. — Neste caso, a Capitã Wutroow está sugerindo que os Nikardun esperam capturar a *Vigilante* da mesma forma que nós capturamos uma de suas patrulhas.

Os músculos dos ombros de Che'ri ficaram duros feito pedra debaixo dos dedos de Thalias.

— Não — sussurrou. — Eles... Não.

— Não se preocupe, eles não vão conseguir — tranquilizou-a Ar'alani. Hesitou por um momento e se levantou da cadeira de comando para ir até a estação de navegação de Che'ri. — Teve dificuldade de entrar neste sistema, Sky-walker Che'ri — disse ela, em voz baixa.

— Desculpa — Che'ri sussurrou. — Eu só...

— Sim, sim, eu sei — disse Ar'alani, com um conforto distraído aparecendo em sua voz tensa. — Não estou tentando culpá-la. Esta parte do Caos é particularmente difícil de navegar. Minha pergunta é, quão sólido é o bloqueio à nossa volta?

— Em outras palavras — Thrawn acrescentou, indo até Ar'alani —, existe algum vetor de saída que nos ajudaria a sair mais rápida e facilmente do que qualquer uma das outras rotas?

— Pensa bem e sem pressa, Che'ri — disse Thalias. — Estar certa é melhor do que ser rápida.

Sentiu a respiração profunda de Che'ri, vendo as mãos da menina se moverem com hesitação pelos controles e as pequenas telas de seu painel.

– Por aqui – disse, movendo o dedo por uma linha a aproximadamente trinta graus da direção atual da *Vigilante*.

– Nós não viemos por ali – disse Ar'alani.

– Porque teríamos que dar ainda mais voltas – Che'ri disse, como se estivesse implorando. – E tem alguns asteroides grandes no caminho. O Embaixador Ilparg já está bravo comigo pela quantidade de tempo que eu estava levando...

– Tudo bem, Che'ri, tudo bem – disse Ar'alani. Dessa vez, as palavras de conforto soaram mais genuínas. – Nós só precisamos sair daqui, de preferência rápido e para mais longe do que eles poderiam nos seguir com facilidade. Não importa se nos tirar do caminho para voltar para a Ascendência. Leme, você tem o vetor?

– Sim, senhora – o piloto confirmou.

– Só um problema – Wutroow disse. – Vamos ter que nos curvar para fora para chegar lá. E, se fizermos isso, vamos direto para a rede deles.

Ar'alani apertou os lábios.

– Não necessariamente.

– Nós não vamos necessariamente cair na rede deles? – Wutroow perguntou, franzindo o cenho.

– Nós não precisamos necessariamente fazer a curva para fora – Ar'alani corrigiu. Ela pegou o questis e escreveu alguma coisa nele. – Thrawn? – perguntou, passando o questis para ele.

Thrawn olhou o aparelho.

– A *Vigilante* não foi pensada para esse tipo de manobra – ele avisou, passando o questis para Wutroow. – Mas acho que pode aguentar a pressão.

– Que pressão? – Ilparg resmungou, uma camada de suspeita cobrindo o medo em sua voz. – O que estão propondo?

– Não se preocupe com isso – Wutroow aconselhou, tocando no questis. Do canto do olho, Thalias viu a imagem e os dados aparecendo nas telas do leme. – Comandante Intermediário Octrimo?

– Estou vendo, senhora – o piloto disse, hesitante. – Tem certeza a respeito disso?

– Eles querem tomar a *Vigilante* ainda intacta – Ar'alani lembrou. – De uma forma ou de outra, vamos garantir que isso não aconteça. Executar.

– Sim, senhora. – Visivelmente se preparando, Octrimo tocou no painel.

E, com um rugido mudo e súbito enquanto os propulsores assumiam potência máxima, a *Vigilante* saltou para a frente.

Mirando no planeta diante deles.

Ilparg soltou um guincho estranho.

– Almirante! – ele queixou-se. – O que está *fazendo*?

– Mudança de rota um – disse Ar'alani acima do barulho. – Três, dois, *um*.

Do lado de fora, Urch se movia para a esquerda enquanto a *Vigilante* mudava o vetor. Ao menos, Thalias pensou vagamente enquanto o sangue bombeava de forma angustiante em sua cabeça, agora eles estavam indo para a borda do planeta em vez de direto para o centro. Dessa forma, a colisão estrondosa demoraria um pouco mais a acontecer.

– Naves Urchiv se movendo em modo de perseguição – Wutroow chamou da estação de sensores. – Lioaoin ficou para trás. Nikardun... aumentando a potência; parece que está tentando nos parar.

– Aumente a velocidade em cinco por cento – ordenou Ar'alani. – Mudança de rota dois: três, dois, *um*.

O planeta se moveu um pouco mais para o lado, e agora parecia que eles iam cortar a beira da atmosfera. Thalias tentou lembrar se já tinha ouvido falar de uma Nightdragon Chiss indo a alta velocidade na atmosfera de algum planeta, mas não conseguiu.

– Naves Urchiv ganhando velocidade – Wutroow anunciou. – Mas a não ser que tenham muito na reserva, não tem chance de nos alcançarem. Ah, eles já sacaram. Recuando.

– Algum sinal de um veículo que possa nos interceptar vindo da superfície ou de trás do disco? – Ar'alani perguntou.

— Nada que possamos detectar — respondeu Wutroow. — A este ponto...

Ela parou de falar quando a *Vigilante* deu uma guinada súbita.

— Entrando na atmosfera, almirante — Octrimo disse. — Cortando mais fundo; a temperatura do casco está começando a aumentar. Sem perigo ainda.

Mas haveria, Thalias sabia. Suas aulas de física eram apenas uma lembrança distante, mas lembrava o suficiente para saber que havia bons motivos pra naves não se moverem àquela velocidade em atmosferas planetárias.

— E os Nikardun? — Ar'alani perguntou.

— Não é muito claro... A turbulência está interferindo nos sensores — disse Wutroow. — Mas acho que está ficando para trás também.

A agitação do lado de fora estava ficando mais forte. Thalias sabia que deveria encontrar um assento e colocar o cinto, mas conseguia sentir o medo de Che'ri e não queria abandonar a menina. Quase conseguia ouvir a *Vigilante* grunhindo com o estresse pouco familiar, o calor e a pressão.

Imaginação, é claro, mas ainda conseguia ouvir a agonia da nave...

— Última mudança de rota — disse Ar'alani, abruptamente, na cacofonia muda. — Sky-walker, prepare-se.

— Estou preparada — Che'ri disse, a voz tremendo.

— Mudança de rota: três, dois, *um*.

Octrimo digitou no painel, e a *Vigilante* guinou desviando do planeta uma última vez. As batidas começaram a diminuir.

E, de repente, a nebulosidade ao redor das estrelas se dissipou e os grunhidos cessaram. Estavam de volta no vácuo bem-vindo do espaço, dirigindo pelo vetor que Che'ri apontara. Os segundos passavam, e a *Vigilante* avançava ainda mais em direção às estrelas distantes.

— Liberado para hiperespaço — Octrimo anunciou.

— Sky-walker? — Ar'alani chamou.

— Pronta — Che'ri confirmou. — Até onde quer ir?

— O mais longe que puder nos levar sem que isso machuque você — disse Ar'alani. — Preparar... *Pronto*.

As estrelas flamejaram e sumiram no giro do hiperespaço, e eles estavam a salvo mais uma vez.

— Pode soltar agora — disse Thrawn.

Thalias piscou, notando só agora que, em algum momento, o aperto de seus dedos passara dos ombros de Che'ri para o espaldar do assento. Com esforço, destravou os dedos e deu um passo para trás.

— Conseguimos — disse.

— Conseguimos — Thrawn concordou. — Nós da frota gostamos de pensar em nós mesmos como heróis. Geralmente, porém, os verdadeiros heróis são aqueles que projetam as naves de guerra que levamos para a batalha.

— Não deveria ter *tido* nenhuma batalha — Ilparg grunhiu. Depois de o perigo passar, ele estava voltando à sua pompa de sempre. — Qual é o significado de tudo isso?

— Os Nikardun estão atacando outros mundos... — Thrawn começou a explicar.

— O significado? — Ar'alani o interrompeu. — O significado, embaixador, é que isto era uma armadilha. Alguém queria capturar uma nave Chiss e o convidaram para Urch para conseguir seu objetivo. — Ela sorriu só um pouco. — Você era a isca.

— Eu *não* sou uma isca — Ilparg insistiu. — Para ninguém. Nem para os Urchiv-ki, nem para estes... como os chamou?

— Nikardun — Thrawn ofereceu.

— Nem para os Nikardun — Ilparg esbravejou.

— E os Lioaoi? — Ar'alani perguntou.

Ilparg franziu o cenho.

— O que os Lioaoi têm a ver com isso?

— Uma das naves deles estava aqui — disse Ar'alani. — E eles certamente não fizeram nada para manter os Urchiv-ki longe de nós.

— Na verdade, me pareceu que eles eram parte da rede que os Urchiv-ki estavam colocando atrás de nós — Wutroow acrescentou.

— Ah, estavam, é? — disse Ilparg, encarando o hiperespaço giratório do lado de fora da panorâmica.

– Certamente parecia que sim, a meu ver – afirmou Wutroow.

– Talvez deveríamos passar pelo mundo central dos Lioaoin antes de voltarmos à Ascendência – Ar'alani sugeriu. – Falar com eles, talvez pedir uma explicação.

Ilparg a olhou friamente.

– Acha que deveríamos fazer isso, é?

Ar'alani ergueu a mão.

– É meramente uma sugestão.

– E que sugestão excelente é essa – disse Ilparg. – Exceto que não pretendo pedir uma explicação. Pretendo *exigir* uma.

Ele apontou dramaticamente para o hiperespaço giratório.

– O mundo central Lioaoin, Almirante Ar'alani. Na maior velocidade possível. – Ele manteve a pose por outro momento, e depois girou de forma igualmente dramática para sair da ponte.

– Interessante – Thrawn murmurou. – Presumo que tenha feito isso de propósito?

– Você queria ver o mundo central – disse Ar'alani. – Agora estamos indo para lá.

– Anote isso, capitão sênior – Wutroow acrescentou. – Pode perguntar e sugerir e mostrar por que suas ideias fazem sentido, mas quando políticos estão envolvidos – ela acenou para a panorâmica, imitando a postura anterior de Ilparg – é *assim* que as coisas são feitas.

CAPÍTULO NOVE

MAIS UMA VEZ, AS chamas estelares se dissiparam e a *Vigilante* estava de volta ao espaço normal.

– O mundo central Lioaoin marcando vinte graus a bombordo, doze nadir – Octrimo anunciou do leme. – Chegamos precisamente no alvo, como os sky-walkers Chiss sempre chegam.

– Entendido – disse Ar'alani, contendo um sorriso ao ouvir o último comentário, definitivamente fora do padrão. A tripulação inteira da ponte havia odiado em silêncio cada comentário desrespeitoso de Ilparg a respeito da navegação de Che'ri a Urch, já que oficiais da frota e guerreiros tinham grande estima por seus sky-walkers, mas a maior parte deles manteve os comentários para si. Octrimo que, como oficial do leme, havia trabalhado mais perto da menina, aparentemente decidira arriscar uma reprimenda para alfinetar de leve o embaixador.

Contribuía provavelmente para a atitude superprotetora o fato de que sua família Droc era rival da família de Ilparg, os Boadil.

Não que Ilparg tivesse notado o comentário. Ele estava de pé ao lado da cadeira de comando de Ar'alani, seus olhos focados no planeta distante, sua mente em algum lugar claramente longe da ponte da *Vigilante*.

Ar'alani olhou para trás para ver o planeta e as naves aglomeradas ao seu redor, o momento de diversão desaparecendo. A maior parte das embarcações era, sem dúvida, Lioaoin: cargueiros, patrulhas, duas estações de reparo de baixa órbita, o que pareciam ser uma ou outra nave de guerra. Registros antigos sugeriam que havia ao menos uma estação de reparos para naves desse tipo em órbita muito mais alta, levantando a possibilidade de outra nave de guerra na área, apesar de que, se estivesse precisando de reparos, provavelmente poderia ser ignorada.

A questão era se havia alguma nave Nikardun no meio das outras, posicionada lá com a intenção de ficar de olho na população local.

– Varredura completa – o Comandante Sênior Obbic'lia'nuf disse da estação de sensores. – Nenhuma correspondência com a nave Nikardun que vimos em Urch.

O que não provava nada, Ar'alani sabia. Além das panorâmicas gigantescas e o posicionamento particular dos aglomerados de armas principais, nenhuma nave Nikardun que ela e Thrawn haviam visto se pareciam muito umas com as outras. Yiv certamente não parecia preferir nenhum tipo de silhueta padrão.

– O Controle de Tráfego está nos saudando, almirante – disse Wutroow.

– Não preste atenção neles – disse Ilparg, antes de Ar'alani poder responder. – Quero falar com alguém do Gabinete Diplomático do Regime. Se tiveram algo a ver com a situação de Urch, quero esclarecer tudo aqui e agora.

– Um momento, embaixador – disse Ar'alani, olhando por cima dos ombros para a escotilha da ponte. Thrawn parecia estar atrasado. – Estamos esperando o Capitão Sênior Thrawn chegar.

– E para que precisamos dele?

Porque ele é o único que poderia nos dizer se há alguma nave Nikardun aqui, a resposta óbvia passou na cabeça de Ar'alani. *Porque ele tem um instinto para tática que seria crucial se este negócio sair do controle.*

Porque ele tem um histórico sem paralelo em combate que a maior parte dos comodoros e almirantes Chiss daria o seu herdeiro de sangue para ter.

Mas ela tinha mais tato que o Comandante Octrimo. Ela também não tinha nenhuma rivalidade familiar com a qual precisasse lidar.

– Porque eu o quero aqui, e eu sou a almirante – disse em vez disso.

Ilparg bufou.

– Está bem – disse. – Mas acho bom ele não demorar muito.

A escotilha se abriu e Thrawn pisou dentro da ponte.

– Peço perdão, almirante – disse ao passar por Ar'alani e Ilparg. – Peço perdão, embaixador. Meus estudos demoraram mais do que havia previsto.

– E que estudos seriam esses, capitão sênior? – Ilparg perguntou de forma suspeita.

– Dados táticos – Ar'alani explicou.

– *Dados táticos?* – Ilparg repetiu com desdém. – É assim que a Frota Expansionária chama arte, hoje em dia?

Ar'alani rangeu os dentes.

– A primeira regra da estratégia é conhecer seu inimigo, embaixador – ela disse. – E isso inclui suas táticas de batalha, mas também sua história, sua filosofia e, sim, às vezes até mesmo a arte de seu povo.

– Aceito os dois primeiros – disse Ilparg, o desprezo ainda presente em sua voz. – O terceiro mal tem valor. Além disso, agora que o Capitão Sênior Thrawn decidiu nos agraciar com sua presença, talvez você poderia gentilmente contatar o gabinete diplomático como pedi?

– Certamente, embaixador – Wutroow disse, indo para o lado de Ilparg e afastando-o de Ar'alani e Thrawn habilmente. – Podemos saudá-los melhor da estação de comunicação. Por aqui, por favor.

– Obrigado por tentar – disse Thrawn suavemente quando chegou ao lado de Ar'alani.

– Não se preocupe – respondeu Ar'alani. – Às vezes é bom que subestimem seus talentos. – *Não quando sua carreira está sendo avaliada, porém*, ela acrescentou para si mesma em silêncio. – O que descobriu?

— Nossos documentos de arte Lioaoi são extremamente limitados — disse Thrawn. — Mas podem ser adequados para nossas necessidades.

— Bom saber. — Ar'alani apontou para a panorâmica. — Aí está sua tela em branco. Pinte algo para mim.

Por um momento, Thrawn ficou ali parado em silêncio, seus olhos escaneando a cena diante deles. Ar'alani focou sua atenção entre ele e a tela tática, perguntando-se quando os Lioaoi agiriam. Se os Nikardun estivessem lá, já saberiam a respeito do incidente em Urch uma hora dessas.

Seria possível que os Urchiv-ki tivessem falhado em identificar a *Vigilante* antes de escaparem do cerco? Impossível. Será que não tinham ao menos uma tríade de comunicação no planeta capital Urchiv-ki que pudesse transmitir uma mensagem para tão longe? Ainda mais improvável.

Então, o que os Nikardun estavam esperando?

A não ser que tudo aquilo fosse produto de paranoia e imaginação. Nações estrangeiras estavam sempre lutando umas contra as outras; Ar'alani sabia daquilo bem demais. Se os Nikardun fossem só uma espécie pequena com a qual os Chiss nunca tivessem cruzado, e suas batalhas fossem meramente locais...

— Aqueles nove caças — disse Thrawn, apontando para um grupo de naves pequenas contornando o disco planetário. — O veículo em si é uma variação do design Lioaoin, mas a formação e o padrão de voo não são tradicionais.

— Talvez eles tenham atualizado suas táticas desde a última vez que você os viu — Ar'alani sugeriu.

— Não — disse Thrawn devagar. — Os Lioaoi gostam de formações verticais. Sua arte mostra isso claramente. Eles geralmente colocariam nove naves como essas em uma divisão de três pilhas. Esta formação é plana e muito mais espaçada.

Ar'alani assentiu. Definitivamente não estavam vendo uma formação em pilha.

— Parece projetada para uma manobra de pinça.

– De fato – disse Thrawn. – Ataque, não defesa. De novo, é o contrário das predisposições costumeiras dos Lioaoin, mas não é apenas a formação. Os pilotos parecem... hesitantes, de alguma forma. Como se essa formação fosse nova para eles.

– Talvez sejam novos recrutas.

– Nove deles? – Thrawn sacudiu a cabeça. – Não. Essas são canhoneiras individuais. Os Lioaoi nunca colocariam tantos pilotos inexperientes sem uma nave e uma tripulação mais experiente por perto caso algo desse errado. Certamente não tão fundo no poço gravitacional.

– Concordo que é como eles faziam as coisas antes – disse Ar'alani. – Mas frotas mudam de doutrina o tempo todo. Talvez não tão drasticamente, mas eles se ajustam e se adaptam para novas tecnologias e situações.

– Comando Orbital Lioaoin falando – uma voz chamou pelo alto-falante.

Ar'alani piscou. Ficara tão focada nas naves distantes e na análise de Thrawn que quase esquecera o motivo ostensivo de estarem lá.

– Aqui quem fala é o Embaixador Boadil'par'gasoi da Ascendência Chiss – Ilparg respondeu com toda a dignidade e arrogância que Ar'alani já se acostumara a esperar do corpo diplomático, em geral, e de Ilparg, em particular. – Gostaria de falar com alguém do gabinete diplomático a respeito do tratamento agressivo que recebemos alguns dias atrás na capital dos Urchiv-ki, Urch.

– O que o faz acreditar que o Regime Lioaoin tenha algo a ver com os Urchiv-ki? – a voz respondeu.

– Havia uma nave Lioaoin presente quando os Urchiv-ki tentaram capturar nossa nave – disse Ilparg.

Ar'alani praguejou baixinho. O que diabos Ilparg pensava que estava fazendo? Oferecer informação de bandeja desse jeito, especialmente sem conseguir nada de volta, era o auge da tolice.

– Embaixador...

– Não, deixe ele falar – disse Thrawn, fechando a mão ao redor de seu braço. – Vamos ver como eles vão reagir.

Ar'alani amarrou a cara. Sim, esse *seria* o plano de Thrawn, cutucar os Lioaoi e ver como reagem. Tudo ótimo, se a reação não for atacar os intrusos com tudo o que têm.

Ainda assim, a *Vigilante* era uma Nightdragon armada até os dentes, e eles não estavam muito fundo no poço gravitacional do mundo central. Não importava o que os Lioaoi fizessem, Ar'alani não tinha dúvida de que conseguiria tirá-los de lá com danos mínimos na nave. De um dos lados da estação de reparos, viu algo aparecer...

E sentiu os olhos se arregalarem.

– Ah, não – alguém disse na ponte.

As mãos de Ar'alani se fecharam involuntariamente. Era uma nave de guerra.

Uma nave de guerra *imensa*; da classe couraçado de batalha, no mínimo, metade do tamanho da *Vigilante*. Seus flancos se eriçavam de aglomerados de armas, linhas angulares marcando seções de blindagem pesada, e apertados padrões de nódulos proclamavam a existência de uma barreira eletrostática potente.

E a panorâmica grande demais – arrogante e convidativa demais – marcava a nave como sendo Nikardun.

– Almirante? – Wutroow perguntou, seu tom mais urgente do que antes.

Ar'alani observou a nave de guerra Nikardun, notando em particular os vetores e posições da nave ao redor, e olhou longa e cuidadosamente para a tela tática.

– Mantenha o curso – ela ordenou a Octrimo. – Eles não estão fazendo nenhum movimento ameaçador.

– Isso poderia mudar em qualquer minuto – Wutroow advertiu.

– Não – disse Thrawn. – Eles poderiam ir para modo de ataque, mas levaria mais do que um simples minuto.

– Concordo – disse Ar'alani. – Nessa distância e orientação, qualquer movimento será telegrafado.

Wutroow pareceu se preparar.

– Sim, senhora.

– O gabinete diplomático não compreende o que está falando – uma voz Lioaoin diferente veio do alto-falante. – Mas nós apreciamos a amizade e o respeito mútuo com a Ascendência Chiss. Pode vir até nós, embaixador, para conversarmos? Ou devemos ir até aí?

Ilparg olhou para Ar'alani.

— Almirante? — ele perguntou.

— Bem, nós não vamos nos aproximar nem um pouco mais — disse Ar'alani. — E, nestas circunstâncias, também não vamos deixá-los entrar.

— Então vamos só partir?

— Por que não? — disse Ar'alani. — Já conseguimos o que queríamos.

Ilparg franziu o cenho.

— E o que conseguimos, exatamente?

— A presença de uma nave Nikardun — disse Thrawn.

— Que não fez nada contra nós — Ilparg respondeu.

— E o fato de que os Lioaoi não querem falar sobre Urch — Ar'alani acrescentou.

Ilparg bufou.

— Acredito que isso seja conhecido como informação negativa.

— Informação mesmo assim — disse Ar'alani. — De qualquer forma, é tudo que vamos conseguir aqui. Então ofereça seu perdão, diga adeus, sinta-se à vontade de traduzir tudo isso para linguagem diplomática. E nós vamos partir.

— Um momento, almirante — disse Thrawn, pensativo. — Com sua permissão, gostaria de fazer mais um experimento. Aquelas nove canhoneiras parecem estranhamente interessadas em nós.

Ar'alani virou-se para ver o grupo de caças pequenos que notaram antes. A formação de pinça se abrira um pouco, mas fora isso, nada parecia ter mudado.

Sentiu os olhos se estreitarem quando viu do que Thrawn estava falando. A formação estava mais aberta porque as canhoneiras haviam suspendido a manobra pela metade e estavam agora vagando, os propulsores quietos, os efeitos da maré do campo gravitacional do planeta lentamente separando-as.

— No mínimo, estão interessados em entrar em ação a qualquer momento — ela disse. — E em qualquer direção.

— Exatamente — disse Thrawn. — E não vejo nenhum motivo além da *Vigilante* para eles estarem tão atentos de repente.

Ar'alani coçou a própria bochecha. O Couraçado de Batalha Nikardun não se movia, mas os caças estavam prontos. Eles estavam com um pé atrás?

Ou era algo mais interessante que isso? Seria uma indicação de que havia dois comandos diferentes operando?

Fosse qual fosse, valia a pena investigar mais a fundo.

— Presumo que nada do que está planejando envolverá o disparo de armas?

— De jeito nenhum — Thrawn a assegurou. — Simplesmente gostaria de contar a eles que eu estou aqui.

— E o que pretende conseguir com isso?

— Não sei. É por isso que é um experimento.

Ela o olhou com sua melhor expressão de quem está perdendo a paciência, mas costumava valer a pena seguir os instintos de Thrawn.

— Muito bem. Leme, fique pronto para dar meia-volta e nos tirar daqui.

— Quão rapidamente? — Octrimo perguntou.

— Espero que não muito — disse Ar'alani. — Parece que estão fingindo inocência e é melhor que pensem que nós acreditamos, mas quero velocidade e poder reserva se precisarmos. Sky-walker Che'ri?

— Pronta — Che'ri disse. Sua voz tremia um pouco, mas a palavra foi firme o suficiente.

Ar'alani gesticulou em direção a Thrawn.

— Pronto?

— Sim — ele disse, aproximando-se da cadeira de comando. — Fique de olho nas canhoneiras.

Ela assentiu e acionou o comunicador.

— Pode ir.

— Aqui quem fala é o Capitão Sênior Thrawn, o supervisor do Embaixador Ilparg — disse Thrawn. — Agradecemos o interesse, mas o embaixador não se sente preparado no momento para uma conversa diplomática plena. A Ascendência Chiss os contatará novamente no futuro em relação a este assunto.

Os Lioaoin responderam alguma coisa floreada, porém sem significado, mas Ar'alani não estava prestando atenção. Sete das nove canhoneiras que Thrawn mencionara ativaram seus propulsores na menção do nome, saindo da formação com a proa girando em direção à *Vigilante*.

Mas eles mal tinham começado a manobra quando desaceleraram abruptamente, mantendo as novas posições por outro momento antes de voltar ao mesmo lugar das outras duas canhoneiras que não tinham saído de órbita. A coisa inteira não durou nem cinco segundos, com todas as nove naves de volta à formação original antes de Thrawn sequer acabar de falar.

A metade de seu cérebro monitorando a conversa reconheceu que ela tinha acabado. Desligou o comunicador e assentiu para Octrimo.

– Tire-nos daqui, leme – mandou. – Pode ir calmamente. Sky-walker, fique a postos.

Voltou a atenção para o Couraçado de Batalha, perguntando-se se o capitão da nave pararia de fingir, mas os Nikardun continuaram em sua órbita vagarosa enquanto a *Vigilante* se virava e saía do poço gravitacional. Che'ri se inclinou para seu painel de controle e, com uma explosão de chamas estelares, estavam de volta à segurança do hiperespaço.

Wutroow cruzou a ponte para ficar ao lado de Ar'alani.

– O que foi mesmo que aprendemos? – perguntou.

– Não viu as canhoneiras? – Ar'alani perguntou.

– Você e Thrawn estavam olhando para elas. Achei que seria bom se alguém ficasse de olho no couraçado.

– Sim. Fez bem. – Ar'alani olhou para Thrawn. – Sua ideia, capitão sênior. Sinta-se à vontade para explicá-la.

– Sete das nove canhoneiras reagiram ao meu nome e começaram a se mover em nossa direção – disse Thrawn a Wutroow. – Isso sugere que tanto os Nikardun sabem quem eu sou, como têm algum tipo de ordem fixa em relação a mim. Mas, um momento depois, todas as sete voltaram à formação original.

– Então quem quer que estivesse comandando os caças estava pronto para atacar e se vingar pelo insulto horrível em Rapacc – Wutroow disse lentamente. – Porém, alguém de patente mais alta anulou a ordem.

– É como eu interpretei – Ar'alani confirmou. – O que implica imediatamente o que eu disse mais cedo. Mesmo sendo provocados, mesmo com ordens fixas, eles estão tentando intensamente fingir que não são uma ameaça para nós.

– Tem um problema – Wutroow disse, erguendo um dedo. – Achei que nós tínhamos decidido que as canhoneiras eram Lioaoin. Por que eles se importariam com Thrawn? Quero dizer, além do óbvio?

– Não é mais tão óbvio – disse Ar'alani. – Depois de todos esses anos, não deve haver ordens fixas a respeito de Thrawn. Ao menos não dos Lioaoi.

– Suponho que não – Wutroow disse. – Então…?

– Então nós estávamos errados antes – disse Ar'alani, sentindo um receio terrível. – Achamos que, talvez, os Lioaoi estivessem aprendendo novas táticas de batalha. Eles estão, mas o estão fazendo sob a supervisão dos Nikardun.

– Os Lioaoi nas canhoneiras sabiam das ordens dos Nikardun em relação a mim – disse Thrawn. – Os sete pilotos que reagiram foram rápidos demais para ser por outro motivo. Ordens fixas detalhadas desse tipo não costumam ser compartilhadas com povos subjugados. Mais que isso, as canhoneiras estavam armadas: os lasers giratórios da frente estavam visíveis, e o mesmo pode ser dito a respeito dos mísseis a bombordo. Sabemos pelos Paccosh que os Nikardun tiram as armas dos povos que conquistaram.

– O que fortemente sugere que os Lioaoi não são subordinados aos Nikardun – disse Ar'alani, em voz baixa, o olhar perdido no redemoinho do hiperespaço. – Eles são aliados.

Por um momento, ninguém falou. Wutroow bufou.

– Ótimo – disse. – E agora?

– Precisamos de mais informação – disse Thrawn. – Almirante, pode desviar a *Vigilante* para Solitair antes de voltarmos para a Ascendência?

— Não, de jeito nenhum — disse Ilparg firmemente, andando até eles. — Primeiro o Regime Lioaoin; agora você quer ir para a Unidade Garwiana? De quantas maneiras você está tentando se meter em problemas? — Ele virou-se para encarar Thrawn. — Esqueça *você*. De quantas maneiras você está querendo *me* meter em problemas? Já estou muito longe da minha função.

— Sua posição e sua função não são a questão aqui, embaixador — disse Ar'alani, estudando o rosto de Thrawn. — A *Vigilante* é minha nave e vai para onde eu mandar. Se eu decido que precisamos colher mais dados, sou compelida a fazê-lo.

— Não se a Sindicura decidir que suas decisões são impróprias — Ilparg advertiu.

— Se decidirem, que seja — disse Ar'alani. — Mas até mesmo os síndicos têm apenas autoridade limitada a respeito de um oficial sênior da frota.

— Não deve ter grande problema para nenhum de vocês — disse Thrawn. — Posso levar uma nave auxiliar enquanto a *Vigilante* volta para a Ascendência. Só vai acrescentar algumas horas ao seu tempo de viagem.

— Não quer que nós esperemos? — Ar'alani perguntou, franzindo o cenho. — E se os Garwianos não quiserem falar com você?

— Acredito que vão querer — disse Thrawn. — Se não se importar de me fazer um favor, almirante, gostaria de pedir seu escritório emprestado pelas próximas uma ou duas horas.

— É claro — disse Ar'alani. — Pode ficar lá o quanto precisar. Cuidadora Thalias, tire a Sky-walker Che'ri da Terceira Visão quando for seguro e conveniente. Ela deve mudar nossa rota para o planeta capital de Garwian, Solitair.

— Sim, almirante — disse Thalias. Ela não tinha perdido uma palavra da discussão, Ar'alani percebeu, mas não mostrava nenhuma inclinação para questionar a decisão. — Che'ri vai precisar de mais alguns minutos antes que possa ser perturbada.

— No seu tempo e julgamento, cuidadora — Ar'alani a assegurou. — Capitão Thrawn, meu escritório é seu.

LEMBRANÇAS VII

Thrawn sacudiu a cabeça.
— Inaceitável — declarou. — Completamente inaceitável.

Os anos de Ziara na Frota de Defesa Expansionária haviam aprimorado sua habilidade de reagir por dentro sem deixar transparecer nenhuma emoção no rosto ou na postura. Mesmo assim, ela chegou perto de estremecer daquela vez. Um comandante júnior, mesmo um que acabara de receber elogios com louvores, *nunca* poderia falar assim com um oficial sênior. Ele mereceria se Ba'kif decidisse colocá-lo em seu lugar.

Thrawn tinha sorte por Ba'kif ter uma paciência acima da média.
— Preciso detalhar a você os protocolos a respeito de ataques preventivos? — ele perguntou, calmo.
— Não, senhor — disse Thrawn. Ao menos, Ziara pensou, ele acrescentou um *senhor* no meio dessa vez. — Eu só não vejo como isso se aplica a esse caso. As naves tinham design Lioaoin, usavam docas Lioaoin, e nos perseguiram desde o mundo central do Regime. Me parece irrefutável que os piratas obedeçam, de fato, os comandos e a supervisão dos Lioaoin.

— É claro que é refutável — Ba'kif exclamou. — O Regime contesta o fato categoricamente.

— Eles estão mentindo.

— Talvez — disse Ba'kif. — Mas só temos evidência circunstancial e negação oficial.

— Então vamos deixar que continuem impunes? — Thrawn insistiu.

— E o que você sugere que nós façamos? — Ba'kif perguntou. — Lançar uma frota de guerra em grande escala contra o mundo central e destruir todas as instalações governamentais e militares que pudermos encontrar?

Thrawn apertou os lábios por um momento.

— Não seria necessária uma frota inteira — tentou enrolar.

— Você está fugindo do assunto — Ba'kif respondeu. — Vou deixar isso mais claro. Você está querendo dizer que destruiria bens e condenaria pessoas à morte pelas possíveis ações, *possíveis* ações do governo deles?

— E quanto ao *nosso* povo? — Thrawn rebateu. — Também tivemos baixas de bens e vidas.

— Os culpados por essas perdas já foram mortos ou punidos.

— Os que cometeram os atos, talvez, mas não os mandantes.

— De novo, você não tem provas.

Os olhos de Thrawn se voltaram para Ziara.

— Então deixe-me obtê-las — ele sugeriu. — Deixe-me ir ao Regime como comerciante ou diplomata e dar um jeito de chegar nos arquivos deles. Ordens oficiais, ou talvez uma linha clara na distribuição de pilhagem...

— Basta! — Ba'kif esbravejou, sua paciência finalmente se esgotando. — Entenda isso, comandante, e entenda de verdade. A Ascendência não ataca outros sistemas a não ser que tenhamos evidências de que tenham nos atacado primeiro. Não atacamos militarmente, diplomaticamente, subversivamente, clandestinamente, psicologicamente. Aqueles que não nos atacarem não serão atacados por nós. Entendido?

— Entendido, general — respondeu Thrawn, a voz tão firme quanto sua postura.

— Ótimo — disse Ba'kif, respirando fundo. — Agora, a outra coisa que queria discutir com vocês dois. — Ele olhou de Ziara para Thrawn. — Pelo seu excelente desempenho em planejar e executar a missão, Comandante Júnior Thrawn, você foi promovido a comandante sênior.

Thrawn pareceu um pouco surpreso.

— Duas patentes, senhor?

— Duas patentes — Ba'kif bufou. — Sim, eu sei, mas seu sucesso contra os piratas está fazendo com que suba às alturas, e a Ascendência tem grande estima por seus heróis. E, claro, você é um Mitth.

Thrawn titubeou.

— Sim. Obrigado, senhor.

Ba'kif inclinou a cabeça e se virou para Ziara.

— E você, Capitã Intermediária Ziara, a partir de agora foi promovida a capitã sênior.

— Obrigada, senhor — Ziara disse, sentindo o peito se fechar ao redor do coração. Capitã sênior. Mais uma promoção e viraria comodoro.

A posição que mudava tudo.

— Parabéns aos dois — Ba'kif continuou. — Podem pegar suas novas insígnias e identidades com o intendente. Dispensado, Thrawn. Ziara, gostaria de outro momento de seu tempo.

Ele esperou em silêncio até Thrawn sair da sala.

— Sua avaliação, capitã sênior? — perguntou, assentindo em direção à porta fechada.

— Ele é brilhante, senhor — Ziara respondeu. — Um excelente tático e estrategista.

— E sua perspicácia política?

— Pouca ou inexistente.

— Concordo — disse Ba'kif. — Ele vai precisar de uma mão firme para guiá-lo e preveni-lo de continuar a meter os pés pelas mãos.

Ziara conseguiu não estremecer.

— Preciso adivinhar, senhor?

— Nem um pouco — Ba'kif deu um sorriso tenso. — Vou colocá-lo a bordo como seu terceiro-oficial. — Olhou para o próprio questis. — Sua nova nave será o cruzador de patrulha *Parala*.

— Sim, senhor — Ziara falou, endireitando-se um pouco mais. Cruzadores de patrulha costumavam viajar muito além das fronteiras reconhecidas da Ascendência, coletando informação e observando possíveis ameaças. Era uma tarefa interessante e muito cobiçada. — Obrigada, senhor.

— Você mereceu — disse Ba'kif. — Sei que fará o que for necessário pela defesa e proteção da Ascendência. — Ele ficou em posição de sentido. — Dispensada, capitã sênior. E boa sorte.

Ela esperava que Thrawn já tivesse partido. Em vez disso, o encontrou esperando por ela fora do gabinete do general.

— Algum problema? — perguntou.

— Não — respondeu. — Estou no comando da *Parala* e você será meu novo terceiro-oficial.

De novo, um breve olhar de surpresa.

— Sério?

— Sério — ela falou, começando a andar pelo corredor. — A intendência é por aqui.

Ele a acompanhou.

— Parabéns — disse enquanto caminhavam. — A *Parala* tem fama de ser uma nave excelente.

— É o que ouvi falar também — respondeu Ziara. — Parabéns para você também, aliás. Subir duas patentes de uma vez é algo quase inédito.

— É o que dizem — Thrawn respondeu com voz distante. — Se bem que, é claro, o que é dado pode ser tomado de volta.

Ziara se aproximou para encarar o rosto dele.

— O que houve?

Ele olhou de soslaio para ela, então voltou a olhar para a frente.

— O Regime Lioaoin não recorreu à pirataria por tédio — ele disse. — Eles claramente têm um sério problema financeiro.

— Está sugerindo que façamos uma coleta?

Ele lançou outro olhar para ela, dessa vez com um pouco de irritação.

— Eles não vão tentar de novo com a Ascendência — ele falou. — Mas o problema continua, assim como a solução que escolheram usar. Assim que se reagruparem e substituírem as naves que você destruiu, eles estarão de volta, atacando comerciantes de outros sistemas. E então, como ficam esses sistemas?

Ziara deu de ombros.

— Vão ter que lidar com os Lioaoi por conta própria.

— E se não forem fortes o bastante? — Thrawn insistiu. — Devemos só assistir de camarote enquanto eles sofrem?

Ziara encarou Thrawn.

— Sim.

Por um momento, seus olhos se encontraram. Thrawn quebrou o contato visual primeiro.

— Porque nós não interferimos com os assuntos dos outros.

— Você prefere que a Ascendência se torne a guardiã de todo o Caos? — Ziara perguntou. — Porque é isso que aconteceria. Resgataríamos um, depois outro, então um terceiro, até que finalmente nos tornaríamos uma fortaleza solitária contra milhares de agressores diferentes. É isso que você acha que deveríamos fazer?

— É claro que não — ele respondeu. — Mas deve haver um meio-termo.

Caminharam em silêncio por um tempo.

— Se ajuda, eu entendo o que quer dizer — Ziara falou, por fim. — É o seguinte. Quando você governar os Aristocra e a Ascendência, vou ajudá-lo a encontrar uma solução.

Thrawn bufou.

— Também não precisa ser sarcástica.

— E quem disse que foi sarcasmo? — disse Ziara. — Os Mitth são uma família importante, e, como o General Ba'kif falou, você está em rápida ascensão. O que importa é que, no momento, a não interferência é o protocolo da Ascendência. A não ser que isso mude, obedecemos às ordens e cumprimos nossas obrigações. — Ela o puxou pelo braço, fazendo-o parar repentinamente, e fixou o olhar contra o dele. — *Só isso*. Estamos entendidos?

Um sorriso furtivo apareceu nos lábios dele.

— Sim, senhora, Capitã Sênior Ziara.

— E não se preocupe em achar que foi nepotismo que fez você pular essas patentes — ela continuou. — Não tente negar, consegui ver na sua cara. A influência dos Mitth pode ter ajudado, mas o Conselho não faz as coisas só pelos caprichos de um síndico. Se fizessem, *eu* teria pulado *três* patentes.

— E teria merecido — respondeu Thrawn.

Ziara esboçou um sorriso, que desapareceu quando notou que ele estava falando sério.

— Não teria.

— Discordo — Thrawn ponderou. — *Com todo respeito* — ele emendou. — Você certamente se tornará almirante um dia. O Conselho deveria aproveitar a deixa e fazer isso agora.

— Agradeço a confiança — Ziara falou, virando-se para andar novamente. — Mas fico contente com uma jornada lenta e constante.

Almirante. A palavra tinha um certo charme. Desde que, claro, ela fosse tão competente quanto Thrawn parecia acreditar.

E contanto que, enquanto servisse sob o comando dela, ele não fizesse nada que arruinasse suas chances.

CAPÍTULO DEZ

A ESCOTILHA QUE LEVAVA ao escritório da Almirante Ar'alani se abriu. Preparando-se, pensando no que essa convocação de repente significava, Thalias entrou na sala.

– Queria me ver, capitão sênior? – disse.

– Sim – Thrawn respondeu. – Entre, por favor. Quero mostrar uma coisa.

Thalias deu um passo à frente, ouvindo a escotilha se fechar atrás de si, e olhou em volta. Dada a reputação de Thrawn – ou talvez sua notoriedade – em relação a obras de arte, ela esperava encontrar o escritório cheio de hologramas de esculturas e pinturas Garwianas. Surpreendeu-se um pouco ao achá-lo rodeado de um mapa tridimensional cheio de estrelas e rotas estelares.

– A Ascendência fica aqui – ele disse, passando o dedo por cima do aglomerado de estrelas familiar, só um pouco fora do centro do mapa. – O Regime Lioaoin fica aqui... – Ele apontou para um grupo de estrelas muito menor no norte-zênite da Ascendência. – Rapacc aqui... – O dedo foi um pouco a leste-nadir. – Urch aqui. – Um pouco mais a leste-nadir, e um tanto para o sul. – E aqui estão os mundos

Paataatus. – Ele trocou a direção do dedo para chegar a um último lugar na fronteira sudeste-zênite da Ascendência. – O que você vê?

– As três primeiras estão a norte e nordeste de nós – disse Thalias, perguntando-se por que ele mencionara os Paataatus. Eles estavam distantes de todos os outros mencionados, além disso, já haviam lidado com eles.

– De fato – disse Thrawn. – Três nações diferentes sob ataque ou cerco Nikardun, todas as três nas bordas da Ascendência.

Thalias torceu o nariz. Elas não ficavam *tão* perto assim. Certamente não perto o suficiente para ser uma ameaça.

– Até agora, nenhuma das conquistas Nikardun está invadindo diretamente a Ascendência – disse Thrawn, como se tivesse lido sua mente e sua objeção silenciosa. – Mas o padrão é preocupante. Se nós formos o alvo de Yiv, essa é a maneira ideal de começar.

– Certo – disse Thalias, cautelosa. – Mas se ele atacar, não podemos lidar com ele como fizemos com os Paataatus?

– Interessante que tenha mencionado os Paataatus – disse Thrawn. – As obras de arte e a cultura inteira deles sugerem fortemente que a derrota que sofreram nas mãos da Almirante Ar'alani deveria acabar com qualquer resistência que pudessem oferecer a nós pelo restante dessa geração. Ainda assim, relatos de Naporar indicam que eles estão se preparando para um novo ataque. Acredito que eles, também, possam estar sob a influência e controle de Yiv.

Thalias olhou para o mapa de novo. E, se isso fosse verdade, não eram mais só os Nikardun que estavam se esforçando pelo Caos, com a Ascendência no caminho por mera coincidência. Se também tivessem conquistado ou subornado os Paataatus, havia muitas chances de estarem cercando os Chiss deliberadamente. Era como se Yiv estivesse virando o Caos inteiro contra eles.

– O que podemos fazer?

– Como disse à almirante, precisamos de mais informações – disse Thrawn. – Passei a última hora estudando o mapa, e há mais quatro nações em particular cuja situação atual considero reveladora. Espero conseguir persuadir os Garwianos a me levarem até um deles sob um pretexto conveniente.

— Isso parece... extremamente perigoso — disse Thalias.

— Perigoso, talvez — disse Thrawn. — Mas não extremamente. Os Garwianos... Digamos que eles estão me devendo por eventos passados.

Thalias fez cara feia. Já tinha ouvido falar um pouco a respeito daqueles eventos e não estavam entre os momentos mais gloriosos da Ascendência.

— Já esclareceu isso à almirante?

— Sim. — Thrawn sorriu de leve. — Não posso dizer que ela esteja entusiasmada a respeito do plano, mas concordou em ajudar.

Em outras palavras, não importava se estivesse feliz ou não com o plano; Ar'alani estava disposta a colocar o pescoço debaixo da lâmina junto com Thrawn.

— Entendo. Presumo que estou aqui porque queria algo de mim também?

— Muito bem — disse Thrawn. — Sim, eu gostaria que me acompanhasse nesta expedição.

Thalias já tinha imaginado que a conversa acabaria assim. Sua mente voltou ao seu acordo com o Síndico Thurfian.

— Como uma observadora extra, sim?

— Sim. — Ele fez uma pausa. — E como refém de minha família.

Thalias arregalou os olhos.

— Como o *quê*?

— Refém de minha família — Thrawn repetiu.

— E o que seria isso?

Thrawn torceu os lábios.

— Em certas circunstâncias, a rivalidade entre famílias Chiss é forte o suficiente para que concordem em trocar de reféns. Um membro de cada lado é reassociado como um adotado por mérito, e essa pessoa serve sob outro membro da família como servo e refém. Caso as famílias briguem, os reféns sabem que serão mortos imediatamente.

Thalias o encarou.

— Nunca ouvi falar disso.

— Claro que não ouviu — Thrawn sorriu. — Acabei de inventar.

Ela sacudiu a cabeça.

— Não estou acompanhando.

— É bem simples — disse Thrawn, com uma voz suave. — Eu imagino que os Nikardun tenham bastante conhecimento sobre a Ascendência e a cultura Chiss. Para derrotar um inimigo, você precisa conhecê-lo, e eles são conquistadores experientes.

Ele parou, uma expressão de expectativa transparecendo em seu rosto.

Thalias fez uma careta. Brincando de professor, como já tinha feito na estação de mineração dos Paccosh, esperando que ela desse a resposta certa.

Ao menos dessa vez a resposta era óbvia.

— Então, se eles descobrirem de repente que existe algo que eles *não* saibam sobre nós, algo importante, eles talvez tenham que repensar toda a sua estratégia?

— Exatamente — Thrawn concluiu. — No melhor dos casos, pode fazer Yiv desistir de seu plano contra nós. No pior dos casos, deve nos fazer ganhar tempo. — Ele ergueu as sobrancelhas. — A questão é se você está disposta a cumprir esse papel.

A resposta óbvia — *sim* — subiu rapidamente pela garganta de Thalias, mas quando abriu a boca para verbalizar a palavra, ela se deu conta de que não era tão fácil assim.

Não fazia ideia de como um refém se comportava. Provavelmente falariam com um pouco de hesitação, com um medo suave, mas constante, de morrer, e uma certa ansiedade de agradar quem tinha sua vida em suas mãos. Poderia ela fazer isso de uma forma crível?

Certamente seria capaz de lidar com uma viagem de volta à Ascendência sozinha — não era como se Ar'alani não pudesse designar um de seus oficiais para cuidar da sky-walker por alguns dias.

Mas Che'ri já havia sido abandonada por tantas cuidadoras ao longo do seu tempo na frota. Será que ela veria a partida de Thalias como mais um abandono, mesmo que fosse por uma boa causa? Thalias poderia explicar a situação antes de partir, mas existia a possibilidade de Che'ri não entender. Quais eram, realmente, os verdadeiros deveres de Thalias?

Ela olhou para o mapa, para os aglomerados de estrelas inimigas fechando o cerco na Ascendência. De repente, suas próprias incertezas, conforto e respeito próprio não pareciam mais tão importantes. Quanto a Che'ri, Thalias só poderia fazer o seu melhor para lhe explicar.

– Não sei como se comporta um refém – ela disse, voltando-se para Thrawn. – Mas posso aprender.

Thrawn inclinou a cabeça para ela.

– Muito obrigado – disse ele. Aproximando-se da mesa, ele tocou uma tecla. – Almirante, aqui é Thrawn. Thalias, a cuidadora, concordou em me acompanhar. Poderia informar à Sky-walker Che'ri e arranjar alguém para cuidar dela quando chegarmos a Solitair?

– Eu gostaria de falar com ela eu mesma – Thalias comunicou. – Será mais fácil vindo de mim.

– Faz sentido – Ar'alani respondeu. – Você tem alguma recomendação de quem poderia tomar o seu lugar?

Thalias hesitou. Havia passado a maior parte do tempo a bordo da *Vigilante* sozinha com Che'ri ou na ponte de comando. Em quem ela confiava o suficiente para delegar aquela responsabilidade? Precisava ser alguém que não fizesse a menina achar que Thalias simplesmente a havia empurrado para a primeira pessoa que passara na sua frente.

Só havia um indivíduo que se encaixava em ambos os critérios.

– Sim – ela falou. – Posso pensar sobre isso por mais um tempo?

– Claro – Ar'alani respondeu. – Che'ri deve terminar essa viagem em meia hora. Quero que esteja na ponte com sua recomendação assim que ela acabar.

– Sim, almirante.

– Vejo você lá, então. Ar'alani desligando.

Thrawn desligou.

– Você já sabe quem quer que cuide dela? – ele perguntou, enquanto Thalias se dirigia para a escotilha.

– Sim – ela respondeu, olhando para trás. – Mas não sei se a almirante vai aprovar.

A almirante, Ar'alani pensou amargamente, não aprovara a escolha nem um pouquinho.

Mas havia concordado que Thalias podia escolher quem seria a nova cuidadora de Che'ri, então honraria a promessa.

De qualquer forma, os argumentos apresentados por Thalias faziam sentido.

Che'ri estava enroladinha em uma das poltronas muito maiores que ela, bem onde Ar'alani a deixara, quando o sinal e as instruções de Thrawn finalmente tinham chegado da superfície.

— Estou de volta — ela anunciou com uma voz alegre enquanto cruzava a suíte em direção à garota. — Conseguiu dormir um pouco? Está com fome?

— Estou bem — Che'ri respondeu com uma vozinha cansada.

Ar'alani franziu o cenho, estudando o rosto da garota. Quando tinha a idade de Che'ri, lembrava de ter uma certa tendência de ser dramática quando queria alguma coisa, ou quando sentia que estava sendo tratada de forma injusta, ou quando só queria um pouco de atenção, mas algo na expressão de Che'ri dizia que não se tratava de nada disso.

— Está chateada por Thalias ter deixado você?

O lábio de Che'ri tremeu o suficiente para Ar'alani entender que havia tocado na ferida.

— Ela disse que precisava ir — murmurou. — Mas não me disse por quê.

Ar'alani assentiu com a cabeça.

— É, isso me irritava muito também.

Che'ri levantou o rosto, franzindo a testa.

— Você já foi uma sky-walker?

— Não, mas já tive dez anos um dia — Ar'alani respondeu. — Adultos estavam sempre sussurrando segredos uns para os outros. Eu odiava isso, mas as vezes é necessário.

Che'ri abaixou os olhos.

– Ela está em perigo, não está? O Capitão Thrawn a levou para algum lugar perigoso.

– Ah, existe perigo em qualquer lugar – Ar'alani respondeu, tentando soar casual. – Não é grande coisa.

Aquilo, ela notou tarde demais, tinha sido exatamente a coisa errada para se dizer. Sem aviso, os olhos de Che'ri se encheram de lágrimas, e a garota afundou o rosto entre as mãos.

– Ela vai morrer – ela gemeu em um acesso de choro que fez seu corpo inteiro tremer. – *Ela vai morrer.*

– Não, não – Ar'alani protestou, correndo em sua direção e se ajoelhando em frente à menina. – Não, ela vai ficar bem. Thrawn está com ela. Ele não deixaria nada acontecer com ela.

– A culpa é minha – Che'ri gemeu. – A culpa é minha. Eu gritei com ela. Eu gritei com ela e agora ela vai morrer.

– Calma, calma – Ar'alani tranquilizou. – Está tudo bem. Quando você gritou com ela?

Mas, mesmo enquanto fazia a pergunta, a resposta óbvia surgiu em sua mente. As longas explicações e despedidas que tinham acontecido na privacidade da suíte da sky-walker. A conduta e a postura de Thalias enquanto ela e Thrawn se dirigiam à nave auxiliar, que Ar'alani notara serem estranhamente desanimadas mesmo dada a gravidade da missão. A recusa de Che'ri de sair do quarto quando Ar'alani chegara na suíte para ver como ela estava depois que a nave auxiliar tinha partido.

Ar'alani havia deixado de lado os sentimentos tanto da cuidadora quanto da sky-walker. Aparentemente, a despedida tinha sido muito mais passional do que tinha se dado conta.

E após superar a raiva, a menina acabara caindo na culpa e na depressão.

– Está tudo bem – Ar'alani repetiu. – Pessoas brigam o tempo todo, mas não significa que não se importam umas com as outras.

– Mas eu disse que a odiava – Che'ri soluçou.

– Ela não vai morrer – Ar'alani falou com firmeza, tocando nos ombros de Che'ri com cautela. – Dizer uma coisa não faz essa coisa acontecer.

— Eu não queria ter gritado — Che'ri fungou, o choro diminuindo um pouco quando abaixou as mãos do rosto. — Eu só queria umas canetinhas. Para poder desenhar, mas ela disse que não tinha, e não poderia pegar antes de ir embora, daí eu disse que Ab'begh sempre tinha, mesmo sendo uma meiamãe horrível... — Ela cobriu o rosto mais uma vez, e o choro continuou.

Ar'alani deu uns tapinhas gentis nos ombros da menina, se sentindo como uma recruta novata em sua primeira missão de treinamento. Preferiria travar batalha contra mil inimigos do que acalmar uma criança apavorada.

— Escute — ela disse, estremecendo com o tom de comando em sua voz. — Escute — ela tentou de novo, dessa vez um pouco mais gentil. — Não estamos em um livro ou em um filme. Estamos na vida real. Só porque alguém brigou antes de ir para uma missão, não significa que a pessoa vai morrer.

Che'ri não respondeu, mas Ar'alani sentiu que ela parecia um pouco menos chorosa.

— Deixa eu lhe dizer uma coisa — ela continuou. — Vou preparar um banho quente para você. Thalias disse que você gosta de um bom banho quente, e enquanto você estiver de molho eu faço qualquer coisa que você queira comer. O que acha?

— Tá — Che'ri respondeu.

— Tá — Ar'alani repetiu. — Vou preparar o banho enquanto você decide o que quer.

Che'ri assentiu com a cabeça.

— Almirante Ar'alani... Thalias me disse que você já fez várias coisas com o Capitão Thrawn.

— Sim, tenho uma certa experiência com ele — disse Ar'alani com um sorriso irônico. — E Thalias está certa. Qualquer um estaria seguro com Thrawn.

— Pode me contar algumas dessas histórias? — Che'ri perguntou, hesitante. — Ela me deu algumas para ler, é tudo meio rígido e oficial e eu... eu não leio muito bem. Thalias gosta de ler, mas eu não consigo... — E, de repente, voltou a chorar.

Ar'alani fechou os olhos e soltou um suspiro. Aquela noite seria muito, muito longa.

※

Os Garwianos foram razoavelmente rápidos em permitir que a nave auxiliar pousasse. E foram igualmente rápidos em ordenar que fossem embora, citando preocupações de segurança sobre uma óbvia nave Chiss parada no chão e prometendo que os peticionários fossem vistos prontamente.

Mas enquanto Thalias e Thrawn continuavam esperando na antessala do escritório de segurança, ela começou a se perguntar se eles haviam mudado de ideia. Certamente ninguém na Unidade parecia ansioso em falar com eles.

Thrawn dissera que os Garwianos lhe deviam um favor. Mas, pelo jeito que as pessoas no escritório pareciam evitar contato visual, Thalias tinha suas dúvidas sobre quão grande era aquela gratidão.

Ela também estava tendo dúvidas a respeito da maquiagem pesada e endurecida que Thrawn decidiu que ela deveria usar. Ela entendia a lógica de tornar a situação de uma refém instantaneamente aparente para qualquer um, mas, com muito do seu rosto coberto por saliências texturizadas, mal conseguia formar qualquer tipo de expressão.

O que, talvez, fosse o propósito daquele tipo de maquiagem. Reféns sem individualidade, ou algo do tipo. Ainda assim, sentada lá, sem expressão, sentindo o peso extra da maquiagem nos ombros e no pescoço, ela não conseguia parar de pensar nos efeitos que aquilo teria em sua pele.

Por fim, quatro horas depois da chegada, um dos Garwianos finalmente parou na frente dos dois.

– O soberano da segunda defesa Frangelic verá vocês agora – ele disse em Minnisiat. – Sigam-me, por favor.

O Garwiano estava sentado atrás da mesa quando eles foram apresentados; era mais jovem do que Thalias esperava para um cargo que parecia tão prestigioso. Ele ficou sentado, imóvel e em silêncio, enquanto os dois ocupavam as duas cadeiras na frente da mesa. Olhando por cima dos ombros de Thalias, o estrangeiro acenou para o guia deles, e logo Thalias ouviu a porta fechar atrás de si.

— Vejo que ascendeu na sua profissão, soberano da segunda defesa — disse Thrawn, com calma. — Parabéns.

— Assim como você, Capitão Sênior Thrawn — Frangelic respondeu, inclinando a cabeça. — E sua companheira?

— Minha refém — Thrawn corrigiu.

Frangelic pareceu recuar na cadeira.

— E desde quando os Chiss mantêm reféns?

— Desde muito antes de conquistarmos as estrelas — disse Thrawn. — É uma medida de segurança que tomamos entre famílias. Raramente falamos sobre isso com estranhos, mas como ela está aqui, preciso confidenciar tal fato ao senhor. Posso confiar que manterá tudo em sigilo?

— Tem minha palavra. E qual é o nome dela?

Thrawn olhou para Thalias, como se estivesse tentando lembrar do nome dela.

— Thalias.

— Thalias — Frangelic a cumprimentou, solene. Ele a estudou por alguns segundos, os olhos parecendo traçar algumas das espirais e saliências da maquiagem em volta do rosto dela, então voltou sua atenção a Thrawn. — Deixe-me ser claro desde o início. Os Ruleri se reuniram em uma sessão especial, há mais de uma hora, e me informaram que têm sentimentos dúbios a respeito do seu retorno a Solitair. Eles sentem que as suas últimas interações com o povo Garwiano... A palavra *traição* não chegou a ser usada, mas a intenção estava lá.

— Recordo-me das coisas de maneira diferente — disse Thrawn. — Mas passado é passado. O que importa é que tanto a Ascendência quanto a Unidade enfrentam um futuro incerto. Trago uma proposta que visa resolver ambos os problemas.

— Interessante — Frangelic o encarou. — Continue.

— Acredito que ambos enfrentamos um inimigo em comum chamado Nikardun — Thrawn falou. Digitou no questis e o entregou a Frangelic. — Sabemos de três, talvez quatro nações na região que foram conquistadas discretamente ou estão em estado de cerco.

— Estamos familiarizados com essas nações — disse Frangelic, estudando o questis. — Assim como outras duas que mudaram drasticamente seus governos e atitudes em relação a forasteiros.

— Então concorda que há uma ameaça?

— Concordamos que algo mudou, sim — Frangelic respondeu. — Os Ruleri não decidiram ainda se as mudanças configuram realmente ameaça, porém.

— E o que *o senhor* acha?

Frangelic hesitou.

— Acredito que a situação precisa ser estudada com cautela — ele disse. — Suponho que sua proposta seja algo como isso?

— De fato — disse Thrawn. — Pode ver quatro nações que eu acredito terem informações úteis. Qualquer Nikardun nessas áreas estaria imediatamente consciente da presença Chiss, o que impede que eu faça qualquer investigação de maneira oficial. Minha esperança, portanto, é que eu possa navegar incógnito, escondido de qualquer uma dessas nações, a bordo de uma nave Garwiana.

As mandíbulas de Frangelic se abriram, revelando brevemente fileiras de dentes afiados antes de seus lábios se fecharem sobre eles, escondendo-os. A versão Garwiana de um sorriso, Thalias lembrava de ter lido.

— Acho difícil acreditar que um Chiss a bordo de uma de nossas naves passaria plenamente despercebido — disse. — Os Ruleri, porém, têm uma missão diplomática que vai sair daqui a dois dias em direção a uma das nações de sua lista: os Vak, no mundo natal de Primea.

— Seria perfeito — disse Thrawn. — Pode me colocar a bordo?

— Posso tentar. — Os olhos de Frangelic se viraram para Thalias.

— E sua refém também, suponho?

— É claro. Apesar de que, de agora em diante, peço que faça o favor de se referir a ela apenas como minha companheira, especialmente em público.

— É claro. — Frangelic olhou novamente para o questis. — Os Ruleri nunca o deixarão viajar sem uma escolta de segurança

– continuou, como se estivesse falando sozinho. – Infelizmente, nenhum de meus subordinados entende você ou seus métodos. – Olhou para cima e deu outro sorriso. – Nem lembrarão de você como eu lembro. – Hesitou, e então empurrou o questis de volta para Thrawn. – Então, se for para Primea, significa que eu também devo ir. Vou falar com o comandante da missão e fazer os preparativos.

– Obrigado – disse Thrawn. – Terá de explicar a presença de um Chiss em uma missão Garwiana. Proponho que me identifique como um especialista em arte interestelar convidado por seus acadêmicos a participar, com o intuito de estudar obras de arte Vak.

– Parece um pouco difícil de acreditar – Frangelic duvidou.

– Nem um pouco – disse Thrawn. – Existem teorias no mundo acadêmico de que os Vaks e os Garwianos fizeram contatos vinte ou trinta mil anos atrás. Achar indicações de tal contato, talvez em obras com estilos ou temáticas similares, poderia ajudar a confirmar essas teorias, e possivelmente ajudar historiadores a descobrir as rotas no hiperespaço deste lado do Caos.

– Interessante – Frangelic disse. – Isso é real ou você acabou de inventar?

– As teorias são completamente reais – Thrawn assegurou. – Um pouco obscuras, e passionalmente discutidas, mas alguém em Primea poderá procurar registros delas se fizer uma pesquisa.

– Espero que esteja certo – Frangelic disse. – Tudo bem. Farei com que meu ajudante encontre aposentos para você, e depois vou ver se consigo trânsito para nós na nave diplomática.

– Obrigado – disse Thrawn, ficando de pé. – Preciso enviar os detalhes para a Almirante Ar'alani antes que ela tire a *Vigilante* de órbita. Ah, e posso pedir também que traga um contêiner de remessa a bordo?

– *Um contêiner de remessa?* – Frangelic repetiu, sua voz adquirindo um tom desconfiado. – Quanto está planejando trazer consigo?

– Muito pouco, na verdade – Thrawn assegurou. – O contêiner é para nosso retorno.

– Muito bem – Frangelic disse, ainda desconfiado. – Talvez explique tudo melhor antes de nossa partida.

– Ou durante a viagem – disse Thrawn. – Veremos qual é a melhor opção.

– Veremos – Frangelic disse. – Até lá, mande uma mensagem para sua almirante. O mais rápido possível – acrescentou, soando um pouco irritadiço. – Os Ruleri são bastante capazes de ignorar gente e coisas que achem de mau gosto, mas não seria bom testar até onde vai essa habilidade.

– Compreendo – disse Thrawn. – Assim que tiver os detalhes da missão, a Vigilante partirá. Por enquanto, venha, companheira. Enquanto falo com a almirante, você pode ir aos nossos aposentos e fazer a nossa janta.

LEMBRANÇAS VIII

DEPOIS DE TODOS OS meses a bordo da *Parala*, Ziara foi ficando mais sensível a cada nuance e movimento discreto de sua nave, do motor, e da sensação geral do veículo.

O que estava acontecendo agora era o mais indiscreto possível.

Ela estava cinco passos atrás da Capitã Intermediária Roscu, enquanto ela e a primeira-oficial fechavam a ponte. Roscu chegou lá primeiro e curvou-se para passar na escotilha...

— Thrawn, o que diabos você está fazendo? — ela rosnou, e sua voz ecoou no corredor.

Ziara a seguiu pela escotilha, carrancuda.

Desta vez, estava claro que não era só Roscu agredindo verbalmente um oficial abaixo dela, de uma família rival. A tripulação noturna estava rígida e sentada em seus lugares, enquanto Thrawn postava-se atrás da sky-walker e do piloto, as mãos cruzadas atrás das costas, o redemoinho do hiperespaço espalhado na panorâmica. Uma olhada rápida nos painéis mostrava que ele havia acionado as armas e a barreira eletrostática da nave em total prontidão, apenas um grau abaixo da posição de batalha.

— Fiz uma pergunta, comandante sênior — Roscu ralhou enquanto andava em direção a ele.

— Volte a postos, capitã intermediária — Ziara ordenou com firmeza. — Situação, comandante sênior?

— Captamos um pedido de socorro urgente vindo dos Garwianos, do mundo colônia Stivic — disse Thrawn. — O Oficial de Segurança Frangelic diz que eles estão sendo atacados. — Ele se virou um pouco para lançar um olhar significativo a Ziara. — Por piratas.

— Conhece o protocolo — Ziara disse enquanto passava pela irada Roscu até chegar a Thrawn, sentindo o estômago se torcer. Era dolorosamente óbvio qual era a suspeita de Thrawn.

E ele provavelmente estava certo. Os planetas Garwianos eram centros de comércio para várias espécies locais, e Stivic em particular estava posicionada de forma que seria fácil para o Regime Lioaoin atacá-la.

Parou ao lado dele.

— Sabe que não podemos fazer isso — disse ela em voz baixa. — Os protocolos proíbem intervenção.

— Estava esperando que ação direta não viesse a ser necessária.

Ziara olhou para a menina de nove anos na cadeira de sky-walker, suas mãos movendo-se quase sozinhas enquanto a Terceira Visão guiava a *Parala* pelos caminhos tortuosos do hiperespaço.

— Um blefe?

— Talvez nem isso — Thrawn respondeu. — A aparência súbita de uma nave de guerra Chiss pode ser o suficiente para assustá-los e despachá-los para longe daqui.

— E se não for?

Ele apertou os lábios.

— Então não faremos nada.

— Certo — Ziara disse. Aumentou a voz. — Tripulação: posição de batalha. Ponte, prepare-se para sair do hiperespaço.

Dez segundos depois, o céu mudou, as chamas estelares entraram em colapso, e eles chegaram.

De cara com uma horrível batalha.

Ziara sentiu um nó na boca do estômago. Duas naves de patrulha Garwianas lutavam corajosamente contra três agressores enormes, tentando evitar que alcançassem a grande estação centro-mercante. Perto dali, uma quarta agressora e um cargueiro pequeno vagavam juntos, presos em uma estação de atracagem, os piratas supostamente ocupados demais em saquear as vítimas. Algumas outras naves mercantes estavam voando de forma frenética em direção à segurança do hiperespaço.

— O Oficial de Segurança Frangelic reconhece nossa chegada — relatou a oficial de comunicação. — Pede nossa assistência.

Ziara suspirou. Não havia nada que pudessem fazer.

— Não responda — mandou. — Repito: não responda.

— Que pena — Roscu comentou, aparecendo atrás de Ziara e Thrawn. — Tinha uns bons cafés naquele centro. Posso lembrar a capitã de que não há motivo para estarmos aqui?

— Lembrete anotado — disse Ziara. — Escaneie a barreira eletrostática. Quero estar preparada caso nos ataquem.

Roscu ficou em silêncio por um momento longo o suficiente para mostrar o que achava da situação, mas pequeno o bastante para não contar como insubordinação.

— Sim, capitã sênior — disse. Virou-se e foi até a estação de defesa.

— Ela tem razão — disse Ziara. — Esta é uma situação militar entre dois grupos de estrangeiros. Acontece o tempo todo por aí. Nós não precisamos nos meter. — Ela acenou a cabeça em direção à panorâmica. — E, sobre sua ideia de ameaça, acho que os atacantes nem nos notaram.

— Notaram sim — Thrawn falou. — Dois dos três agressores se reposicionaram para permitir uma retirada rápida, e o que estava travado ao cargueiro começou uma rotação lenta para alinhar suas baterias principais conosco. — Sacudiu a cabeça devagar. — Posso vencê-los, Ziara. Posso vencer os quatro, agora, sem danos significativos à *Parala*.

— *Significativos* é um termo extremamente relativo — Ziara apontou. — Mesmo se puder, não temos justificativas. Nenhum território Chiss foi invadido, e não fomos atacados.

— Se nos aproximarmos mais, podemos ser.

— Provocação deliberada também não é permitida.

De novo, Thrawn sacudiu a cabeça.

— Consigo ver tudo — disse, a voz enfraquecida. — Suas táticas, seus padrões, suas fraquezas. Poderia dizer todas elas a você agora e como derrotá-los.

— Mesmo com as probabilidades de quatro contra um?

— As probabilidades não importam — disse Thrawn. — Estudei arte Lioaoin desde nosso primeiro encontro com os piratas. Sei suas táticas e seus padrões de batalha. Sei como usam suas armas e defesas, e como eles se aproveitam dos erros dos inimigos.

Virou-se, e Ziara ficou impressionada com a intensidade de sua expressão.

— Sem danos — ele disse suavemente. — Sem danos.

Ziara afastou-se daquele olhar para observar a panorâmica. Sem danos... Exceto arruinar a carreira dele. E dela, se deixasse.

Havia gente lutando e morrendo lá fora. Eram estrangeiros, verdade, mas mercadores Chiss faziam negócios com eles e os achavam pessoas bastante razoáveis. Mesmo os Garwianos que não morressem naquele dia, aqueles na estação centro, teriam suas vidas mudadas irrevogavelmente. A *Parala* poderia diminuir essa destruição e possivelmente assegurar que os Lioaoin nunca retornassem.

À custa da carreira dela.

Não era tarde demais, ela sabia. Se o restante da tripulação da ponte pudesse ser persuadido a ficar de boca fechada...

Mas eles não ficariam, é claro. Não com políticas e rivalidades familiares que influenciavam todas as suas ações.

A não ser que não tivesse nada para falar.

— Você comentou que poderia me dizer como derrotá-los — ela murmurou, ainda olhando para a batalha. — Poderia dizer a *qualquer* pessoa?

De canto de olho, viu uma mudança sutil na posição dele.

— Sim — disse. — Gostaria de lembrar à senhora capitã que os lasers de alcance não foram verificados recentemente para calibração.

— Acredito que está certo — ela disse. Não que a baixa potência dos lasers de alcance, que coletavam dados de distância e velocidade durante combate, jamais saíssem de calibração.

— Peço permissão para ir ao comando secundário e executar uma verificação.

Ziara engoliu em seco. Sua carreira...

— Permissão concedida — disse. — Enquanto estiver lá, acho bom que se assegure de que todos os sistemas estejam prontos para batalha também.

— Sim, capitã. — Com um murmúrio de ar se movendo, ele deu meia-volta e foi até a escotilha.

Roscu voltou para o lado de Ziara.

— Tirando-o da ponte, espero? — ela perguntou.

— Mandei que verificasse os sistemas de sensores de armas — disse Ziara.

Roscu bufou.

— E acha que ele não vai ficar tentado a usá-los? Eu não ficaria surpresa.

— O Comandante Sênior Thrawn entende os protocolos.

— Entende mesmo? — argumentou Roscu. — *Eu* não teria respondido a um pedido de socorro estrangeiro se *eu* fosse a encarregada do convés. Ouso dizer que a senhora também não, capitã.

— Talvez não — disse Ziara. — Por outro lado, se a batalha já tiver acabado quando chegarmos, nós *podemos* oferecer ajuda humanitária.

— Mas a batalha *não* acabou. — Roscu fez uma pausa, e Ziara conseguia sentir seu olhar. — Presumo que ele abriu mão de sua posição no convés quando saiu da ponte?

Em outras palavras, agora que Ziara estava de volta ao comando, por que a *Parala* continuava lá?

— Esses piratas parecem ser parte do mesmo grupo que expulsei ano passado de Kinoss — disse a Roscu. — Quero observar o ataque para ver se tem alguma arma ou tática nova que seja relevante para nós conhecermos.

— Mas não vamos intervir? — Roscu insistiu.

— Sente que é necessário ler os protocolos em voz alta para mim? — Ziara perguntou brandamente.

— Não, é claro que não — Roscu disse, abaixando o tom. — Peço perdão, capitã.

— Capitã? — O oficial de operações chamou de sua estação. — Estou recebendo atividade dos lasers de alcance.

— Tudo bem — disse Ziara. — Estou checando a calibração.

— Compreendido — o oficial disse, confuso. — Também pediu para as frequências serem moduladas?

— Moduladas como?

— Apenas moduladas — o outro disse. — Sem nenhum padrão particular que eu possa notar.

— Ele provavelmente está verificando todo o alcance dos lasers — disse Ziara, focando na batalha. As naves de patrulha Garwianas estavam saindo de suas posições de permanecer-e-lutar, mudando para uma espécie de movimento em flanco espiral contra os três piratas. Os piratas viraram em resposta, sacudindo-se para cima e para baixo para usar suas armas.

Mas eles se viraram demais, supercompensando e expondo suas faces ventrais aos Garwianos. As naves defensoras abriram fogo, com explosões rápidas e precisas de laser espectral nas barrigas expostas de seus atacantes...

— Múltiplos impactos! — o Comandante Sênior Ocpior gritou da estação de sensores. — Lançadores de armas ventrais dos piratas violados. Expelindo para o espaço...!

E, abruptamente, as duas naves piratas irromperam em disparos flamejantes conforme seus bancos de mísseis explodiam.

A terceira agressora, que tinha começado o próprio giro, sacudiu-se violentamente e tentou se livrar dos destroços em alta velocidade. Conseguiu escapar da pior parte quando uma das naves Garwianas investiu contra suas defesas e desferiu uma salva devastadora. A nave Garwiana mal tinha passado antes de seu alvo sofrer a própria explosão paralisante.

Roscu murmurou algo.

— Maldição... — disse. — Isso foi... Como diabos conseguiram fazer isso?

— Piratas em retirada — Ocpior relatou. — Ativando os hiperpropulsores.

— Entendido — disse Ziara.

As três naves danificadas estavam indo em direção ao espaço profundo, tentando se livrar antes de que os Garwianos intensificassem o ataque. A quarta nave pirata entendeu a dica, soltando o cargueiro que estava saqueando e fugindo para se salvar como as outras.

A quarta nave conseguiu chegar à segurança do hiperespaço. Nenhuma de suas companheiras conseguiu.

Ziara respirou fundo.

— E, agora, acredito, podemos partir. Leme, mude a rota para nosso circuito de patrulha.

Ela se virou para Roscu.

— Acredito que está aliviada, Capitã Intermediária Roscu? — acrescentou.

Roscu estava encarando os destroços da batalha, uma expressão de incredulidade em seu rosto.

— Aliviada, capitã? — perguntou mecanicamente.

— Aqueles cafés que você mencionou — disse Ziara. — Parece que continuarão funcionando.

CAPÍTULO ONZE

Thalias nunca havia entrado em uma nave estrangeira antes. Não que isso fosse surpresa; a maior parte das viagens que fizera para fora da Ascendência tinham acontecido quando ainda era sky-walker, e a Sindicura não teria deixado um recurso tão importante longe do controle Chiss.

Mas ela estivera em naves que abrigavam estrangeiros da Guilda dos Navegadores, geralmente em veículos diplomáticos ou militares que queriam manter a ilusão de que os Chiss não tinham navegadores próprios, mas que também não queriam estar à mercê desses estrangeiros se fosse necessário fazer uma viagem rápida.

Uma vez, perguntou a um dos oficiais sêniores o que aconteceria se uma sky-walker qualquer tivesse que assumir a navegação, e o navegador estrangeiro descobrisse o segredo da Ascendência. A resposta foi vaga, mas havia uma frieza nos olhos do oficial que a impediu de algum dia perguntar isso novamente.

Mas, só porque os estrangeiros não podiam *vê-la*, não significava que ela não pudesse *vê-los*. Na maior parte dessas viagens, os comandantes ficavam contentes de deixá-la assistir à ponte pelos monitores para que pudesse ver como outros navegadores faziam as coisas.

Nunca era tão empolgante quanto ela esperava que fosse. Os navegadores costumavam ficar lá sentados, às vezes de olhos fechados, às vezes de olhos bem abertos, ocasionalmente apertando os controles quando havia algo lá fora que a nave precisava evitar. Demorou até que notasse que sua própria atividade sky-walker era provavelmente tão maçante quanto assistir à navegação deles.

Mas, ali, em uma nave Garwiana, sem que ninguém soubesse sua identidade e função anterior como sky-walker, ela podia observar de perto o navegador, dessa vez de verdade. Talvez até mesmo ver se sobrava algo de sua Terceira Visão para sentir o que ele ou ela estava fazendo.

Isso era muito pouco provável, é claro. Na verdade, era praticamente impossível. A Terceira Visão abandonava as sky-walkers aos catorze ou quinze anos, e muito tempo passara desde então para Thalias.

Ainda assim, até onde sabia, ninguém nunca tentara colocar uma antiga sky-walker perto de um navegador estrangeiro. Como dissera Thrawn uma vez, informação negativa ainda assim era informação.

A tripulação noturna era ainda menor do que aquela encontrada em naves Chiss: apenas três Garwianos, além de, é claro, o navegador. Uma Garwiana, que acreditou ser a oficial encarregada da ponte, olhou para Thalias quando ela entrou pela escotilha.

— O que está fazendo aqui, Chiss? — desafiou.

— Sou companheira do Mestre Artista Svorno — disse Thalias, fazendo uma reverência profunda e mantendo os ombros caídos.

Ela e Thrawn discutiram o quanto deveriam transmitir sua suposta condição de refém — muito pouco, e corriam o risco de os Nikardun não descobrirem; demais, e o fato de isso ser um "segredo" cultural Chiss poderia ser desvendado. Decidiram que o melhor seria se ela se chamasse de companheira, mas que, ao mesmo tempo, tivesse a atitude e gestos de uma pessoa cuja vida estava nas mãos de outra.

Um papel com o qual estava provando ser perturbadoramente fácil de se acostumar.

— Ele me pediu para memorizar as tatuagens artísticas no rosto de nosso navegador.

— Seu mestre está mal-informado — a Garwiana disse, ácida. — Quem tem tatuagens são os navegadores da espécie Vetor Um. O nosso é um Desbravador.

— Eles não têm tatuagens? — Thalias perguntou, franzindo o cenho. — Tem certeza?

A oficial acenou em direção à figura na cadeira do navegador.

— Veja por si só.

Escondendo um sorriso, Thalias atravessou a ponte, focando na figura enquanto se estendia com todos os sentidos. Sentiu o cheiro de algo picante — por algum motivo, nenhum material que lera a respeito de Desbravadores mencionava que tivessem um odor particular —, mas nada além disso. Continuou até ficar bem atrás dele. Nada.

Informação negativa. Ainda assim, valia a pena. Ela deu um passo para o lado da cadeira, lembrando que deveria estar lá para confirmar que Desbravadores não tatuavam o rosto...

Precisou fazer todo o esforço do mundo para não ofegar de surpresa e horror. O estrangeiro ali presente, com seus contornos faciais, o formato das asinhas na bochecha, o padrão fluido dos pelos acima dos olhos... Ela já o vira antes. Na verdade...

— Eu falei — a Garwiana disse, com um tom de satisfação e desdém.

Thalias assentiu, procurando pela própria voz quando o olhou cuidadosamente uma última vez. Não havia dúvida.

— Você tinha razão — concordou. Saiu de perto da cadeira e fez outra reverência diante da Garwiana. — Peço perdão pela intrusão.

Thrawn estava no setor de estudos da suíte deles quando ela voltou.

— Temos um problema — disse, sem preâmbulos.

Ele deixou o questis de lado, os olhos focados nela.

— Explique.

— Lembra aquele Desbravador que você contratou para o ataque da *Falcão da Primavera* em Rapacc? — Thalias perguntou.

— É claro. Qilori de Uandualon.

— Certo — disse Thalias. — Ele está na ponte neste exato momento.

Thrawn ergueu uma sobrancelha.

— É mesmo?

— Nada *mais*? — Thalias exigiu. — *É mesmo*? Me parece que esta situação precisa de uma reação mais intensa do que *é mesmo?*.

— E o que sugere fazer? — Thrawn perguntou calmamente. — Pedir que Frangelic pare a nave para nós sairmos daqui? Pedir que prenda Qilori no momento que ele sair do hiperespaço, o que pode resultar no boicote por toda a Guilda dos Navegadores da Unidade Garwiana?

— Não, claro que não — Thalias grunhiu. Odiava quando as pessoas imediatamente deduziam os piores cenários de uma situação. — E se ele nos vir? Ou pior, e se *o* vir? E se os Nikardun estiverem em Primea? Porque eles querem você. Um comentário casual de Qilori, e nós estaremos em apuros.

— Talvez — disse Thrawn, estreitando os olhos, pensativo. — Mas por outro lado...

— Por outro lado o *quê*?

— Esse não é o tom correto para uma refém falar com seu mestre — disse Thrawn.

— Vou lembrar disso da próxima vez. Por outro lado o *quê*?

— Nosso objetivo é coletar informações a respeito dos Nikardun e seus planos — disse Thrawn lentamente, os olhos ainda apertados. — Nós os provocamos em Rapacc e Urch. Talvez seja hora de fazer a mesma coisa em Primea.

— Isso parece perigoso — Thalias avisou. — E se Frangelic não concordar?

— Não pretendia contar a ele.

Thalias franziu os lábios.

— Foi o que pensei.

— Não se preocupe — Thrawn a reconfortou. — Se fizermos tudo certo, nada disso vai causar problemas aos Garwianos.

— Ótimo — disse Thalias com um tom pesado. Conseguia apreciar a consideração de Thrawn por seus anfitriões.

Mas, para ser sincera, não era com os Garwianos que ela estava preocupada.

Qilori sempre detestara recepções estrangeiras. Recepções diplomáticas eram piores ainda. Vozes e sons estranhos, rostos e corpos bizarros e frequentemente repulsivos, os cheiros estrangeiros – *especialmente* os cheiros estrangeiros –, tudo isso se acumulava até estragar uma tarde, um dia, e até mesmo uma excruciante semana. Se pudesse, teria escolhido ficar em órbita na nave Garwiana.

Mas Yiv estava ali, e ele mandou Qilori sair para relatar o que estava acontecendo em seu lado do Caos. Então, Qilori estava lá também, sofrendo com esses cheiros estrangeiros, observando e esperando à distância enquanto o Benevolente estava jovialmente cercado de alguns diplomatas estrangeiros admirados. Se Yiv acabasse a reunião rápido o suficiente, talvez conseguisse convencer o piloto da nave auxiliar dos Garwianos a levá-lo de volta para a nave antes do restante da delegação acabar de conversar, se embebedar, ou seja lá o que estavam fazendo por lá.

– Não passou bem a maquiagem – uma voz severa falou baixo atrás dele. – Uma refém familiar precisa se apresentar decentemente. Vá a algum lugar e arrume-se.

Uma voz familiar. Franzindo o cenho, Qilori se virou para vê-los.

Um par de Chiss, um macho e uma fêmea, estavam de pé a alguns metros dali. O macho era alto, tinha um jeito arrogante e vestia as roupas formais dos Chiss com um robe drapeado e preso no ombro, enquanto a fêmea era menor, vestia adereços muito mais simples, e tinha algum tipo de maquiagem densa e texturizada emplastrada em seu rosto. Seus ombros eram redondos, seus olhos estavam baixos, e tinha a expressão de um bicho de estimação querido que acabara de receber um tapa. Qilori assistiu conforme ela fazia uma reverência profunda e desaparecia na multidão de falantes dignitários.

Qilori olhou de novo para o macho, perguntando-se o que a fêmea era dele e por que tinha reagido tão intensamente à sua crítica. Seu rosto, agora de perfil, parecia tão familiar quanto sua voz...

Suas asinhas ficaram rígidas. O rosto... A voz...

Era *Thrawn*.

O Chiss se virou, mas, durante aqueles primeiros instantes, Qilori ficou empacado ali. Sabia que havia dois Chiss a bordo da nave Garwiana pela qual fora contratado, mas tinham dito que um era um tipinho acadêmico e enfadonho, e a outra era sua companheira ou serva ou algo assim.

Mas não era verdade. Era Thrawn. Thrawn em roupas civis, usando um nome falso. E isso só significava uma coisa.

Um bônus enorme para ele.

Seu primeiro impulso foi correr em direção ao Benevolente, interromper a conversa dele, e anunciar a descoberta, mas o bom senso e a cautela o impediram. Mesmo que Yiv não o açoitasse por pura insolência, quebrar o protocolo chamaria muita atenção. Era melhor e mais seguro esperar até que o Benevolente estivesse desocupado.

E, enquanto esperava...

Thrawn estava de pé ao lado do setor de doces e azedos da comida, estudando os diferentes pratos à mostra, quando Qilori o alcançou.

— Eu não pegaria o kiki – avisou, apontando para uma mistura de meias-luas vermelhas, alaranjadas e azul-claras. – É um prato que requer um tipo muito particular de sucos digestivos.

— Interessante – disse Thrawn, olhando para a cumbuca mais de perto. – Estranho como nossos anfitriões nem sequer pensaram em incluir um prato tão especializado.

— É, talvez – disse Qilori. – Mas ficaria surpreso com quanta gente trocaria um minuto de prazer gastronômico por uma hora de desconforto gástrico. Acredito que você estava em minha nave.

— *Sua* nave? – Thrawn franziu o cenho, e depois sua expressão se aliviou. – Ah, quis dizer que era o navegador do Enviado Proslis. Sou o Mestre Artista Svorno, curador-chefe da Coleção de Arte Nunech.

— É um prazer – disse Qilori, perguntando-se brevemente se deveria dar o próprio nome ou talvez inventar um de mentira.

Nenhuma das duas opções. Talvez Thrawn não tivesse reconhecido Qilori, mas ele poderia lembrar de seu nome, e um nome falso seria fácil demais de ser exposto.

— O que o traz a Primea?

– A esperança de finalmente acabar com a teoria absurda de que os Vaks e os Garwianos tiveram uma relação comercial na Era Midoriana – disse Thrawn. – Foi algo proposto oitenta anos atrás por aquele tolo professor... – Parou de falar. – Mas, é claro, você não está interessado em coisas assim.

– Temo que teoria da arte e história estejam muito além de minha inteligência – disse Qilori educadamente, com um toque de satisfação cínica. Thrawn poderia mudar de nome e roupa, mas nunca passaria como um acadêmico de verdade até notar que essa gente adorava falar sem parar de suas especialidades sem se importar se os outros queriam ouvi-los ou não. – Mas tenho certeza de que os registros Vak terão tudo que está procurando. Posso apresentá-lo?

– Já falei com todos aqueles que precisava falar – disse Thrawn, esticando o pescoço e olhando em volta. – Também conheço a maior parte das espécies aqui. Poucas delas fazem o que pode ser chamado de arte. – Levantou um dedo. – Acho que não vi aqueles ali. Sabe quem são?

Qilori sentiu as asinhas enrijecendo. Thrawn apontou direto para Yiv.

– Acredito que se chamam Nikardun.

– Mesmo? – disse Thrawn. – Já ouvi algumas histórias ridículas e vagas a respeito deles. Será que conseguiria me fazer passar por aquela multidão?

– Talvez consiga – disse Qilori, cuidadosamente. Será que seria fácil assim? – Acredito que os Desbravadores já tenham feito acordos com eles. Se quiser esperar aqui, vou ver se ele está disposto a conversar.

– Tudo bem, mas seja rápido – disse Thrawn. – Tenho reuniões amanhã cedo e não posso ficar aqui por muito tempo.

– É claro.

Esperar que todos adaptassem suas agendas a eles; *isso* sim era a cara de um acadêmico sênior.

Yiv estava rindo de alguma piada quando Qilori o alcançou. Os olhos do Benevolente passaram por ele, as ondulações dos simbiontes em seu ombro avisando o recém-chegado que esperasse por sua vez. Qilori deu outro passo para a frente, esperou Yiv fazer uma pausa para respirar e pigarreou.

— Ele está aqui — disse em voz baixa.

— Quem está aqui?

Um dos Vaks riu, causando outra rodada de gargalhadas. Ou Qilori havia oferecido uma continuação divertida para a última piada ou o grupo estava tão bêbado que riria de qualquer coisa.

O bom humor desapareceu do rosto de Yiv.

— *Ele* está aqui? — perguntou.

Qilori assentiu.

Abruptamente, Yiv deu uma gargalhada retumbante, o som dela assustando todos os outros até ficarem quietos.

— Me deem um instante, meus bons amigos — disse com uma alegria que não existia em seus olhos. — Preciso dizer adeus por alguns momentos. Sugiro que se refestelem com o jantar oferecido por nossos anfitriões.

Qilori esperou até que a multidão se dissipasse. Então, ao pequeno gesto de Yiv, ele se aproximou da cadeira do Benevolente.

— Thrawn? — Yiv perguntou, seu tom uma advertência de que era melhor que Qilori não o tivesse interrompido por nada menos importante.

— Sim, Vossa Benevolência. — Qilori confirmou. — Ele está a meia distância atrás de mim, com traje formal Chiss. — Ele ousou uma contração sorridente de suas asinhas. — Ele está viajando como um especialista em arte sob o nome Svorno. Ele também ouviu falar dos Nikardun e gostaria de conhecê-los.

— É mesmo? — ele disse, sarcástico, seus simbiontes se acomodando nas dragonas. — Não vamos decepcioná-lo, então. Traga-o para cá, por favor.

— Sim, Vossa Benevolência.

Qilori se virou e refez os passos até onde Thrawn estava esperando.

— Venha comigo — disse. — O General Yiv, o Benevolente, o receberá agora.

– *General* Yiv – Thrawn fez uma careta. – Um militar. Então é improvável que saiba alguma coisa sobre a arte da espécie.

– Eu realmente não faço ideia – Qilori respondeu, sentindo uma leve tensão em suas asinhas. Thrawn não abandonaria a missão agora, abandonaria? As consequências de um desprezo assim poderiam ser catastróficas, e não só para Thrawn como para os Chiss. – Mas talvez ele saiba. Nunca se sabe o tipo de conhecimento que esse povo militar pode ter. Você deveria ao menos tentar perguntar.

Thrawn pensou por alguns segundos, então deu de ombros.

– Oh. Bom. Só porque não posso me retirar para meus aposentos até minha... companheira... voltar.

– Sim, isso... Tenho certeza de que vai achar o general interessante – disse Qilori.

Companheira... ele não tinha chamado a fêmea de refém antes?

Aquilo não fazia sentido algum. Que tipo de refém viajava abertamente com seu captor? E desde quando a cultura dos Chiss lidava com reféns?

– Venha comigo.

Yiv aguardava em silêncio quando o Desbravador e o Chiss se aproximaram, com um meio-sorriso se formando no rosto e um olhar compenetrado.

– Vossa Benevolência, apresento-lhe o Mestre Artista Svorno da Ascendência Chiss. Mestre Svorno, General Yiv, o Benevolente, do Destino Nikardun.

– Senhor general – disse Thrawn, inclinando a cabeça em saudação. – Entendo que o senhor é um militar.

– Sim, mestre artista – Yiv respondeu. – Entendo que você não é.

Um breve sorriso tocou os lábios de Thrawn.

– Sim. Uma pena. Militares raramente se interessam por arte. – Ele se virou um pouco para apontar para um enorme pano decorado pendurado do teto até perto do chão. – Aquela tapeçaria, por exemplo. Aposto que não prestou atenção nela até agora.

— Claro que prestei atenção — disse Yiv. — Ela fica pendurada entre a mesa de bebidas fortes e a entrada privativa do escritório do primeiro-ministro.

— É mesmo? — Thrawn olhou além da tapeçaria e a portinha modesta ao lado dela. — E como sabe que aquela é a porta privativa do primeiro-ministro?

— Porque já estive em seu escritório, obviamente — Yiv respondeu. — Eu e ele já tivemos longas e interessantes conversas juntos. Teria a bondade de me trazer uma bebida?

Thrawn se virou para onde um garçom estava passando e, com destreza, pegou uma das taças esculpidas da bandeja.

— E o primeiro-ministro o convidou a entrar por aquela porta? — perguntou.

— Não, sempre uso a porta oficial, que fica do outro lado — Yiv respondeu. — Mas tenho um certo talento com arquitetura, então era óbvio para mim que a porta que marcava a entrada privativa saía daqui para a câmara da assembleia.

— Acho compreensível o desejo do primeiro-ministro de querer uma escapadela rápida do tédio desses eventos — Thrawn cheirou a bebida, deu um passo à frente e a ofereceu a Yiv. — Espero que seja do seu agrado.

— Tenho certeza de que sim — o Benevolente respondeu. Ele segurou a taça em frente ao ombro esquerdo, observando com interesse casual quando um dos tentáculos do simbionte escorregava e provava o líquido. — Sim, imagino que o primeiro-ministro possa ocasionalmente querer alternar entre eventos públicos e privados. Eu pessoalmente acho mais interessante que a passagem entre os dois quartos seja tão longa.

— O que quer dizer com "tão longa"?

— Mais longa do que deveria ser, considerando o projeto da área — Yiv falou. — Espero que não esteja ofendido com a presença de meu bichinho de estimação.

— Nem um pouco — Thrawn garantiu. — Um detector de venenos, estou correto?

– Venenos e outras inconveniências – disse Yiv. Ele afastou a taça do tentáculo, observou por um momento enquanto ela continuava a ondular, então tomou um gole da bebida. – Elas são mais espertas e precisas do que a maioria dos testes inorgânicos para esse tipo de coisa. Também fornecem um tópico de conversa interessante quando acaba o assunto.

– Interessante o tom com que fala delas – Thrawn respondeu. – Quase como se fossem seres inteligentes, e não animais.

Yiv deu uma gargalhada.

– Não disse? Já deram assunto para conversa. Por que acha que o primeiro-ministro precisa de uma passagem tão longa?

– Não faço ideia – disse Thrawn. – Talvez uma porta secreta concluída na parede do corredor leve a quartos adicionais, ou a um santuário. Ou talvez o espaço extra seja para uma estação de guarda, para evitar que outras pessoas usem o atalho. Diga-me, o que você vê no bordado da tapeçaria?

– Não sou especialista nessas coisas – Yiv protestou, mas sua voz era amena.

– O senhor perguntou minha opinião sobre as idas e vindas do primeiro-ministro – Thrawn o lembrou. – Parece justo que me satisfaça em contrapartida.

Yiv bebericou da taça e estudou a tapeçaria.

– Tem uma padronagem simétrica – ele disse. – Cores contrastantes, que se tornam mais vívidas e tendem ao vermelho e ao azul à medida que fluem de cima para baixo. A franja da borda esquerda parece mais curta do que a franja direita.

– Mais curta, sim, e os fios são mais grossos que os da direita.

– São? Não consigo ver desta distância.

– Estudei-as melhor sob outro ponto de vista ainda há pouco.

– Ah – disse Yiv. – O gancho parece antigo, o que provavelmente explica as irregularidades no design.

– Parece antigo, sim – disse Thrawn. – Mas diria que as irregularidades podem ter sido propositais. Foi claramente tecido por dois tecelões diferentes trabalhando em coordenação e contraste. Isso sugere que os Vaks honram os dois aspectos, trabalhando em prol da unidade e, ao mesmo tempo, celebrando a diferença e a singularidade.

— Diria que essa é uma conclusão justa — disse Yiv. — Interessante. E determinou isso ao estudar somente um gancho?

— Não exatamente — disse Thrawn. — Há muitas outras obras de arte aqui, e todas mostram e definem o *ethos* cultural dos Vaks. O que *você* vê aqui?

— Vejo o que todos os outros seres veem uns nos outros — disse Yiv. — Oportunidade. Para você, é a oportunidade de aumentar seu conhecimento de arte. Para mim, é a oportunidade de fazer novos amigos no mar revolto de vida que é o Caos.

— E se os Vaks não quiserem ser amigos dos Nikardun?

O sorriso do Benevolente desapareceu.

— Consideraríamos essa rejeição um insulto.

— Um insulto que mereceria punição?

— Que mereceria resposta — Yiv corrigiu. — *Punição* é uma palavra selvagem demais. Suas habilidades de observação são incríveis.

— Algumas coisas são óbvias — disse Thrawn. — Os tentáculos em seu simbionte, por exemplo, com o grupo de dentro mais fino do que os de fora. Suponho que, por seu movimento rítmico, os tentáculos internos provam o ar da mesma maneira que os externos provam a comida ou bebida?

— De fato — disse Yiv, seu sorriso aumentando mesmo quando seus olhos ficaram mais frios. — Poucas pessoas já perceberam esse fato e a distinção entre eles. E ninguém percebeu tão rápido.

A mulher Chiss apareceu no limite do campo de visão de Qilori. Thrawn a encarou atentamente enquanto ela se aproximava.

— Satisfatório — ele disse. — Mas não é o ideal. Você levantará uma hora mais cedo amanhã para praticar.

Ela fez uma reverência.

— Sim, meu senhor — ela disse em um tom suave.

— E esta é...? — Yiv perguntou, apontando para ela.

— Uma pessoa sem importância — Thrawn respondeu. — Agora que ela finalmente voltou, é hora de me retirar para dormir. Obrigado pelo seu tempo, General Yiv. Talvez tenhamos a oportunidade de retomar essa conversa em outro momento.

— De fato, Mestre Artista Svorno — Yiv falou, inclinando a cabeça. — Esperarei por você.

Ele assistiu em silêncio enquanto os dois Chiss abriam caminho entre a multidão. Em seguida, ele acenou para Qilori.

— Então foi esse aí que roubou minha nave em Rapacc — ele disse, pensativo. — Interessante.

— Ele é mais competente do que parece — disse Qilori, estremecendo um pouco. A conversa inteira tinha parecido meio inútil. Se Yiv culpasse Qilori por desperdiçar tempo...

— Você acha que ele demonstrou *incompetência*? — o Benevolente disse com desprezo, ainda observando o Chiss. — Acha que só porque não levantamos a voz ou disparamos armas não entramos em combate?

— Mas... — Qilori observou Thrawn desaparecer pela arcada.

— Acredite, Desbravador — Yiv falou, sombrio, seus simbiontes ondulando em agitação. — Agora eu entendo essa pessoa, e ele é tão perigoso quanto você avisou. Você foi sábio em trazê-lo à minha atenção, e até a mim.

— Obrigado, Vossa Benevolência — disse Qilori. Não fazia ideia do que tinha acontecido, mas, se Yiv estava satisfeito, não planejava discutir. — O que vai fazer com ele?

Yiv tomou um gole da bebida.

— Tenho três opções. A primeira é levá-lo quando ele sair deste evento. A segunda é levá-lo durante a estadia em Primea. A terceira é levá-lo quando o enviado Garwiano retornar a Solitair. Todas as três apresentam perigos, sendo que o menos importante é a minha relutância em agir abertamente contra os Vaks ou os Garwianos neste momento.

— Ou os Chiss — Qilori advertiu.

— Os Chiss são irrelevantes — disse Yiv com desdém. — Só se movem quando são atacados.

— A captura ou assassinato de um oficial sênior pode contar como ataque.

— Só se o oficial em questão for de patente, comodoro ou superior — Yiv respondeu.

— Sério? — Qilori franziu o cenho. — Não sabia.

— Não estou surpreso — disse Yiv. — Não é algo de que eles falem muito a respeito.

— Presumivelmente, eles não falam em viajar com reféns — observou Qilori. — Mas ela parece ser uma.

O Benevolente bufou.

— Você está imaginando coisas.

— Estou? — Qilori rebateu. — Escutei-o falando para ela retocar a maquiagem, que uma refém de família precisa manter o decoro.

Yiv acenou com a mão.

— Um blefe, feito com a intenção de me fazer pensar que existem coisas sobre os Chiss de que não sabemos. Obviamente, foi falado para o seu benefício.

— Ele não sabia que eu estava escutando.

— Já disse, foi um blefe — Yiv insistiu.

Mas tinha um pouco de hesitação na voz do Benevolente. Thrawn poderia estar brincando com ele, como sugeriu.

Mas se não estivesse — se os Chiss realmente tivessem o segredo cultural de manter reféns —, eles poderiam ter outros aspectos cruciais que ninguém conhecia.

— Então, o que há de fazer?

Yiv o respondeu com um olhar gélido.

— Por acaso virou meu confidente? — perguntou. — Ou foi elevado à patente de comandante tático pelo Destino?

— Imploro pelo perdão de Vossa Benevolência — disse Qilori, estremecendo. — Só perguntei porque a decisão de levá-lo durante a partida dos Garwianos pode requerer algum tipo de conhecimento ou participação de minha parte.

Yiv o estudou com cuidado.

— É um ponto válido — admitiu. — Muito bem, Desbravador. A não ser que minha decisão mude, o plano será interceptar a nave Garwiana por algum pretexto quando partirem de Primea. — Seus olhos se fixaram nos de Qilori. – E você tomará cuidado para que não escapem para o hiperespaço antes de minhas naves chegarem.

– Sim, alteza – disse Qilori, sentindo o coração bater dolorosamente. Um Desbravador participar de tal operação era uma violação enorme de todas as regras e instruções do código da Guilda dos Navegadores. Se alguém descobrisse, perderia tudo como Desbravador, mas dependendo das consequências da operação, poderia até mesmo ser executado.

Mas não tinha escolha. Suas negociações contínuas e muito privadas com Yiv já o colocavam muito acima da linha de perigo. Se o Benevolente decidisse que seu manso Desbravador não era mais útil, de qualquer maneira Qilori seria destruído.

E, certamente, tirar Thrawn do caminho era uma boa ideia. Os Nikardun eram implacáveis, e quanto menor fosse o rastro de morte e destruição em seu caminho, melhor seria para todos os envolvidos.

Sim, Qilori decidiu. Seja lá qual fosse a ordem de Yiv, ele certamente obedeceria.

CAPÍTULO DOZE

Eram raras as ocasiões nas quais Ar'alani tinha visto o General Ba'kif irado. Ao menos, não por culpa dela.

Ele estava compensando por isso agora.

— O que *diabos* você estava pensando? — esbravejou, olhando-a como se estivesse tentando derretê-la com força de vontade e a chama de seu olhar furioso. — Separar uma sky-walker de sua cuidadora é ruim o suficiente; na verdade, engendrar essa separação eleva a situação a um novo nível de ilegalidade.

— Isso é o de menos — o Síndico Zistalmu grunhiu, colaborando como podia com as tentativas de Ba'kif de produzir chamas. Ao contrário do general, Ar'alani estava acostumada com a ira de Zistalmu. — Essas são infrações militares pequenas, e não são o motivo do Síndico Thurfian e eu estarmos aqui. O que queremos saber é *como* você deixou o Capitão Sênior Thrawn se inserir *novamente* nas políticas Garwianas.

— Deveras — Thurfian concordou. Ao contrário do calor emanando dos outros dois interrogadores de Ar'alani, o tom e rosto de Thurfian eram tão gelados quanto a crosta de Csilla. — Será possível que nós, os Aristocras, tenhamos falhado em sermos claros o suficiente?

— O Capitão Thrawn não estava se inserindo em política — disse Ar'alani, mantendo o tom de voz estável.

Ela nunca acreditara muito no antigo ditado de que palavras suaves erodiam as duras, mas também não queria deixar Ba'kif ou Zistalmu com ainda mais raiva.

Especialmente porque Zistalmu estava a um nanossegundo de exigir que toda a Sindicura se reunisse para considerar as acusações contra ela. Ao contrário de sua primeira-oficial, Ar'alani não tinha um canal para o tipo de intrigas familiares que poderiam ajudá-la a contra-argumentar ou escapar daquilo.

— Ah, é? — Zistalmu disse com a voz carregada de sarcasmo. — Ele viaja a bordo de uma nave diplomática Garwiana, na companhia de um enviado Garwiano, em direção a um mundo do qual os Chiss não têm laço político algum, e isso não tem nada a ver com política? Será possível que os Garwianos transformaram seu corpo diplomático em um clube de costura?

— É uma missão de reconhecimento — disse Ar'alani. — O Capitão Thrawn está tentando determinar onde mais os Nikardun podem ter...

— Esses Nikardun atacaram a Ascendência, por acaso? — Thurfian interrompeu-a. — Eles mostraram alguma indicação de que *poderiam* atacar a Ascendência?

— Eles destruíram uma nave de refugiados dentro de um de nossos sistemas.

— Em sua opinião — Zistalmu disse. — A Sindicura ainda não encontrou evidências sólidas o suficiente para acreditar que os Nikardun são os responsáveis.

— O que é irrelevante, de qualquer forma — disse Thurfian. — Se não há ataque nem iminência de ataque, não é assunto militar, e sim, como o Síndico Zistalmu apontou, assunto político. — Virou-se para encarar Ba'kif. — A não ser que esteja preparada para alegar que o General Ba'kif a autorizou pessoalmente a cumprir esta missão.

— De forma alguma — disse Ar'alani rapidamente. Esta tática ela conhecia: Zistalmu estava jogando a rede com a esperança de pegar quantas pessoas conseguisse em seu alcance. Ela e Thrawn já estavam presos nela, mas não tinha intenção de deixar que arrastassem Ba'kif junto. – Mas, como tenho certeza de que sabe, síndico, às vezes acontecem situações em que os eventos ocorrem rápido demais para que possamos consultar nossos superiores.

– Uma afirmação interessante – disse Thurfian, a temperatura de sua voz caindo mais alguns graus. – Diga-me, Solitair perdeu então todas as suas tríades? A Ascendência perdeu todas as *suas* tríades? Uma nave em espaço profundo pode ter apenas uma forma de comunicação, mas assim que Thrawn pousou em Solitair, essa desculpa desapareceu. Se ele não relatou o ocorrido com Csilla ou Naporar para pedir por ordens, foi porque escolheu não fazê-lo.

– Ou porque os Garwianos não permitiram que o fizesse – disse Ba'kif.

Ele ainda estava irado, Ar'alani sabia, mas podia ver que os dois síndicos estavam tentando se meter em assuntos militares, e não tinha intenção alguma de ceder esse território a eles.

– A Sindicura está certa em questionar as decisões do Capitão Thrawn...

– *Questionar?* – Zistalmu perguntou, mordaz.

– ... mas a discussão pode esperar até que ele possa retornar e se defender – Ba'kif continuou. – O problema imediato que temos em mãos é como trazê-lo de maneira segura de sua missão de reconhecimento.

– E por que deveríamos fazer isso? – Zistalmu exigiu saber. – As atividades dele não foram autorizadas. Ele se colocou nesta situação. Ele pode sair dela.

– Tem certeza de que é isso que deseja, síndico? – Ba'kif perguntou.

– E por que não seria?

– Porque estamos falando de Thrawn – disse Thurfian, amargamente. – O general está sugerindo que pode haver consequências políticas e diplomáticas negativas se o deixarmos lá em vez de só trazê-lo de volta.

– Bem, ao menos ele pararia de nos fazer passar vergonha – Zistalmu resmungou.

– Eu não ficaria tão confiante a respeito disso – disse Thurfian, voltando o olhar para Ar'alani. – Como poderia fazê-lo, almirante?

– Sem rodeios – disse Ar'alani. – Eu levaria a *Vigilante* ao sistema Primea, os contataria, e o colocaria a bordo. Se partirmos de imediato, vou conseguir fazer tudo dentro do prazo que ele especificou.

– E se eles se negarem a devolvê-lo?

– Por que eles se negariam? – Ba'kif perguntou. – Não temos nenhum conflito com os Vaks.

Ar'alani tentou se manter firme. Era verdade... a não ser que os Vaks estivessem sob controle Nikardun. Nesse caso, uma missão simples como ela descrevera poderia dar errado bem depressa.

– Não significa que *eles* não tenham conflitos *conosco* – Zistalmu disse. – Especialmente se virem Thrawn como um espião, mas eles não importam. E se esses Nikardun que mencionou estiverem no controle?

– Já cuidamos para que eles ainda não estejam prontos para enfrentar a Ascendência – Ar'alani o lembrou.

Thurfian bufou.

– Não precisam enfrentar a Ascendência se podem simplesmente vaporizar a nave Garwiana com Thrawn dentro e dizer que foi um acidente.

– Mais um motivo para que a *Vigilante* chegue lá antes que isso aconteça – disse Ba'kif sombriamente. – Se nos derem licença, precisamos começar esta missão.

– É claro – disse Thurfian. – Assim que resolvermos o problema da sky-walker da *Vigilante*.

Ar'alani fez uma careta. Esperava que eles tivessem esquecido a respeito disso.

– Prometi à cuidadora de Che'ri que cuidaria dela – disse. – Não vejo razão para que eu não possa continuar fazendo isso.

– Não vê? – Thurfian perguntou. – A almirante e comandante de uma fragata do tipo Nightdragon não pode perder tempo com uma criança. – Ele sacudiu a cabeça. – Não. Precisamos encontrar uma nova cuidadora antes que você possa deixar Csilla.

– Temo que não seja possível – apontou Ba'kif. – Todas as outras sky-walkers e cuidadoras já estão a bordo de outras naves.

– Deixe-me propor uma solução – ofereceu Zistalmu. – Minha esposa foi cuidadora por dois anos antes de nos casarmos. Os registros dela dessa época são muito bons. Restabeleça-a, e eu e ela poderíamos viajar a bordo da *Vigilante* juntos.

– Thalias *me* escolheu – disse Ar'alani com firmeza. – Como cuidadora oficial de Che'ri, ela tem autoridade máxima para transferir essa tarefa enquanto estiver a bordo da minha nave.

– Mas ela não está a bordo agora, está? – Zistalmu rebateu.

– Ela estava quando me nomeou como substituta – Ar'alani respondeu. – Não tenho intenção alguma de abandonar o posto, e você não tem autoridade de tirá-lo de mim.

– Eu tenho toda autoridade para...

– Basta – Ba'kif interrompeu, grave. – Síndico Zistalmu, a que distância está sua esposa?

– A duas horas daqui.

– Chame-a agora – Ba'kif ordenou. – Almirante, eu concordo que os regulamentos apoiam sua posição, mas o Síndico Thurfian tem razão em nos lembrar que você tem outras responsabilidades. Portanto, estou decidindo que a esposa do Síndico Zistalmu compartilhará a função de cuidadora com você e assumirá a posição principal sempre que você estiver ocupada. Entendido?

Ar'alani conteve uma careta de escárnio. A última coisa que queria era uma estranha se metendo na vida de Che'ri – a garota já tinha problemas o suficiente para socializar com outras pessoas sem que ninguém atrapalhasse mais as coisas.

E sem dúvida alguma não queria um síndico na sua ponte de comando, observando todos os seus movimentos e colhendo informações que pudessem ser usadas contra ela no futuro. Como Ba'kif não conseguia ver que aquela era mais uma tentativa da Sindicura de se intrometer na esfera de autoridade da frota?

– Entendido, general – ela respondeu, seca.

– Muito bem – disse Ba'kif. – Síndicos, eu agradeço suas preocupações. Síndico Zistalmu, você e sua esposa irão se apresentar à nave auxiliar em três horas para transporte imediato para a *Vigilante*. Almirante, podemos falar um minuto?

Ar'alani ficou onde estava, os olhos fixos em Ba'kif, enquanto Zistalmu e Thurfian passavam pela porta atrás dela. Ela esperou até que a porta se fechasse.

— Não, não diga o que planeja dizer — Ba'kif advertiu, antes que ela pudesse abrir a boca. — Não, não é a solução ideal. Na verdade, está bem longe de ser.

— Então, por que concordou?

— Porque não tive escolha — Ba'kif respondeu. — Porque se eu tentasse manter Zistalmu longe da *Vigilante*, ele teria nos amarrado em um processo enrolado até que Thrawn morresse de velhice. — Ele fez uma pausa. — E porque você não tem uma ordem oficial de Thalias pois ela não é, de fato, uma cuidadora oficial.

Ar'alani estreitou os olhos.

— O que você quer dizer com isso?

— Que ela embarcou na *Falcão da Primavera* só por persuasão — disse Ba'kif. — Ela mesma já foi uma sky-walker, o que fez ela parecer convincente, mas o fato é que ela não tem credencial alguma.

— Mas ela é uma Mitth — Ar'alani tentou argumentar. — Como alguém cheio de conexões e suspeitas como Thurfian não percebeu isso ainda?

— Pelo contrário — disse Ba'kif, sombrio. — Ele aparentemente apareceu de surpresa só para colocar ela a bordo.

— Mesmo? — disse Ar'alani. — E quanto será que custou essa ajuda?

— Não faço a menor ideia — Ba'kif respondeu. — Mas houve um custo, sim, ou vai ter, no futuro. Em se tratando de Thurfian, isso é praticamente garantido. O que eu quero dizer é que não seria bom para você caso ele trouxesse isso à tona, mas ele não o fez. Me pergunto por quê.

— Provavelmente porque ele prefere me manter envolvida nos cuidados da nossa sky-walker a entregá-la completamente à esposa de um síndico Irizi.

– Em outro momento eu concordaria com você – Ba'kif falou. – Mas você já deve ter percebido que, apesar das rivalidades de suas famílias, ele e Zistalmu mostraram uma capacidade impressionante de unidade em suas tentativas de tirar Thrawn da Frota ou de alguma posição de influência nela. Não acho que ele teria problema em deixar a esposa de Zistalmu encarregada dela.

– E, é claro, abandonar Thrawn em Primea seria uma solução perfeita para o problema que eles inventaram.

– Exatamente – disse Ba'kif. – Não, acho que ele não a denunciou porque isso também tiraria Thalias da *Falcão da Primavera* quando ela voltar e ainda existe algo que ele quer que ela faça. Provavelmente algo que valia o preço de colocá-la a bordo para começo de conversa.

Ele abanou a mão, dispensando o assunto.

– Mas isso pode esperar. Agora precisamos tirar Thrawn de Primea antes que a situação saia do controle.

– Eu não me preocuparia com Thrawn, senhor – disse Ar'alani. – Ele está esperando por mim, é claro; mas, se eu não aparecer por lá, tenho certeza de que ele vai achar uma forma de retornar sozinho.

– Não é com Thrawn que eu estou preocupado – disse Ba'kif acidamente. – É com a Ascendência ficar encalhada em uma situação sem volta.

– Entendido, senhor – disse Ar'alani, estremecendo. – Wutroow já está preparando a nave. Estaremos prontas para partir assim que Zistalmu e a esposa chegarem.

– Ótimo – disse Ba'kif. – E preste atenção nele, Ar'alani. Preste muita atenção. Conheço Zistalmu, e ele nunca se voluntariaria a estar em uma situação de possível perigo a não ser que soubesse que tem alguma forma de tirar vantagem para si mesmo e sua família.

– Não se preocupe, senhor – Ar'alani assegurou. – Independentemente do que ele estiver planejando, acredito que ele logo vai notar que suas ideias não são tão boas quanto ele pensa.

Havia uma forma correta de fazer as coisas, Qilori zangou-se consigo mesmo enquanto se apressava para chegar na ponte, e havia uma forma errada. Neste caso, a forma correta era não se atrasar, preparar a nave para a partida e assegurar que o capitão, a tripulação e, especialmente, o navegador estivessem se movendo em um ritmo estável, mas cômodo. A forma errada era o oposto de tudo isso.

A forma errada era o que estava acontecendo naquele momento.

– Desbravador? – alguém chamou do corredor à sua frente.

– *Desbravador!*

– Estou indo – Qilori gritou de volta, praguejando em voz baixa. O plano de Yiv de eliminar Thrawn dependia da nave Garwiana estar exatamente onde deveria estar no momento em que deveria estar lá. O trabalho de Qilori era fazer isso acontecer da parte Garwiana da emboscada.

Mas nem ele era bom o suficiente para enrolar por um dia inteiro só porque o enviado Garwiano tinha decidido acabar com as negociações antes do tempo e voltar para casa mais cedo.

E *agora*, o que fazer?

A ponte estava o próprio caos quando ele chegou. O capitão estava rugindo ordens, os oficiais e a tripulação estavam se embasbacando para chegar em seus painéis, correndo para tudo que era lado. Em um canto...

Qilori sentiu as asinhas se achatarem enquanto ia até a cadeira do navegador. Em um canto, o Garwiano que ouvira os outros chamarem apenas de oficial Frangelic estava de pé, em silêncio, assistindo à cena agitada como um diretor cuidando da performance no palco.

– *Aí* está você – o capitão grunhiu quando Qilori sentou-se. – Vai demorar quanto para ficar pronto?

Qilori olhou para os painéis que mostravam o estado da nave. Ainda estavam muito fundo no poço gravitacional de Primea. Ainda demorariam vários minutos para que pudessem se afastar o suficiente para entrar no hiperespaço, quinze minutos se quisessem uma partida mais confortável. Se insistisse para fazerem mais uma varredura do hiperpropulsor, dos motores, e dos sistemas ambientais antes de saírem, talvez conseguiria um pouco mais de tempo.

Suas asinhas enrijeceram de frustração. Um pouco mais de tempo, mas não o suficiente. Se Yiv não tivesse notado o trabalho de preparação, o Benevolente perderia todas as chances de capturar ou matar Thrawn.

O que, sem dúvida, era o motivo de uma mudança tão drástica de itinerário. Thrawn, o enviado, Frangelic ou, talvez os três juntos, tinham decidido tirar Thrawn de Primea antes que o Benevolente atacasse.

E, então, um movimento na tela traseira chamou a atenção de Qilori. A nave principal de Yiv, a *Imortal*, apareceu no horizonte atrás dele, indo em órbita baixa e aproximando-se casualmente da nave Garwiana.

As asinhas relaxaram um pouco. Então, Yiv não tinha sido pego desprevenido, afinal. Perfeito. Agora Qilori poderia deixar os Garwianos saírem do poço gravitacional na hora que queriam, e ele cuidaria de não levá-los ao hiperespaço antes de Yiv agir...

– Oficial Frangelic? – o Garwiano na estação de comunicação chamou. – Os Vaks responderam seu inquérito. Eles fizeram uma busca completa nos gabinetes diplomáticos e nos aposentos de hóspedes, e nem o Mestre Artista Svorno nem sua companheira foram encontrados em lugar algum.

– Eles devem estar enganados – Frangelic disse, tenso. – Se não estão aqui, eles *têm* que estar lá.

As asinhas de Qilori congelaram. *Thrawn não estava a bordo?* Não, não podia ser. Ele *tinha* que estar ali. Se não estivesse...

Então, Yiv estava prestes a atacar uma nave Garwiana, matar quase todo o mundo a bordo, por nada.

– Os Vaks são muito insistentes – o oficial de comunicação disse. – Eles procuraram os Chiss em tudo que é lugar. Não há sinal deles.

Qilori encarou a tela, onde o couraçado de batalha Nikardun se aproximava para entrar em alcance de combate. Precisava falar com Yiv, e precisava fazê-lo o mais rápido possível.

Mas não podia. Com tantos Garwianos por ali, não tinha como chegar a um painel de comunicação sem ser visto. Mas, sem o painel, não podia falar com a *Imortal*.

Ou, melhor, *ele* não podia falar com a *Imortal*.

– Oficial Frangelic? – chamou, virando-se para o oficial. – Com licença, mas eu lembro do Mestre Artista Svorno falando por um bom tempo com o General Yiv, o Benevolente, na recepção, em nossa primeira noite em Primea. Acredito que, entre outras coisas, eles conversaram sobre obras de arte Vak e exposições artísticas. Talvez o Benevolente saiba onde ele pode ter ido.

– Talvez – Frangelic disse. – Comunicação, você ouviu?

– Sim, Oficial Frangelic.

– Sinalize para o General Yiv – Frangelic mandou. – Pergunte a ele.

Qilori respirou fundo, sentindo as asinhas finalmente se relaxarem. Thrawn podia ter fugido da armadilha de Yiv, mas estava só postergando seu destino. Mesmo que os Vaks ainda não tivessem sido completamente dominados pelos Nikardun, Yiv tinha força o suficiente na região para isolar Primea rapidamente e esmagar os fugitivos. Mais cedo ou mais tarde, ou ele ou os Vaks os encontrariam.

E, afinal, por quanto tempo um par de peles-azuis poderiam se esconder em um planeta cheio de estrangeiros?

CAPÍTULO TREZE

Thalias soube desde o começo que o plano de Thrawn não tinha como dar certo. Suas peles azuis não se pareciam em nada com a pálida pele âmbar e os tufos de pelo preto da população nativa, isso sem falar do contraste dos olhos vermelhos e brilhantes dos Chiss e os simples olhos castanhos dos Vaks. As capas encapuzadas que muitos vestiam no planeta tornavam tudo menos óbvio, mas Thalias não se iludia de pensar que isso funcionaria a longo prazo. Quantos dos habitantes locais usavam de verdade os capuzes, pensou ela, em vez de deixar o sol e a brisa banharem seus rostos?

A resposta era praticamente todos.

— Tem sorte por estar chovendo hoje — disse enquanto ela e Thrawn andavam pela rua, a garoa batendo gentilmente no topo de seus capuzes e escorrendo pela frente.

— Na verdade não — ele respondeu. — Até agora, viajamos apenas em veículos pelas cidades, onde os capuzes não são necessários. Mas, durante essas viagens, notei que a maior parte dos pedestres usam os capuzes o tempo todo, o que os protege não só da chuva, mas do sol também.

— Então, o único perigo seria se o dia hoje estivesse nublado?

Thrawn deu uma risadinha.

– Um ponto válido. Mas, mesmo assim, usar capuz não seria raro o suficiente para atrair a atenção dos outros.

Thalias observou um restaurante pelo canto do capuz. Em seu interior, ela notou desconfortavelmente, todos os Vaks tiravam o capuz.

– Aqui do lado de fora, tudo bem – disse. – Mas, em algum momento, vamos ter que entrar em algum local. O que faremos, depois?

– Vamos descobrir – disse Thrawn. Ele a pegou pelo braço e a guiou até uma porta com uma placa desbotada logo acima. – Aqui.

– O que é isso? – Thalias perguntou, olhando a placa. Tinha feito um esforço para aprender o alfabeto Vak nos últimos dias, mas estava longe de conseguir ler alguma coisa.

– Respostas, espero – disse Thrawn.

E, quando chegaram, Thrawn abriu a porta e levou Thalias para dentro. Ela piscou, abaixou a cabeça bruscamente para tirar um pouco da água do capuz e deixá-la cair no tapete abaixo de seus pés, e depois olhou para cima.

Para descobrir que estavam em uma galeria de arte.

Thrawn já estava caminhando devagar, a parte de trás de seu capuz balançando ao ritmo de seus movimentos quando olhava de um lado para o outro, estudando tudo à sua volta. Thalias o seguiu devagar, olhando furtivamente para os patronos Vak que iam passando entre cavaletes e pedestais ou olhando para obras suspensas e pinturas. Todos estavam sem capuz; será que notariam que ela e Thrawn ainda estavam usando os seus? E, mais importante, será que se perguntariam por que eles estavam fazendo isso?

Uma voz irritadiça matraqueou atrás deles. Aparentemente, sim, eles perguntariam.

– Boa tarde – disse Thrawn calmamente em Minnisiat, sem se virar. – Sinto dizer que não entendo sua língua. E esta, consegue falar?

Thalias fechou a cara. Todos estavam agora olhando para os visitantes. A ideia de passarem despercebidos já era.

– Sim – a voz respondeu. – Quem é você? O que quer aqui?

— Vim ver a arte Vak e, assim, entender o povo Vak — disse Thrawn. — Quanto a nós... — Ele fez uma pausa, tirou o capuz e se virou. — Somos amigos.

Alguém soltou um som estrangulado. Outras duas ou três pessoas falaram palavras que pareciam alarmadas, e Thalias ouviu um único *Chiss* sendo sussurrado.

— Os Vaks não têm amigos — a primeira voz disse. — Não agora. Nem nunca.

Thalias se virou e também tirou o capuz. A Vak que falara — uma fêmea, Thalias identificou pelo corte de sua túnica-saia larga — tinha uma faixa em seu peito decorada com uma fileira dupla de broches de madeira entalhados de maneira intrincada. Será que o adorno adicional significava que era a curadora da galeria?

— Tenho certeza de que isso não é verdade — disse Thrawn. — E Yiv, o Benevolente? Ele alega ser amigo dos Vaks.

— As pessoas alegam muitas coisas — disse a curadora. — Você mesmo acaba de dizer ser nosso amigo, mas não vejo evidência alguma disso.

— Vê alguma evidência de amizade com Yiv?

— Por que pergunta? — a curadora replicou. — Tenta semear a discórdia entre os Vaks?

Thrawn sacudiu a cabeça.

— Procuro informação. Os líderes do Combinado Vak parecem impressionados com Yiv. Eles veem seu poder e imaginam que os Nikardun sejam respeitados e honrados. Eles acreditam que, ao se juntarem com eles, trarão o mesmo respeito aos Vak. — Ele ergueu a mão. — Apenas gostaria de saber se o povo também acredita nisso.

— E o que você sabe a respeito do povo? — a curadora zombou.

— Pouca coisa — Thrawn admitiu. — O que consigo ver é tecido em sua arte, que os Vaks procuram a unidade ao mesmo tempo em que honram os indivíduos. Essa é uma filosofia boa e decente, mas eu procuro saber como isso afeta a vida dos Vaks.

— Então vá procurar em outro lugar — a curadora disse. — Este é um local para apreciação e meditação. Não serei inserida em discussões com forasteiros a respeito de coisas que são pessoais para os Vaks.

— Compreendo, e me curvo aos seus desejos — disse Thrawn, pegando Thalias pelo braço. — Que seu futuro seja cheio de paz e luz solar.

Um minuto depois, os dois Chiss estavam de volta na chuva.

— Não sei o que você estava tentando conseguir com aquilo — disse Thalias. — Mas não acho que tenha funcionado.

— Como disse, estava esperando aprender mais a respeito dos Vaks — disse Thrawn. — E, talvez, fazer com que saibam que, enquanto decidem o que fazer com os Nikardun, também deveriam considerar os Chiss em seus cálculos políticos.

Thalias bufou.

— Não que tenha chance alguma de que a Sindicura vá levantar um dedo para ajudá-los. Suponho que entenda que, se vamos ficar andando por aí, também poderíamos ligar para Yiv e anunciar nossa presença?

— Certamente haverá uma resposta — Thrawn concordou. — Isso, também, pode funcionar a nosso favor. Se os Nikardun forem forçosos demais ao procurarem por nós, os Vaks podem ver menos amizade e mais dominância na presença deles em Primea.

— Só se os líderes notarem — disse Thalias. — Duvido que as pessoas que visitam galerias de arte tenham muito poder de decisão na nação.

Thrawn saiu de dentro do capuz para olhar para ela, confuso.

— Não está vendo?

— Vendo o quê?

Ele voltou a se cobrir com o capuz e, por alguns passos, ficou em silêncio.

— Você me ouviu dizer à curadora que os Vaks procuram por unidade, mas ainda valorizam o indivíduo. É verdade. O problema é que os líderes levam essa filosofia ao extremo. Passam tempo demais ouvindo todos os pontos de vista que, pelo que sei, chamam isso de linhas de pensamento. Ouvem tanto que têm dificuldade de decidir.

— Não podem ser *todas* as linhas de pensamento — disse Thalias. — Deve haver bilhões de Vaks. Nem todas as opiniões podem ser consideradas igualmente importantes.

— Na teoria, todas são, sim — disse Thrawn. — Na prática, é claro, o número deve ser bem mais limitado. Mas, ainda assim, faz com que os Vaks demorem mais que outras espécies a chegarem a uma decisão. Essa hesitação, enquanto eles coletam e consideram todas as opiniões, faz os líderes parecerem fracos.

— Bem, eles não vão ter esse problema se os Nikardun vierem para ficar — disse Thalias com uma voz sombria. — A única linha de pensamento que vai importar é a linha de pensamento de Yiv.

— Verdade — Thrawn concordou. — Vamos tentar passar essa mensagem para mais cidadãos até Yiv ou os agentes de segurança Vak nos encontrarem. Até lá, ou antes, se necessário, vamos voltar ao esconderijo que criei dois dias atrás e esperar pela Almirante Ar'alani.

— Um lugar bom, tranquilo e longe do espaçoporto, eu espero — disse Thalias. — A primeira coisa que Yiv vai presumir é que vamos tentar roubar uma nave.

— Ele vai mesmo — Thrawn concordou.

— Então para onde vamos?

Thrawn se inclinou para a frente e abriu um sorriso no canto de seu capuz molhado.

— Rumo ao espaçoporto — disse ele. — Roubar uma nave.

Thalias tinha aventado esgueirar-se furtivamente pela zona do armazém que preenchia o terreno fora da cerca de segurança do espaçoporto ou mesmo uma corrida enlouquecida pela mesma pista de obstáculos. Os dois cenários mentais sempre acabavam dando de cara contra a parede quando tentava imaginar como ultrapassar a cerca.

No fim, não foi nem correndo nem esgueirando-se. Foi por uma caixa.

Não qualquer caixa. Uma caixa — um grande contêiner, na verdade — perto de muitos outros nas imediações do portão de entrada. Thrawn olhou ao redor com cuidado quando chegaram lá, abriu um dos painéis laterais e fez Thalias entrar.

Pelo tamanho, ela tinha reconhecido que o contêiner teria espaço o suficiente para abrigar os dois confortavelmente. O que não esperava eram os assentos, os suprimentos de comida e água, e mesmo as instalações grosseiras que serviam como banheiro, que eram práticas, mas potencialmente constrangedoras.

– Peço desculpas pelas acomodações – disse Thrawn enquanto os selava ali dentro. Não havia lâmpadas no contêiner, mas frestas cuidadosamente escondidas em todas as quatro paredes deixavam entrar luz e ar. – Não tinha certeza quanto levaria para que chegássemos aqui, ou se precisaríamos nos esquivar da patrulha ou esperar até eles passarem, então pedi para que nos pegassem depois de amanhã.

– Tudo bem – disse Thalias, olhando à sua volta. – Melhor do que ser prisioneira em uma nave Nikardun.

– Ou flutuar morta no espaço.

Thalias estremeceu.

– Definitivamente é melhor do que essa opção. Acha que Yiv estava planejando fazer isso?

Thrawn deu de ombros.

– Ele certamente tem confiança de sobra. O que sugere que ele gostaria de me interrogar antes de me matar. Por outro lado, nós capturamos uma de suas naves, e os Nikardun podem ter leis estritas em relação à vingança. Precisaria de mais informações antes de chegar a uma conclusão.

– Prefiro errar pelo excesso de cautela – disse Thalias. – Como achou este contêiner, de qualquer forma?

– Eu não o achei, eu o fiz – disse Thrawn. – Ou melhor, eu e o Oficial Frangelic o fizemos. Lembra que pedi para levar um contêiner a bordo conosco?

– Ah – disse Thalias, lembrando. – Você disse que o usaríamos na volta.

– E aqui estamos – disse Thrawn. – Nós o montamos durante a viagem para Primea e, assim que aprendemos sobre os protocolos de remessa deles, marcamos o contêiner para ser enviado.

– Então você já fez esse tipo de coisa antes?

Thrawn sorriu.

— Não, mas achei que seria simples o suficiente.

Se funcionar, Thalias pensou.

— Então, para onde vão nos enviar?

— Nós só vamos ser colocados do lado de dentro da cerca – disse Thrawn. – A nave que deveria nos pegar não está aqui ainda, mas assim que chegar, vamos precisar ser rápidos. O padrão Vak nestas circunstâncias é coletar todos os contêineres de carga e deixá-los na área designada para que possam ser carregados mais rápido.

— Tudo bem – disse Thalias, franzindo o cenho. – Então vamos acabar em algum mundo estrangeiro?

— De jeito nenhum – Thrawn assegurou. – Assim que tivermos atravessado a segurança, vamos escolher o melhor momento para embarcar em um dos caças de sentinela estacionados do outro lado da cerca. Eles foram projetados para patrulhas de longa distância, então deve haver espaço o suficiente a bordo para esperarmos a almirante.

— E depois disso, o que acontece? Saímos para encontrá-la?

— Basicamente – disse Thrawn. – Apesar de que pode ter alguma complicação no caminho.

— Como, talvez, alguém embarcar também e querer pilotar o caça?

— Se isso acontecer, vamos convidá-los a partir.

— Mesmo que eles não queiram ir embora?

— Não se preocupe, não vamos machucar ninguém – ele assegurou. – Seus receios a respeito desse assunto são um bom sinal.

— Só não gosto da ideia de dar uma surra em alguém no próprio planeta deles – Thalias murmurou. – Especialmente com as políticas de não intervenção da Ascendência.

— Era exatamente o que queria dizer quando falei de seu receio – disse Thrawn. – De qualquer forma, não será um problema. Tenho comigo um pequeno aerossol de névoa de tava, é mais do que suficiente para preencher a cabine de um caça.

Thalias franziu a testa.

— Isso é a droga para sonambulismo?

Foi a vez de Thrawn de franzir o cenho.

— Quem chama ela assim?

– As pessoas na minha antiga escola – Thalias explicou, revirando os olhos àquela lembrança. – Uns deles deixaram isso na sala de aula uma vez para ver todo mundo agindo feito cabeças-de-lua babões. Para algumas horas de diversão inofensiva, suponho.

– O efeito não leva horas para passar – disse Thrawn. – Uma hora no máximo, mas *é* inofensivo.

– A não ser que esteja fazendo algo complicado – disse Thalias. – Como, talvez, pilotar um caça de sentinela?

– Vamos tirá-los do caça bem antes de chegarem tão longe – Thrawn prometeu. – E tenho filtros de narina para nós para não sermos afetados.

– Que prático – Thalias falou, observando-o de perto. – Você costuma levar esse tipo de coisa consigo?

– Sempre vale a pena tomar precauções quando vivemos situações incertas – disse Thrawn. – Sabia que precisaria roubar uma nave, então fiz os planos me baseando nisso. Não se preocupe, vai dar tudo certo.

– Tudo bem – disse Thalias. Não tinha tanta certeza a respeito disso, mas estava aberta a confiar nele. – Posso tirar essa maquiagem agora? Esse treco deve pesar meio quilo.

– Acredito que seja mais próximo de um terço, na verdade – Thrawn corrigiu. – E não, é melhor deixar a maquiagem onde está. Sempre existe uma chance de sermos descobertos e você vai precisar continuar atuando.

– Tá – disse Thalias, relutante. Na verdade, desconsiderando o peso, estava começando a se acostumar com a pasta endurecida da maquiagem. O que ela mais detestava, porém, era a ideia do que aquilo representava, e o papel de refém ansiosa que precisava manter. – Então, mais um dia e meio. Suponho que você não trouxe um baralho de cartas para jogar.

– Na verdade, trouxe sim – Thrawn respondeu. – Mas pensei que poderíamos conversar primeiro.

– Sobre o quê?

– Sobre por que você decidiu embarcar na *Falcão da Primavera*.

Um alarme de emergência tocou na cabeça de Thalias.

— Embarquei para tomar conta de Che'ri.

— Isso é o motivo que manteve você a bordo — Thrawn respondeu. — E não o motivo de você decidir embarcar. Um dos meus subordinados me informou que os Mitth enviaram você para investigar meu desempenho como comandante da *Falcão da Primavera*. É isso?

Thalias cerrou o punho.

— Presumo que esse subordinado seja o Capitão Intermediário Samakro.

— Faz diferença de onde essa informação veio?

— Depende — disse Thalias. — Ele deu alguma razão pra lhe dizer isso?

— Não especificamente — Thrawn respondeu. — Acredito que ele está preocupado com a coesão na estrutura de comando se assuntos familiares interferirem.

— Isso pode ser o que ele *diz* — afirmou Thalias. — O que eu acho é que ele *quer* um pouco de interferência familiar.

— E qual seria o motivo?

— Que a família Mitth decida que não quer você comandando a *Falcão da Primavera* e que a Frota Expansionária o coloque em outro lugar — disse Thalias. — Isso faria Samakro voltar ao comando.

— Sua análise possui várias falhas lógicas — disse Thrawn. — Primeiramente, as Nove Famílias não podem ditar atribuições militares. Segundo, o Capitão Intermediário Samakro não tem motivo algum para querer voltar ao comando da *Falcão da Primavera*. Com sua experiência e habilidades, eles certamente ofereceriam a ele uma nave de maior prestígio que um mero cruzador pesado.

— A *Falcão da Primavera* tem bastante prestígio — contrapôs Thalias. — Talvez mais do que você acredite que ela tenha. Mas, mesmo que não tivesse, a família Ufsa ainda ia querê-la de volta. Foi tirada deles, e eles são conhecidos por guardarem ressentimento de tudo que consideram retrocesso político.

— Compreendo — disse Thrawn.

Thalias observou-o mais detidamente na meia-luz. Considerando a leve ruga de preocupação ao redor de seus olhos, era claro que ele não compreendia coisa alguma.

— Mas, para responder sua pergunta, não, os Mitth não me enviaram — disse ela, escolhendo com cuidado cada palavra. — Na verdade, eles criaram problemas em todos os estágios do processo. Eu só tive sorte por terem me deixado me juntar à tripulação como cuidadora em vez de observadora da família.

— Interessante — disse Thrawn. — Eles deram algum motivo para não a querer como observadora?

— Eles não falaram nada a respeito de nada, para falar a verdade — disse Thalias. — Eles só ficaram colocando mais e mais obstáculos no meu caminho. Inventavam novos formulários que eu precisava preencher, novas pessoas que eu tinha que correr atrás para aprovar meu pedido, novas pessoas em Csilla ou Naporar que precisavam estar a par. Esse tipo de coisa.

— Talvez eles não achassem que você era qualificada para ser observadora — Thrawn sugeriu. — Ou talvez tenha sido interferência de outras famílias.

— Se havia qualquer outra família metida nisso, eu nunca vi ninguém — disse Thalias, amargamente. — Sobre as qualificações, tenho o conjunto inteiro de olhos, orelhas e cérebro. Do que mais eu precisaria?

— Essa é uma pergunta a ser feita para a família — disse Thrawn. — Mas isso leva a outra questão. Se a família não a colocou a bordo, foi *você* que procurou por isso. Por quê?

Thalias se preparou. Tinha esperado poder evitar a pergunta completamente, mas, bem no fundo, sabia que viria à tona como um tapa na cara.

Ela havia pensado em algumas mentiras plausíveis e, por um momento, ficou tentada a usá-las. Mas, sentada ali, ouvindo a voz comedida de Thrawn, soube que seria inútil.

— Vai parecer estúpido — ela avisou.

— Anotado. Pode continuar.

Preparou-se.

— Eu só queria vê-lo de novo – disse. – Você mudou minha vida, e... Eu só queria vê-lo de novo, só isso.

Ele franziu o cenho.

— Mesmo. E como eu mudei sua vida, exatamente?

— Nós já nos encontramos – ela disse, sentindo-se ainda mais ridícula. É claro que ele não lembraria de uma interação tão breve. – Faz muitos anos, quando eu estava acabando minha última viagem como sky-walker.

— Ah, sim – disse Thrawn, ainda franzindo as sobrancelhas. – Na *Tomra*, quando eu era um cadete.

— Isso mesmo – disse Thalias, respirando com mais facilidade. Então ele se lembrava dela. Isso aliviou um pouco o constrangimento que estava sentindo. – A Capitã Vorlip entrou, você falou...

— E ela me girou para ver se eu conseguia mesmo sentir a nave como tinha dito.

— Sim – disse Thalias. – E você a impressionou.

— Impressionei?

— É claro – disse Thalias. – Ela me disse depois que...

— Porque ela também adiantou cinquenta notas negativas para mim em Taharim.

Thalias arregalou os olhos.

— Ela fez o *quê*? Por quê?

— Por intrusão não autorizada na área de comando da *Tomra* – disse Thrawn. – Trabalhei três meses para compensar.

— Mas... – Thalias gaguejou. – Mas ela estava *impressionada* com você.

— Talvez estivesse impressionada como pessoa – disse Thrawn. – Talvez até mesmo como viajante espacial. Mas, como oficial da Ascendência Chiss, ela tinha que seguir as regras.

— Mas foi sem querer.

— Intenções e motivos são irrelevantes – disse Thrawn. – O julgamento só foca nas ações.

— Suponho que sim – Thalias murmurou, sentindo o estômago se retorcer. Então essa lembrança que ele guardava dela estaria sempre ligada a um episódio desagradável de sua carreira. Maravilha.

– E como nosso encontro mudou sua vida, exatamente?

Thalias suspirou. A última coisa que queria era continuar o assunto, mas já tinha decidido contar a verdade, e agora não tinha mais como fugir.

– Você me deu esperança – disse. As palavras pareciam bem mais bobas ao dizê-las em voz alta do que quando estavam só pairando em seu cérebro. – Quero dizer... Eu tinha treze anos. Achei que minha vida tinha acabado. Você me disse que eu encontraria um novo caminho e que eu podia escolher como as coisas funcionariam.

– Sim – disse Thrawn, pensativo. Não amigável, nem encorajador, nem sequer receptivo. Apenas pensativo.

Thalias havia passado muito tempo refletindo sobre aquele momento. Tinha se perguntado o que ele diria, o que *ela* mesma diria, e se isso abriria novas perspectivas em sua vida e futuro.

E nada aconteceu. Ele estava pensativo. Só pensativo.

Ela fechou os olhos, desejando estar em qualquer outro lugar da galáxia. Nunca deveria ter feito isso em primeiro lugar.

– Eu tenho uma irmã mais velha – disse Thrawn, sua voz tão suave que ela mal conseguia ouvi-la. – Ela tinha cinco anos quando desapareceu. Meus pais nunca me disseram para onde ela foi.

Thalias abriu os olhos novamente. Ele ainda estava sentado lá, na escuridão, ainda pensativo.

Mas agora havia algo novo em seus olhos. Uma dor distante, desconhecida, bem escondida, mas que continuava lá.

– Quantos anos você tinha? – perguntou.

– Três – disse Thrawn. – Por um longo tempo, presumi que ela tinha morrido e que eu nunca a veria de novo. Foi só quando virei oficial de ponte que finalmente me disseram a respeito das sky--walkers, e eu me dei conta do que provavelmente acontecera com ela. – Ele abriu um sorriso discreto, tingido com a mesma melancolia distante. – E eu *ainda* nunca mais vou vê-la de novo.

– Talvez você veja – disse Thalias, movida por um desejo obscuro de consolá-lo. – Deve ter algum registro por aí.

– Tenho certeza de que sim – disse Thrawn. – Mas a maior parte das sky-walkers querem desaparecer quando acabam seus serviços, e a Ascendência tem uma longa prática de respeitar esse desejo. – Ele ergueu a mão. – Todos nós temos arrependimentos, porém, da mesma forma, temos esperanças que nunca serão realizadas. O segredo para uma vida satisfatória é aceitar o que não pode ser mudado e fazer uma mudança positiva no que pode.

– Sim – disse Thalias. Só porque algo não podia ser mudado não significava que não deveriam insistir. Segredos, às vezes, podiam vir à tona, e mesmo Thrawn podia errar.

– Enquanto isso, temos tempo para descansar e pensar em nossa próxima estratégia – Thrawn continuou, pegando um baralho de cartas de seu bolso. – Pode escolher qual vai ser o primeiro jogo.

CAPÍTULO CATORZE

— Você tem certeza – Zistalmu disse – de que sabe *exatamente* o que deve fazer?

Ar'alani inspirou fundo, puxando com a respiração tudo que restava de paciência em sua mente e seu corpo.

— Sim, síndico – disse. – Acho que já resolvemos isso o suficiente.

— Porque estou falando sério – ele continuou como se não tivesse ouvido o que ela dissera. – Se os Garwianos ou os Vaks se recusarem a devolvê-lo ou negarem saber algo a seu respeito, nós damos meia-volta e retornamos para casa.

— Entendi – disse Ar'alani.

O que não significava que ela concordasse com ele. Ou que tinha intenção de seguir uma ordem tão ridícula.

Desafiar um síndico poderia ser o fim de sua carreira, é claro, mas ela já tinha arriscado a carreira tantas vezes antes disso que estava virando rotina.

O que *não* era rotina era por que Zistalmu e Thurfian pareciam tão focados em destruir Thrawn. Ela passara muito tempo matutando essa pergunta desde que haviam partido da Ascendência, e estava tão perdida quanto quando começara.

Talvez fosse hora de fazer alguma coisa a respeito disso.

Ela olhou para a estação de navegação. Che'ri estava lá, com a respiração profunda e estável, completamente imersa na Terceira Visão enquanto guiava a nave até Primea. Ao lado dela estava a esposa de Zistalmu, que nunca dissera o nome de verdade para Ar'alani, insistindo que todos a bordo a chamassem de Nana. Era uma afetação bem irritante, na opinião de Ar'alani. Devia ser por isso que a mulher só havia durado dois anos como cuidadora.

Mas, agora, tudo que importava era que, pelo próximo minuto, nem ela nem ninguém pudessem escutá-los.

— Uma pergunta, síndico — disse Ar'alani quando Zistalmu já tinha se virado para ir embora. — Por curiosidade.

— Sim?

Ela olhou nos olhos dele.

— Por que o senhor e o Síndico Thurfian odeiam tanto Thrawn?

Esperava algum tipo de reação vinda dele. Para sua surpresa, o rosto de Zistalmu nem sequer se contraiu.

— Já era hora — ele disse calmamente. — Estava esperando que perguntasse isso desde que deixamos Csilla.

— Desculpe, eu tinha outras coisas para pensar — disse Ar'alani. — Poderia responder?

— Primeiro, faça a pergunta correta — Zistalmu disse. — Nós *não* odiamos Thrawn. Na verdade, nós dois admiramos seu talento militar. Nós somos resistentes a ele porque ele é uma ameaça para a Ascendência.

— Para a Ascendência? — Ar'alani rebateu. — Ou para a família Irizi?

Zistalmu sacudiu a cabeça.

— Realmente não consegue entender, não é? Nesse caso, não há motivo para continuarmos esta conversa.

— Sinto muito, síndico, mas temos todo motivo para continuar — disse Ar'alani. — O senhor está a bordo da *Vigilante*, sob o meu comando, e tem a obrigação de responder qualquer pergunta razoável e obedecer a qualquer ordem razoável. A não ser que esteja planejando apelar para algum segredo oficial da Sindicura, e eu *vou* continuar até o fim se fizer isso, o senhor vai me dizer por que acha que Thrawn é uma ameaça para a Ascendência.

Octrimo avisou do leme:

– Saída em trinta segundos, almirante.

– Entendido. – Ar'alani ergueu as sobrancelhas, olhando para Zistalmu. – Seja rápido.

– Não há tempo para uma explicação apropriada – disse o síndico. – Mas não precisa de uma. Você viu o suficiente de Thrawn e sua carreira para entender. Se não quer entender, é porque escolhe não o fazer.

Ar'alani sacudiu a cabeça.

– Resposta insuficiente.

– É tudo que vai conseguir de mim. – Zistalmu acenou em direção à panorâmica. – Chegamos.

Ar'alani se virou para ver o redemoinho do hiperespaço explodir em chamas espaciais e, então, em estrelas. Pairando estava um planeta metade iluminado com dezenas de naves de todos os tamanhos entrando e saindo dele, ou só flutuando em órbitas estáveis.

– Primea, almirante – Octrimo anunciou.

– Consigo avistar quarenta e sete naves visíveis – o Comandante Sênior Biclian acrescentou da estação de sensores. – Checando as configurações de qualquer coisa que parecer Garwiana.

– Compreendido – disse Ar'alani. – Capitã Sênior Wutroow, envie um sinal para o gabinete diplomático planetário. Identifique-nos e diga-lhes que estamos tentando chamar o Mestre Artista Svorno.

– Sim, almirante – respondeu Wutroow. Ela se inclinou por cima do ombro do oficial de comunicação e começou a falar algo em voz baixa.

– Não encontrei nada que pareça Garwiano – Biclian relatou. – Talvez esteja do outro lado do planeta.

– Almirante, a Central de Comando de Primea respondeu – Wutroow avisou. – Eles disseram que a nave diplomática Garwiana foi embora três dias atrás com toda a tripulação a bordo.

— Aí está — Zistalmu disse em um tom brusco. — Aparentemente, Thrawn conseguiu se safar sem nenhum problema. Pronto, podemos agora nos despedir e voltar para a Ascendência...?

— Capitã, peça esclarecimentos, por favor — ordenou Ar'alani. — Quero uma lista de todo o pessoal daquela nave. Também quero cópias de todas as transmissões da nave Garwiana de antes de ela partir.

— O que a faz acreditar que eles vão ter tudo isso em mãos? — Zistalmu indagou. — Ou que vão lhe entregar assim tão facilmente?

— Capitã? — Ar'alani solicitou.

— Mensagem enviada — Wutroow confirmou. — Aguardando resposta.

— Temos movimentação — Biclian interrompeu. — Cinco naves de pequeno porte saindo da órbita em nossa direção, e mais oito naves de patrulha subindo da superfície. Agora são *nove* naves, na verdade.

— Naves de patrulha? — Zistalmu perguntou, visivelmente confuso. — E o que estão fazendo?

— Deveria ler os relatórios da Força de Defesa com mais atenção, síndico — Ar'alani respondeu, observando as naves se reunindo entre a *Vigilante* e o planeta abaixo. — Caças pequenos são uma advertência de que os defensores estão falando sério.

— Isso eu entendi — Zistalmu rosnou. — O que estou perguntando é por que acham que catorze caças constituem qualquer tipo de ameaça. Por acaso eles esperam que isso nos assuste?

— Claro que não — disse Ar'alani. — Mas um par de asas de caças não é uma provocação tão grande quanto um grupo de naves de guerra de classe máxima. Isso deixa mais fácil para os dois lados desistirem se nenhum deles realmente quiser lutar. E se o intruso *quiser* mesmo, não é uma perda para a defesa se os caças forem explodidos no céu.

— Mas não vamos fazer isso, vamos? — Zistalmu perguntou, sua voz sombria e agourenta.

— Não, a não ser que sejamos atacados primeiro — disse Ar'alani. — Capitã? Alguma resposta para o meu pedido?

— A Central de Comando diz que eles não têm tal informação – Wutroow relatou. – Eles disseram que precisam me repassar para o serviço diplomático.

— E eles estão fazendo isso?

— Dizem eles que sim. – Wutroow apontou para a tela tática. – Parece que eles estão se organizando em uma formação de lente.

Ar'alani fez que sim com a cabeça. Ou, ao menos, treze das naves de patrulha estavam. A décima quarta estava avançando, ignorando a posição cautelosa das companheiras.

— Octrimo, aquele caça a extremo estibordo parece querer comprar briga – disse. – Vá até lá. Devagar e relaxado, sem deixar muito óbvio.

— Acha que é ele? – Wutroow perguntou.

— Vamos descobrir em um minuto – disse Ar'alani, checando a distância. A nave de patrulha estava quase ao alcance deles agora. Em alguns segundos...

De repente, uma labareda dupla de fogo laser foi disparada em direção à *Vigilante*.

— Acertou no aglomerado de armas ventral a estibordo – Biclian relatou, tenso. – Disparo de pouca potência, sem dano.

— Entendido – disse Ar'alani.

Zistalmu respirou fundo, nervoso.

— O que eles estão *fazendo*? Achei que tinha dito que eles não estavam tentando nos provocar.

— Os sensores de mira entraram em modo de registro rápido – informou Wutroow.

— Fogo laser modulado chegando... – Biclian começou.

— Obrigada, comandante sênior – Ar'alani interrompeu. Sabia o que Thrawn estava tramando desde que ele havia mirado no aglomerado de sensores e estava esperando que Zistalmu não notasse.

Não teve essa sorte.

— Modulado como? – o síndico perguntou. – Almirante? O laser é modulado como?

— Ainda não tenho certeza, síndico – Ar'alani desviou-se da pergunta. – Vamos ver o que o computador acha.

– Deixe-me adivinhar – Zistalmu disse, estreitando os olhos de forma desconfiada. – É Thrawn, não é? E ele adaptou o laser do caça de alguma maneira para transmitir uma mensagem. É isso?

Ar'alani praguejou em silêncio. Estava encerrado o plano de manter o síndico desinformado por tempo o suficiente para trazer Thrawn a bordo.

Também estava acabado o método preferido por Thrawn de comunicação secreta. Até aquele momento, só ela e Thrawn sabiam como ele conseguira se comunicar com os Garwianos durante o ataque pirata aos Lioaoins em Stivic, todos aqueles anos antes. Ele obviamente tinha planejado usar o mesmo truque ali, sabendo que Ar'alani o reconheceria e seria capaz de extrair a mensagem.

O que ele não tinha antecipado era Zistalmu se convidando para participar da missão.

A questão da possível interferência de Thrawn naquele incidente em particular tinha sido esquecida fazia muito tempo, mas Zistalmu só precisava unir os pontos para trazer a verdade à tona. E, com Zistalmu e Thurfian querendo a cabeça de Thrawn, isso poderia ser um problema grave.

Naquele momento, Ar'alani tinha problemas mais urgentes que esses. Duas das patrulhas Vak saíram da formação de lente e estavam perseguindo a nave de Thrawn. Até o momento não tinham disparado, mas alguém claramente tinha deduzido que a nave solitária havia sido tomada por outra pessoa e estava tentando pará-la. Enquanto isso, no espaçoporto, duas naves de guerra Vak muito maiores estavam pairando na beira do planeta, movendo-se em direção à *Vigilante*.

E, então, a estibordo da beira do planeta, uma nave ainda maior apareceu.

Uma nave de guerra Nikardun.

– Naves de guerra Vak movendo-se em direção ao flanco de bombordo – disse Wutroow. – Distância de combate próximo em dois vírgula três minutos. Naves de patrulha movendo-se em lente de defesa. Distância de combate de noventa segundos.

– Imagem aparecendo – Biclian relatou. – Em Sensor Dois.

Ar'alani olhou para a tela específica. Os dados que Thrawn parecia ter enviado eram do esquema de uma das patrulhas Vak.

Ela abriu um sorriso apertado. Um esquema, ainda por cima, com todas as armas e sistemas de sensores de mira apontados. Tudo que ela precisaria para tirar todas elas de combate sem perda de vidas ou danos graves às naves.

– Prepare os lasers – ordenou. – Mire nos sensores de armas das patrulhas. Mire com *muito* cuidado... Não quero nenhum dano além disso.

– Espere um momento – interrompeu Zistalmu. – Ficou louca? Não pode atacar sem ter sido provocada.

– Nós fomos provocados – Wutroow disse. – Um deles disparou contra nós, lembra?

– Foi Thrawn.

– É o que você sugeriu – disse Ar'alani com cuidado. – Até isso ser confirmado, vamos presumir que os Vaks nos atacaram. Capitã Wutroow, pegue três das patrulhas e dispare...

– Adie essa ordem – Zistalmu esbravejou. – Proíbo qualquer ação. Vai ser preparar para retirada...

– Estão vindo! – gritou Biclian. – Quatro cruzadores pesados, vindos do hiperespaço atrás de nós.

– Entendido – disse Ar'alani, sentindo-se fora da realidade enquanto encarava a tela. Cruzadores pesados, sim, organizados em uma formação de combate diamante.

Mas não eram naves Vak, nem Nikardun.

Eram naves Lioaoin.

– Guinada, giro, cento e oitenta graus – ordenou. – Lasers e esferas a postos nos alvos novos.

– A nave principal Lioaoin está sinalizando, almirante – a oficial de comunicação informou. Ela apertou um botão...

– ... ao intruso – a voz Lioaoin veio do alto-falante, em Minnisiat claro e preciso. – Você está ameaçando a paz e segurança do Combinado Vak. Parta imediatamente ou vamos disparar.

– Almirante... – Zistalmu começou.

— Fique quieto — Ar'alani cortou, antes de tocar no botão de comunicação. — Aqui quem fala é a Almirante Ar'alani da nave *Vigilante* da Força de Defesa Expansionária Chiss — anunciou. — Não temos intenção de atacar Primea ou o Combinado. Um dos nossos está desaparecido, e estamos aqui para saber sua localização.

As palavras mal tinham saído de sua boca quando todas as quatro naves Lioaoi dispararam.

— Liguem as barreiras! — rugiu Wutroow. — Mirem nos lasers inimigos.

— Preparem as esferas — acrescentou Ar'alani, sentindo o cérebro girar enquanto tentava entender o que diabos estava acontecendo. O que os Lioaoi estavam fazendo em Primea, e por que estavam atacando uma nave Chiss de repente?

E, então, entendeu tudo.

Malditos Nikardun, enfim.

— Esferas: disparem quando estiverem prontas! — grunhiu. — Mirem em todas as naves Lioaoin; concentrem-se nos aglomerados de armas.

— Laser inimigo atingindo o casco — Wutroow relatou, sua voz tensa, mas controlada. — Barreiras dispersando em oitenta por cento. Esferas a caminho.

Ar'alani assentiu. Com muitos impactos de esfera de plasma e explosões de íon devorando os sistemas eletrônicos, a habilidade dos agressores de continuar lutando seria neutralizada.

Mas precisaria de meia dúzia de disparos para conseguir desativar qualquer uma das naves, e havia quatro com que lidar. E a *Vigilante* tinha um número limitado de esferas.

A não ser...

— Continue mirando nas armas — ordenou, procurando as telas. A patrulha de Thrawn... Estava ali, vindo em alta velocidade. Os dois caças Vak, que o tinham perseguido até então, estavam ficando para trás. Ao que parecia, não o queriam o suficiente para entrar em zona de combate.

Perfeito.

— Octrimo, qual é a melhor rota para longe daqui? — chamou.

– Espere – Zistalmu protestou. – Agora, quando estamos mesmo sendo atacados... *Agora* você quer fugir?

– Cale-se – disse Ar'alani. – Octrimo?

– A melhor rota de fuga é bombordo – Octrimo respondeu. – Mas esse vetor nos levaria ao alcance de combate de curta distância com a Três e a Quatro.

A nave Quatro dos Lioaoin, Ar'alani notou, sendo a que estava mais a bombordo. Hora de apostar.

– Concentre o fogo da esfera na Três – instruiu. – Octrimo, tire-nos daqui com o seu vetor.

– Na *Três*? – Zistalmu questionou. – Mas a Quatro está mais próxima...!

– Se eu tiver que dizer novamente para você ficar quieto, vou expulsá-lo da ponte – Ar'alani avisou.

Zistalmu resmungou alguma coisa, mas ficou em silêncio.

O fogo laser das quatro naves Lioaoin estava aumentando conforme a *Vigilante* se direcionava ao espaço aberto, à esquerda da formação Lioaoin. As agressoras Três e Quatro começaram a se mover para o lado para bloquear a fuga dos Chiss, mas os esforços da Três estavam ficando mais lerdos pela cascata de esferas de plasma martelando contra seu casco.

Porém, com o fogo flanqueado que a Um e a Dois continuavam disparando contra o casco a estibordo da *Vigilante*, mesmo uma única Lioaoin diante da *Vigilante* seria um problema para o plano de fuga. Na teoria, os Lioaoi e seus mestres Nikardun sabiam e estavam contando com isso.

Infelizmente para eles, todos tinham se esquecido de Thrawn.

A patrulha Vak passou em disparada pela Vigilante a toda potência, desviando-se do fogo laser das naves Lioaoin e arremessando-se na direção da Agressora Quatro, disparando seu laser. Ar'alani trancou a respiração, esperando a Lioaoin responder, perguntando-se se ela e Thrawn tinham lido a situação corretamente.

E tinham. Durante esses primeiros segundos cruciais, a Lioaoin não respondeu aos tiros, tendo sido aparentemente orientada a disparar contra a nave de guerra Chiss, mas evitar combate com a

Nikardun ou as forças locais Vak. Ela podia imaginar os chamados históricos dos Lioaoi a Primea, as perguntas na cadeira de comando, transferindo para a nave de guerra Nikardun, as correções furiosas do general encarregado, possivelmente falando diretamente com os Lioaoi, possivelmente tendo que ir pelo caminho oposto para não entregar aos Chiss que os Nikardun estavam envolvidos...

E, após a exposição da farsa, as naves Lioaoin abriram fogo atrasado.

Mas era tarde demais. O ataque cirúrgico de Thrawn já tinha destruído a habilidade de combate da Quatro, neutralizando os locais pesados de laser da nave e cegando os sensores de controle de fogo dos mísseis. Por um momento, as outras três Lioaoin continuaram a disparar, mas, enquanto a *Vigilante* passava pela sombra da Quatro, as armas ficaram em silêncio para não alvejar a companheira. O caça de Thrawn acabou sua trajetória e virou-se para a *Vigilante*...

E chacoalhou-se de repente quando um último disparo laser cortou seus propulsores traseiros.

— Nave patrulha atingida! — Wutroow gritou.

— Raio trator! — Ar'alani gritou de volta. — Traga-o para cá.

— Quase lá — Wutroow confirmou. — Trator engatado... Travado... Trazendo-o para dentro.

— Esferas a estibordo: uma última salva — Ar'alani mandou. — Não deixe que se aproximem.

— Naves de guerra Vak subindo — Biclian avisou.

Mas era uma perda de tempo e todos sabiam disso. A *Vigilante* estaria longe demais do poço gravitacional de Primea em vinte segundos e teria Thrawn a bordo em trinta. As únicas naves perto o suficiente para pará-los eram os cruzadores Lioaoin e, graças ao ataque combinado dela e de Thrawn, eles também não tinham como fazer coisa alguma.

— Sky-walker Che'ri, prepare-se — comunicou.

— Ela está pronta — a esposa de Zistalmu disse.

Ar'alani fez careta.

— Sky-walker Che'ri? — perguntou acintosamente.

– Estou pronta, almirante – a voz da menina respondeu. A confirmação foi mais baixa e mais insegura do que a de Nana, mas confirmava a Ar'alani que Che'ri estava pronta de verdade.

Ar'alani já tivera outras cuidadoras que insistiam em falar em nome das jovens pelas quais estavam encarregadas, em vez de deixar que elas falassem sozinhas. Não gostara disso no passado, e não gostava disso agora.

– Ótimo – afirmou. – Assim que tivermos o Capitão Thrawn a bordo, vamos partir. Capitã Wutroow?

– Quase lá – Wutroow disse.

Houve um estampido baixo enquanto o estilhaço de um par de mísseis Lioaoin desintegrados rebatiam no casco da *Vigilante* perto da panorâmica. Um último ataque inútil e desesperado.

– A bordo – Wutroow confirmou. – Rede de colisão utilizada... captura confirmada... escotilha externa fechando... escotilha externa selada.

– Tudo bem, Che'ri, nós o pegamos – disse Ar'alani. Fora uma longa estrada, com labaredas de fogo e barulho no fim. Esperava que Thrawn tivesse ao menos encontrado o que procurava. – Leve-nos para casa – comandou a almirante.

LEMBRANÇAS IX

— QUANTO MAIS VAI demorar? — a Capitã Sênior Ziara perguntou.

— Dois minutos — a resposta tensa veio do leme.

Ziara assentiu, estremecendo por dentro. Dois minutos. Duas horas desde a chamada de emergência de Thrawn, sem nenhuma comunicação possível no hiperespaço, e agora mais dois minutos. Dependendo da profundidade em que o cruzeiro estivesse no poço gravitacional do planeta quando Thrawn e sua patrulha recém-atribuída o alcançassem, Ziara e a *Parala* poderiam chegar a tempo de juntar-se a Thrawn para assistir impotentemente a oito mil pessoas chamuscarem até a morte na grossa atmosfera planetária.

— Os raios tratores estão prontos? — perguntou.

— Prontos e no aguardo, capitã.

— Aguardando a saída — o piloto anunciou. — Três, dois, *um*.

O redemoinho do hiperespaço sumiu...

E, lá, dez quilômetros à frente, o drama se estendia diante deles.

Perdas em naves daquele nível eram raras naqueles tempos, mas não menos horríveis. Um cruzeiro de excursão, um cilindro compacto com um par de largas asas em formato de D se expandido em lados opostos e abrigando as suítes mais caras, estava fundo na atmosfera superior e turva do planeta gasoso de três anéis pelo qual estava passando. Seu rastro já era visível conforme sobrevoava os gases tênues, perdendo progressivamente sua velocidade orbital e ameaçando a nave com uma espiral da morte em suas profundezas esmagadoras. Algumas centenas de metros diante da cena, estava a *Boco*, deixando um rastro pequeno, e tentando tudo o que conseguia para estabilizar o cruzeiro.

Tentando e falhando. Mesmo sem fazer cálculos, Ziara conseguia ver que a diferença de massa entre as duas naves tornaria impossível para a Boco salvar o cruzeiro. Na verdade, mesmo com os raios tratores da *Parala*, não seria o suficiente.

— Capitã Sênior Ziara — a voz de Thrawn veio do alto-falante da ponte. — Obrigado por sua resposta rápida. Poderia se juntar a mim próximo à proa do cruzeiro?

— Estamos a caminho — disse Ziara, fazendo um gesto para o leme. A tela de sensores se acendeu com os números relevantes...

Era como suspeitara.

— Mas não vai fazer diferença — acrescentou, em voz baixa. — Mesmo juntos, não vai dar certo. Os passageiros já foram evacuados?

— Infelizmente, não — disse Thrawn. — Quando os propulsores pararam de funcionar, o cruzeiro já estava fundo demais na radiação e nos anéis magnéticos para conseguir lançar as cápsulas de fuga.

— Eles ainda estão *a bordo*?

— Está tudo bem — disse Thrawn. — Os passageiros e a tripulação estão todos no cilindro central atrás de um escudo adequado.

Ziara sibilou em voz baixa. Não era isso que ela queria dizer.

— Conseguiu falar com mais alguém? — perguntou, os olhos correndo pelos números. Outra hora e nem mesmo uma *Nightdragon* seria suficiente para rebocar o cruzeiro.

— Ninguém mais vai vir — disse Thrawn. — Apresse-se, por favor. Temos pouco tempo.

— *Pouco*? — alguém murmurou. — Não temos tempo *algum*.

— Nos deixe em paralelo com ele — disse Ziara, perguntando-se o que Thrawn estava tramando.

— Em posição, capitã — declarou o piloto.

— Os tratores estão a postos — a oficial de armas acrescentou.

— Estado... Não é bom. O cruzeiro ainda...

Um instante depois, ela parou de falar com um arquejo perplexo, quando a *Parala* se sacudiu de forma violenta.

— A *Boco* acabou de soltar os tratores!

— Aumente a propulsão — Ziara ordenou, encarando a tela. Não só a *Boco* havia soltado os tratores, como tinha se afastado da *Parala* e estava fazendo uma curva fechada de volta para o cruzeiro.

E, conforme a *Boco* se posicionava junto ao cruzeiro, seus lasers espectrais brilharam, disparando contra os pontos de junção onde a asa de luxo a bombordo se conectava ao cilindro central.

— Capitã, ele está *atacando* o cruzeiro! — a oficial de sensores gritou.

— Fique firme — disse Ziara. — Prepare energia de emergência para os propulsores.

— Mas, capitã...

— Eu disse para ficar firme — Ziara esbravejou. — Não está entendendo? Ele está deixando a nave mais leve.

As palavras mal tinham saído de sua boca quando a asa da proa se partiu, a mudança súbita na massa do cruzeiro chacoalhando o raio trator e a *Parala*. A *Boco* já estava indo para o outro lado do cruzeiro, disparando contra a outra asa. Ziara observou, preparando-se...

A asa se soltou e desapareceu na atmosfera logo abaixo.

— Energia de emergência! — Ziara ordenou. — Tire-nos daqui!

E, enquanto a *Parala* vibrava e rangia com o estresse adicional, o cruzeiro finalmente começou a se afastar do planeta. Um momento depois, houve uma sacudida menor, e a *Boco* voltou ao lado de Ziara, adicionando seus próprios tratores e propulsores ao esforço. Devagar, mas de forma constante, conseguiram tirar o cruzeiro da atmosfera e do poço gravitacional.

Quinze minutos depois, a crise havia acabado.

— Obrigado pela assistência, Capitã Sênior Ziara — Thrawn agradeceu pelo alto-falante, enquanto as duas naves apagavam os propulsores e removiam os tratores. — Sem você, o cruzeiro teria se perdido.

— E obrigada a você por ter pensado rápido — Ziara respondeu, observando o cruzeiro. As lindas asas externas da nave haviam desaparecido, com suas suítes extravagantes e, sem dúvida, os caros pertences dos passageiros. — Um aviso, porém. Se eu fosse você, não esperaria agradecimento algum de mais ninguém.

※

— Nunca esteve em Csilla, não é? — Ziara perguntou enquanto a nave auxiliar descia em direção à superfície azul e branca cintilante do planeta natal dos Chiss.

— Não — Thrawn respondeu, olhando o lado de fora pela escotilha. — Passei meu treinamento inteiro no complexo da Frota Expansionária em Naporar.

Ziara observou seu perfil. Havia uma certa tensão em seus olhos e lábios.

— Você parece preocupado.

— Preocupado?

— Como se estivesse vendo nighthunters à espreita no seu futuro — disse Ziara. — Você sabe que não tem nada com que se preocupar, certo? Os proprietários do cruzeiro podem reclamar o quanto quiserem, mas o fato é que você salvou oito mil pessoas que, de outra forma, teriam virado papinha.

— Imagino que qualquer coisa semelhante a uma papinha teria há muito se dissipado em tentáculos de moléculas orgânicas fragmentadas dentro das correntes atmosféricas.

— Gostei da resposta — disse Ziara. — Posso roubar?

— À vontade. — Thrawn apontou para o planeta com a cabeça. — Só estava pensando. Já estive em apuros antes, mas nunca fui chamado para uma audiência de nível tão alto.

— Porque todas as coisas questionáveis que você fez até então foram militares — Ziara o lembrou. — Este é um assunto civil. E um assunto civil ligado a uma das Nove Famílias. O mundo todo está de olho em você.

— Ainda assim você acha que eu não preciso me preocupar.

— Porque a lista de passageiros inclui Aristocras de ao menos cinco das Nove Famílias — Ziara respondeu. — A probabilidade de cinco contra um é uma posição de batalha razoável.

— Espero que não chegue a esse ponto. — Thrawn fez um aceno com a cabeça em direção à escotilha. — Aquela é Csaplar?

Ziara esticou o pescoço. Quase invisível na monótona superfície do planeta, estava o que parecia ser uma gigantesca cidade glacial.

— É — ela confirmou. — A capital da Ascendência Chiss, outrora o centro da cultura e do refinamento. Pousaremos no espaçoporto na extremidade sudoeste, e depois vamos pegar um transporte tubular para oeste, em direção à sede da frota. A propósito, você não verá aquele complexo daqui de cima. A maior parte dele é subterrânea.

— Sim, eu sei — disse Thrawn. — Você mencionou que Csaplar já foi um centro cultural. Não é mais?

— Infelizmente, não — Ziara respondeu. — Mas, quando foi, era absolutamente esplêndida.

— Estranho — Thrawn parecia confuso. — Achei que uma população de sete milhões de habitantes seria mais do que o suficiente para sustentar um governo e as artes.

— Pois é — Ziara concordou, olhando casualmente ao redor da nave. Gente demais; porém, tinha tempo até contar a verdade para ele. — Mas não se preocupe. Tenho certeza de que encontraremos *algo* para fazer lá.

A audiência, como Ziara havia previsto, foi curta e superficial. A família Boadil, proprietária do cruzeiro, enviou um representante que insistiu ruidosamente para que Thrawn fosse punido, rebaixado ou expulso da Frota de Defesa Expansionária. Três das cinco famílias cujos membros haviam sido salvos da morte também foram representadas, argumentando que Thrawn merecia uma promoção, e não uma reprimenda. No fim das contas, Thrawn acabou exatamente onde havia começado.

Com uma exceção crucial. Por algum motivo, por algum favor político obscuro que alguém devia a outra pessoa, a nave patrulha de Thrawn, seu primeiro comando, foi retirada dele.

— Sinto muito — Ziara lamentou quando ela e Thrawn retornavam à cidade em um veículo tubular. — Não imaginava que a Frota seria capaz disso.

— Está tudo bem — disse Thrawn. Sua voz era calma, mas Ziara conseguia perceber um leve tom de decepção. — Era de imaginar que os Boadil fossem querer vingança, considerando os milhões que custei a eles.

— Você não custou nada a ninguém — Ziara o repreendeu. — Não foi você quem levou o cruzeiro para perto demais daquele planeta. Não foi você quem ignorou os engenheiros que alertaram sobre os componentes eletrônicos estarem tendo problemas com as torções do campo magnético. Não foi você quem forçou os motores até o limite, nem foi você quem estragou os propulsores. Se eu fosse os Boadil, era a cabeça do capitão que eu ia querer, não a sua.

Exceto que *não era* a cabeça do capitão que eles queriam, ela sabia, sentindo uma pontada de amargura. A família Boadil era aliada política tanto da Ufsa quanto da sua própria família, a Irizi... e o capitão do cruzeiro era da Ufsa. Thrawn era o único bode expiatório disponível para aquela bagunça toda; sendo assim, recebeu sozinho o impacto da raiva e constrangimento da Boadil.

— Obrigado — disse Thrawn. — Mas não precisa ficar zangada por mim. Juntos, salvamos oito mil vidas. No fim das contas, é só isso que importa.

Ziara assentiu com a cabeça.

— Sim, sem dúvida alguma.

— Então — Thrawn retomou o tom profissional. — Sem meu comando, não tenho uma passagem conveniente para fora de Csilla. Presumo que a Frota eventualmente notará isso e providenciará meu transporte para o próximo posto, para onde quer que eles me designem.

— Eles não vão precisar se esforçar para isso — disse Ziara. — Já fiz o pedido oficial para que você seja transferido para a *Parala* como um dos meus oficiais. Se for aprovado, você vem comigo.

— Muito obrigado. — Thrawn abaixou a cabeça para ela. — Percebi que existem alguns hotéis ao redor do espaçoporto. Talvez eu possa me hospedar lá.

— Talvez... — Ziara apertou os lábios, pensativa. Uma ideia passou por sua cabeça...

A família não gostaria muito, ela sabia, mas ela não se importava. Não naquele momento, ao menos. Thrawn fora injustamente jogado porta afora, e, se Ziara não podia consertar a situação, ao menos poderia mostrar a ele que não havia sido abandonado pela Ascendência inteira.

— Na verdade, tenho uma ideia melhor. Temos ao menos uma semana; por que não vem para as propriedades da Irizi comigo?

— Ir para a Irizi? — Thrawn repetiu. — A entrada é permitida a desconhecidos da família? — Um músculo da sua bochecha se contraiu. — Especialmente desconhecidos de famílias rivais?

— Não faço ideia nem me importo — Ziara respondeu. — Sou parente de sangue, e sou uma integrante honrada da Frota que acabou de salvar oito mil vidas. Não sei até onde isso vai me levar, mas prefiro descobrir eu mesma. Quer descobrir comigo?

— Não sei — disse Thrawn, a voz hesitante. — Não quero que entre em apuros por minha causa.

— Não estou preocupada com isso — disse Ziara. — Já lhe contei que meu avô foi um colecionador de arte fervoroso?

Thrawn sorriu.

— Se já não mencionei isso, Ziara, você tem um talento especial para explorar as fraquezas dos seus oponentes. Muito bem. Avante ao perigo?

— Avante — Ziara respondeu. — Além do mais, acabamos de sobreviver a um encontro com um planeta gasoso gigante e nocivo. Quão ruim minha família poderia ser em comparação?

⁂

Os arredores do espaçoporto de Csaplar eram barulhentos, e abarrotados de gente, hotéis, restaurantes e entretenimento de todo tipo. As propriedades da Irizi ficavam a cerca de trezentos quilômetros ao nordeste, no outro lado da cidade. Ziara conseguiu para eles um transporte tubular subterrâneo para duas pessoas, e então partiram.

Através da cidade. Não como geralmente era feito, em torno dela.

Ela sabia que não deveria fazer isso. Não era para Thrawn descobrir a verdade sobre a cidade capital da Ascendência — ninguém a não ser síndicos sêniores, oficiais generais e os Patriarcas das Nove Famílias sabiam da verdade completa — e havia muitas rotas de veículos tubulares que evitariam as seções acima do solo inteiramente.

Mas, mais uma vez, ela não se importava. A Frota e os Aristocra haviam tratado Thrawn de maneira vergonhosa, e sua raiva persistente despertou um senso de desafio peculiar, mas surpreendentemente delicioso.

Além do mais, ela disse a si mesma enquanto eles saíam do espaçoporto e continuavam entre os prédios e parques e o labirinto de tubos sobre o solo, seria um exercício tático interessante ver o quanto levaria para Thrawn se dar conta disso.

Não levou muito. Eles tinham passado por pouco mais de um terço da metrópole interminável e ela estava observando a expressão dele de perto. Ele olhava para a janela quando seus olhos se estreitaram de repente.

— Tem algo errado — disse.

— Do que está falando? — Ziara perguntou.

— Não parece ter ninguém aqui — Thrawn respondeu. — Não desde que partimos do espaçoporto.

— Claro que tem — Ziara apontou para outro veículo tubular em paralelo ao deles, ao longe. — Tem duas pessoas ali.

— Eles são as exceções — disse Thrawn. — Os outros veículos que passaram por nós estavam vazios.

— Talvez estivessem longe demais para você ver o lado de dentro — disse Ziara, sentindo tanto culpa quanto surpresa por ver como aquele jogo era divertido. — Pode ver que os veículos costumam ter exterior refletor.

— Não — disse Thrawn. — Os carros vazios vão mais rápido em seus trilhos do que os ocupados. Também passamos por três locais conectivos e não havia nem veículos nem passageiros esperando lá.

Ele se virou, fixando os olhos nos seus de forma tão intensa que ela se afastou um pouco.

— O que aconteceu com nossa capital, Ziara?

— A mesma coisa que aconteceu com o planeta inteiro — disse Ziara em voz baixa. — Sinto muito... Eu não deveria ter feito isso com você, mas não era para você saber.

— Saber o quê? Que o povo de Csilla partiu?

— Oh, eles não partiram — disse. — Bem, sim, a maior parte sim, mas o grande êxodo aconteceu mais de mil anos atrás. O que você aprendeu na escola sobre como as mudanças na produção solar e o lento congelamento da superfície que forçou a população de Csilla para o subsolo é, em grande parte, verdade. O que eles não contam é que o número de pessoas que foi para baixo da terra foi muito diferente dos quatro bilhões que moravam aqui em cima na época.

— Para onde eles foram?

— Outros planetas — disse Ziara. — Rentor, Avidich e Sarvchi, especialmente. A Sindicura e os quartéis da Frota ficaram aqui, junto com as instalações de carga e mercadoria. Algumas das famílias se mudaram para planetas onde já tinham presenças consideráveis, mas a maior parte não queria deixar Csilla completamente.

— Eles também foram para o subsolo?

— Sim — Ziara respondeu. — O novo domicílio da minha família... Bem, novo se você considerar mil anos pouco tempo... Está localizado em uma grande caverna, dois quilômetros abaixo da superfície. Ainda na mesma terra, é claro. Os Irizi são um pouco obcecados a respeito de território e história.

— Então quantas pessoas vivem realmente em Csilla?

— Sessenta ou setenta milhões — disse Ziara. — Mas os registros oficiais dizem que são oito bilhões. — Ela gesticulou em direção à cidade ao redor deles. — O restante de tudo isso aqui é só para fazer bonito.

— Para quem?

— Para nossos visitantes — disse. — Nossos parceiros de negócios estrangeiros. — Sentiu a garganta apertar. — Nossos inimigos.

— Então, poucos continuam a viver acima do solo para manter a ilusão — Thrawn murmurou. — Também mantêm luz e calor. Os transportes tubulares continuam a viajar pelas cidades, fingindo ser o trânsito de uma população próspera. — Ele olhou para Ziara. — Suponho que, do outro lado, nosso tubo vá descer para um dos túneis?

Ela assentiu.

— Tem sempre algumas centenas de pessoas em Csaplar. Elas fazem rodízio frequentemente para não ter que aguentar as condições aqui de cima por muito tempo. O restante da cidade, da *verdadeira* cidade, está espalhado por cavernas, a maior parte delas concentradas ao redor do complexo da Sindicura. Mais ilusões para nossos visitantes diplomáticos.

— E, é claro, a maior parte dos visitantes civis e comerciantes fica perto de um dos portos espaciais — Thrawn assentiu. — A atividade ali e ao redor do complexo governamental esconde o vazio do restante da cidade.

— Correto — Ziara falou. — Sua próxima pergunta deve ser por que tudo isso é um segredo tão grande.

— De forma alguma — Thrawn respondeu. — Entendo as vantagens estratégicas de manobrar um inimigo em potencial a gastar uma enorme quantidade de força no que é, essencialmente, uma casca vazia. — Ele a olhou nos olhos. — A *minha* pergunta é por que você me contou tudo isso. Certamente não sou sênior o suficiente para saber esse tipo de informação confidencial. Em especial depois de hoje.

— Contei porque conhecimento é o que o move — Ziara afirmou. Sua rebeldia, antes mantida pela raiva, começou a sumir, deixando apenas um certo incômodo. A lei era clara: oficiais da patente de Thrawn não deveriam saber nada disso. — Quanto mais souber de uma situação, melhor será em criar as estratégias e táticas de que precisar para lidar com ela. Enfim, logo mais você será chamado para a reunião de alto nível. — Ela torceu os lábios. — Quando isso acontecer, tente fingir que ficou surpreso.

— Farei isso — ele prometeu. — Falando em surpresa, sua família sabe que você está trazendo um hóspede?

Ziara sacudiu a cabeça.

— Não, mas não importa.

Thrawn levantou as sobrancelhas de leve.

— Você presume.

— Sim — Ziara admitiu. — Eu presumo.

CAPÍTULO QUINZE

A LEI ERA CLARA.
A *Vigilante* havia sido atacada por forças do Regime Lioaoin. Os agressores se identificaram, retirando qualquer dúvida de que fossem piratas, corsários ou qualquer tipo de grupo não autorizado ou extraoficial. O Conselho de Hierarquia da Defesa tinha algumas respostas obrigatórias para esse tipo de situação, assim como a Aristocra e a Sindicura. A lei era clara.

O que não significava que qualquer um desses grupos estivesse entusiasmado em colocar seus deveres em prática.

— Isso é loucura — disse o Segundo-oficial Kharill.

Samakro olhou para o céu giratório do hiperespaço pela janela. Pessoalmente, ele concordava por completo com a opinião de seu subordinado.

Mas Kharill *era* seu subordinado e Samakro era o primeiro-oficial da *Falcão da Primavera*, e parte de seu dever era acabar com qualquer conversa daquele tipo em sua nave.

— Os velhos filósofos concordariam com você — disse. — Por outro lado, esses mesmos filósofos diriam que toda guerra é loucura.

Se levar isso ao pé da letra mais extremo, todos nós estaríamos desempregados.

— Talvez estaríamos — Kharill disse. — Não posso dizer que não gostaria de ter alguns anos de paz.

— Isso pode depender da causa subjacente dessa paz — disse Thrawn atrás deles. — Bom dia, senhores.

— Bom dia, Capitão Sênior Thrawn — Samakro disse, levantando-se bruscamente da cadeira de comando e virando-se quando Thrawn passou pela escotilha para entrar na ponte.

Para sua surpresa, Thrawn acenou para que ele se sentasse de novo.

— Não estou aqui para tirá-lo de seu turno, capitão intermediário — disse. — Só vim ver como vai nosso progresso.

— Dentro do cronograma, senhor — Samakro disse, olhando para a estação de navegação.

Che'ri estava sentada reta em seu assento, sem mostrar nenhum dos sinais sutis de fadiga sky-walker que poderia fazer com que voltassem ao espaço normal para que ela descansasse um pouco.

Em contraste, Thalias, de guarda atrás da menina, estava curvada de pé, parecendo prestes a cair no sono.

Mas ela estivera com Thrawn em Primea, o planeta natal dos Vaks, e havia sido testemunha de tudo que acontecera por lá. Isso fez com que se tornasse o centro das atenções na mesma rodada cansativa de audições com o Conselho e a Sindicura que Thrawn e Ar'alani tinham aguentado. Considerando as circunstâncias, Samakro achava até surpreendente que a jovem estivesse de pé para começo de conversa.

— Excelente — disse Thrawn. Do canto do olho, Samakro viu que ele olhava para Che'ri, fazendo a própria análise visual das condições dela e chegando à mesma conclusão que a dele. — Você entende, é claro, que a paz tem muitos sabores diferentes.

— Senhor? — Samakro perguntou com o cenho franzido.

— Estava voltando ao assunto que o Comandante Sênior Kharill trouxe à tona — disse Thrawn. — Se a Ascendência for conquistada e nossas cidades ficarem em ruínas, isso será um tipo de paz.

— Não era o que eu estava sugerindo, senhor — Kharill disse, rígido.

— Não imaginei que fosse — Thrawn assegurou. — Mas essa seria a ideia de paz de um colonizador. Um colonizador diferente poderia preferir que os Chiss estivessem sob seu controle inquebrantável, ou que obedecessem a suas ordens sem questionar. Para ele, isso seria paz.

— Quis dizer o tipo de paz que não incluísse matar ninguém — pontuou Kharill.

— É o tipo de paz que a maior parte das pessoas civilizadas deseja — disse Thrawn. — Mas como ela poderia ser alcançada?

— Não sei, capitão — Kharill disse. — Não sou um filósofo.

Thrawn o olhou em silêncio por um momento. Então, inclinou a cabeça de leve.

— Entendido. Vá checar o abastecimento de esferas de plasma. Suspeito de que vamos precisar muito delas nas próximas horas.

— Sim, senhor. — Evidentemente aliviado, Kharill saiu da ponte para ir até a estação de armas.

— Ele *é* um bom oficial, senhor — Samakro disse em voz baixa.

— Eu sei — disse Thrawn. — Seu principal defeito é a falta de curiosidade.

— Eu diria que ele não tem imaginação.

— Todas as criaturas possuem algum tipo de imaginação — disse Thrawn. — Essa imaginação pode ser encorajada e cultivada, ou pode brilhar em momentos de dificuldade. Mas a curiosidade é uma escolha. Alguns desejam tê-la. Outros não. Como poderíamos conseguir a paz que ele deseja?

— Pelo respeito mútuo e a boa vontade de todos os seres, é claro — Samakro disse, permitindo-se um sorrisinho irônico.

Thrawn sorriu de volta.

— E como poderíamos obter esse respeito?

O sorriso de Samakro desapareceu.

— Provando, sem deixar nenhuma dúvida, que a Ascendência pode e vai responder a qualquer ataque com força esmagadora.

— Certamente — disse Thrawn. — E é por isso que esta missão não é loucura, mas uma necessidade vital.

— Sim, senhor — Samakro disse. — Mas acredito que o Comandante Kharill estava se referindo menos à filosofia e mais à questão de por que apenas as nossas duas naves foram enviadas para lidar com a situação.

— Não acredita que a *Falcão da Primavera* e a *Vigilante* serão suficientes para lidar com as defesas do mundo central Lioaoin?

Samakro hesitou.

— Para ser sincero, não, senhor.

— Talvez seja necessário que tenha uma compreensão melhor da situação — disse Thrawn. — Há quatro grupos diferentes em ação, cada um com seus interesses. Por um lado, temos os Nikardun, que querem capturar ou destruir a Almirante Ar'alani em Primea, mas não querem que a Ascendência se vingue deles ou do Combinado Vak. O General Yiv, portanto, mandou as forças do Regime Lioaoin realizarem o ataque e se arriscarem sozinhas.

— Achei que essa conexão não havia sido estabelecida.

— Se não tivesse, você teria que acreditar que os Lioaoi viajaram até Primea apenas para atacar uma nave de guerra Chiss que eles não tinham como saber que estava indo até lá.

Samakro fechou a cara.

— Entendo o seu ponto.

— Então, Yiv conseguiu o primeiro de seus objetivos, mesmo arriscando sacrificar a força de seus aliados Lioaoin — continuou Thrawn. — O segundo objetivo, agora que ele direcionou nossa raiva aos Lioaoi, é medir o desejo da Ascendência de retaliar. Isso vai ajudá-lo a revisar seus planos, se necessário, enquanto ele planeja sua guerra final contra nós.

— O que significa que mandar apenas duas naves não é uma boa resposta da parte do Conselho — Samakro disse. — Vai nos fazer parecer fracos e indecisos.

— Yiv pode interpretar a ação dessa forma — Thrawn concordou. — Mas também pode interpretar como confiança suprema, que duas naves de guerra Chiss seriam adequadas para enviar a mensagem. Acrescente aqui o interesse dos Lioaoin de diminuir ao máximo os danos ao seu regime.

— O que não nos interessa.

— Talvez não – disse Thrawn. – Ainda assim, se encontrarmos um equilíbrio entre intensificar a represália e diminuir o dano, os Lioaoi podem lembrar nossa moderação no futuro.

— Presumindo que eles não virem contra nós as naves que nós não destruirmos – Samakro advertiu.

— Mais um motivo para derrotar Yiv e remover suas garras da região o mais rápido possível – disse Thrawn, sombrio. – Certamente os Lioaoi não nos atacariam sem pressão dos Nikardun.

— Mas, para isso, a Sindicura precisa primeiro reconhecer a ameaça – Samakro apontou. Se bem que, para ser honesto, havia uma diferença enorme entre engolir filhotinhos de bigodinhos como o Regime Lioaoin e enredar-se com um nighthunter como a Ascendência Chiss. – De qualquer maneira, alcançar esses dois objetivos significa que precisamos causar um certo dano sem sermos destruídos.

— Tem isso – Thrawn concordou. – Mas a almirante acredita que podemos conseguir o equilíbrio necessário.

— Espere um pouco – Samakro disse, franzindo o cenho. – Está dizendo que a Almirante Ar'alani *pediu* apenas duas naves? Achei que isso era decisão dos síndicos.

— Eles ficaram contentes em concordar – disse Thrawn. – Mas não, foi a almirante.

— Fico feliz que *ela* esteja confiante – Samakro murmurou.

— Ela está. – Thrawn inclinou a cabeça. – Tem outro motivo para levarmos uma força tão pequena, porém, um motivo tático. Sabe qual é?

— Não faço a mínima ideia.

— Pense – Thrawn insistiu. – Você tem o conhecimento e a visão. Aplique-os ao problema.

Samakro controlou o desejo de fazer cara feia. Era o que ele merecia por ter dito que Kharill não tinha imaginação.

Mas era uma pergunta intrigante. Duas naves Chiss... um número incerto de oponentes... um motivo tático...

– Certamente vai ser mais fácil de avaliar as táticas Lioaoin com eles disparando contra apenas duas naves – comentou, enrolando, de forma que assim tivesse mais tempo para pensar. Duas naves Chiss...

– Exatamente – disse Thrawn, acenando com a cabeça. – Bom trabalho, capitão intermediário.

Samakro piscou de perplexidade.

– Era só isso?

– É claro – disse Thrawn. – Tem a ver com minimizar variáveis. Seria ainda mais fácil se levássemos apenas uma nave, mas não achamos que o Conselho aceitaria esse tipo de coisa.

– Mas você disse que a Sindicura tinha aceitado de boa vontade?

O olhar de Thrawn ficou mais distante.

– Alguns dos síndicos estavam relutantes em fazer qualquer tipo de ataque, já que acreditam que Ar'alani e eu provocamos o incidente em Primea deliberadamente. Outros, tenho certeza, acreditam que duas naves serão suficientes. E, outros, ainda...

– Outros? – Samakro repetiu.

Thrawn deu de ombros.

– Suspeito que um número pequeno esteja torcendo para nossa morte em combate, eliminando assim qualquer constrangimento futuro que nós possamos causar à Ascendência.

Samakro o encarou.

– Isso é...

– Paranoia? – Thrawn sugeriu.

– Eu ia dizer revoltante – Samakro disse. – Se a frota tem algum problema com o senhor ou a Almirante Ar'alani, o Conselho pode puni-los ou rebaixá-los. Não é o trabalho da Sindicura se meter nas nossas decisões.

– Mas *é* o trabalho deles fazer o melhor pela Ascendência – disse Thrawn. – Às vezes, as obrigações e as restrições coexistem.

– Bem, se eles estão esperando que nós nos encolhamos e morramos para conveniência deles, estão muito enganados – Samakro disse com firmeza. – Esta é a *Falcão da Primavera*. Nós não perdemos batalhas. Contra ninguém. Garantido.

– Espero ansiosamente para provar isso mais uma vez – disse Thrawn. – Vou deixar a ponte em suas mãos agora, capitão intermediário. Me avise assim que nossa sky-walker precisar de um descanso. Senão, estarei de volta antes de nosso encontro com a *Vigilante*.

Com um aceno final, ele se virou e refez seus passos em direção à saída.

Samakro encarou a escotilha por um longo momento após ele partir, sentindo o sangue ferver. Não gostava muito de Thrawn. Certamente não gostava do jeito que ele se arriscava perto da linha, e frequentemente passava do limite. Às vezes, ele deixava um rastro de caos e desordem atrás de si que outras pessoas precisavam consertar, e Samakro odiava isso também.

Mas também não tinha interesse algum nos malditos Aristocras, nos síndicos, ou em qualquer um fora do comando da frota que interferisse em assuntos militares. A *Falcão da Primavera* e a *Vigilante* iriam ao mundo central Lioaoin como tinham mandado, deixariam o recado da Ascendência, e voltariam. As *duas* naves voltariam.

E, com sorte, voltariam cobertas de honras. Porque era assim, também, que a *Falcão da Primavera* funcionava.

Garantido.

⚡

As duas naves se encontraram no sistema combinado, perto o suficiente do mundo central Lioaoin para seguir salto a salto. Lá, os comandantes e seus oficiais sêniores se reuniram na *Vigilante* para discutir os últimos preparativos.

Samakro perguntou-se se Ar'alani ou Thrawn mencionariam seu objetivo privado de mandar uma mensagem Chiss com o menor dano possível para o lado Lioaoi. Mas nenhum deles disse coisa alguma.

Provavelmente era o melhor a ser feito, decidiu. Já estava tudo confuso demais para ainda por cima precisar acrescentar complicações de última hora.

A conferência acabou, e os oficiais da *Falcão da Primavera* voltaram à nave. Che'ri e a sky-walker da *Vigilante* foram retiradas de suas respectivas pontes e abrigadas em suas suítes para resguardá-las do perigo. Ar'alani deu a ordem, e as naves entraram no hiperespaço para um salto final.

E chegaram lá.

– Relatório de situação – Thrawn pediu calmamente de sua cadeira de comando.

– Todos os sistemas estão prontos – anunciou Samakro, indo de um lado para o outro atrás do leme para ver as estações de armas, defesa e sensores. – Contando doze naves de guerra Lioaoin de tamanho médio. A *Vigilante* está se dirigindo para dentro.

– Tenente Comandante Azmordi, deixe-nos informados – ordenou Thrawn. – Vamos ver quanto tempo vão levar para notar nossa presença.

– Quatro das naves de guerra estão saindo de órbita – Dalvu relatou da estação de sensores, digitando. – Seis... Não, doze.

– Não muito tempo, aparentemente – disse Thrawn, descontraidamente.

– Quem diria que não tem nem mesmo uma consciência pesada – Samakro comentou, tentando manter a voz estável. Duas naves de guerra desse tamanho seriam triviais contra a *Vigilante* e a *Falcão da Primavera*. Quatro seriam razoáveis. Seis seriam muito. Doze...

– Eles estão tentando nos afugentar – disse Thrawn, como se sentisse a preocupação súbita de Samakro. – Não se preocupem, elas não virão todas atrás de nós.

– Certamente parecem estar vindo – Dalvu murmurou.

– Controle esse tom, comandante intermediária – Samakro a repreendeu. – O capitão sênior sabe do que está falando.

– Talvez você devesse explicar a ela por que eles não pretendem enviar mais do que quatro naves contra nós – Thrawn sugeriu.

Samakro franziu o cenho, olhando as naves com o canto dos olhos. O que Thrawn conseguia ver que ele não conseguia?

Sorriu de repente. Não é que ele estivesse vendo algo, mas uma questão de lógica.

– Porque os Chiss têm uma reputação – disse. – O Alto Comando Lioaoin sabe disso, e não acredita que a Ascendência tenha enviado apenas duas naves como retaliação pelo ataque em Primea. Eles estão presumindo que estamos aqui para distraí-los, ou que fazemos parte de uma formação de cerco. De qualquer forma, querem manter boa parte da força ao seu redor para protegê-los.

– Exatamente – disse Thrawn. – Prestem atenção nas quatro naves que virão em nossa direção enquanto as outras se mantêm em posição de defesa na órbita do planeta.

O console de comunicação brilhou.

– A almirante acaba de saudá-los – Samakro relatou.

Thrawn assentiu.

– Vamos ouvir o que ela tem a dizer.

A oficial de comunicação ligou o alto-falante.

– Aqui quem fala é a Almirante Ar'alani da Frota de Defesa Expansionária Chiss, comandante da *Vigilante* – a voz clara de Ar'alani ressoou na ponte. – Forças do Regime Lioaoin atacaram uma nave da Ascendência Chiss com conhecimento de causa e de forma definitiva. Há algum tipo de explicação antes de julgarmos suas ações?

Silêncio.

– Vou dizer mais uma vez – disse Ar'alani, e repetiu a mensagem.

– Os Nikardun estão aqui – disse Thrawn em voz baixa.

– Não estou captando nenhuma nave além das Lioaoin – Dalvu disse.

– Então eles estão na superfície ou a bordo das naves Lioaoin – disse Thrawn. – Mas o regime certamente tentaria dar alguma desculpa por suas ações em Primea se não temessem represálias de seus aliados.

Samakro pensou no que Thrawn dissera sobre os Nikardun sacrificarem os Lioaoi para tirar eles próprios e os Vaks do alvo dos Chiss.

– Então, os Nikardun estão mandando os Lioaoin para o abatedouro? – perguntou. – Fala muito sobre o valor que os Nikardun veem neles.

– Mais que qualquer outra coisa, indica o grande valor que o General Yiv vê no Combinado Vak – disse Thrawn. – Vejo quatro naves se aproximando.

Samakro olhou para o perfil de Dalvu e notou a expressão amarga em seu rosto. Thrawn tinha deduzido o número preciso da resposta Lioaoin e, por algum motivo, aquela demonstração casual de competência a irritava.

– Confirmado, capitão sênior – ela disse com relutância.

Thrawn tocou em um botão da cadeira de comando.

– Almirante, acredito que os oponentes estejam a caminho.

– Concordo, capitão sênior – a voz de Ar'alani respondeu. – Preparada para utilizar a sonda.

– A *Falcão da Primavera* está pronta – Thrawn confirmou. – Utilize à vontade.

Samakro esticou o pescoço para olhar para a panorâmica, conforme a *Vigilante* corria próxima à proa de bombordo da *Falcão da Primavera*. Houve um estalo de fogo propulsor, e a sonda foi disparada da nave maior.

– Sonda enviada – confirmou a Thrawn.

– Entendido.

Samakro observou o objeto acelerar em direção às quatro naves Lioaoin, que agora se posicionavam em formação diamante vertical. Esse cenário inteiro era, ao menos superficialmente, o mesmo truque que Thrawn usara em Rapacc para capturar a nave de patrulha Nikardun. A sonda, que, na verdade, era só uma das naves auxiliares da *Vigilante*, servia como chamariz, dando aos Lioaoin algo para focar enquanto a ameaça real vinha de outro lugar.

Ao menos, era o que Thrawn e Ar'alani esperavam que eles vissem. A questão era quanto do incidente em Rapacc os Nikardun haviam compartilhado com seus adversários.

E, mais importante que isso, se eles também tinham compartilhado os contra-ataques pensados para qualquer uso futuro da manobra.

Aparentemente, a resposta às duas perguntas era sim.

— A sonda está falhando — Dalvu anunciou. — A *Vigilante* parece estar perdendo controle.

— Interferência de comunicação aumentando — Samakro confirmou, olhando para as telas de comunicação. — Os Lioaoi estão tentando bloquear o sinal de controle da *Vigilante*. Bloquear *e* desativar.

Samakro olhou para a tela tática. O vetor original da sonda era em direção à nave ventral da formação Lioaoin. Agora estava vacilando de um lado para o outro enquanto a *Vigilante* e os Lioaoi disputavam seu controle.

Os Lioaoi venceram. Com uma última e débil disparada, a sonda mudou para um novo vetor, que a levaria sem problemas pelo centro da formação Lioaoin e, depois disso, a faria desaparecer nos anos-luz vazios do Caos.

— Ao menos agora sabemos que eles podem aprender — Samakro comentou.

— Certamente — disse Thrawn. — E, como pode ver, capitão intermediário, isso pode ser algo bom ou ruim.

— Sim, senhor — Samakro disse.

A sonda estava quase ao lado das naves Lioaoin, movendo-se de forma estável sob o controle de seus novos mestres. Entrou no espaço vazio no meio da formação e...

— Disparem — disse Thrawn.

Na distância atual, Samakro sabia, contra naves de guerra certamente equipadas com barreiras eletrostáticas, um ataque de laser espectral não seria apenas inútil, como seria risível. Mas as naves de guerra não eram os alvos de Thrawn. Em vez disso, os lasers da *Falcão da Primavera* miraram um disparo de energia na pequena nave auxiliar desprotegida.

E, assim que o casco foi destruído, os quatro mísseis escondidos em seu interior foram ativados, um para cada uma das quatro naves de guerra Lioaoin.

Os Lioaoi já esperavam pelo ataque, é claro, e, mesmo em uma distância tão curta, tiveram tempo de sobra para reagir. Mas, com uma nave aliada diretamente atrás de cada míssil, nenhuma das naves de guerra conseguia responder de maneira adequada para neutralizar o ataque completamente. Alguns disparos de laser foram lançados em caráter experimental, e um dos mísseis foi atingido e desintegrado. Mas a explosão apenas expeliu as bolhas ácidas da ogiva, deixando o fluido mortífero continuar na direção do alvo. Um segundo depois, enquanto as naves de guerra tentavam em vão fugir do dano, os mísseis colidiram.

O dano real deveria ser mínimo. Mesmo o ácido incrivelmente potente dentro dos mísseis só penetraria em parte do casco de uma nave de guerra, e sua propagação lateral seria limitada. Sistemas eletrônicos, sensores e armas seriam danificados, mas o dano seria apenas localizado.

No entanto, o efeito psicológico valia a pena. As quatro naves Lioaoin sacudiram-se violentamente, desfazendo a formação diamante. Um segundo depois, o momento de pânico instintivo parecia ter passado, e os capitães começaram a rotacionar sistematicamente para longe das naves Chiss, tentando tirar do alcance dos lasers inimigos suas novas vulnerabilidades.

Todas tinham conseguido dar uma guinada de quarenta graus quando os lasers da *Vigilante* foram disparados.

E a segunda nave auxiliar – a nave auxiliar escura, silenciosa, fria e indetectável que fora rebocada de forma invisível atrás da primeira – explodiu e lançou o próprio carregamento de mísseis invasores nas naves de guerra Lioaoin cambaleantes.

– Regime Lioaoin, sigo esperando por explicações – a voz de Ar'alani ouviu-se no alto-falante. – Talvez deveriam começar a se desculpar, ou nós continuaremos.

– Naves Lioaoin retrocedendo – Dalvu relatou. – Duas outras naves saindo da órbita de defesa.

– Almirante? – Thrawn perguntou.

– Aparentemente, ainda não estão prontos para ceder – disse Ar'alani, com a voz gelada. – Muito bem. Estamos aqui para entregar um recado. Hora de entregá-lo.

– Entendido – disse Thrawn. – *Falcão da Primavera*: prepare-se para a batalha.

Um baque duplo e suave foi ouvido em algum lugar próximo da nave. Che'ri, sentada na cadeira e fingindo desenhar, sacudiu-se violentamente.

– O que foi isso? – murmurou.

– Está tudo bem – Thalias disse do sofá diante da cadeira de Che'ri, onde estava fingindo ler. – Deve ser só um estilhaço de míssil que nossos lasers destruíram.

– E o ácido? – Che'ri perguntou, olhando para o canto de cima da suíte.

– Não tem ácido nenhum – disse Thalias, mandando o próprio coração ficar calmo. – Nós somos os únicos que usam mísseis com ácido. Todos os outros usam explosivos. Assim que nossos lasers destroem ou detonam os mísseis, nada mais vem em nossa direção. – Houve outra série de baques, seis dessa vez. – Exceto alguns destroços do míssil – justificou-se.

– E o que acontece se os destroços passarem pela barreira?

– Eles não vão passar – Thalias prometeu. – A barreira eletrostática pode diminuir a velocidade, mas o que importa é que a *Falcão da Primavera* tem uma armadura grossa e muito boa.

– Tá – Che'ri disse. Mas era evidente em sua expressão ansiosa que não estava satisfeita com a resposta. – Por que ninguém mais usa ácido?

– Não sei – disse Thalias. – Suponho que não seja tão impressionante quanto explosivos. Também deve ser mais difícil fazer com que os mísseis funcionem.

– E por que *nós* usamos?

– Porque quando funciona, funciona muito bem – disse Thalias, sentindo uma pontada de compaixão. Quando tinha a idade de Che'ri, os oficiais e as cuidadoras nunca respondiam suas perguntas a respeito de coisas assim. Só depois descobriu que eles estavam proibidos de contar esses detalhes às sky-walkers.

E provavelmente continuavam proibidos, o que significava que Thalias estaria com problemas se alguém descobrisse. Mas ela conseguia se lembrar do terror de estar em uma nave em batalha, sentada sozinha com a cuidadora, perguntando-se o que estava acontecendo.

Saber como as armas da nave funcionavam talvez não fosse reconfortante. Mas talvez o fosse, e era o que importava.

– Se o míssil chegar perto o suficiente antes dos lasers inimigos o atingirem, o ácido vai continuar como uma grande bolha – acrescentou. – É bem difícil acertar uma bolha de líquido. As barreiras eletrostáticas também não podem fazer muito para reduzir a velocidade, então quando o ácido alcança o alvo, ele começa a corroer o metal do casco.

– Então abre o casco para o espaço?

– Só se o casco for muito fino ou se já estiver danificado – disse Thalias. – Mas pode destruir qualquer sensor ou sistemas de controle ígneo e corroer qualquer cabo de comunicação ao seu alcance. Ou melhor, para nós, escurece o casco e cria buracos, o que contribui para o metal logo abaixo absorver melhor a próxima salva de fogo laser.

– E *isso* abre o casco para o espaço?

– Sim, possivelmente – disse Thalias. – Não vai destruir a nave inteira, é claro. Você já viu quantas divisórias de emergência a *Falcão da Primavera* tem nos corredores. Mas é um aviso à nave inimiga de que nós abrimos vantagem.

Outro baque duplo, mais distante, desta vez.

– E o que acontece se um desses pedaços bater contra a panorâmica? – Che'ri perguntou.

– Provavelmente nada – disse Thalias. – As defesas ao redor da ponte são muito boas, e há barreiras de impacto que podem ser levantadas se algo estiver se aproximando. Além disso, o material da panorâmica é bem grosso e resistente.

– Quer dizer, é legal poder ver o lado de fora quando estamos viajando – Che'ri refletiu. – Mas eu sempre fico preocupada de que algo vá bater na panorâmica.

– É um risco – Thalias admitiu. – Mas as panorâmicas não estão lá só para olharmos para as estrelas. Existem muitas coisas que podem deixar os sensores e os sistemas eletrônicos alterados, confusos ou estragados. Os oficiais da ponte precisam poder ver o que está acontecendo do lado de fora. Também é necessário ter algumas áreas de observação da triangulação, onde outros guerreiros podem ajudar a focar nossos ataques.

– Acho que faz sentido. – Che'ri observou-a atentamente. – Por que ninguém nunca contou isso para mim antes?

– Eles não podem – Thalias admitiu. – Na verdade, existem muitas coisas que os outros não podem contar às sky-walkers.

– É. – Che'ri fez careta. – Eles me tratam como se eu fosse uma... – Parou de falar.

– Criança? – Thalias sugeriu.

– Eu *não* sou uma criança – Che'ri irritou-se. – Eu tenho quase dez anos.

O primeiro reflexo de Thalias foi apontar que dez anos era, absolutamente, parte da definição de *infância*. Seu segundo reflexo foi usar aquela lenga-lenga de "está tudo bem, tudo bem" que as cuidadoras costumavam empregar com ela.

Mas, quando olhou nos olhos da menina, vendo todo aquele medo e incerteza, notou que nada disso ajudaria. As duas eram mais parecidas do que Thalias havia notado e, para ela, a única coisa que acalmava o medo era o conhecimento.

– Eu sei – disse, assentindo para mostrar que reconhecia a forma que Che'ri se via. – Mais do que isso, você experimentou mais pressão e estresse nos últimos três anos do que a maior parte dos Chiss experimentam em suas vidas inteiras.

Che'ri olhou para o lado.

– Está tudo bem – murmurou.

– Está tudo bem, e vai ficar tudo bem, porque você é forte – disse Thalias. – Você é uma sky-walker, e a Terceira Visão parece vir com um tipo especial de fortaleza mental.

– Não sei – Che'ri disse, os olhos focados em algo distante que só ela conseguia ver. – Eu não me sinto forte.

– Mas você é – insistiu Thalias. – Acredite em mim. E, se servir de consolo, a maior parte das coisas que eles não contam para você são coisas que não contam para ninguém das forças militares. A maior parte das coisas que contei eu descobri por conta própria depois que me aposentei.

— Você não entrou em nenhuma encrenca por isso?

— Não muito. Me deram algumas advertências, porém. — Thalias torceu o nariz exageradamente como se estivesse pensando. — Mas acho que *outras* pessoas podem ter se encrencado no meu lugar.

Isso fez com que Che'ri sorrisse um pouquinho.

— Eles mereceram?

— Eu gosto de pensar que a galáxia tem seu equilíbrio próprio — disse Thalias. — Aqueles que merecem ficar em apuros, ficam, e os que não merecem, não ficam.

— Você realmente acha que funciona assim?

Thalias suspirou.

— Nem um pouco — admitiu. — Infelizmente. Ouviu isso?

Che'ri olhou para cima, franzindo a testa.

— Não.

— Exatamente — disse Thalias com um certo alívio. — Não teve mais baques de estilhaço. Acho que a batalha acabou.

— Espero que sim — Che'ri disse, tentando ouvir algo. — Odeio batalhas.

— Todo mundo odeia — disse Thalias. — Bem. Acho que agora vai ter gente discutindo o que aconteceu, e o Capitão Thrawn vai falar aos Lioaoi que ele poderia ter destruído o planeta inteiro se quisesse, e então eles vão discutir um pouco mais. Depois de um tempo, nós vamos ser chamadas de novo para a ponte, e você vai nos levar de volta para casa.

— Espero que sim — Che'ri disse, estremecendo.

— Confie em mim — disse Thalias. — Isso só deixa duas perguntas.

Che'ri fez careta.

— Quais?

— O que você quer jantar — disse Thalias — e se você vai querer comer agora ou depois de seu primeiro intervalo.

LEMBRANÇAS X

RECRUTAMENTO, O ARISTOCRA ZISTALMU refletiu enquanto esperava por sua visita, era um dos trabalhos mais entediantes que um membro da família poderia ter. Era entediante e geralmente frustrante. Na maior parte do tempo, o recrutador nem sabia por que aquela pessoa em questão havia sido escolhida.

Neste caso, ao menos, Zistalmu sabia precisamente por que Mitth'raw'nuru havia sido escolhido. E se perguntou se a família Irizi havia enlouquecido de vez.

A batida na porta veio no exato momento combinado.

— Entre — chamou Zistalmu.

O painel se abriu.

— Comandante Sênior Mitth'raw'nuru ao seu dispor, como pediu — disse o visitante, formalmente, quando passou pela porta.

— Comandante Sênior Thrawn — Zistalmu disse, acenando e gesticulando em direção à cadeira à sua frente. — Sou o Aristocra Irizi'stal'mustro.

— Aristocra Zistalmu — disse Thrawn, acenando de volta enquanto se abaixava para se sentar na cadeira indicada. — Fiquei surpreso ao receber seu convite.

— Sim — Zistalmu disse, tentando manter a voz neutra. — Compreendo que visitou o domicílio da família Irizi algumas semanas atrás.

— Sim — disse Thrawn. — Não lembro de tê-lo visto lá.

— Infelizmente, os assuntos da Sindicura me impediram de comparecer ao evento — respondeu Zistalmu. — Você fez uma fama e tanto nos últimos anos.

— Às vezes, a fama vem junto com uma maldição.

Ao menos ele reconhecia como ele próprio e sua carreira eram polarizadores. Até então, Zistalmu não tinha certeza se o homem tinha esse *nível* de autoconsciência.

— Às vezes, as pessoas não apreciam seus talentos e habilidades — disse. — Entendo que teve alguns problemas com certos membros da família Mitth.

Thrawn estreitou os olhos de leve.

— Tinha entendido que a família ainda me apoiava.

— Talvez — Zistalmu disse, sentindo o gosto amargo do ressentimento. Por que a família Irizi queria aquele homem estava além de sua compreensão, mas por que eles tinham decidido deixar o recrutamento para *ele* era ainda mais incompreensível. No entanto, era seu dever, e não tinha nada que pudesse fazer contra isso. — Estou só apontando que aqueles que acreditam que seus feitos são negativos para a família não têm vergonha de expressar suas opiniões.

— Sinto muito que estejam insatisfeitos — disse Thrawn. — Ao mesmo tempo, tenho que cumprir meu dever com a Frota de Defesa Expansionária como posso.

— Não discordo disso — pontuou Zistalmu. — Mas o chamei aqui para assegurar que, independentemente dos Mitth reconhecerem ou não sua dedicação, a família Irizi certamente reconhece.

— Obrigado — disse Thrawn, fazendo uma mesura com a cabeça. — Se bem que, considerando as tensões entre nossas duas famílias, duvido que seu apoio possa me ajudar.

— Acredito que a família Irizi estava considerando ajudá-lo mais diretamente.

Uma ruga apareceu na testa de Thrawn.

— Como?

Zistalmu sacudiu a cabeça em pensamento. Na esfera militar, Thrawn demonstrava possuir bastante percepção e talento tático. Mas, na esfera política, ele poderia ter acabado de eclodir de um ovo ali mesmo.

— Estou sugerindo que se desconecte dos Mitth e aceite uma posição na família Irizi.

— Como um adotado por mérito?

— De jeito nenhum — Zistalmu disse, preparando-se. Essa era a parte mais detestável da oferta. — Talvez os Mitth achem isso bom o suficiente, mas nós Irizi não achamos. Estamos preparados para oferecer a posição de nascido por provação.

— Isso é... muito interessante — disse Thrawn, claramente pego de supetão. — Eu... isso é extremamente generoso.

— É o que você merece — afirmou Zistalmu. Tinha conseguido chamar a atenção dele. Um adotado por mérito do serviço militar perdia a relação automaticamente quando o serviço acabava. Um nascido por provação não só mantinha a conexão como, se considerado merecedor, poderia virar posição distante, onde sua linhagem seria incorporada à família. — E, é claro, entrar nessa posição significa que nem teria que passar pelas Provações. Seu serviço exemplar foi considerado um substituto adequado.

— Humildemente, fico honrado — disse Thrawn. — Não sei bem o que a minha desconexão dos Mitth poderia ajudar aos Irizi.

— Ajudaria de muitas formas — Zistalmu disse. — Nossa presença geral nas forças militares... bem, é um assunto político. Nada para você se preocupar. Digamos apenas que sempre é bom ter um militar distinto de alta patente, e os Irizi acreditam que você é a melhor escolha.

— Entendo — disse Thrawn, assentindo devagar, pensativo, a testa franzida.

Zistalmu prendeu a respiração. Se isso funcionasse — se Thrawn aceitasse a proposta —, tudo estaria terminado. Ele seria dos Irizi, não dos Mitth.

Se os Irizi se arrependeriam um dia, era outro problema. Mas era problema deles. Tudo que Zistalmu precisava era focar em recrutá-lo com sucesso, não importando se ele aceitasse ou não, pois isso elevaria seu nome e prestígio dentro da família.

— Aprecio o interesse — disse Thrawn. — Mas não posso tomar uma decisão sem pensar mais profundamente no assunto.

— Pense o quanto quiser — Zistalmu disse, mantendo o rosto neutro ao tentar equilibrar o sentimento de irritação, arrependimento e alívio. Seria Thrawn idiota o suficiente para não conseguir ver quão valiosa aquela jogada seria? — Mas tenha em mente que, se você demorar demais, algum outro oficial em ascensão pode chamar a atenção da família no seu lugar.

— Eu entendo — disse Thrawn. — Agradeço a oferta. — Ele se levantou e então fez uma pausa. — Seu comentário sobre oficiais de alta patente de destaque. Ocorreu-me que você já tem um na sua família: a Capitã Sênior Ziara.

— Sim, nós temos — afirmou Zistalmu, com uma voz pesarosa. — Mas eu temo que não por muito mais tempo.

※

— Capitã Sênior Irizi'ar'alani — entoou o Almirante Supremo Ja'fosk. — Dê um passo adiante.

Era isso. Tentando manter a respiração estável, Ziara avançou para o centro do círculo iluminado com holofotes, de frente para Ja'fosk e outros dois oficiais sêniores.

— Diga o seu nome — Ja'fosk continuou, fúnebre.

— Capitã Sênior Irizi'ar'alani — Ziara respondeu. Será que ele estava tentando intimidá-la, ou era só efeito colateral do tom extremamente formal que ele estava usando?

— Essa pessoa não existe mais — disse Ja'fosk. — Esse nome não existe mais. Você não é mais dos Irizi. Você não pertence mais a família nenhuma.

Ziara sustentou o olhar persistente de Ja'fosk, sentindo um nó no estômago. Sabia que esse momento estava chegando desde a semana anterior, e o vinha antecipando havia muito tempo. Mas, mesmo com toda aquela preparação mental, foi um momento inesperadamente emocional. Ao contrário de muitos dos Irizi, ela nascera dentro da família, sem desafios de méritos, reassociações ou provações para superar. Era uma filha de sangue puro, com todos os privilégios e honras que a posição conferia.

Mas não mais.

— A Ascendência é sua família — Ja'fosk continuou. — A Ascendência é sua casa. A Ascendência é seu futuro.

— A Ascendência é sua vida.

Ziara tinha ouvido aquelas palavras muitas vezes na última semana, enquanto praticava a cerimônia. Mas só naquele momento, escutando-as na voz estrondosa de Ja'fosk, elas soaram reais. *A Ascendência é sua vida.*

Mas não tinha sido sempre assim? Uma vez que tomara a decisão de se juntar à Força de Defesa, não havia efetivamente aberto mão de seu futuro para o bem maior do seu povo?

E tendo oferecido sua vida, era uma perda tão grande oferecer também os laços familiares?

— A Capitã Sênior Irizi'ar'alani já não existe mais — Ja'fosk disse, alcançando uma caixa plana na mesa atrás de si. — No seu lugar — ele segurou a caixa em direção a ela —, agora está aqui a Comodoro Ar'alani.

Preparando-se, Ziara deu um passo à frente e pegou a caixa entre as mãos. Pela tampa transparente, viu seu novo uniforme de comodoro: branco ofuscante em vez do preto que usou durante toda sua carreira. As insígnias já estavam presas no colarinho, e, no ombro, em vez do símbolo da família Irizi, estava o símbolo circular da Ascendência Chiss.

— Você aceita esse novo uniforme e essa nova vida? — Ja'fosk perguntou.

Ziara respirou fundo. Não, Ziara não. Não mais.

— Sim, eu aceito — Ar'alani respondeu.

Ja'fosk abaixou a cabeça, e, ao fazê-lo, Ar'alani notou um ligeiro sorriso de melancolia.

Lembrando-se, talvez, de quando ele mesmo estivera ali, no lugar dela. Perdendo, também, sua própria família.

⸻

As celebrações pela promoção de Ar'alani estavam chegando ao fim, e as multidões de pessoas desejando-lhe boa sorte haviam diminuído consideravelmente quando Thrawn finalmente apareceu.

— Meus parabéns, comodoro — ele disse, inclinando a cabeça em direção a ela. — Você deve se lembrar que eu disse que você um dia estaria aqui.

— Na verdade, pelo que me lembro, você disse que um dia eu seria almirante — Ar'alani respondeu. — Ainda tenho um longo caminho pela frente até lá.

— E você vai conseguir — assegurou Thrawn. — Fiquei sabendo que você foi designada para a *Destrama* e a Força Piquete Seis.

— Sim, eu fui — Ar'alani confirmou. — Também solicitei que você seja meu primeiro-oficial.

— Sério? — disse Thrawn, claramente surpreso — Pensei que suas obrigações de babá haviam acabado.

— Você achava que estava a bordo da *Parala* porque o General Ba'kif queria que eu ficasse de olho em você?

— Acho que era mais uma questão de querer que você se certificasse que eu não saísse da linha — Thrawn fez uma pausa. — De novo.

— Talvez tenha tido um pouco disso, sim — Ar'alani admitiu. — Mas isso não é tão relevante. Pedi você porque você é um bom oficial. — Ela deu um sorriso fraco. — Também tenho minhas suspeitas de que haverá uma promoção para você em algum momento futuro.

— Muito obrigado — disse Thrawn. — Farei meu melhor para que não se arrependa da decisão. — Ele hesitou. — Preciso de um conselho, comodoro, se puder me ceder um momento.

— Para você, sempre — ela disse, olhando por cima do ombro dele. Nenhum dos outros convidados estava perto o suficiente para entreouvir a conversa. — Quando estivermos só nós dois, pode ser só Thrawn e Ar'alani.

Ele deu um sorriso sem jeito.

— Muito obrigado... É uma honra.

Ela retribuiu o sorriso.

— Então. Do que você precisa?

— Fui recentemente abordado por um Irizi — ele disse, abaixando a voz um pouco. — Ele disse que alguns Mitth estão descontentes comigo, e podem tentar me reassociar.

O primeiro instinto de Ar'alani foi desconversar. Políticas familiares sempre eram um assunto delicado.

Mas políticas familiares *não eram* mais assunto dela.

— Qual era o nome dele?

— Aristocra Irizi'stal'mustro.

Ar'alani assentiu com a cabeça.

— Zistalmu. Nunca o conheci, mas sei quem é. Deixe-me adivinhar: ele achou que você deveria pedir para se juntar aos Irizi.

— Na verdade, o tom e a forma como ele falou sugerem que a reassociação já está certa — Thrawn respondeu. — Não houve menção a entrevistas ou qualquer tipo de barreira que me impedisse de ser aceito. Ele também sugeriu que eu seria um nascido por provação, em vez de adotado por mérito.

— Interessante — disse Ar'alani. — E isso tudo foi só sugerido, não declarado abertamente?

— Não houve nenhum convite formal, se é isso que quer dizer.

— É o que eu quis dizer, sim. — Ar'alani franziu os lábios, o olhar perdido no restante da sala. Os dois Irizi que estiveram presentes na festa já haviam partido, e só algumas famílias menores continuavam lá. — Certo, alguns fatos para levar em consideração. A família Irizi sempre foi uma forte apoiadora dos militares, especialmente da Força de Defesa. Eles gostam de ter membros em cargos altos, pois sentem que lhes trazem prestígio, o que é uma moeda de troca entre os Aristocras.

— Prestígio por si só é uma moeda?

— De certa forma — Ar'alani respondeu. — Há muitos fatores que influenciam a posição e o poder de uma família. Alguns deles são financeiros ou históricos, outros são mais nebulosos, como prestígio e reputação.

— Entendo — disse Thrawn, embora Ar'alani tivesse certeza de que, pela expressão confusa, não havia entendido. — E o que isso tem a ver com a família Mitth e comigo?

— A Mitth tem uma posição mais forte que a Irizi, ao menos no momento — Ar'alani respondeu. — Nos últimos anos, a Mitth tem tentado diminuir o poder militar da Irizi ao recrutar cadetes e oficiais promissores.

— Como eu?

— Muito provavelmente — disse Ar'alani. — Estava claro, desde a Academia, que você teria uma carreira brilhante pela frente. A questão é que, talvez um pouco tardiamente, a Irizi reconheceu seu potencial e espera conseguir roubar você da Mitth.

— Você acha que ele estava falando a verdade sobre a Mitth querer me reassociar?

— Difícil dizer. Não tenho conhecimento sobre a estrutura política da Mitth como tenho da Irizi. Acho que se você conseguir evitar fazer qualquer coisa... polêmica... no futuro, você ficará bem. Adotados por mérito estão sempre em provação até que consigam se provar. Mas passar pelas Provações os deixam numa posição muito mais segura. E, claro, se e quando você for elevado a Posição Distante, você será praticamente intocável.

— Entendo — disse Thrawn. — Mas, se os Irizi têm uma mentalidade mais militar, não seriam eles uma família melhor para mim?

Ar'alani hesitou. *Sem família, sem família.*

— Sendo honesta com você, eu nunca gostei da forma como os Irizi dominam o pessoal da Força de Defesa. Sei que temos que ignorar a identidade familiar quando servimos, mas todos nós já vimos rivalidades transbordando em conversas e obrigações.

— Então você recomenda que eu continue na Mitth?

— Essa é uma decisão que você precisa tomar por si só — disse Ar'alani. — Ser sangue da Irizi foi muito bom para minha carreira, e a família fez o mesmo por muitos outros. Mas o que foi bom para mim talvez não seja bom para você.

— Entendo — disse Thrawn. — Muito obrigado. Estou em dívida com você.

— De nada. — Ar'alani ousou sorrir. — E não é uma dívida só, você sabe disso. Gosto de pensar que contribuí um pouco em manter você na academia mesmo com a acusação de trapaça.

— A sua contribuição foi muito maior do que você deve lembrar — Thrawn assegurou-lhe. — E sua ajuda não se limita ao passado distante. Acho que nunca agradeci adequadamente pelo seu apoio após o incidente em Stivic.

— Meu apoio foi desnecessário. — Ar'alani o encarou nos olhos. — Os Garwianos declararam oficialmente que foi o Oficial de Segurança Frangelic que notou uma falha nas táticas dos piratas e achou uma forma de usá-la a seu favor. Considerando a forma como eles o estavam exaltando, já deve ter sido promovido a essa altura.

— E ele merece fortemente todas as honras que recebeu.

— Concordo. — Ar'alani inclinou a cabeça. — Só por curiosidade, eu procurei depois a respeito disso, e não achei uma forma óbvia de conectar um comunicador a um laser de variação.

— Não tem como — disse Thrawn. — Mas tem um local onde um questis pode ser conectado para baixar dados e fazer análise.

— E conectores como esse geralmente funcionam em qualquer direção — disse Ar'alani, concordando com a cabeça. — Então você conectou seu questis no modulador de frequência do laser e usou a opção de voz para texto?

— Só texto — disse Thrawn. — Se houvesse um inquérito mais tarde, ter uma gravação de voz seria suspeito.

Ar'alani assentiu de novo.

— Os Garwianos devem uma a você. Espero que entendam isso.

— Eu não fiz nada pela gratidão deles — disse Thrawn, parecendo um pouco surpreso que Ar'alani sequer fosse pensar uma coisa dessas. — Fiz pelo bem do povo deles e por todos que poderiam ter passado por esses mesmos agressores.

— Um objetivo muito nobre — disse Ar'alani. — Gostaria que a Ascendência apreciasse mais esse tipo de coisa.

Thrawn sorriu.

— Também não fiz pela gratidão dos nossos.

— Verdade. — De novo, Ar'alani olhou por cima do ombro dele. Ainda havia seis pessoas, mas elas estavam focadas nas próprias conversas e nunca dariam por sua falta. — Olha só. Vamos para um lugar mais calmo e você pode me pagar um drinque para celebrar.

Ela tocou em seu braço.

— E, enquanto bebermos, você pode me contar todos os outros objetivos que tem em mente que farão a Ascendência fingir que não é grata por eles.

CAPÍTULO DEZESSEIS

O CONTRAMESTRE DA ESTAÇÃO de reparos sacudiu a cabeça enquanto corria para o fim da lista.
— Não sei o que há com vocês — disse. — Essa é a segunda vez em dois meses. Será que vocês correm *deliberadamente* para o meio de suas batalhas?
— É claro que não — respondeu Samakro, ríspido. — Não é culpa da *Falcão da Primavera* se o Conselho e a Aristocra ficam nos mandando o tempo todo para lutar contra outras pessoas no Caos.
— E não é culpa deles se vocês não ganham as batalhas mais rápido — o contramestre replicou, virando-se um pouco para ver a panorâmica da *Falcão da Primavera* flutuando ali perto, delineada contra o disco branco azulado que era a superfície congelada de Csilla preenchendo parte do céu.
— Vencemos rápido o suficiente — Samakro assegurou. — Não sejamos dramáticos. A nave não está *tão* danificada assim.
— Você não acha? — o contramestre disse, ácido. — Bem, suponho que é o motivo de *você* estar por aí se jogando no meio de salvas de disparos e *eu* estar aqui, colocando tudo de volta no lugar. — Ele ergueu um dedo. — Sete: esse é o número de sensores que precisam

ser trocados. Oitenta e duas placas do casco precisam ser trocadas. Cinco lasers espectrais precisam de reparos ou renovações. E o que é essa bobagem de acrescentar um tanque extra de fluido de esfera de plasma?

– Usamos muitas esferas de plasma.

– E onde exatamente o capitão sugere que eu coloque mais um? – o contramestre retrucou. – Nos aposentos dele? Nos *seus*?

– Não faço a mínima ideia – disse Samakro. – É por isso que você está aqui fazendo milagres da manutenção e nós estamos lá fazendo os outros se arrependerem por comprar briga com a Ascendência Chiss.

– Isso ia precisar de um milagre *mesmo* – o contramestre grunhiu, olhando novamente para o questis. Ainda assim, ele pareceu contente com o elogio. – O mínimo que ele poderia fazer é pedir esses milagres ele mesmo.

– Ele está no meio de uma reunião com o General Ba'kif.

O contramestre fungou.

– Sem dúvida planejando como vai se meter em problemas da próxima vez. Muito bem. Vou começar com isso, e ver se consigo achar espaço em algum lugar para botar esse tanque de plasma impossível que ele tanto quer.

– Se alguém pode conseguir fazer isso, esse alguém é você – Samakro falou. – Quanto acha que vai demorar?

– Ao menos seis semanas, talvez sete – disse o contramestre. – Se eu receber uma ordem do General Ba'kif para ir mais rápido ou do Almirante Supremo Ja'fosk, eu posso tirar uma semana desse número.

– Bem, então comece e eu vou tentar conseguir essa ordem – Samakro disse. – Obrigado.

– Me agradeça *não* arrebentando sua nave da próxima vez.

– E fazer o Conselho achar que pessoas como você não são mais necessárias? – Samakro perguntou de forma suave.

– Eu adoraria ver o Conselho tentar fazer o que eu faço – o contramestre disse. – A Ascendência nunca mais voltaria ao espaço. Vamos, vá embora daqui. Tenho trabalho a fazer.

Quinze minutos depois, Samakro estava em uma nave auxiliar, voltando à superfície.

Com um nó em seu estômago.

Será que vocês correm deliberadamente para o meio de suas batalhas?, o contramestre perguntara, e Samakro ignorou a pergunta com sarcasmo... Mas, em seu íntimo, não tinha tanta certeza disso. Houve ao menos duas vezes durante a batalha contra os Lioaoi, talvez três, nas quais Thrawn levara a *Falcão da Primavera* muito mais fundo na zona inimiga do que o necessário. A maior parte dos danos de que o contramestre reclamara viera dessas situações.

Será que Thrawn estava tentando conseguir informações adicionais sobre as técnicas dos Lioaoi, como ele tinha dito? Ou seria possível que a percepção tática e a capacidade de julgamento que levara seu nome à fama estavam se perdendo?

Thrawn insinuou que tinha começado sua atual reunião com Ba'kif. Mas talvez fosse o contrário. Talvez Ba'kif tivesse notado as mesmas implicações problemáticas nos relatórios pós-ação e estava tendo as mesmas dúvidas que Samakro. Talvez tivesse chamado Thrawn para entender o que estava acontecendo.

E, se o general decidisse que Thrawn não era mais capaz de comandar a *Falcão da Primavera*...

Samakro respirou fundo. *Pare*, ordenou. Se tirassem Thrawn do comando, não significava que Samakro voltaria a liderar a nave. A *Falcão da Primavera* ainda tinha um nome importante, e a família Ufsa não era a única que adoraria ter um de seus no comando.

Ainda assim, era um pensamento interessante.

⛓

– Um pensamento interessante – o General Ba'kif disse, apertando os lábios. – A questão é se esse pensamento é perigosamente inspirado ou simplesmente insano e criminal.

– Não compreendo por que usar qualquer um desses adjetivos, senhor – disse Thrawn, sua voz carregando a mistura de respeito e confiança de sempre. – A pequena nave de exploração que estou propondo...

– *Não* compreende? – Ba'kif interrompeu.

– Não, senhor – disse Thrawn, com calma. – Uma nave de exploração poderia permitir que qualquer um de nós três passasse pelos sentinelas e olheiros que o General Yiv deve ter colocado no meio do caminho. Os dados que coletarmos não só nos deixariam entender melhor o que é esse tal de Destino Nikardun, como também poderiam prover pistas de como e quanto aqueles na linha de batalha de Yiv estão sendo controlados.

– Para quê?

– Existem muitas possibilidades – disse Thrawn. – Nós poderíamos incitar uma rebelião em alguns deles...

– Ação preventiva – Ba'kif interrompeu. – A Sindicura nunca deixaria.

– ...ou talvez alugar bases ou depósitos de suprimentos deles...

– Mais ações preventivas.

– ...ou, se encontrarmos povos entre eles que não foram conquistados, poderíamos descobrir o que estão fazendo para resistir aos Nikardun.

Ba'kif franziu o cenho, pensativo. A última opção poderia ser um bom aprendizado. Melhor ainda, uma missão direta de coleta de dados não geraria tanta indignação entre os Aristocras quanto as outras sugestões de Thrawn.

Mas, mesmo aí, havia riscos e incertezas na coisa toda.

– Independência e resistência são uma combinação muito difícil de manter – ele destacou. – Qualquer conquistador que se preste jamais permitiria isso.

– A não ser que Yiv não esteja ciente da situação – Thrawn respondeu. – Na verdade, como você sugere, essa provavelmente é a única maneira em que tal situação *poderia* continuar.

– Portanto, independência, resistência e sigilo absoluto – resumiu Ba'kif. – As probabilidades contra a existência desses aliados em potencial existirem estão ficando cada vez maiores. Você precisa de mais alguma coisa deles? Proficiência em armas pequenas, talvez?

— Não, não preciso de mais nada — respondeu Thrawn. Ou ele não tinha percebido o sarcasmo de Ba'kif ou decidira ignorar. — Podemos encontrar uma maneira de trabalhar com quaisquer outras habilidades que eles possam ter.

— *Se* eles existirem.

— Se eles existirem — Thrawn admitiu. — De qualquer forma, já falei com a Cuidadora Thalias e com a Sky-walker Che'ri, e ambas demonstraram interesse em ir comigo.

— Você compartilhou assuntos confidenciais com pessoal não autorizado? — Ba'kif perguntou, seu tom alarmado.

— As sky-walkers e suas cuidadoras sabem de muitos assuntos que até mesmo oficiais sêniores não têm conhecimento — disse Thrawn. — Dito isso, não compartilhei nenhuma informação restrita. Simplesmente lhes perguntei se elas me acompanhariam em uma viagem longa, com destino e propósito não especificados.

Ba'kif o encarou por alguns segundos, ponderando as opções, considerando as possibilidades, avaliando riscos. Não tinha muita confiança nessa loucura toda.

Mas se a informação que Thrawn e Ar'alani trouxeram sobre a infiltração silenciosa dos Nikardun fosse ainda que parcialmente precisa, *algo* tinha que ser feito. E quanto mais rápido, melhor.

— Existem membros da Sindicura que o consideram um laser instável — ele disse, empurrando o questis de volta para Thrawn.

— Os Nikardun são uma ameaça séria, general — Thrawn sussurrou. — Possivelmente a ameaça mais séria que a Ascendência enfrentou na história recente. O General Yiv é competente e carismático, com um talento especial para conquistar e cooptar aqueles em seu caminho.

— E se nós encontrarmos esses aliados em potencial que você espera? Como você propõe uma aliança a uma Sindicura que recusou qualquer tipo de envolvimento por séculos?

— Vamos primeiro encontrá-los — Thrawn respondeu. — Lidamos com os Aristocras se e quando for necessário.

Ba'kif suspirou. *Um laser instável.*

— Tem certeza de que você não fará falta?

Thrawn assentiu.

— O Capitão Intermediário Samakro está supervisionando o conserto da *Falcão da Primavera*. Ficará em manutenção na estação de reparos por ao menos seis semanas.

— Como conseguiu danificá-la tanto? — Ba'kif levantou a mão. — Deixa para lá. Tudo bem, vou designar uma nave de reconhecimento para você e mandar prepará-la. Mas nem uma palavra a Thalias ou Che'ri sobre a sua verdadeira missão até que você esteja a caminho. Entendido?

— Entendido.

— Uma consideração final, então — Ba'kif disse, colocando todo o peso da sua longa carreira na voz. — Você não está apenas *se* colocando em risco, mas também arriscando a vida de duas mulheres, uma delas uma sky-walker extremamente valiosa. Está preparado para lidar com a morte de ambas, caso tudo der errado?

— Estou ciente do perigo — Thrawn respondeu. — Nunca ia querer o peso de um arrependimento assim. Mas estou mais preparado para lidar com as mortes delas por uma ação minha do que para colocar a Ascendência inteira no mesmo risco.

Ba'kif assentiu. Achou que a resposta de Thrawn seria algo assim. E, infelizmente, ele precisava concordar.

— A nave ficará pronta assim que recolher suas companheiras de viagem e seus suprimentos — disse. — Suas ordens serão enviadas, mas confidenciais. Ninguém além de mim vai saber de sua missão.

— Obrigado, senhor — disse Thrawn, ficando de pé. — Agradeço, também, por não acrescentar o fardo extra de me lembrar que sua carreira está na reta.

— Preocupe-se com a sky-walker e com a Ascendência — Ba'kif grunhiu. — Deixe que *eu* me preocupe com minha carreira. Agora saia daqui. E que a sorte dos guerreiros o acompanhe.

⨯

— O que será que eles estão conversando? — Che'ri murmurou, levantando os olhos do questis e da imagem que estava desenhando.

Esticou o pescoço na direção da porta fechada do escritório do General Ba'kif, na metade do corredor ocupado, como se aproximar a cabeça por alguns centímetros pudesse magicamente ajudá-la a ver ou ouvir alguma coisa.

– Não sei – disse Thalias, resistindo ao impulso de dizer à menina que ela já tinha feito a mesma pergunta duas vezes, e que a resposta não mudaria até Thrawn sair de lá.

Mas o assunto da conversa que não podiam ouvir não era difícil de deduzir. A pergunta vaga de Thrawn, querendo saber se ela e Che'ri aceitariam ir com ele em uma missão especial, havia sido curiosa o suficiente, mesmo sem a reunião imediata com Ba'kif logo em seguida. Mas a reunião *tinha* acontecido logo em seguida, e a única conclusão razoável era que eles estavam discutindo os detalhes daquela missão.

– Eles estão vindo – Che'ri disse, de repente.

Thalias olhou para a porta ainda fechada, invadida por uma lembrança que provocava sentimentos conflitantes. Quando tinha a idade de Che'ri, ela conseguia fazer aquele mesmo truque, usando a Terceira Visão para saber o que ia acontecer com alguns segundos de antecedência. A maior parte das pessoas, ao menos aquelas que sabiam o que eram as sky-walkers, lidavam bem com isso. Mas havia as que nunca se acostumavam. Perturbá-las era grande parte da graça.

A porta se abriu, e Thrawn apareceu. Ba'kif veio logo atrás, mas parou na passagem e, por um momento, os dois homens trocaram algumas palavras inaudíveis. Thrawn concordou com a cabeça e começou a andar no corredor em direção a Che'ri e Thalias...

– Boa tarde, Cuidadora Thalias.

Thalias se virou. O Síndico Thurfian estava ali, com o mesmo sorriso que já vira em sua cara tantas vezes. Nunca era uma expressão verdadeiramente amigável, e era quase sempre um prelúdio para notícias ruins.

– Boa tarde, síndico – respondeu. – O que posso fazer pelo senhor?

– Me pergunto se você poderia ir até meu escritório por alguns minutos – disse Thurfian. – Tem algo que preciso discutir com você.

Thalias sentiu o estômago apertar. Não; *agora não*. Ele poderia ter escolhido qualquer outro momento.

– Sinto muito, mas meu comandante está a caminho – disse, tentando manter o tom neutro enquanto apontava com a cabeça em direção a Thrawn. – Acredito que ele deve ter ordens para me transmitir.

– Eu tenho quase certeza que ele não tem – disse Thurfian, ainda sorrindo. – Aparentemente, você esqueceu que a nave foi para a estação de reparos para ser submetida a consertos bastante significativos. A não ser que o General Ba'kif tenha encontrado alguma nave espacial de sobra, o Capitão Sênior Thrawn não deve estar precisando de você.

– Você ficaria surpreso com a inventividade do Capitão Thrawn – disse Thalias, suando sob a roupa. Tudo bem, era agora. Era o pior momento possível; era óbvio que ele escolheria uma hora assim. – De qualquer forma, estou sob o comando dele, não do seu.

– Bem, então vamos perguntar a ele, não? – Os olhos de Thurfian correram para cima dos ombros de Thalias. – Capitão Sênior Thrawn – disse, a voz com o mesmo jeito falsamente alegre de seu sorriso. – Preciso de sua cuidadora emprestada por uma hora ou duas. Certamente, não é um problema, é?

– De modo algum – disse Thrawn, os olhos focando rapidamente em Thalias. – Suponho que não precise de Che'ri também?

Thurfian franziu o cenho de leve.

– Não, só preciso de Thalias. Por que eu precisaria de Che'ri?

– Não sei – disse Thrawn. – Foi por isso que perguntei. Fico feliz que não precise, já que ela ficou um pouco para trás em seus estudos. Espero que os reparos da *Falcão da Primavera* a ajudem a ter tempo de estudar.

A ruga na testa de Thurfian desapareceu.

– Ah. É claro.

– Eu deveria estar lá para ajudá-la – disse Thalias obstinadamente, tentando pensar. Se ela achasse uma forma de escapar...

– Não vai demorar – Thurfian prometeu. – Até mais tarde, Capitão Thrawn.

– Até mais tarde – Thrawn respondeu.

O complexo da Sindicura compreendia cerca de cem quilômetros da frota até o quartel-general, o que significava uma viagem rápida de vinte minutos via transporte por túneis. Nem Thalias nem Thurfian falaram durante o trajeto, cientes da presença de meia dúzia de oficiais e Aristocras no veículo que poderiam ouvir qualquer conversa.

Estavam quase no fim da viagem quando Thalias conseguiu pensar em um plano.

Não era um bom plano. Era bem desesperado. Mas era tudo que tinha.

Levou dois minutos de privacidade no toalete para começar. Dois minutos e muito mais coragem do que achou possuir. Mas estava feito, e ela estava comprometida, e só poderia torcer para não ter arruinado sua vida.

Eles chegaram e, ainda em silêncio, Thurfian a guiou pelos corredores do poder da Ascendência até seu escritório.

– Tudo bem, estou aqui – disse assim que Thurfian entrou no escritório e apontou para uma cadeira. – O que está acontecendo?

– Ah, por favor – Thurfian protestou um pouco. Depois de fechar a porta, passou por trás dela e se sentou do outro lado de sua escrivaninha. – Não finja que não sabe. Você me prometeu um relatório. É hora de cumprir sua promessa.

Ele ativou o questis e o empurrou na mesa até ela.

– Me diga tudo o que sabe, tudo que aprendeu, e eu quero dizer tudo *mesmo*, a respeito do Capitão Sênior Thrawn.

※

Por um longo minuto, a jovem ficou ali com a expressão rígida e o corpo parado de maneira pouco natural. Procurando, com certeza, uma forma de fugir da armadilha.

A armadilha na qual entrara por vontade própria, é claro. Ou ela cumpria sua promessa ou Thurfian daria meia-volta, iria ao escritório ao lado e cancelaria sua posição como cuidadora da *Falcão da Primavera*. Com uma ameaça assim pairando sobre sua cabeça, ela não teria como discordar.

Mas não foi de boa vontade. Nem de longe. Mesmo agora, enquanto observava suas feições e sua linguagem corporal, era óbvio que ela estava querendo achar uma forma de fugir daquele acordo.

Problema dela. Não se importava com suas esperanças ou sua reticência. Tudo que importava era que Thrawn estava metido em algo novo e que Thurfian não tinha mais paciência para aquelas palhaçadas. Precisava de algo para usar contra aquele indivíduo subversivo, e o conhecimento detalhado de Thalias a respeito das atividades recentes de Thrawn era esse algo.

– Vamos, vamos, eu não tenho o dia inteiro – disse, quebrando o silêncio tenso entre eles. – Quanto mais rápido acabar, mais rápido vai poder voltar a admirar seu grande herói.

– Achei que só faríamos isso quando a campanha acabasse – disse Thalias, sem tocar no questis.

– Nunca disse quando seria – Thurfian a lembrou. – O acordo era claro: eu a coloco dentro da *Falcão da Primavera*, e você vira minha espiã.

Thalias estremeceu visivelmente com a palavra. Thurfian também não se importava com seu desconforto.

– Tudo que precisa saber a respeito do Capitão Thrawn está nos registros oficiais – disse. – Assim que os ler, eu posso responder qualquer pergunta que tiver.

– Eu *já* os li – Thurfian rebateu. – E você está enrolando.

– Não estou enrolando – disse Thalias, ficando de pé. – Eu só tenho um compromisso em outro lugar. Se me dá licença...

– Sente-se – disse Thurfian, projetando todo gelo da superfície de Csilla em sua voz. – Não que falar de Thrawn? Muito bem. Vamos falar de sua família.

– Não seria a *nossa* família?

– Quis dizer sua família original – disse Thurfian. – A família que a gerou, da qual você fazia parte antes ter sido levada para ser uma sky-walker.

Thalias hesitou, parada entre a cadeira e a porta, diversas emoções passando por seu rosto. Ela não lembrava daqueles anos, Thurfian sabia, o que tornava essa cartada ainda melhor para usar contra ela.

– O que tem eles? – ela perguntou.

Thurfian escondeu o sorriso. Ela estava tentando soar calma e desinteressada, mas os músculos enrijecidos em seu pescoço e bochechas demonstravam seu interesse súbito e sua incerteza.

– Achei que ia querer saber da situação atual deles – disse. – E como você poderia ajudá-los, talvez. – Ele fez uma pausa, esperando que ela respondesse.

Mas ela continuou em silêncio. Uma fachada calma, certamente, que não seria facilmente dissolvida. Mas Thurfian tinha experiência em manipular gente assim.

– Eles não estão muito bem, entende – prosseguiu. – A família sempre foi pobre, mas a mudança recente no valor de certos minerais pesou muito no bolso deles. A família Mitth tem muitos recursos, alguns dos quais poderiam ser direcionados a eles.

– Eu nem sequer lembro deles.

– É claro que não lembra – disse Thurfian. – Era nova demais quando a levaram. Mas isso importa? Eles são sangue do seu sangue.

– Os Mitth são minha família agora.

– Talvez sim. – Thurfian deu de ombros. – Talvez não.

Thalias estreitou os olhos.

– O que isso significa? Eu sou um membro oficial dos Mitth.

– É mesmo? – indagou Thurfian. – É adotada por mérito, de uma adoção bastante recente. Tem um longo caminho a percorrer até sua posição deixar de ser precária.

Thalias olhou para o questis.

– Está sugerindo que minha posição na família Mitth depende de eu trair Thrawn?

– Trair? É claro que não – disse Thurfian, projetando indignação justificada em sua voz. – Thrawn é um membro de nossa família, *ao menos por enquanto*, e falar sobre ele não é traição. Ao contrário: não relatar atividades questionáveis é que é a verdadeira traição.

– Então vamos ao ponto – disse Thalias. – Eu nunca o vi fazer nada questionável, ilegal ou antiético. E, certamente, nunca o vi fazer nada contra os Mitth. Está bom para você?

Thurfian suspirou de forma teatral.

– Estou decepcionado com você, Thalias. Esperava que tivesse um futuro com os Mitth. Mas se não pudermos nem confiar em você para ficar de olho em uma situação de perigo para a família, não vejo como poderá continuar conosco. Mas essa decisão é sua. Posso ficar de olho em Thrawn eu mesmo.

Ele ergueu as sobrancelhas de leve.

– Começando com o que quer que ele esteja fazendo agora. Vi que ele estava conversando com o General Ba'kif mais uma vez, então esse deve ser o melhor ponto de partida. Talvez eu tenha que tirar uma hora ou duas para fazer isso antes de começar o seu procedimento de reassociação.

Ela pegou o próprio questis abruptamente e olhou para o aparelho.

– Tudo bem – disse. – Você venceu.

De novo, Thurfian escondeu seu sorriso vitorioso. Às vezes, fazer isso era fácil demais.

– Ótimo – disse, gesticulando para ela se sentar de novo. – Agora que estou pensando melhor, talvez seria bom voltarmos para falar com o General Ba'kif primeiro. Você pode começar o relatório no caminho.

– Tem razão, é hora de partir – Thalias concordou. – Mas não para o quartel da frota. – Ela segurou o próprio questis. – Você vai me levar para o domicílio dos Mitth.

O sentimento de triunfo de Thurfian sumiu.

– O quê? – perguntou com cuidado.

– Você mesmo disse – ela falou. – Não tenho uma posição estável na família. Então decidi consertar isso.

– Como? – perguntou ele, sentindo o sangue gelar. Se ela denunciasse o interesse dele por Thrawn para as pessoas erradas...

Não, não poderia ser isso. Ela não tinha como saber da teia intrincada das patentes mais altas da família.

— Se acha que tem alguém com uma posição superior à minha com quem possa conversar...

— Não vou conversar — ela disse. — Vou passar pelas Provações.

Ele a encarou.

— As *Provações*?

— Adotados por mérito podem pedir para passar pelas Provações a qualquer momento — disse Thalias. — Se conseguirem, viram nascidos por provação.

— Peço com gentileza para que não me ensine as regras de minha própria família — disse Thurfian, tenso. — E isso só vale para o caso de *passarem* pelas Provações. Caso contrário, perdem até mesmo a posição de adotados por mérito.

— Sei disso — disse Thalias. Sua voz tremia de leve, porém seu maxilar estava firme. — Mas você ia me expulsar da família de qualquer forma. — Ela ergueu o questis novamente. — Fiz uma petição no Escritório do Patriarca, e a petição foi aceita.

— Muito bem — disse Thurfian, trincando os dentes. *Maldita mulher*. — Vou dar as instruções que precisa para chegar no domicílio...

— O Escritório do Patriarca pediu para que me acompanhe.

Thurfian praguejou em voz baixa. O ponto final em seu plano. Ela havia virado a situação a seu favor.

Ela... ou Thrawn.

Será que ele havia antecipado esse confronto? Thalias não teria pensado em um esquema tão perigoso sozinha. E, se havia sido Thrawn, ele a persuadira a arriscar seu futuro inteiro na família Mitth por ele?

Mais um motivo para acabar com aquele homem.

— É claro — disse, ficando de pé. — Eu não perderia esse momento nem por toda a riqueza da Ascendência.

⚜

Che'ri nunca tinha sido boa em ler as expressões dos adultos. Mesmo assim, não teve dificuldade para ver que Thrawn estava surpreso e preocupado quando ele parou de olhar para o questis.

– Aconteceu alguma coisa? – perguntou, ansiosa.

Ele hesitou antes de responder.

– Parece que a Cuidadora Thalias não virá ao nosso encontro – disse.

– Oh – Che'ri surpreendeu-se, olhando para a nave diminuta para a qual ele a levara. O último caixote de suprimentos acabara de ser deixado a bordo pelos trabalhadores das docas, e ele tinha dito que partiriam assim que Thalias chegasse.

Será que agora não iam embora?

– Então, o que vamos fazer?

Thrawn olhou para a nave.

– Essa missão tem importância vital, Che'ri – ele disse, em voz baixa. – Thalias não falou muito... Acho que não podia falar abertamente... Mas estava claro que ela ficaria ocupada ao menos pelos próximos dias.

– Então não vamos mais? – Che'ri perguntou, ainda tentando entender sua expressão.

– Isso depende de você. – Ele se virou para ela. – Conseguiria ir comigo, só nós dois, para as profundezas do Caos?

A boca e a mente de Che'ri ficaram congeladas por um momento. Uma sky-walker nunca ia a lugar algum sem uma nave cheia de gente à sua volta. Essa era a primeira regra e promessa que recebera quando começou a treinar. Meninas como ela eram raras demais para serem arriscadas com qualquer missão menor que uma nave de guerra ou um cruzador diplomático. O que Thrawn estava pedindo nunca era feito. Jamais.

Mas ele disse que era importante. Seria importante o suficiente para quebrar todas essas regras?

– Nós podemos fazer isso? – perguntou, hesitante.

Ele deu de ombros com um sorrisinho.

– Física e taticamente, sim – respondeu. – Eu posso pilotar, você pode navegar, e a nave é armada o suficiente para nos proteger de qualquer problema que possamos enfrentar.

– Eu quis dizer se vamos nos meter em problemas.

– Você não vai – ele disse. – As sky-walkers estão acima de qualquer tipo de punição. Talvez leve uma bronca, mas só. – Ele fez uma pausa. – Se isso fizer alguma diferença, Thalias não pediu para que esperássemos por ela ou para abortarmos a missão completamente.

– E se eu não for, o que acontece?

– Então eu vou abandonar a missão – disse Thrawn. – O que uma sky-walker consegue fazer em dias leva semanas ou meses salto por salto. Eu não posso esperar meses. – Ele apertou os lábios. – Temo que a Ascendência também não possa.

Che'ri conhecia esse jogo. Um adulto fazia ameaças vagas ou promessas mais vagas ainda, com grandes coisas que poderiam acontecer caso ela não continuasse por mais uma hora, ou pulasse um de seus dias de descanso para fazer o que eles queriam.

Mas, quando olhou para o rosto de Thrawn, teve a sensação perturbadora de que aquilo não era um jogo. Na verdade, ela ficou em dúvida se *conseguiria* jogar aquilo.

E se Thalias estivesse esperando que ela fosse...

– Tá – disse. – Você pode...? Não, esquece.

– O quê?

– Eu só queria saber se você poderia trazer mais canetinhas coloridas para mim, só isso – Che'ri disse, sentindo o rosto queimar de vergonha. De todas as coisas estúpidas que ela poderia ter pedido...

– Para ser sincero – disse Thrawn –, já há duas caixas de canetinhas a bordo. E *quatro* fichários de folhas de desenho.

Che'ri piscou de surpresa.

– Oh – disse. – Eu... Obrigada.

– Não há de quê. – Thrawn apontou para a nave. – Vamos?

⚜

– Você está preocupada – declarou Thrawn no silêncio da ponte da nave de exploração.

Che'ri não respondeu, os olhos focados nas estrelas brilhantes flamejando no canopi, sua mente agitada ao pensar em como aquilo era *errado*.

As sky-walkers não voavam sozinhas. Nunca. Elas sempre tinham uma meiamãe, alguém para cuidar delas e consolá-las quando tinham pesadelos. Sempre.

Thalias não estava lá. Che'ri tinha torcido para que ela aparecesse de última hora e exigisse ir junto com eles.

Mas a escotilha fora selada e o fiscal dera permissão para a partida, e Thrawn os tirara da atmosfera azul de Csilla para o negrume frio do espaço.

Só os dois. Sem oficiais. Sem guerreiros.

Sem meiamãe.

Che'ri nem sempre se dera bem com suas cuidadoras. Ela desgostara muito de algumas delas. Agora, desejava que até as piores estivessem ali.

– Elas nunca entenderam você, entenderam? – Thrawn quebrou o silêncio.

Che'ri fez careta. Como se ele soubesse algo a respeito disso.

– Você quer mais do que lhe dão – ele continuou. – Não sabe o que fará quando não for mais uma sky-walker, e isso a perturba.

– Eu sei o que acontece – Che'ri falou com um tom derrisório. – Já me disseram. Vou ser adotada por uma família.

– Isso é o que você vai *ser* – disse Thrawn. – Não o que vai *fazer*. Você gostaria de pilotar, não gostaria?

Che'ri franziu o cenho.

– Como você sabe?

– Os desenhos que você faz com as canetinhas que as cuidadoras trazem – disse Thrawn. – Você gosta de desenhar pássaros e vagaluzes.

– Eles são bonitos – Che'ri disse, dura. – Muitas crianças desenham vagaluzes.

– Você também desenha paisagens vistas de cima – Thrawn prosseguiu calmamente. – A maior parte das pessoas não desenha isso na sua idade.

– Eu sou uma sky-walker – Che'ri murmurou. Thalias não podia ter mostrado seus desenhos para Thrawn. – Eu vejo coisas de cima o tempo todo.

– Na verdade, não vê. – Thrawn fez uma pausa e tocou em um botão do painel de controle.

E, de repente, as luzes e teclas no painel dele sumiram, e as do painel de Che'ri se iluminaram.

Ela deu um pulo. O quê...?

– Há dois controles à sua frente – disse Thrawn. – Pegue um com cada mão.

– Quê? – Che'ri perguntou, encarando embasbacada os controles e as luzes piscantes.

– Vou ensiná-la a pilotar – disse Thrawn. – Esta é a sua primeira lição.

– Você não entende – Che'ri balbuciou, ouvindo o desespero em sua própria voz. – Eu tenho pesadelos com isso.

– Pesadelos a respeito de pilotar?

– A respeito de cair – Che'ri disse, o coração batendo rápido. – Cair, ser jogada pelo vento, me afogar...

– Você sabe nadar?

– Não – Che'ri disse. – Só um pouquinho.

– Exatamente – disse Thrawn. – É o medo que está causando esses pesadelos. O medo e a impotência.

Um pouco de irritação se manifestou no meio do pânico. Primeiro Thalias e agora Thrawn. Será que *todo* mundo achava que sabia mais do que ela a respeito dos próprios pesadelos?

– Se você se sente impotente na água, então sonha que está se afogando. Se você se sente impotente no ar, então sonha que está caindo. – Ele apontou para os controles. – Vamos tirar um pouco dessa impotência.

Che'ri o encarou. Ele não estava brincando. Estava falando sério. Olhou de volta para os controles, tentando decidir o que fazer.

– Pegue-os.

De repente, notou outra coisa. Ele não estava ordenando. Ele estava oferecendo.

E ela realmente sempre *quisera* poder pilotar.

Cerrando a mandíbula, engolindo o medo, ela fechou as mãos ao redor dos controles com cuidado.

– Ótimo – disse Thrawn. – Mova um deles à esquerda, só um pouco.

– A bombordo – Che'ri corrigiu. Ao menos ela sabia disso.

– A bombordo – Thrawn concordou com um sorriso. – Viu como a posição das estrelas mudou?

Che'ri assentiu. A nave virou um pouco à esquerda, na mesma medida do movimento dos controles.

– Sim.

– A tela logo acima, ali, mostra o ângulo preciso do seu giro. Agora mova essa mesma alavanca para a frente de leve.

Dessa vez, as estrelas em movimento mostravam que o bico da nave tinha abaixado um pouco.

– Nós não estamos saindo da rota?

– Vai ser fácil voltar depois – Thrawn prometeu. – Agora, o controle da mão esquerda controla os propulsores. Nesse momento, ele está na potência mais delicada, então um leve movimento significa um aumento ou diminuição suave na propulsão. Girar o controle vai causar uma alteração; não vamos pensar nisso agora. Leve-o para a frente, só de leve, e perceba como nossa velocidade vai mudar na tela... logo ali.

Quando terminaram a aula, meia hora depois, a cabeça de Che'ri estava girando. Mas era um giro empolgante. Ela mal notara qualquer tipo de tensão durante as horas em que usara a Terceira Visão para guiar a nave em direção às bordas do Caos.

Quando acabou de navegar, depois de jantarem juntos, ela perguntou se ele poderia dar mais uma aula.

E, naquela noite, pela primeira vez, teve um sonho que envolvia voar que não era um pesadelo.

CAPÍTULO DEZESSETE

Thrawn disse a Che'ri que havia um arco de sistemas próximo das regiões do Espaço Menor fora do Caos que era promissor. Até agora, porém, o arco havia sido um fracasso.

Um dos mundos parecia interessante, mas, além de uma patrulha local, não parecia ter presença militar alguma. Os três mundos seguintes eram escassamente povoados, embora um deles fosse civilizado o suficiente para ter um transmissor de tríade de longo alcance.

O quinto, no entanto...

– O que é aquilo? – Che'ri perguntou, encarando os pequenos objetos rodopiando para a frente e para trás na tela do sensor de longo alcance. Pareciam naves auxiliares, mísseis ou caças, mas não aparentavam ser grandes o suficiente para sequer ter um piloto, quanto mais passageiros.

– Acredito que sejam naves de combate robóticas. – Os olhos de Thrawn se estreitaram, concentrados na tela. – Operadas e mantidas por inteligências artificiais chamadas "droides".

– Eles dirigem naves de guerra com *máquinas*?

— Alguns, sim — Thrawn respondeu. — Na verdade, se os relatos forem verdadeiros, um dos lados da guerra que está ocorrendo no Espaço Menor está sendo travado em grande parte por esses droides.

O assunto deixou Che'ri pensativa.

— Parece meio estúpido — afirmou ela. — E se alguém entrar nos controles e desligá-los? Ou entrar na fábrica em que são feitos e alterar toda a programação deles?

— Ou se a programação pretendida deles deixar erros e pontos cegos que podem ser explorados? — Thrawn acrescentou. — A vontade de minimizar a morte de guerreiros é inútil se a guerra for perdida. Aumente o foco no Sensor Quatro, por favor.

Che'ri assentiu e acionou o controle correto, parte dela notando com satisfação quão à vontade se sentia na cabine nos últimos dias. Thrawn acabou se revelando um professor melhor do que ela esperava.

Ou talvez ela fosse uma ótima aluna.

— O que você vê lá? — Thrawn perguntou.

Che'ri franziu o cenho. Havia algo estranho no centro da tela que tinha acabado de ajustar; algo perfeitamente redondo, que emitia uma assinatura de energia forte, mas desconhecida.

— Não sei o que é — ela respondeu. — Nunca vi algo assim antes.

— Eu já — disse Thrawn, pensativo. — Mas o escudo de energia que vi estava a bordo de uma nave. Essa parece proteger uma construção.

— Aquilo é um *escudo*? — Che'ri perguntou. Agora que Thrawn havia mencionado, a coisa tinha o formato dos escudos dos guerreiros de antigamente, dos quais já tinha visto fotos. — Como nossas barreiras eletrostáticas?

— A mesma função de proteção, sim, mas muito mais forte e versátil — Thrawn respondeu. — A Ascendência se beneficiaria muito dessa tecnologia.

Che'ri olhou para ele de soslaio. Ele não estava pensando em tentar descer lá, estava? Não com todos aqueles robôs por toda parte, zumbindo.

Ele pareceu perceber seu olhar e receios repentinos.

— Não se preocupe, não vamos atacar por conta própria — ele garantiu. — Embora com um complemento completo de iscas a bordo, passar pela rede sentinela deles não seria muito difícil. Ainda assim, uma força aérea implica uma força terrestre semelhante, e não estamos equipados o suficiente para lidar com esse grau de oposição.

— Tudo bem — disse Che'ri com cautela. Ele ainda tinha aquela expressão intensa nos olhos. — Então... o que vamos fazer?

— Nossa missão sempre foi encontrar aliados — disse Thrawn, inclinando-se para manipular um dos controles do sensor. — Mas talvez não precisemos de um exército inteiro deles.

— E de quantas pessoas precisamos?

Ele apontou para uma das outras telas.

— Vamos começar com uma.

Che'ri piscou, surpresa. Centrada no visor estava outra nave, quase do mesmo tamanho que a deles. A nave flutuava — sombria, silenciosa e com baixa potência, claramente observando as mesmas naves robôs que ela e Thrawn.

— Quem são eles?

— Não faço ideia — Thrawn respondeu. — Mas a aparência e o perfil de energia não combinam com nenhuma das naves que encontramos desde que saímos do Caos.

— Não parecem com as naves robôs, também — sugeriu Che'ri.

— Excelente observação — disse Thrawn, e Che'ri sentiu o rosto esquentar com satisfação pelo elogio. — É possível que o piloto seja um olheiro do lado oposto da guerra. Se for esse o caso, podemos ter encontrado um aliado... ali!

Che'ri enrijeceu. O perfil de energia da outra nave mudou repentinamente. Antes mesmo que pudesse abrir a boca para perguntar o que estava acontecendo, a nave deu meia-volta e, com um lampejo, desapareceu no hiperespaço.

— Agora, rápido — Thrawn exclamou, e o painel de Che'ri escureceu quando ele assumiu o controle. — Prepare-se para a Terceira Visão.

— Vamos atrás deles?

— Na verdade, espero chegar à frente dela — Thrawn respondeu, ligando os propulsores e o hiperpropulsor. — O primeiro mundo que visitamos era o mais populoso, e, portanto, o lugar mais provável para enviar uma mensagem ou encontrar aliados.

— Não seria melhor fazer isso em um dos mundos mais vazios?

— Na teoria, sim — disse Thrawn. — Mas um olheiro iria querer evitar chamar mais atenção do que é necessário. Quanto menos habitantes, mais escrutínio é atribuído a estranhos.

— Certo — Che'ri fez uma careta enquanto ativava o painel do navegador. Quando estivessem prontos, a outra nave já teria uma vantagem de cerca de dez minutos sobre eles. Como Thrawn pensava que poderia chegar à frente dela?

— Vai ficar tudo bem se chegarmos depois — disse Thrawn. — Mas, mesmo com a vantagem, não tenho dúvidas de que chegaremos primeiro. É improvável que uma nave daquele tamanho tenha um sistema de hiperpropulsão e navegação como o de uma nave e uma sky-walker Chiss.

Che'ri encurvou os ombros assim que segurou os controles. Diabos, estava certo. Eles eram Chiss, e *não* perderiam uma corrida para *ninguém*.

— Estou pronta — ela disse. — É só me dizer quando.

⁂

O primeiro pensamento de Che'ri quando ela saiu do transe da Terceira Visão foi o de que ela havia perdido. A outra nave não estava à vista; não estava nem se aproximando do planeta, nem orbitando ao redor dele. Ela suspirou, pressionando a mão contra a cabeça latejante. Ela tentou *tanto*, mas...

— Ali — exclamou Thrawn.

Che'ri arregalou os olhos, e a dor de cabeça anterior foi esquecida. Ele estava certo. A nave que eles viram observando as naves robôs acabara de emergir do hiperespaço.

— E agora, o que vamos fazer?

– Vamos ver se eles estão interessados em conversar conosco. – Ele apertou o botão de comunicação. – Nave não identificada, aqui é o Capitão Sênior Mitth'raw'nuruodo da Ascendência Chiss – ele disse em Minnisiat. – Você consegue me entender?

Silêncio. Thrawn repetiu a saudação em Taarja, depois em Meese Caulf, depois em Sy Bisti. Che'ri estava tentando se lembrar se havia mais línguas comerciais de que ela já tivesse ouvido falar quando houve um sinal de resposta do comunicador.

– Olá, Capitão Sênior Mitth'raw'nuruodo – uma voz feminina saudou em Meese Caulf. – O que posso fazer por você?

– É considerado educado que o outro lado da conversa também ofereça o nome – Thrawn afirmou.

– E você acredita que conversaremos?

– Parece que já estamos conversando, na verdade – Thrawn apontou.

Houve uma pequena pausa. A outra nave, Che'ri observou, estava indo em direção ao planeta, sem qualquer indício de que a pilota pudesse estar interessada em olhar de perto o visitante Chiss.

– Me chame de Duja – a mulher finalmente respondeu. – Minha vez. A Ascendência Chiss favorece a República ou os Separatistas?

– Nenhum dos dois – disse Thrawn. – Não tomamos partido na guerra alheia.

– Então não me leve a mal, mas não vejo razão em conversar com você – Duja disse. – Você não viu uma nave Nubiana pousar recentemente, viu?

– Como é a aparência dessa nave?

– É de metal prateado e brilhante – Duja respondeu. – Tem curvas suaves, sem ângulos, com cápsulas de motor duplo.

– Não vimos nada parecido.

– A conversa acabou, então – Duja disse. – Prazer em conhecê-lo.

Houve outro sinal, e ela desligou a conexão.

Che'ri olhou para Thrawn, esperando que ele ligasse para Duja mais uma vez e tentasse persuadi-la, talvez se oferecer para trabalharem juntos. Mas, para sua surpresa, ele simplesmente desligou o comunicador.

– Você vai deixar que ela parta?

– Ela não é uma guerreira. – A voz de Thrawn era pensativa. – Uma batedora, talvez uma espiã, claramente alguém com treinamento. Mas não uma guerreira.

– Como sabe que ela teve treinamento?

– A nave dela está armada – ele respondeu. – E, enquanto conversávamos, ela girou ligeiramente para que as armas pudessem ser usadas mais depressa, se fosse necessário.

– Ah! – Che'ri exclamou. Não tinha percebido. – E o que vamos fazer?

– Esperamos – ele respondeu. – Como disse, ela era uma batedora, ou uma espiã. Mais cedo ou mais tarde, um guerreiro virá.

※

O guerreiro pelo qual Che'ri e Thrawn esperavam aparentemente não estava com muita pressa.

Thrawn e Che'ri estavam aguardando havia três dias quando a nave prateada que Duja mencionara apareceu, só para desaparecer logo em seguida entre as árvores, a uma distância razoável de um assentamento construído em torno de um grupo de rochas pretas ou torres de madeira. Algumas horas depois, a nave de Duja elevou-se da floresta e partiu, perseguida breve e inutilmente por algumas naves de patrulha do planeta. Che'ri esperou que o veículo Nubiano a seguisse, mas a nave prateada permaneceu escondida.

E então, novamente, nada aconteceu. Thrawn passou os dias estudando todas as informações que podia encontrar sobre o planeta, o qual Che'ri descobriu ser chamado de *Batuu*, e dando a Che'ri mais exercícios de pilotagem com o painel de controle no modo simulador. Che'ri, por sua vez, repetiu os exercícios algumas centenas de vezes. Thrawn não chegou a falar coisa alguma, mas ela tinha uma forte suspeita de que, quando o guerreiro esperado chegasse, Thrawn deixaria a nave de reconhecimento em suas mãos. Quando isso acontecesse, ela estava determinada a não decepcioná-lo.

E então, mesmo quando Che'ri estava discretamente prestes a perder as esperanças, ele apareceu.

~~~

– Nave não identificada, aqui é o General Anakin Skywalker, da República Galáctica – disse o piloto pelo alto-falante da nave de reconhecimento, com um Meese Caulf ligeiramente confuso, mas compreensível. – Está invadindo equipamentos e interferindo em uma missão da República. Ordeno que você se retire e se identifique.

– Saudações – Thrawn respondeu. – Você disse que seu nome era General *Skywalker*?

– Disse. Por que, já ouviu falar de mim?

Thrawn chamou a atenção de Che'ri enquanto apertava o botão para silenciar a conversa.

– Coincidência interessante – ele comentou.

Che'ri assentiu. O piloto falara a palavra como se fosse seu nome, mas provavelmente era só um erro de pronúncia.

Thrawn reativou o som.

– Não, nunca ouvi falar – ele respondeu. – Fiquei apenas surpreso. Deixe-me assegurar-lhe que não pretendo prejudicar você ou seu equipamento. Só gostaria de dar uma olhada melhor neste dispositivo interessante.

– Fico contente em ouvir isso – disse o piloto. – Você já olhou. Recue, conforme o solicitado.

Thrawn apertou os lábios, pensativo. Então, muito lentamente, recuou a nave, afastando-se do anel de que eles tinham se aproximado para examinar.

– Posso perguntar o que traz um enviado da República a essa parte do espaço? – ele perguntou.

– E posso perguntar por que isso é da sua conta? – o piloto contra-atacou. – Você pode seguir o seu caminho a qualquer momento.

– Meu caminho?

– Continuar sua jornada. Para onde quer que você estava indo antes de parar para observar meu anel de hiperpropulsão.

Novamente, Thrawn silenciou a conversa.
— Qual sua opinião?
Che'ri piscou. Ele estava pedindo a opinião dela? *A opinião dela?*
— Eu não sei nada sobre esse tipo de coisa.
— Você é uma Chiss — Thrawn a lembrou. — Como tal, você tem instintos e julgamentos, talvez mais do que imagina. Você acha que ele daria um bom aliado?

Che'ri franziu o nariz. Ela não conhecia aquele cara. Ela mal o ouvira falar.

No entanto, ela podia sentir confiança nele. E força, e comprometimento.
— Sim — ela disse. — Eu acho.

Thrawn assentiu com a cabeça e reativou o som do comunicador.
— Sim, eu poderia retomar minha jornada — ele concordou. — Mas seria mais útil para mim ajudá-lo em sua busca.
— Eu já disse que estou em uma missão da República. Não é uma busca.
— Sim, eu lembro das suas palavras — disse Thrawn. — Mas acho difícil de acreditar que uma República em guerra enviaria um homem sozinho em um caça para uma missão solo. Acho mais provável que você esteja em uma busca pessoal.
— Estou em uma missão — o piloto insistiu. — Com ordens diretas do próprio Supremo Chanceler Palpatine. E não tenho tempo para isso.
— De acordo — Thrawn respondeu. — Talvez fosse melhor se eu simplesmente lhe mostrasse a localização da nave que você procura.

Houve uma pequena pausa.
— Explique-se — o piloto inquiriu em voz baixa.
— Eu sei onde a nave Nubiana pousou — disse-lhe Thrawn. — Sei que o piloto está desaparecido.
— Então, você interceptou uma transmissão privada?
— Tenho minhas próprias fontes de informação. Como você, também busco informações, sobre esse e outros assuntos. E, também como você, estou sozinho, sem recursos para investigar com êxito. Se

formássemos uma aliança, poderíamos encontrar as respostas que nós dois procuramos.

— Oferta interessante. Você disse que somos apenas nós dois?

— Sim — Thrawn respondeu. — Além da minha pilota e do seu droide, é claro.

— Você não mencionou uma pilota.

— Nem você mencionou seu droide. Como nenhum deles se juntará a nós em nossa investigação, não achei que era necessário mencionar.

— O R2 geralmente vem comigo nas missões.

— É mesmo? — Thrawn ergueu uma sobrancelha. — Interessante. Não sabia que máquinas de navegação tinham outros usos. Temos uma aliança?

O piloto hesitou. Che'ri fez um gesto, e Thrawn silenciou a conversa.

— O piloto da outra nave está desaparecido?

— Não tenho certeza — Thrawn respondeu. — Mas a falta de atividade sugere que seja o caso. — Ele deu de ombros. — Sem contar que o General Skywalker claramente se importa com ele ou ela. Aumentar o nível de urgência deve ajudá-lo a se decidir.

— E então? Quais respostas *você* está procurando? — Skywalker perguntou.

Thrawn reativou o som.

— Gostaria de entender melhor o conflito em que você está envolvido. Desejo respostas de certo e errado, ordem e caos, força e fraqueza, de propósito e reação. — Mais uma vez, Thrawn olhou para Che'ri; então, repentinamente, ele se endireitou na cadeira. — Você perguntou minha identidade. Agora estou pronto para lhe dar. Sou o Comandante Mitth'raw'nuruodo, oficial da Frota de Defesa Expansionária, servo da Ascendência Chiss. Em nome do meu povo, peço ajuda para aprender sobre esta guerra antes que ela espalhe seu desastre sobre nossos mundos.

Che'ri franziu a testa. *Comandante?* Pensava que ele era capitão sênior. Havia sido rebaixado?

Provavelmente não. Mais possível que ele estivesse apenas minimizando sua posição por algum motivo, talvez para que o General Skywalker não se sentisse ameaçado pela experiência militar mais extensa de Thrawn, já que soava consideravelmente mais jovem que ele.

– Entendo – Skywalker respondeu. – Muito bem. Em nome do Chanceler Palpatine e da República Galáctica, aceito sua oferta.

– Excelente – disse Thrawn. – Talvez agora você possa me contar a verdade sobre sua missão.

– Achei que você já sabia. Sobre a nave de Padmé.

– A Nubiana? – Thrawn deu de ombros. – O modelo e o sistema de propulsão são bem diferentes de tudo que já vi nesta região. A sua nave exibe características semelhantes. Era lógico que um visitante estrangeiro estivesse procurando o outro.

– Ah, sim. Você está certo, a Nubiana é uma das nossas. Levava a bordo uma embaixadora da República que veio aqui coletar informações sobre um informante. Quando ela perdeu o contato conosco, fui enviado para procurá-la.

Che'ri franziu o cenho. Era Duja a informante de quem Skywalker estava falando a respeito? Nesse caso, não deveriam lhe contar que ela já havia partido de Batuu?

– Certo – disse Thrawn. – Esse informante era confiável?

– Sim.

– E você tem certeza disso?

– A embaixadora tinha.

– Então, traição é improvável. O informante entrou em contato com você?

– Não.

– Nesse caso, os cenários mais prováveis são de acidente ou de captura. Precisamos ir para a superfície para determinar qual foi o caso.

– É para onde eu estava indo quando você se meteu – Skywalker respondeu. – Você disse que sabia onde a nave dela estava?

– Posso lhe enviar as coordenadas – Thrawn informou. – Mas talvez seja mais conveniente que você suba a bordo. Tenho uma nave auxiliar para dois passageiros na qual podemos viajar juntos.

– Agradeço, mas prefiro ir com minha própria nave. Como disse, podemos precisar do R2 lá embaixo.

– Tudo bem – disse Thrawn. – Vou guiá-lo.

– De acordo. Assim que estiver pronto.

– Farei os preparativos agora – disse Thrawn. – Uma sugestão adicional. Para muitas espécies, os nomes Chiss são difíceis de pronunciar. Sugiro que você me chame pelo meu nome-núcleo: *Thrawn*.

– Não tenho problemas com isso, Mitth'raw'nuruodo. Posso me virar.

– Mitth'raw'nuruodo.

– Foi o que eu disse. Mitth'raw'nuruodo.

– A pronúncia correta é *Mitth'raw'nuruodo*.

– Sim. Mitth'raw'nuruodo.

– *Mitth'raw'nuruodo*.

Che'ri se conteve para não cair na gargalhada. Ela conseguia ver a diferença tão bem quanto Thrawn, mas Skywalker, claramente, não.

Ao menos ele não era teimoso o suficiente para continuar dando murro na parede.

– Está bem – ele rosnou. – *Thrawn*.

– Muito obrigado. Facilitará as coisas. Meu transporte está pronto para partir.

Ele desligou o comunicador e começou a desafivelar o cinto.

– Você vai ficar bem aqui sozinha? – ele perguntou, encarando Che'ri nos olhos.

Ela engoliu em seco. Tinha alguma escolha?

Na verdade, sim, ela percebeu de repente. Tinha escolha sim. Thrawn estava evidentemente disposto a desistir do acordo se Che'ri lhe pedisse para ficar.

Mas tinham vindo até ali em busca de aliados contra os Nikardun. Skywalker talvez fosse a única esperança deles.

Ela endireitou os ombros.

– Estou bem – ela disse. – Me diga o que fazer.

– Volte para o sistema com o escudo de energia – ele instruiu. – Fique afastada das naves robôs. Quando eu sinalizar, você deve descer ao local com o escudo de energia, usando iscas de distração para manter os robôs longe da rota.

– Entendido – Che'ri respondeu. Só havia feito aquilo em simulações, mas não parecia difícil. – Quantas iscas posso usar?

– Tantas quanto precisar – ele disse. – Na verdade, pode até usar todas. Se isso tudo funcionar como espero que funcione, voltaremos direto para a Ascendência, sem qualquer necessidade de enfrentar outras ameaças em potencial.

– Tudo bem – ela respirou fundo. – E você, vai ficar bem?

– Claro que sim – ele sorriu, confiante. – Estarei armado, e tenho plena confiança de que o General Skywalker será um aliado valioso. – Ele olhou para fora. – Mas vou colocar meu uniforme de combate, só por precaução.

CAPÍTULO DEZOITO

Mesmo nos mais rápidos transportes por túneis, reservados para uso exclusivo das Nove Famílias, a viagem para o domicílio dos Mitth levou quase quatro horas. Durante todo esse tempo, Thalias e Thurfian só falaram uma vez, no meio da viagem, quando Thurfian perguntou se ela desejava algo para comer. Ela não queria, não por falta de fome, mas porque não queria sentir que lhe devia algo. O restante da viagem prosseguiu em silêncio.

Thalias nunca estivera na vasta caverna que abrigava o domicílio da família Mitth em Csilla. Mas ela tinha visto fotos, e olhado mapas e, conforme se aproximavam do destino final, ela estava pronta para testemunhar o lar ancestral de sua família adotiva.

Ela estava errada. Estava completa e absurdamente errada.

A caverna era maior do que ela esperava. *Muito* maior. Grande o suficiente para ter nuvens de verdade pairando no céu, um azul panorâmico que ela poderia ter jurado que era um céu real sobre uma superfície planetária real. Por trás das nuvens, via-se também um disco flamejante que ela teria jurado que era um sol real. Dos dois lados dos trilhos do transporte por túneis, havia lagos cuja água provinha de cursos de rios, e o da direita era grande o bastante para que a brisa sacudindo os pomares e jardins conseguisse formar uma onda leve em sua superfície.

Uma dúzia de prédios se aglomeravam ao redor dos lagos ou aninhavam-se sob uma floresta que se estendia para mais além do lago da esquerda. Algumas das estruturas eram evidentemente galpões de equipamentos, enquanto outras pareciam ser casas grandes o suficiente para abrigar duas ou três famílias confortavelmente. Ao longe, perto do fim da caverna, havia uma cordilheira de montanhas cercada de névoa. Ela não sabia dizer se haviam sido construídas direto na parede ou se estavam de pé por contra própria.

E, no centro da caverna, erguendo-se majestosa em meio ao verde e aos arcos dos jardins, havia uma mansão.

Era enorme, com ao menos oito andares e alas laterais que continuavam por algumas centenas de metros. Parecia-se um pouco com uma das fortalezas antigas comuns antes de os Chiss realizarem viagens estelares, mas o projeto arquitetônico era mais moderno e não tinha os aglomerados de armas eriçados que tornavam aquelas estruturas primordiais tão intimidadoras. O lado externo era todo feito de pedra padronizada, vidro e aço escovado, com pequenos torreões de observação angulosos nos cantos e um teto tesselado e assimétrico que brilhava com a luz artificial do sol.

– Suponho que esta é a primeira vez que esteve aqui? – Thurfian perguntou.

Thalias conseguiu falar dessa vez.

– Sim – disse. – Todas as minhas interações com a família foram no complexo em Avidich. As fotos não fazem justiça.

– É claro que não – disse Thurfian. – Fotos completas de alta qualidade poderiam conter pistas da localização do domicílio. E nós certamente não podemos deixar *isso* acontecer.

– Achei que esta era a antiga terra da família Mitth.

– E é – disse Thurfian. – Mas essa terra cobre quase seis mil quilômetros quadrados e inclui várias outras cavernas como esta, todas elas acessadas por tubo. Acredite em mim: ninguém chega ao domicílio Mitth sem a permissão da família. Essa é sua última chance de mudar de ideia a respeito das Provações.

Thalias se preparou.

– Estou pronta.

– Talvez. Vamos descobrir, não vamos?

O veículo parou a cem metros de distância da entrada da casa, perto de um mosaico enorme no chão.

– Sua primeira provação – disse Thurfian quando a cobertura se abriu. – Encontre seu caminho. Se conseguir, será convidada a entrar. Se errar, pode entrar no veículo e será levada de volta ao espaçoporto. – Ele saiu, passando pela borda do mosaico, e foi em direção à mansão.

Thalias saiu do veículo com cuidado, franzindo o cenho ao olhar para o mosaico. Parecia familiar...

E então entendeu. Era um mapa estilizado da Ascendência.

Encontre seu caminho, Thurfian dissera. Será que isso significava que ela precisava traçar suas esperanças para o futuro?

Não, é claro que não, notou de repente. O domicílio inteiro era um monumento grandioso à história familiar dos Mitth. Ela não tinha que traçar seu futuro; tinha que traçar o caminho que a levara até ali.

Respirou fundo. Mal lembrava da vida antes da unidade sky-walker, mas sabia que havia nascido na Estação Colonial Camco. Que ficava... lá. Andou cautelosamente pelo mapa, cuidando para não tocar nenhum outro planeta no caminho, e pisou na marca de Camco.

Por um momento, nada aconteceu. Perguntou-se se precisava se abaixar para tocá-lo quando a área ao redor do planeta se acendeu rapidamente com uma luz verde.

Ela exalou, aliviada, enquanto o brilho se dissipava. Certo. Dali, viajou para o complexo da Frota Expansionária em Naporar, onde recebeu seu treinamento como sky-walker. De novo cuidou para não encostar em nenhum outro planeta, e pisou em Naporar. Mais uma vez, foi premiada com a luz verde. Em seguida...

Thalias congelou. Depois passou por uma série de viagens fora da Ascendência em seu papel como sky-walker, guiando naves militares e diplomáticas para mundos e nações estrangeiros. Nenhum desses mundos estava no mapa. Será que ela deveria ir ao sistema Chiss mais próximo?

Não, não podia ser isso. O mosaico era uma versão plana de uma região tridimensional do espaço, e não tinha como saber qual planeta Chiss estava mais perto de alguma nação estrangeira específica. Mas então o que deveria fazer?

Olhou para a casa. História... História da *Ascendência*.

Olhou de volta para o mapa. A última viagem que fizera como sky-walker, na qual havia conhecido Thrawn, foi de Rentor até Naporar. Ela atravessou para chegar a Rentor e pisou com cautela no planeta.

Para seu alívio, o mosaico brilhou com uma luz verde ao redor de seus pés. Ela cruzou até Naporar, e foi premiada mais uma vez.

Tudo bem. A próxima tinha sido uma viagem a Avidich para conhecer o Aristocra Mitth que a levou para ser adotada para a família. E, então, para Jamiron para ser educada formalmente...

Havia mais três mundos depois disso, e cada brilho verde trouxe lembranças de visões, sons e aromas que tinha quase esquecido. Quando pisou em Csilla, foi como se tivesse revisitado todos esses locais.

O chão piscou verde.

— Bem-vinda, Mitth'ali'astov — uma voz falou, vinda do mosaico. — Prossiga até a casa ancestral para começar a próxima Provação.

Thalias respirou fundo.

— Assim farei — disse. Andou pelo mosaico, ainda inundada de lembranças, e pisou na grama fofa para ir até a casa.

⌘

Eram *muitas* Provações.

As quatro ou cinco primeiras eram relativamente fáceis: provas escritas envolvendo conhecimento geral, lógica, resolução de problemas e história da Ascendência. Era como estar de volta à escola e, apesar de Thalias ter sido uma estudante razoável, sempre amara aprender coisas novas. Passou pelos testes com certa facilidade, perguntando-se se as Provações restantes seriam igualmente simples.

Não eram.

Depois, veio um teste para ver se conseguia cruzar um canal aquático de três metros de largura sem se molhar, usando tábuas de dois metros e meio de comprimento. Em seguida, teve que escalar uma árvore de casca lisa para alcançar uma linha de visão que revelaria a resposta de uma antiga charada Mitth. Outra charada familiar requeria que ela descobrisse o padrão sutil nos arcos de flores que cercavam a mansão.

Durante os quebra-cabeças, perguntou-se mais de uma vez se as Provações tinham sido pensadas desde o momento em que o domicílio fora transladado para baixo da superfície de Csilla ou se existiam antes disso. Se fosse o segundo caso, significava que tudo ali havia sido replicado nos mínimos detalhes.

Por algum motivo, esse tipo de dedicação não a surpreendia.

Tinha presumido que as Provações acabariam quando o sol artificial desaparecesse da caverna. Errada novamente. Depois de um intervalo de sono de seis horas, começou mais uma bateria de provas escritas e mais alguns problemas de lógica do lado de fora.

Durante todo esse tempo, do momento que Thurfian a deixara no mapa do mosaico, não tinha visto nenhum outro ser vivo. Todas as instruções vinham da voz sem corpo que ouvira ao chegar, e suas refeições e quartos já estavam esperando por ela quando chegou aos locais designados.

Finalmente, duas horas depois de sua breve refeição ao meio-dia, foi levada à Provação final: escalar o topo da montanha que vira atrás da mansão.

A princípio, não pareceu difícil demais. Havia um caminho já demarcado, o aclive inicial só tinha alguns graus e os torrões de terra frequentes e as fileiras de árvores ofereciam bastante sombra contra o sol intenso. Fez uma aposta privada consigo mesma de que chegaria a tempo de jantar cedo e começou.

O aclive leve não durou mais do que a primeira fileira de árvores. Por sorte, conforme a montanha escarpava, o caminho mudou para um zigue-zague quase horizontal que a deixaria do lado da montanha em vez de ir só para cima.

Uma escalada menos rigorosa, mas também mais longa. Thalias continuou, revisando mentalmente sua estimativa de quanto tempo levaria.

Estava na trilha por mais ou menos uma hora quando virou no terceiro zigue-zague, e começou a ver estacas altas saindo da terra ao lado da trilha. Tinha seis no primeiro grupo, uma delas com mais ou menos um metro de comprimento e cinco centímetros de diâmetro, as outras cinco a metade ou um terço daquela altura e proporcionalmente mais finas. Thalias as estudou enquanto passava, perguntando-se se isso levaria a um novo quebra-cabeça. A estaca mais alta parecia ter uma superfície texturizada ou entalhada e, por um momento, ela pensou em sair do caminho para olhá-la de perto.

As ordens não ditavam que ela não podia olhar para as estacas, mas também não indicavam que ela podia. A essa altura das Provações, decidiu, era melhor errar por cautela.

A não ser que fosse um teste de iniciativa?

Thalias fez careta. Jogos psicológicos dentro de jogos psicológicos.

Ainda assim, conseguia ver pelas árvores que havia mais grupos de estacas depois do próximo aclive. Ela continuaria e prestaria atenção para compreender algum padrão que, com sorte, indicaria o que deveria fazer ali.

Tinha presumido que o aglomerado de estacas que vira pela árvore seria o próximo. Para sua surpresa, encontrou uma trilha de estacas muito mais curtas pelo caminho logo após o primeiro grupo. Algumas das estacas pareciam solitárias, enquanto outras formavam pequenos conjuntos. Geralmente, havia uma estaca maior no centro, mas nenhuma dessas tinha a altura ou a textura elaborada da primeira que havia encontrado. Franzindo o cenho, tentou decifrar o padrão misterioso enquanto passava.

Duas curvas depois, os aglomerados de estacas reapareceram com mais abundância. Outra estaca alta, ainda mais longa e elaborada do que a primeira, estava uns quinze metros longe do caminho em um pequeno montículo. Aninhadas ao seu redor estavam outras cinquenta estacas, de diferentes alturas, sem padrão de tamanho ou posicionamento que ela conseguisse discernir.

A partir dali, as estacas nunca sumiram de novo. Estacas altas, pequenas, algumas enormes; elas estavam em tudo que era canto, longe da trilha ou logo ao lado.

Mais duas curvas, Thalias decidiu ao mudar de direção de novo. Mais duas curvas, e se não tivesse encontrado um padrão, ela se aproximaria das estacas para vê-las melhor.

– São impressionantes, não acha?

Thalias se sobressaltou, quase torcendo o tornozelo ao virar em direção à voz. A dez metros da última curva no caminho, sob os galhos balançando suavemente, havia um banco de madeira entalhada. No banco havia um homem velho, sua pele empalidecida pela idade, seus olhos particularmente brilhantes enquanto ele a observava das sombras. Suas mãos estavam juntas diante do corpo, apoiadas em uma bengala entalhada de forma tão elaborada quanto qualquer uma das estacas que Thalias vira.

– Sim, são – respondeu, sentindo o coração bater mais rápido. Era a primeira pessoa que via desde que Thurfian sumira...

Ele parecia ter lido a mente dela.

– Não, eu não sou parte das Provações – disse com um sorriso divertido e um pouco conspirador. – Eles nem sabem que eu estou aqui. Devem estar arrancando os cabelos procurando por mim, mas eu queria falar com você em privado, e esta pareceu a melhor maneira.

– Estou aqui há dois dias – Thalias o lembrou, tentando ver melhor contra a luz mosqueando pelas folhas das árvores. Já havia visto aquele rosto antes em algum lugar.

– Ah, eu sei – ele disse. – Eu a estive observando. Apesar de parecer que estava sozinha, você nunca esteve. Não até eles a mandarem aqui em cima. – Ele fez um gesto com a mão em direção à paisagem. – Além do mais, aqui na montanha há uma forte energia da história Mitth. É o melhor lugar para discutirmos o futuro de nossa família. – Sua mão deteve-se no grupo de estacas que Thalias estivera estudando, e apontou um dedo para a maior delas. – O que acha disso?

– Eu... não sei – Thalias embromou. Algo nele era *muito* familiar. – É impressionante, sim. Mas eu não...

– *Impressionante*? – O velho bufou. – Aí já é demais. Ele era um pavão que sempre colocava sua própria glória acima da família. A certo ponto, entende, trazer nascidos por provação e torná-los primos é menos a respeito das necessidades de nossa família e mais a respeito de impressionar aqueles que se assombram com meros números.

– Sim, é claro – disse Thalias, uma corrente elétrica passando por ela quando entendeu para o que estava olhando. Alguém de sangue Mitth, um síndico, Conselheiro ou algum Aristocra de alto nível, que havia sido imortalizado ali. A estaca maior, cercada pelos memoriais daqueles que tinham sido adotados pelos Mitth de outras famílias.

E, com um segundo choque, finalmente reconheceu o velho.

– Você é Mitth'oor'akiord – ela ofegou. – O senhor é o *Patriarca*.

– Muito bem – disse Thooraki. – Prestou atenção na fileira de simulações do saguão principal. Impressionante. – Ele deu de ombros. – Infelizmente, esse grau de talento para a observação não tem nada a ver com as Provações ou você teria ganhado pontos extras.

– Obrigada, Vossa Reverendíssima – disse Thalias. – Mas, sinceramente, não acho que o senhor seja o tipo que ficaria assombrado com meros números.

– Muito bom, minha cara Thalias – disse o Patriarca, seu sorriso aumentando. – Certamente não sou. Procuro qualidade e astúcia. – Ele inclinou a cabeça para o lado de leve. – Falando nisso, fui chamado quando você estava começando os desafios do canal aquático e não tive a oportunidade de assistir às gravações. Poderia por gentileza me contar sua conclusão?

– Não foi tão difícil assim – disse Thalias. – O canal tem só um metro de profundidade, então peguei duas tábuas, juntei cada ponta no meio do canal, e então empurrei uma tábua para o lado oposto e abaixei a outra para o meu lado. Com as duas viradas para cada borda do canal, coloquei uma terceira tábua horizontalmente por cima delas.

– Não acredito que isso seria suficiente para livrá-la da água – o Patriarca apontou.

— Não, Vossa Reverendíssima, não foi — Thalias concordou. — Então coloquei mais duas tábuas viradas, essas no centro da tábua horizontal, e coloquei uma última tábua horizontal por cima delas.

— Ótimo — elogiou o Patriarca. — Lembro de um nascido por provação que começou como você, mas depois só acrescentou outras tábuas por cima da horizontal até a pilha ficar acima do nível da água.

Thalias sentiu o lábio tremer. Estava tão focada em ângulos e engenharia que essa solução não tinha nem passado por sua cabeça.

— Igualmente efetivo, mas não tão elegante — pontuou o Patriarca. — Sempre gostei de elegância, e as gravações de sua época como sky-walker sugeriam que você tinha essa característica. De fato, foi por isso que tomei a decisão de trazê-la para a família.

— *O senhor* me trouxe para a família Mitth? O senhor mesmo?

— Por que não? — ele perguntou. — Cuidar da família também significa ficar de olho naqueles que podem deixar a família mais forte.

— Fico honrada — disse Thalias, sentindo-se subitamente sufocada por suas inadequações e seus defeitos. — Espero algum dia provar ser digna de sua confiança.

— *Algum dia*? — Ele bufou mais uma vez. — Ora, criança. Já provou merecer minha confiança em muitas situações. Mesmo agora está se colocando entre minha maior realização e aqueles que querem destruí-lo.

— Não estou entendendo... — ela parou. — O senhor quer dizer... *Thrawn*?

O patriarca assentiu.

— Outro que escolhi pessoalmente para que se juntasse a nós.

— É mesmo? — Thalias franziu o cenho. — Achei que o General Ba'kif havia indicado a família Mitth a ele.

— E quem acha que apontou isso a Ba'kif? — o Patriarca rebateu. — Ah, sim. Labaki, como ele era chamado naquela época, Labaki e eu nos conhecemos há muito tempo. Fui eu que falei com ele a respeito de Thrawn e fui eu quem o encorajou a apontar o tolo Thurfian em sua direção.

Ele suspirou.

– Eu via grandeza nele, Thalias – disse, sua voz ficando mais distante. – Grandeza, talento, lealdade. Ele será minha coroação, o bastão memorial que um dia estará perto do meu. – Ele deu uns tapinhas na própria bengala conforme seu olhar ficava mais nebuloso. – *Se* ele sobreviver.

– Já o vi batalhar, Vossa Reverendíssima – disse Thalias. – Ele vai sobreviver.

– Acha que temo que caia em combate? – O Patriarca sacudiu a cabeça. – Não. Com exceção do imprevisível ou incontrolável, ele nunca vai provar nada além de derrotas temporárias. Não, Thalias, a verdadeira ameaça vem de dentro da Ascendência. Possivelmente de dentro de nossa própria família. – Ele fez um sinal para ela. – Venha. Sente-se comigo. Receio termos muito pouco tempo.

Com cuidado, incerta, Thalias foi até a grama e sentou-se ao lado dele.

– O que posso fazer pelo senhor?

– Já está fazendo – ele assegurou. – Está me ouvindo, como poucos ouvem hoje em dia na família. Mais que isso, está defendendo Thrawn e trabalhando ao seu lado como uma aliada e assistente inquebrantável. Protegendo-o de seus inimigos.

Ele acenou em direção à montanha.

– A transferência de liderança de um patriarca ao outro foi pensada para ocorrer sem problemas. Costuma ser assim. Mas, às vezes, o contrário acontece. Enquanto falamos, há muitos que estão preparando seus desafios e discussões, fazendo manobras à espera do momento em que minha bengala será passada aos historiadores e entalhadores para que preparem a versão que será cravada no solo de nossa terra. Alguns deles veem Thrawn como uma vantagem para os Mitth. Outros não veem nada além de ameaças e perigo. – Ele sacudiu a cabeça. – Se alguém desse segundo grupo ascender ao Trono do Patriarca... – ele não acabou a frase.

– Não consigo entender – disse Thalias. – Ele é um guerreiro magnífico. Como eles podem achá-lo um perigo?

– O perigo seria ele passar dos limites ou levar os Mitth a alguma empreitada que nos deixe vulneráveis sob um ponto de vista político. Se isso acontecer, nossos rivais tirariam vantagem de nosso momento de fraqueza. Estes candidatos ao Trono do Patriarca prefeririam trocar a glória que Thrawn poderia trazer à família pela certeza de que ele não traria um nível equivalente de infâmia ao nosso nome.

Thalias assentiu.

— Eles buscam uma via sem riscos.

— O que é uma tolice — o Patriarca disse, torcendo os lábios com desprezo. — O caminho da cautela só garante um deslize demorado em direção à irrelevância. Os Mitth precisam se arriscar, de forma calculada e bem-planejada, mas arriscar-se ainda assim, se quisermos manter nossa posição entre as Famílias Governantes.

Por um momento, o único som que ouviam era o do vento sacudindo as folhas das árvores.

— O que podemos fazer? — Thalias perguntou por fim.

— Sinceramente, não sei — o Patriarca admitiu. — Fiz tudo que pude. Mesmo agora, enquanto minha vida ruma à sua conclusão e meu poder e autoridade se esvaem. — Ele sorriu com tristeza. — Não me olhe assim, criança. As coisas são como devem ser. As rédeas do comando devem ser recolhidas com cuidado para meu sucessor sem atrasos nem incertezas, ou as outras famílias vão se aproveitar de nossa confusão.

— Compreendo — disse Thalias, tremendo. Já tinha visto a política influenciar até mesmo os relacionamentos entre guerreiros profissionais da frota em naves de guerra. Devia ser muito pior na Sindicura. — Diga-me como protegê-lo.

— Ele tem amigos — o Patriarca disse. — Aliados. Ele pode não saber como trazê-los para o lado quando necessário. Essa será sua tarefa. — Ele balançou a cabeça. — Eu sabia desde o começo que a política não é o forte dele. Mas nunca notei quão cego ele é em relação ao curso desses ventos.

— Darei o melhor de mim — disse Thalias. — Se eu ainda estiver na família Mitth quando o dia acabar.

— Ainda na *família*? — o Patriarca repetiu, franzindo o cenho. — Do que está falando, criança? É claro que é parte da família. Sua jornada pelas Provações pode não ter sido brilhante, mas foi mais do que adequada. Você, Thalias, é oficialmente uma nascida por provação, a um passo de avançar para posição distante.

— Obrigada — disse Thalias, fazendo uma reverência com a cabeça enquanto se enchia de alívio.

— Mas só se não a encontrarem após uma trágica queda da montanha — o Patriarca disse, um pouco do seu humor inicial aparecendo mesmo com o aviso sombrio. — É melhor continuar até o topo. Estude as estacas enquanto escala. Preste atenção nos padrões e no fluxo da história familiar. Pondere a respeito das vidas e triunfos dos Mitth.

— E seus fracassos ocasionais?

O Patriarca assentiu, o humor desaparecendo mais uma vez.

— Especialmente a respeito de seus fracassos — disse em voz baixa. — Preste bastante atenção aos intervalos no memorial, nas assimetrias onde os esforços de um síndico ou Aristocra foram cortados. O fracasso pode ser um professor cruel, porém habilidoso.

— Mas só quando aqueles que o observam aprendem com ele.

— Certamente. — O Patriarca se inclinou em sua direção e apertou a mão dela. — Obrigado por falar comigo, Thalias, nascida por provação dos Mitth. E cuide de seu comandante. Sinto que ele é a chave para o futuro da Ascendência, seja este seu triunfo ou sua destruição.

— Vou cuidar dele — Thalias prometeu. — Mesmo que eu viva ou morra. Vou cuidar dele.

※

Já havia passado muito tempo do pôr do sol, mas ainda perdurava um brilho no céu ocidental quando Thalias finalmente apareceu na trilha. Thurfian a estivera observando, evidentemente, e, enquanto ela caminhava em direção à mansão, ele apareceu pela porta e a guiou para um transporte por túneis que esperava ao lado do mapa do mosaico.

– Mudança de planos – ele disse assim que ela estava perto o suficiente para ouvi-lo. – Precisam de mim na Sindicura, e o Patriarca disse que eu deveria levá-la comigo.

– Aconteceu alguma coisa? – Thalias perguntou.

– Não que eu saiba – disse Thurfian. – Mas a Almirante Ar'alani mandou uma mensagem pedindo para que você fosse devolvida à *Vigilante* assim que possível. – Ele lançou um olhar desconfiado em sua direção. – Também notei que, enquanto eu estava convenientemente distraído, Thrawn deu um jeito de sumir.

– Não era essa minha intenção – disse Thalias, consciente de que não o convenceria. – Mas já que estamos falando das Provações, quando saberei se passei ou não?

– Você pensa demais como uma menininha – disse Thurfian, azedo. – As Provações não são uma redação pela qual você recebe nota depois da aula. – Ele torceu o nariz. – *Sim*, você passou. É uma nascida por provação dos Mitth agora. Parabéns. Entre no veículo.

– Obrigada – Thalias murmurou.

Ela se sentou de lado em seu assento conforme partiam, observando a mansão, a montanha e o domicílio desaparecendo com a distância, até o túnel bloquear completamente sua visão. Ela jamais sonhara conhecer o Patriarca de sua família adotiva, muito menos ter uma conversa séria com ele. Ela guardaria a sete chaves esse encontro e suas promessas em seu coração.

E, assim como um novo capítulo de sua vida começava, uma era da vida da família Mitth se encerrava.

LEMBRANÇAS XI

DIZEM QUE, UM DIA, a Marcha do Silêncio no Salão da Convocação foi usada por líderes das Famílias Governantes para arquitetar a censura, prisão ou execução de seus inimigos. Sua construção e acústica eram tamanhas que uma conversa não poderia suportar de forma realista mais do que quatro ou cinco pessoas sem que aqueles nas pontas não conseguissem ouvir o que era dito no centro.

Mas isso acontecera havia milhares de anos. Agora, com a iluminação vinda da maturidade política, a Marcha virara um local de reunião para oradores e síndicos que desejassem discutir assuntos políticos sem que um precisasse demonstrar a fraqueza inerente em ir ao escritório do outro.

Enquanto o Conselheiro Thurfian via o Conselheiro Zistalmu se aproximar, vindo do outro lado da Marcha, ele se perguntou se o Irizi apreciaria a ironia da proposta que ele estava prestes a sugerir.

O caminho de Zistalmu era, por necessidade, um tanto sinuoso, já que ele desviava de outros grupos de conversa a distâncias calculadas para evitar espionar sem querer os assuntos dos outros. Finalmente, alcançou Thurfian e subiu ao seu lado.

— Aristocra Thurfian — disse, assentindo.

— Aristocra Zistalmu — Thurfian cumprimentou de volta.

— Vou ser direto. Sei que os Irizi contataram Mitth'raw'nuru para oferecer que saia dos Mitth e entre para sua família.

A expressão de Zistalmu, geralmente ilegível, contraiu-se brevemente em surpresa e desconfiança.

— Tinha a impressão de que ofertas assim eram confidenciais até ou a não ser que estivessem finalizadas.

— Ouvi por acaso — disse Thurfian. — Também sei que ele rejeitou sua oferta.

— Não oficialmente — Zistalmu tergiversou. — A oferta permanece aberta.

— Não, ele a rejeitou — disse Thurfian. — Já viu o histórico de Thrawn. Ele não hesita quando vê uma situação taticamente favorável. Se ele não aceitou até agora, a resposta é não.

— Talvez. — Zistalmu o olhou de relance. — Suponho que não tenha vindo aqui só para se regozijar por nossa tentativa malsucedida.

— De modo algum — disse Thurfian. — Eu o convidei a vir até aqui para saber se tem interesse em acabar com ele.

A expressão ilegível manteve-se firme dessa vez, mas Thurfian sabia que era por pouco.

— Não estou entendendo.

— É simples — disse Thurfian. Zistalmu poderia causar problemas enormes para ele se repetisse o que estava dizendo a algum dos Conselheiros Mitth ou aos síndicos, mas Thurfian entendia bem os objetivos e as políticas de Zistalmu e confiava que isso não aconteceria. — Também vi o histórico de Thrawn. Ele tem o potencial de desempenhar grandes feitos em nome da Frota. Ele também tem potencial de arruinar o nome dos Mitth, e talvez de toda a Ascendência.

Zistalmu respondeu com um sorriso zombeteiro.

— Arruinar o nome dos Mitth não me soa nada mal. — O sorriso desapareceu. — Mas o da Ascendência é outro assunto.

— Então, concorda comigo?

— Não sei como chegou a essa conclusão por um simples comentário a respeito da Ascendência — Zistalmu disse. — Mas se estamos sendo honestos... sim, vejo o mesmo potencial, tanto para a glória quanto para o desastre.

— Aparentemente, o restante dos Irizi não vê a mesma coisa.

Zistalmu acenou com a mão.

— A oferta de recrutá-lo foi uma tentativa de roubar Thrawn dos Mitth. Duvido que algum deles tenha se dado ao trabalho de olhar seu histórico a fundo para ver o que eu e você estamos vendo. O que está propondo?

— Por enquanto, nada além de vigilância — disse Thurfian, sentindo-se ligeiramente menos tenso. — O que deve ser fácil, já que nossas duas famílias nos mandaram cuidar de assuntos militares. Nós simplesmente continuamos com o que já estamos fazendo, mas de olho aberto para coordenar nossas reações caso ele faça algo suspeito.

— Não será fácil — Zistalmu advertiu, estreitando os olhos, pensativo. — Por algum motivo, ele parece ter feito aliados firmes como o General Ba'kif e a Comodoro Ar'alani. São pessoas poderosas e influentes.

— Concordo — disse Thurfian. — Ba'kif é intocável, provavelmente, mas Ar'alani já foi Irizi. Talvez ainda possa ceder à pressão.

— Duvido — Zistalmu disse acidamente. — Já falei com ela uma ou outra vez desde sua promoção, e ela parece focada em manter seu novo estado sem família.

— Então focamos em Thrawn — disse Thurfian. — E, talvez, em alguns de seus aliados menos poderosos.

— Você sabe mais sobre isso do que eu — afirmou Zistalmu. — Muito bem. Vamos observar, esperar e ver o que acontece. — Ele olhou para os lados. — E, é claro, não falaremos a respeito disso com ninguém.

— Certamente — disse Thurfian. — Obrigado, Aristocra. Com sorte, nunca precisaremos agir, mas se precisarmos...?

— Então, agiremos. — Zistalmu fez um gesto em direção ao corredor. — Imagino que tenha notado a ironia de nossa discussão, considerando a reputação da Marcha do Silêncio.

— Notei — disse Thurfian. — Falaremos novamente, Aristocra.

— Falaremos, sim. — Com um aceno de cabeça, Zistalmu deu meia-volta e tornou a caminhar em direção ao seu escritório.

E, enquanto Thurfian virava para o outro lado, um pensamento tardio passou por sua cabeça. A história da Marcha contava de Aristocras que haviam sido julgados por crimes tão sombrios quanto a traição. A questão era quem seria futuramente julgado: Thrawn ou Thurfian e Zistalmu?

Somente o tempo diria.

CAPÍTULO DEZENOVE

Thrawn e Che'ri haviam partido fazia quase cinco semanas, e Thalias sentia sua alma morrendo aos poucos a cada dia que passava. Deveria ter ido com eles, deveria passar pelos mesmos perigos que eles. O fato de suas Provações terem tirado Thurfian do caminho não contava como ser útil para a missão deles.

A ordem do Patriarca de cuidar de Thrawn apenas acrescentava uma camada extra ao sentimento de culpa que a corroía.

Por isso, sentiu um enorme alívio quando Ar'alani finalmente a chamou para dizer que a nave de exploração tinha entrado no sistema Chiss, que ficaria longe da capital por enquanto, e que uma nave auxiliar estava a caminho para levar Thalias à *Vigilante*.

Pelo visto, o retorno silencioso e inesperado dos viajantes era só a primeira de muitas surpresas.

– Isso pode mudar tudo – disse Ar'alani.

Thalias concordou, sentindo os pensamentos e possibilidades girando em sua cabeça enquanto olhava o questis e lia os detalhes do escudo de energia da República que Thrawn e Che'ri haviam trazido com eles. Secretamente, lá no fundo, Thalias ficou maravilhada pelo fato de Thrawn e Ar'alani confiarem o suficiente nela para compartilharem o segredo.

Mas Che'ri também sabia de tudo isso, e sky-walkers e cuidadoras passavam muito tempo juntas. Os dois oficiais provavelmente decidiram que Thalias soubesse de tudo logo em vez de ouvir só fragmentos de informações de uma menina de nove anos.

— Isso está a anos-luz das barreiras eletrostáticas que nós usamos — Ar'alani continuou. — Vamos ter que repensar nossas táticas, a estrutura de nossa frota, nosso poder. Vamos ter que repensar tudo.

— Mas nossa vantagem é apenas temporária — Thrawn advertiu. — Mesmo se conseguirmos reverter o processo do que trouxemos...

— Nós podemos — disse Ar'alani. — Nós vamos.

— Mesmo se conseguirmos — Thrawn continuou —, nenhuma tecnologia se mantém exclusiva por muito tempo. Assim que descobrirem que ela existe, outros vão fazer suas próprias versões. Ou roubá-la.

— Não de nós — disse Ar'alani, torcendo o lábio. — Mas conseguir uma da República vai ser bastante fácil. — Ela tocou no questis, pensativa. — A pergunta agora é se Yiv já não tem acesso a algo assim. Você disse que havia um grupo de estrangeiros envolvidos com os Separatistas, não disse?

— Disse, mas não há motivo para acreditarmos que eles são associados aos Nikardun, necessariamente — Thrawn apontou. — E, mesmo se forem, eles podem ter as mesmas preocupações que nós. Se mostrarem ao Caos que um escudo assim existe, a Ascendência e a galáxia inteira logo terão um.

— Então eles estão pensando em usar isso como surpresa em algum momento?

— Assim como nós — disse Thrawn. — Mas, ao contrário deles, nós não podemos esperar. Precisamos usá-lo *agora*, contra Yiv, antes que ele saiba que o encontramos.

— Ele pode já saber — Ar'alani avisou. — Parece que você e esse General Skywalker fizeram um barulho e tanto lá fora. — Ela sacudiu a cabeça. — *Skywalker*. Que coincidência bizarra.

— Pelo que entendi, não é um nome tão incomum assim em partes do Espaço Menor — disse Thrawn. — Mas você está absolutamente correta. Não há como os incidentes em Batuu e Mokivj ficarem em segredo por muito tempo.

Thalias estremeceu. Batalhas, interrogatórios, destruição em escala planetária. *Incidentes.*

– Muito bem – disse Ar'alani, deixando o questis de lado. – Você obviamente tem um plano. Vamos ouvi-lo.

Thrawn fez uma pausa, como se estivesse organizando seus pensamentos, e Thalias aproveitou para olhar de relance para Che'ri. A menina a cumprimentou com abraços e lágrimas, algumas de felicidade e outras de tensão finalmente liberada. Nesse aspecto, ela era a mesma menina que tinha saído da Ascendência e embarcado naquela aventura.

Mas, agora que Thalias a olhava melhor, conseguia ver que a viagem acrescentara várias semanas à sua idade. Não por ter envelhecido com todo o estresse adicional e o peso em suas costas ou por medo ou exaustão. Não, era como se uma nova camada de maturidade e confiança se misturassem ao rosto da criança.

– Primeiramente, sabemos que Yiv não está preparado para atacar a Ascendência – disse Thrawn. – Isso ficou claro em nossa visita ao mundo central Lioaoin. Cercado de aliados, diante de um inimigo que ele queria matar ou capturar...

– Você? – Ar'alani sugeriu.

– Eu – Thrawn confirmou. – Mesmo assim, ficou com um pé atrás e nos deixou partir em paz.

– Pode ter sido uma questão de tempo ou de local – disse Ar'alani. – Mas vamos presumir que você está correto. Continue.

– Também sabemos que Yiv ainda está se esforçando para trazer os Vaks para o seu controle – prosseguiu Thrawn. – Essa cautela é evidenciada pelo fato de que, de novo com as forças Vak supostamente disponíveis, ele preferiu levar naves de guerra Lioaoin para lidar com a batalha quando você veio nos buscar em Primea.

– Concordo – disse Ar'alani. – E, considerando sua interpretação de que os Vaks preferem explorar todas as linhas de pensamento possíveis, conquistar toda a liderança deles pode estar sendo mais difícil do que ele imaginou, imagine então o planeta inteiro.

— Exato – disse Thrawn. – Eis aqui nossa oportunidade. Se pudermos trazer alguns dos Vaks para o nosso lado e mostrar aos outros que Yiv não tem intenção de prestigiá-los, e sim de usá-los como bucha de canhão em suas batalhas, poderemos criar uma rixa entre eles. Se isso não interromper seu plano completamente, vai ao menos nos ajudar a ganhar tempo para convencer a Sindicura de que os Nikardun são uma ameaça que precisa ser enfrentada.

— Com licença – Che'ri falou, hesitante, levantando um pouco a mão.

Thrawn e Ar'alani a encararam.

— Sim? – convidou Thrawn.

— E se ele só partir de Primea e for para outro lugar? – a menina perguntou. – Existem muitos estrangeiros nessa área.

— Ele poderia fazer isso, sim – disse Thrawn. – Mas ele empregou muito tempo e esforço em conquistar os Vaks. Acho que ele não vai desistir sem bastante persuasão.

— E não são só os Vaks – observou Ar'alani. – Primea é um centro diplomático e comercial da região inteira, um local onde pessoas de todas essas outras espécies estrangeiras que você mencionou vão para conversar e fazer todo tipo de negócio. Se Yiv conseguir o apoio dos líderes Vaks, ou ao menos conseguir a permissão de conhecer outros visitantes, ele vai ter vetores em todas essas nações.

— Nós já vimos que ele gosta de uma mistura de conquista por força e conquista por persuasão – disse Thrawn. – Mesmo seu título, General Yiv, o Benevolente, quer ser as duas coisas ao mesmo tempo. Não, acho que se o tirarmos de Primea, ele vai escolher a batalha.

— Ou trazer a batalha até nós – Ar'alani advertiu. – Mesmo se não for o momento que ele desejava, ele pode escolher atacar a Ascendência.

— Ele não o faria diretamente – disse Thrawn. – Existe mais chance de ele mandar os Paataatus contra nós mais uma vez.

— E *como* isso seria uma alternativa melhor?

— É melhor para ele porque assim não precisaria usar as próprias forças – explicou Thrawn. – Melhor para nós porque já sabemos como vencê-los.

– Bem, *você* sabe como vencê-los – Ar'alani grunhiu. – Às vezes, não tenho tanta certeza assim a respeito dos outros.

– Nós podemos vencê-los – Thrawn assegurou. – Mas não, a batalha crucial será em Primea. Se pudermos demonstrar as fraquezas e deslealdade de Yiv na frente dos Vaks, eles podem reconsiderar com quem estão se aliando.

– Parece um tiro no escuro – disse Ar'alani. – Mas, com exceção de intervenção direta, é tudo que temos. Como faremos isso?

Thrawn pareceu se preparar antes de falar.

– Nós convidamos os Vaks a nos ajudarem.

E, enquanto ele contava o plano, Thalias descobriu que ele tinha mais uma surpresa debaixo da manga.

– Você não aprova – disse Thrawn.

Ar'alani o olhou, a cabeça ainda dando voltas depois de ouvir a proposta que ele tinha feito a ela e às duas jovens.

– É claro que eu não aprovo – disse. – A ideia toda é ilegal em ao menos três formas diferentes. Além de ser insana.

– Concordo – disse Thrawn. – A questão é: você está disposta a prosseguir mesmo assim?

– Eu tenho escolha?

– É claro – disse Thrawn. – Se preferir não participar, diga agora e nós faremos tudo sozinhos.

– Como? – Ar'alani respondeu. – Se Yiv agir da forma que está pensando que ele vai agir, vocês três estarão sozinhos contra toda a força dele em Primea.

– Os Vaks vão nos ajudar.

– *Se* a mensagem chegar e eles não decidirem ignorá-la.

– Há vertentes que não confiam em Yiv, claramente – disse Thrawn. – A mensagem vai oferecer uma segunda opinião, e eu espero que as normas culturais deles os obriguem a considerá-la, ao menos. E, se eu tiver interpretado Yiv corretamente, ele logo estará em mais problemas do que ele pode imaginar.

— *Se* você o tiver interpretado corretamente — disse Ar'alani, focando na palavra mais crítica. — Vamos lá, Thrawn. Isso é loucura. Até mesmo para você.

— Tem alguma alternativa? — Thrawn retrucou. — Não podemos só ficar sentados e esperar os Nikardun impor um cerco ao nosso redor, conseguindo aliados até o Caos inteiro estar contra nós e nós contra eles. Yiv precisa ser parado e esse é o melhor momento e local para agirmos.

— De novo, e se você estiver errado? — Ar'alani perguntou. — E se tudo que você tiver deduzido de Yiv e dos Vaks estiver errado? Você já errou antes, sabe.

Não foi a coisa mais diplomática que ela poderia ter dito, Ar'alani percebeu, e quase se arrependeu quando viu uma centelha de uma dor antiga passar no rosto dele.

— Sinto muito — desculpou-se.

— Não, você tem razão — ele disse. — Meu fracasso com os Garwianos... mas isso é diferente. É guerra, não política.

— Dois lados da mesma moeda — disse Ar'alani. — Você nunca entendeu isso nem conseguiu lidar com o fato.

— Eu sei — disse Thrawn. — É por isso que precisamos virar esta moeda para o lado da guerra.

Ar'alani suspirou. Ele já tinha errado antes — e como tinha — e ele havia pagado caro por isso, mas não adiantava discutir.

Além do mais, ele estava certo. Yiv e os Nikardun precisavam ser desafiados, e fazer isso no sistema que o inimigo queria controlar era a melhor oportunidade que tinham.

— Não sei se os técnicos já acabaram com o caça Vak que trouxemos de Primea, mas Ba'kif deve poder convencer Ja'fosk de devolvê-lo. Tem certeza de que Che'ri já pode navegar?

— Presumo que não contará a Ba'kif ou Ja'fosk essa parte do plano?

— Eu não sou *tão* louco assim — disse Thrawn com um sorrisinho.

— Mas eles vão descobrir em algum momento — disse Ar'alani. — Já pensou o que vão fazer com você quando descobrirem?

Um dos músculos do pescoço de Thrawn se retesou.

– Se eliminarmos a ameaça de Yiv, não importa o que fizerem comigo. – Ele inclinou a cabeça. – *Minha* maior preocupação é você. O que vai acontecer com você quando descobrirem.

– Sou uma almirante – Ar'alani o lembrou. – Não é tão fácil assim se livrarem de mim.

– Eles vão tentar.

– Só se falharmos. Se der certo... – Ela deu de ombros. – Mas não podemos controlar o futuro. Vamos focar no presente. Então, primeira parte: consiga o caça Vak e prepare-o para voar. Segunda parte: ensine Che'ri a pilotá-lo. Terceira parte: comece a trabalhar naquele cargueiro personalizado que você quer. Quarta parte: elabore a mensagem que você quer mandar aos Vak. Quinta parte: prepare o escudo da República para nosso ataque-surpresa. Sexta parte: deixe minha frota pronta para partir.

– Essa pode ser a sétima parte – Thrawn comentou. – A sexta parte deve ser convencer Ba'kif e Ja'fosk a assinarem isso.

– Pensei em deixar para fazer isso quando Thalias e Che'ri tiverem partido – disse Ar'alani. – Não vai ser uma conversa agradável e será mais seguro se for tarde demais para chamar o caça de volta. Oitava parte... – Ela se preparou. – Torcer para que dê tudo certo.

– E torcer para que minha interpretação do General Yiv esteja correta.

– Certo – disse Ar'alani. – Vamos torcer *muito* por isso.

✴

– Eles estão nos chamando – Che'ri anunciou. – Aquela luz ali.

– Estou vendo – disse Thalias, a cabeça latejando com a tensão que não tinha nada a ver com o peso extra da crosta dura de maquiagem criando novamente os sulcos e os platôs rasos que marcavam seu rosto como o de uma refém. Com os Nikardun e os Vaks ali, o sistema inteiro de Primea era território inimigo.

E ela e Che'ri estavam sozinhas no meio dele.

Ela olhou para a menina, inclinando-se um pouco sobre o painel de controle do caça, os olhos estreitos de concentração. Ao menos parte de seu semblante estava coberto com a mesma maquiagem que Thalias, mas não parecia ter nenhuma tensão sob ela. Será que ela estava sentindo os mesmos receios?

— Você está incrivelmente calma — disse.

— Eu não deveria estar? — Che'ri perguntou com um olhar intrigado. — Está tudo sob controle, não?

— Bem... Sim, eu suponho que sim — disse Thalias. — Eu só...

— Você confia nele, não confia? — Che'ri insistiu.

— Sim, acho que sim.

— Porque nós duas o vimos fazer coisas incríveis — Che'ri continuou, ainda de cenho franzido. — Conseguindo aquele gerador de escudo, tirando-a de Primea, batalhas, coisas assim. Você também viu tudo isso, certo?

— Certo — disse Thalias. — Mas desta vez...

— Não tem nenhuma diferença — Che'ri disse. — Está tudo sob controle.

— É claro que tem diferença — disse Thalias. — Thrawn estava conosco nas outras vezes. Se algo desse errado, ele se adaptaria ou bolaria um novo plano. — Ela acenou para o convés apertado. — Aqui... Che'ri, somos só nós duas.

— Mas ele nos deu instruções — Che'ri disse. — Nós sabemos o que fazer.

— Eu sei — disse Thalias. — Só estou dizendo que não é a mesma coisa.

— Ah — Che'ri disse, a parte de seu rosto que Thalias conseguia ver se iluminando de repente. — Não é que você não confie em Thrawn. É que você não confia em *si mesma*.

— É claro que não — disse Thalias, ouvindo a amargura na própria voz. Ela estava consciente daquele sentimento nebuloso desde que Thrawn propusera aquele plano, mas até o momento não tinha ousado sequer pensar aquelas palavras. Agora, com elas expostas, sentiu o peso súbito do medo, da dúvida e da inadequação. — Por que eu deveria confiar? O que foi que eu jamais fiz que fez ele, ou melhor, *qualquer* pessoa, achar que eu poderia receber tamanha incumbência?

– Bem, você está *aqui* – disse Che'ri. – Isso deve significar que ele confia em você.

– Eu queria um *motivo*.

– Nós nem sempre recebemos motivos – Che'ri disse com sinceridade. – Seja lá o que for que ele vê em você era o que ele precisava. Ele confia em você. – Ela fez uma pausa. – E eu também, se isso ajudar.

Thalias respirou fundo, olhando nos olhos de Che'ri. A maturidade que ela vira na menina quando estavam na *Vigilante* continuava lá e, por um momento, Thalias notou a ironia de uma criança de nove anos confortando uma adulta.

– Sabe, quando eu tinha a sua idade eu lembro que ficava aterrorizada pensando no meu futuro – disse. – Era tudo tão grande e desconhecido, e eu não fazia ideia de qual seria meu lugar em tudo isso.

– Eu costumava me sentir assim também – afirmou Che'ri. – Mas agora já não sinto tanto.

– O que por si só é uma loucura – disse Thalias. – O futuro que você está encarando... O futuro que você e eu estamos encarando hoje... É bem menos seguro do que qualquer coisa que eu jamais sonhei.

– É o que você acabou de falar – Che'ri disse. – Sonhos. Eu nunca soube o que sonhar. Quero dizer, eu só era uma sky-walker. Eu não sabia se havia alguma outra coisa que eu pudesse fazer.

Ela indicou o painel de controle diante de si.

– Então, Thrawn me ensinou a voar. Em algumas semanas, ele me ensinou a *voar*. – Che'ri sorriu, seu rosto inteiro iluminado de felicidade e realização. – Se eu posso fazer isso, eu posso fazer qualquer coisa. Entende agora?

– Sim – disse Thalias. – E eu fico feliz por você. – Respirou fundo novamente, desejando que a tensão fosse embora. Um guerreiro realizado como Thrawn; uma pilota realizada como Che'ri. Se eles confiavam nela, como algo poderia dar errado? – Você disse que os Vaks nos saudaram. Temos como enviar uma mensagem para eles?

— Quando estiver pronta — Che'ri disse, apontando para o microfone. — Seu discurso está pronto?

— O discurso de *Thrawn* está pronto — disse Thalias, forçando um sorrisinho. — Serve?

— Serve. — Che'ri tocou em um botão. — Pode falar.

Thalias se preparou. A hora tinha chegado.

— Saudações ao povo de Primea — falou em Minnisiat. — Sou Thalias, companheira do Capitão Sênior Thrawn da Ascendência Chiss. Quando ele escapou de seu mundo um tempo atrás, levou inadvertidamente consigo este caça. Foi reparado, e eu e minha pilota viemos hoje para devolvê-lo.

— Roubou do Combinado Vak — uma voz dura veio na mesma língua. — O que a faz acreditar que não será punida por seu crime?

— Eu imploro que o Combinado aceite minha visita e o retorno da espaçonave como prova de nossa boa vontade — disse Thalias. — Tenho certeza de que posso explicar a linha de pensamento de Thrawn e os motivos por trás de suas ações.

Uma pausa.

— Nunca há motivo válido para o roubo — disse o Vak. Mas, na opinião de Thalias, ele soava um pouco inseguro.

Exatamente como Thrawn achou que ele ficaria.

— De novo, imploro por sua tolerância — insistiu. — Trouxe uma explicação por escrito e uma proposta de paz e reconciliação do capitão sênior. Será que poderia me autorizar a pousar e levá-las ao seu líder militar?

Outra pausa.

— Pode pousar — permitiu o Vak. — Acabei de ativar um farol de navegação para guiá-la.

— Che'ri? — Thalias murmurou.

A menina assentiu.

— Entendido. Mudando a rota.

— Obrigada — disse Thalias. — Levarei o documento comigo. Recebi ordens expressas de levá-lo diretamente na mão de seu líder militar. Imploro que me permita cumprir meu dever.

– Pouse primeiro – o Vak disse. – E, assim que examinarmos a nave e avaliarmos os danos, veremos o que fazer com seu documento.

– Obrigada – disse Thalias. – Esperamos vê-lo em breve.

Ouviu-se um clique quando o Vak encerrou a comunicação.

– Tudo bem até agora – disse Thalias, tentando soar normal.

– Vai funcionar – Che'ri assegurou enquanto o caça girava em direção às luzes da cidade mais abaixo. – Thrawn tem tudo sob controle. *Nós* temos tudo sob controle.

Thalias assentiu. Ela ainda não tinha confiança em si mesma, mas confiava na habilidade de Thrawn.

Afinal, ele nunca estava errado, estava?

LEMBRANÇAS XII

ERA UMA GRANDE HONRARIA quando um governo estrangeiro convidava um oficial militar Chiss para viajar ao seu mundo, ou assim haviam prometido a Ar'alani. O fato do Chefe de Segurança Frangelic ter dito especificamente que os Ruleri estariam presentes acrescentava outra camada de honra.

Então, enquanto ela e Thrawn saíam da nave auxiliar e caminhavam ao aglomerado de Garwianos que os esperavam, ela tentou com afinco não se deixar abalar pela mistura de centenas de cheiros estranhos pairando ao seu redor como névoa. Era tão palpável e intenso que quase deu meia-volta para retornar à nave e à segurança olfativa da *Destrama*.

Para sua surpresa, quando a cerimônia de boas-vindas acabou e ela e Thrawn estavam sendo guiados ao veículo terrestre que os aguardava, seu nariz e pulmões começaram a se acostumar. Enquanto eles atravessavam a cidade em direção ao centro de segurança planetário, os cheiros se dissiparam ainda mais e, quando o veículo parou e Frangelic os levou para a rua, o aroma ficou neutro, tornando-se algo quase agradável.

A mistura poderia ter simplesmente mudado durante o trajeto, porém. Certamente o grande pátio circular estava diante deles, cheio de pedestres e com locais de fumaça que apontavam para cozinha ao ar livre, e ela sempre gostara de cheiros assim.

— Esse não pode ser o centro de segurança — comentou quando Frangelic fechou a porta do veículo atrás deles.

— O centro é ali — ele disse, apontando para um prédio de pedra branca em uma ponta mais afastada do pátio. — Mas, como podem ver, veículos teriam dificuldade de passar pelo Mercado dos Criadores de fim de semana.

— Nós não poderíamos ter voado? — Thrawn perguntou.

— Poderíamos — Frangelic concordou. — Mas o Mercado dos Criadores é uma das melhores representações da cultura Garwiana e queria compartilhá-lo com vocês.

Thrawn olhou para Ar'alani.

— Comodoro?

Ar'alani deu de ombros, fungando ao sentir na brisa outro sabor de fumaça. Banquetes ao ar livre aos feriados eram sempre suas refeições familiares favoritas quando pequena.

— Por que não? — disse. — Faça o favor de nos guiar, chefe de segurança.

— Obrigado. Por aqui.

Frangelic foi em direção ao canto do pátio. Estava cheio de gente, como Ar'alani já percebera, mas aqueles nos cantos notavam rapidamente os rostos estrangeiros e saíam de seu caminho. Alguns deles faziam reverências em direção a Frangelic enquanto os recém-chegados se aproximavam, e Ar'alani achou primeiro que fosse um gesto de subserviência ou mesmo medo pelo uniforme dele, mas Frangelic sempre repetia a reverência, e ela finalmente concluiu que o gesto era só uma forma de respeito entre cidadãos.

— Podem perceber que as barracas são organizadas em círculos concêntricos — Frangelic disse enquanto eles se aproximavam do grupo mais distante. — Os que estão do lado de fora estão reservados para aqueles que requerem mais espaço para seus produtos e equipamentos, enquanto os menores no centro estão reservados para os mais compactos.

— Você disse *criadores* — disse Thrawn. — O que eles criam?

— O que quiserem — Frangelic disse. — Há um homem aqui que faz utensílios de cozinha únicos para os apaixonados por culinária. Lá, há uma mulher que cria indumentárias históricas para festas memoriais. Podem sentir o cheiro do fogo para aqueles que procuram por um tipo específico de preparo ou tipo especial de molho ou tempero.

— Parece um tanto ineficiente — disse Ar'alani.

— Oh, temos os mesmos itens produzidos em grande escala em todos os nossos mundos para o dia a dia — Frangelic explicou. — Estes aqui são para aqueles que procuram algo incomum e único. Se puderem definir ou descrever o que querem, alguém aqui pode fazê-lo por vocês. Aqui, ou nos milhares de Mercados de Criadores espalhados pela Unidade.

— Você falou sobre festas memoriais — disse Thrawn. — O que é isso?

— Ah — Frangelic disse, mudando de direção. — Esse é, acredito, um aspecto cultural muito distinto da Unidade. Aqueles que frequentam tais festas vestem trajes elaborados inspirados em diferentes épocas da história Garwiana, tecidos e mesclados de formas sutis e particulares. O objetivo de cada participante é criar a mistura mais bonita e intrincada, notando e identificando ao mesmo tempo as inspirações nos trajes de outros participantes. Permitam-me mostrar como funciona.

Ele os guiou até uma mesa comprida, na qual uma mulher trabalhava com uma máquina de costura de aparência antiga. Ao seu lado, havia pilhas organizadas de tecidos, linhas e instrumentos de costura, e, nas prateleiras atrás dela, dezenas de amostras de tecido, couro, seda e outros materiais que Ar'alani não conseguiu identificar.

— Esta é a Madame Mimott, uma das nossas mestras estilistas — Frangelic a cumprimentou com um leve aceno da cabeça. — Madame Mimott, nossos convidados gostariam de saber mais sobre o seu trabalho.

O olhar que a mulher lhes lançou, Ar'alani percebeu, parecia carregado de suspeita.

— Vocês não vão por acaso participar da festa dos Kimbple na próxima primavera, vão? — ela perguntou.

— Mimott, francamente — Frangelic censurou. — Você não está sugerindo que nossos convidados de honra fossem trapacear, está?

Por alguns segundos, a mulher só o encarou. Então, a mandíbula dela se abriu em um sorriso.

— Seus convidados de honra certamente não. — Ela inclinou a cabeça para o lado, tocando a própria bochecha com a ponta dos dedos. — *Você*, por outro lado...

— Garanto a você, Mimott, que se por acaso for convidado para a festa dos Kimbple, eu só gentilmente recusaria. — Ele apontou dois dedos para o tecido que ela estava costurando. — Talvez você possa nos explicar a sua arte.

— Com prazer — Mimott abriu e estendeu o tecido. — Este tecido é obviamente moderno, mas tem o mesmo design e a mesma textura dos tecidos usados na Décima Segunda Era. O estilo da costura é da Décima Quarta, o tipo de tingimento começou a ser usado na Décima Sétima, e o estilo da bainha é da Décima Oitava. — Ela tocou na máquina de costura. — A máquina em si é uma antiguidade restaurada da Décima Quinta

— Tudo isso para apenas uma peça de roupa? — Ar'alani perguntou.

— Tudo isso só para o forro — Mimott a corrigiu com um sorriso. — Ainda tem duas camadas externas, além de um xale, luvas e um chapéu.

— E tudo para uma única festa — Frangelic continuou. — Embora o traje de maior sucesso em intrigar os convidados seja posteriormente exposto para ser admirado pela cidade inteira.

— Se a roupa for modelada corretamente, também pode ser transformada em outro traje formal — Mimott acrescentou. — Às vezes, até em traje casual. Querem perguntar alguma outra coisa?

— Não — Ar'alani respondeu. — Muito obrigada por nos mostrar o seu trabalho. É impressionante.

— Fico honrada — agradeceu Mimott. — Que o seu dia seja aquecido com a luz do sol.

Frangelic gesticulou para que eles se afastassem.

— E então? O que acharam?

— Belíssimo trabalho — Ar'alani respondeu. — Minha tia gostava de costurar vez ou outra quando eu era criança, mas nada tão elaborado.

— Temos muito orgulho do nosso trabalho artesanal — disse Frangelic. — Mas estamos ficando sem tempo. Talvez mais tarde possa apresentar vocês a mais alguns dos nossos artesãos.

Ele acelerou o passo, a multidão mais uma vez se abrindo para deixá-los passar.

Thrawn se aproximou de Ar'alani.

— Algum problema? — ele perguntou baixinho.

— Problema? — Ela balançou a cabeça. — É que... Eu nunca vi estrangeiros como *indivíduos* antes. Não da mesma maneira que os Chiss são indivíduos. Sempre pensei neles como algo inferior, mais próximos, talvez, de animais inteligentes. Alguns amigáveis, alguns inofensivos, alguns perigosos. — Ela olhou para ele de soslaio. — Suponho que você sempre os tenha visto pelo que são?

— Você quer dizer como indivíduos? — Thrawn balançou a cabeça. — Na verdade, não. Eu vejo as pessoas, certamente. Ver as personalidades, no entanto, não é minha prioridade.

— Então, como *você* os vê?

Os olhos de Thrawn varreram a multidão, e Ar'alani pensou ter tido um vislumbre tanto de cautela quanto de tristeza em seu rosto.

— Como possíveis aliados. Ou possíveis inimigos.

— Como recursos.

⊰⋈⊱

O grupo estava quase chegando ao centro de segurança planetário de Solitair quando os alarmes de emergência começaram a tocar sob o Mercado dos Criadores.

— O que está acontecendo? — Ar'alani gritou por cima do barulho.

— Solitair está sob ataque! — Frangelic gritou, saindo em corrida. — Rápido!

Os alarmes foram silenciados no momento em que os três alcançaram a sala de crise subterrânea do prédio.

— Chefe de Segurança Frangelic, apresentando-se para receber ordens — Frangelic bradou, enquanto corriam em direção a um pequeno grupo de Garwianos parados em frente a uma grande parede de exibição. Os três Ruleri, Ar'alani percebeu, conversavam entre si em um lado, perto de outra exposição menor. As telas mostravam apenas a escrita Garwiana, o que as tornava ilegíveis para ela.

Mas o motivo do alarme era óbvio. A tela principal indicava duas naves Lioaoin vindo em direção ao planeta. Mesmo enquanto Ar'alani observava, chegaram a alcance de tiro, e a mais próxima das plataformas de defesa na órbita de Solitair abriu fogo com lasers e mísseis.

— Chefe de segurança — um dos oficiais cumprimentou Frangelic com uma voz tensa, enquanto Ar'alani e os outros se aproximavam. De perto, ela reconheceu que era um dos generais que comparecera a algumas das reuniões iniciais, mas não conseguia lembrar seu nome. — Comodoro Ar'alani; Comandante Sênior Thrawn. — Ele gesticulou em direção à tela. — Como podem ver, as conversas calmas que tinha planejado entre nossos povos foram violentamente interrompidas.

— De fato — Frangelic disse de forma sombria.

— Nós temíamos que isso pudesse acontecer — o general continuou. — Com nossas forças defendendo outros cinco mundos, os Lioaoi escolheram este momento para um ataque-surpresa. Você nos ajudou uma vez, Comodoro Ar'alani. Pode nos ajudar de novo a repelir este novo ataque?

Ar'alani sacudiu a cabeça, sentindo-se impotente. A mulher no Mercado dos Criadores, costurando seus trajes históricos com tanto afinco...

— Sinto muito, general, mas não podemos — disse. — O protocolo padrão diz que nem sequer deveríamos entrar em sua sala de crise.

— Vocês são nossos hóspedes, e todos os hóspedes devem ser protegidos — afirmou o general. — Se os invasores conseguirem passar, vocês podem estar tão em perigo quanto qualquer um dos nossos cidadãos indefesos.

— A chance é baixa — Thrawn assegurou. — Suas plataformas de defesa são mais do que adequadas para protegê-los de duas naves de guerra.

— E se houver mais aguardando? — Frangelic rebateu. — Tudo que puderem nos contar sobre os agressores poderia ser a diferença entre a sobrevivência e a destruição total. Por favor.

Por um momento, Thrawn olhou as telas em silêncio. Ar'alani conseguia ver os olhos dele indo de um lado para o outro: observando, analisando, calculando. Se houvesse algo ali, alguma fraqueza de que os Garwianos pudessem tirar proveito, ele a encontraria.

— E então? — o general perguntou.

— Há duas fraquezas adicionais — disse Thrawn. — Mas a Comodoro Ar'alani tem razão. A Ascendência não pode se envolver nisso.

— Vocês nos ajudaram uma vez — insistiu Frangelic. — A situação aqui não é ainda mais extrema?

Thrawn olhou para Ar'alani. De volta para o general.

— Os Lioaoi têm alguns pontos cegos táticos — disse. — O primeiro...

— Um momento — Ar'alani o interrompeu. Os oficiais Garwianos, todos eles, estavam encarando Thrawn. Nenhum deles estava olhando as telas. Nenhum deles estava guiando as forças de defesa.

E por que estariam? As naves Lioaoin estavam longe da plataforma de defesa, sem seguir adiante, esforçando-se aparentemente em se defender da barreira Garwiana.

— Por favor — Frangelic disse, virando sua atenção para Ar'alani. — Por favor, não impeçam a sobrevivência Garwiana.

— É isso que estou fazendo? — Ar'alani perguntou. Tirou seu comunicador e mandou uma mensagem para a *Destrama*.

Silêncio. Não só ausência de resposta. Silêncio.

E agora todos os oficiais Garwianos olhavam para *ela*.

— Comandante Thrawn, por favor, contate a *Destrama* — disse. — Parece haver um problema com meu comunicador.

— Parece? — disse Thrawn, sua voz e rosto ficando duros de repente. Ele também ouviu o silêncio no comunicador dela. — General, faça o favor de remover seu bloqueio.

— Não há bloqueio — Frangelic disse rapidamente. — Pelo que sabemos...

— Faça o favor de remover seu bloqueio — Thrawn repetiu.

Nem sua voz nem seu rosto haviam mudado. Ainda assim, um calafrio percorreu as costas de Ar'alani. Em silêncio, o general se virou e fez um gesto para um dos oficiais nos consoles. O outro tocou um par de botões...

— ... pedindo pelos termos para a rendição do Regime Lioaoin — uma voz tensa disse do outro lado do comunicador de Ar'alani. — Os Garwianos os estão ignorando. Comodoro, está me ouvindo?

— Sim, comandante — disse Ar'alani. — Agora estou, de qualquer forma. Atenção para as próximas ordens.

Desligou o som do comunicador.

— Ótimo — disse ao general, deixando a voz o mais gélida possível. — Você diz que estão sendo saqueados por piratas e nos colocam em uma situação que nos forçaria a quebrar nossos protocolos e auxiliá-los. E, aí, quando os Lioaoi tiverem perdido um número extremo de naves, vão atacar... Quem? Um velho rival? A nova competição comercial ou de contratos de fabricação?

— Fala dos Lioaoi como se fossem inocentes — disse o general, de forma altiva. — Não são. Lembra quando falei mais cedo a respeito de nossos outros cinco mundos? Antes, eram seis. — Sua boca se abriu em um sorriso. — Agora, serão seis novamente.

— Possivelmente sete? — Ar'alani perguntou.

— Possivelmente — o general concordou. — Estamos especialmente interessados em um dos mundos deles.

Ele olhou para Thrawn.

— Teria sido útil termos mais conhecimento das fraquezas dos nossos inimigos, mas não importa. Seu auxílio anterior neste aspecto foi suficiente e muito apreciado.

Thrawn sustentou o olhar dele por um momento. E, então, acintosamente, virou-se para Ar'alani.

— Comodoro, peço permissão para mandar a *Destrama* abrir fogo contra as plataformas de defesa dos Garwianos.

Um clima desconfortável instalou-se nos estrangeiros.

— Uma sugestão tentadora, comandante — disse Ar'alani. — Mas temo que os protocolos não permitam tal ação, por mais que fosse ser plenamente justificada.

— General, os Lioaoi estão batendo em retirada — alguém informou.

— Em retirada para defender seus mundos, sem dúvida — o general disse. — Um gesto inútil, mas ao menos não haverá dúvidas quanto a quem ganhou hoje. — Ele inclinou a cabeça para Ar'alani. — Imagino que queiram partir o quanto antes?

— Oh, sim, partiremos — disse Ar'alani. — E você vai desejar nunca nos ver de novo. Porque se voltarmos... Digamos que o conhecimento do Capitão Thrawn quanto aos pontos cegos táticos não estão limitados às fraquezas dos Lioaoi.

Ela deu um passo à frente e saboreou por um instante o gostinho de ver o general dar um passo para trás.

— Lembrem-se disso. *Todos* vocês.

CAPÍTULO VINTE

HAVIA DEZ GUARDAS ESPERANDO quando Thalias e Che'ri saíram do caça.
— Cumprimento os guerreiros do Combinado Vak – Thalias entoou, dando uma olhadela rápida em seus uniformes. Tinham um padrão parecido com os que vira na recepção diplomática da qual ela e Thrawn haviam participado, mas eram mais simples e utilitários. – Trago o pedido de desculpas do Capitão Sênior Thrawn, e ofereço recompensa por suas ações.

— Disse ter uma mensagem – um dos soldados disse. – Quero vê-la.

— Fui instruída a colocá-la diretamente nas mãos do líder militar do Combinado – disse Thalias. – Ficarei feliz em esperar até esse momento, ou de viajar até onde ele ou ela quiser me encontrar.

— Não tenho dúvidas que ficará – o soldado disse. – Mas vou tomar a mensagem mesmo assim. – Ele mostrou a mão, as cinco garras viradas para cima. – Agora.

Thalias hesitou. Não havia nada que pudesse fazer. De qualquer forma, Thrawn a avisara de que isso poderia acontecer. Ela tirou o envelope e o entregou ao soldado.

— Imagino que seus líderes desejem nos questionar quanto às circunstâncias que levaram à ocorrência deste incidente infeliz — ela disse enquanto ele colocava a mensagem no bolso lateral da jaqueta. — Estou à disposição e conveniência.

— Não será necessário — o soldado disse. — Temos um navegador e uma nave para levá-las de volta à Ascendência Chiss. Ele está chegando agora.

Thalias franziu o cenho.

— *Ninguém* quer falar conosco?

O soldado não respondeu. Em vez disso, fez uma saudação com a mão aberta, gesticulando em direção a um de seus companheiros, e o grupo inteiro marchou para fora da plataforma de pouso e desapareceu por uma das portas.

— Ainda estamos seguindo o plano? — Che'ri perguntou.

Thalias hesitou. Estavam, mas havia algumas partes do plano que Thrawn e Ar'alani preferiram não contar à menina.

— Vamos descobrir — disse, evasiva.

— Ah... Thalias, da Ascendência Chiss — uma voz alegre disse atrás deles.

Thalias se virou, sentindo o estômago revirar quando viu uma criatura familiar se aproximar deles com um enorme sorriso.

— Você não vai se lembrar de mim — disse —, mas nos conhecemos...

— Você é Qilori de Uandualon — ela interrompeu. — Estava com o General Yiv na recepção.

— Ah, você lembra *mesmo* — disse Qilori. — Excelente. Venha comigo, a nave auxiliar para nosso transporte está ali embaixo.

Alguns minutos depois, estavam no compartimento de passageiros da nave, atravessando a atmosfera cada vez mais fina em direção às fileiras de naves na órbita de Primea.

— Fico feliz de nunca ter que controlar uma nave até estarmos fora do poço gravitacional e prontos para o hiperespaço. Deve ter passado por bocados interessantes atravessando tudo isso.

— Che'ri passou — disse Thalias, olhando para o compartimento vazio além deles. — Ela é a pilota. Onde estão os outros passageiros?

– Ah, já estão a bordo do transporte – disse Qilori. – Você foi uma adição de última hora, cortesia do governo do Combinado. Eles devem estar contentes de ter o caça de volta.

– Nunca foi nossa intenção ficar com ele – disse Thalias. – Qual é nosso transporte?

– Você vai vê-lo em um minuto – disse Qilori. – Está... Ali, está vindo.

– Thalias? – Che'ri perguntou, incerta. – Isso não parece um transporte.

– Se *transporte* significa algo que vai tirá-la daqui, é claro que é um transporte – disse Qilori. – Se está pensando em um *transporte de civis*, temo que não é o que vamos fazer hoje.

Ele apontou para a panorâmica.

– Aquilo, minhas nobres reféns Chiss, é a *Imortal*, um couraçado de batalha e a nave principal do General Yiv, o Benevolente, do Destino Nikardun.

Thalias olhou para ele, medindo mentalmente a distância entre os dois. Estavam presas pelos cintos, mas se conseguissem escapar rápido o suficiente...

– Por favor, não faça isso – disse Qilori. – O Benevolente gostaria que não estivessem machucadas quando as devolvesse para Thrawn.

– Ele vai nos devolver para Thrawn? – Che'ri perguntou, esperançosa.

– É claro – disse Qilori. – Ele vai contatar Thrawn, Thrawn virá, eles vão se encontrar na ponte daquela nave de guerra, e Yiv vai devolvê-las. E, então, é claro, Yiv vai matá-lo.

Traição.

Essa era a única palavra para descrever o que estava acontecendo, Thurfian pensou com amargura enquanto se apressava em direção ao Salão de Convocação da Sindicura para uma reunião de emergência. *Traição.*

Depois de todas as precauções que tomara – todos os encontros para comparar suas observações com as de Zistalmu, as interpretações de cada informação que conseguira das missões e atividades de Thrawn –, depois de tudo isso, ainda era pego de surpresa.

Havia visto o guerreiro arrogante se aproximar do limite e, por vezes, pisar nele, mas nada o havia preparado para ver Thrawn dar um salto e voar para o outro lado.

Eles conseguiram pegá-lo. Desta vez, por todo o mal do Caos, eles conseguiram pegá-lo.

Mas a custo de quê? Qual era o terrível, terrível custo?

O Salão de Convocação estava cheio quando Thurfian chegou e, conforme se aproximava do setor Mitth, ele fez uma contagem rápida de cabeças. Os oradores das Nove Famílias estavam presentes, assim como todos os síndicos de alto nível. Uma dúzia de outras famílias menores estavam representadas, a maioria dessas com laços próximos às Nove, ou com aspirações de um dia se unirem a elas no governo da Ascendência. Na sala, ouvia-se o som de conversas sussurradas, enquanto os que ainda não sabiam o que estava ocorrendo eram colocados a par pelos outros.

Sentado na mesa de testemunhas, um poço de silêncio em meio à tempestade verbal, estava o General Ba'kif, o Almirante Supremo Ja'fosk, a Almirante Ar'alani e Thrawn.

Thurfian acabava de sentar quando Ja'fosk se levantou.

O barulho parou imediatamente.

– Oradores e síndicos da Ascendência – começou Ja'fosk, avaliando rapidamente a câmara. – Recebi uma transmissão do General Yiv do Destino Nikardun. – Ele ergueu o questis. – Passo a citá-lo: "Tenho em minha posse duas reféns familiares do Capitão Sênior Thrawn, enviadas a Primea com uma oferta de união e traição para o Combinado Vak contra o povo pacífico do Destino Nikardun. Se ele deseja que as fêmeas sejam soltas ilesas, ele deverá viajar sozinho para as coordenadas seguintes em um cargueiro desarmado com o equivalente a duzentos mil Univers." – Ja'fosk abaixou o questis. – As coordenadas indicam uma órbita alta acima de Primea.

Normalmente, o protocolo era de que um dos oradores deveria responder primeiro ou fazer a primeira pergunta, mas Thurfian não se importava com protocolo nenhum no momento. Mais do que isso, precisava que a câmara inteira entendesse a situação terrível em que se encontravam.

– Deixando de lado por um momento a questão de por que Yiv acredita que os Chiss possuem reféns familiares – disse, ficando de pé. – Eu gostaria de saber quem são essas duas mulheres. – Ergueu as sobrancelhas. – São mesmo duas mulheres, ou uma delas é uma menina?

– Uma delas é uma mulher – Ja'fosk disse com a voz cuidadosamente controlada. – O nome dela é Mitth'ali'astov. A outra é, sim, uma menina, Che'ri. – Um músculo se contraiu em sua bochecha. – Uma de nossas sky-walkers.

Uma onda de incredulidade e revolta passou pelos Aristocra ali reunidos. Aparentemente, a grande maioria *não* tinha ouvido a história inteira.

– Imagino que Yiv não saiba o que ela é? – Thurfian perguntou.

– Acreditamos que não – Ja'fosk disse. – Não há indicação alguma de que ele sequer conheça o programa sky-walker, muito menos que saiba de detalhes.

– Suponho que também não há indicação do contrário – a oradora Plikh disse duramente. – Gostaria de saber como, exatamente, o Capitão Sênior Thrawn cometeu um deslize tão grande a ponto de colocar uma de nossas sky-walkers em mãos inimigas.

– Os Nikardun não são nossos inimigos – Ja'fosk lembrou. – Quanto às razões do Capitão Thrawn sobre o assunto... – Ele olhou para Thrawn.

– Eu jamais tive a intenção de colocar qualquer uma delas em risco – disse Thrawn. – A missão era devolver o caça Vak que eu peguei emprestado e mandar um aviso à liderança de Primea a respeito das ações de Yiv com outras espécies da região. Thalias deveria entregar a mensagem e pegar um transporte de passageiros em direção ao Terminal 447, onde seriam levadas de volta à Ascendência.

– E por que havia uma sky-walker a bordo?

– Che'ri sabia pilotar o caça. Thalias não sabia.

Thurfian torceu os lábios. *Mentiroso*. Thrawn ao menos deveria saber ou suspeitar do que Yiv faria se Thalias e Che'ri estivessem ao seu alcance. Essa história inteira cheirava a uma tentativa indireta de levar a Sindicura a aceitar um ataque retaliatório.

E, se o clima na câmara era um indicador, ele conseguiria o que queria. Se havia um recurso que a Ascendência guardava com ciúme insano eram as sky-walkers.

– A conversa não acabou – o orador Irizi advertiu. – Queremos detalhes da situação, *todos* os detalhes, em algum momento. Se encontrarmos algum tipo de lapso ou mentira, a Sindicura tomará as ações necessárias.

– Compreendido – Ja'fosk disse. – No momento, precisamos agir o mais rápido possível. O que significa usar qualquer meio necessário para recuperar as duas mulheres.

– Suponho – Zistalmu disse severamente – que isso signifique um ataque militar.

– Contra aqueles que, como o Almirante Supremo Ja'fosk já admitiu, não são nossos inimigos – Thurfian acrescentou.

– Eles estão em posse de uma sky-walker – disse Thrawn. – Acredito que o ato por si só constitui um ataque à Ascendência.

– Mesmo se eles não tiverem ciência de seu crime?

– Eles estão em posse de uma sky-walker – Thrawn repetiu.

Thurfian encontrou os olhos de Zistalmu do outro lado da câmara, e viu o mesmo cinismo refletido na expressão do Irizi. Sim, isso havia sido planejado. Ja'fosk e Ba'kif podiam não saber do plano inteiro, mas Thrawn e Ar'alani certamente sabiam.

Acertariam as contas em algum momento, Thurfian prometeu a si mesmo, mas agora a punição teria de esperar. Yiv tinha uma sky-walker e era absolutamente claro que os Aristocras virariam o Caos de cima para baixo se isso significasse trazê-la de volta.

Ainda assim, se eles tivessem sorte – se eles tivessem *muita* sorte – Thrawn poderia ter, enfim, sido pego no próprio plano. Nesse caso, Thurfian estaria feliz e seria muito sincero ao se unir ao discurso fúnebre que a família Mitth faria por seu herói caído.

— Acho que a coisa que mais vou sentir falta de Thrawn — Yiv comentou casualmente de sua cadeira de comando na ponte — é o jeito como ele sempre parecia ler seu oponente e elaborar o plano pensando nisso. Força você a ficar alerta e, em contrapartida, aprender a antecipar.

Thalias ficou em silêncio, focada na tarefa de não tocar nos braços apesar da coceira causada pelas vestes toscas que os Nikardun haviam feito para que ela e Che'ri usassem. Suspeitava de que eram trajes de prisioneiros e que haviam sido feitos para causar desconforto; se assim fosse, não daria essa satisfação a Yiv.

— Este recipiente, por exemplo — Yiv continuou, pegando o objeto plano e pequeno que fora encontrado dentro da fivela do cinto de Thalias. — É difícil de dizer sem abri-lo, mas uma análise espectral profunda sugere que é algum tipo de soporífico. Possivelmente letal?

— Não é letal — disse Thalias. — É um medicamento para sonambulismo chamado tava. É a droga que meu mestre usou na tripulação do caça Vak quando ele a utilizou.

— E, *por acaso*, você tinha outra leva consigo?

— Ele gosta de ter um plano B — disse. — Acho que ele colocou o recipiente em meu cinto para ter caso precisasse.

— E você não sabia que estava ali?

Thalias curvou os ombros.

— Não, mas importaria se eu soubesse? Enquanto formos reféns familiares, somos posses do nosso mestre. De coração, alma e vida. Ele pode fazer o que quiser com nós três.

— Eu diria que isso é bárbaro — Yiv disse, os estranhos tentáculos em seus ombros movendo-se mais que o normal —, se não fosse o mesmo que exijo dos povos que conquisto. Talvez ele e eu sejamos mais parecidos do que pensei. Ele disse o que havia na mensagem que entregou?

Thalias sacudiu a cabeça.

— Não.

– Era bem interessante – Yiv disse, deixando o recipiente de tava no braço da cadeira e pegando o envelope que Thalias entregou ao soldado Vak na plataforma de aterrissagem. – Ele oferece uma aliança com a Ascendência Chiss em troca de permissão para vir até Primea para me desafiar. – Ele bufou e deixou o envelope ao lado do recipiente. – Extremamente ingênuo. Ele realmente acha que os Vaks tomariam uma decisão dessas sem estudar todo aspecto e toda nuance?

– Meu mestre é muito bom em interpretar culturas – disse Thalias.

– Mesmo? – Yiv disse. – Quando voltar a Csilla, você deveria ler a respeito da história da interação dele com os Garwianos e os Lioaoi. A história *real*, não a versão disponível para o público.

– Por quê? – Thalias perguntou. – Qual é a diferença?

– Ah, eu não gostaria de arruinar a surpresa – Yiv disse alegremente. – Mas os Lioaoi me contaram a verdade. Digamos que seu mestre não é tão bom quanto acha que é. – Ele ponderou por um momento. – Não que isso importe aqui, já que ninguém no Combinado jamais lerá sua oferta. A carta que os Vaks receberam foi meramente um pedido de desculpas, esperando sinceramente que isso não afete a visão do Combinado a respeito dos Chiss. Um conteúdo que, assim espero, eles não precisarão debater indefinidamente.

Thalias olhou para Che'ri. A menina estava tentando aguentar firme, mas Thalias conseguia notar que os golpes de Yiv a respeito do recipiente e da mensagem substituta a afetavam.

Yiv também percebeu.

– Eu pareço ter deixado sua amiga refém chateada – disse, fingindo preocupação. – Ou talvez ela não seja tão boa em esconder os próprios sentimentos como você.

– Somos reféns – disse Thalias. – Nossos sentimentos estão à mercê do nosso mestre e da família dele.

– Não tenho dúvida que ela aprenderá com a idade e a prática – Yiv disse. – Bem, talvez seu próximo mestre continue a treiná-la. Se importa de ir a uma área de descanso por um tempo? Quero que esteja aqui comigo quando Thrawn chegar... Tenho certeza de que ele vai querer vê-la, mas ainda vai demorar algumas horas.

– Ou muitos dias – disse Thalias. – Primea está longe da Ascendência por viagem salto a salto.

– Não é um problema – Yiv disse com outro grande sorriso.

– Ele certamente vai querer contratar um navegador para um encontro tão importante. E esse navegador, o *meu* navegador, deve estar vindo junto sem um cargueiro. Algumas horas, ou menos, e tudo estará acabado.

∞

– Fico feliz que estivesse disponível para esta viagem – disse Thrawn, dando a Qilori uma caneca fumegante.

– Também fico – disse Qilori, fungando com satisfação. Folha de chá Galara, sua bebida favorita. – Acabei de voltar do terminal e estava vendo possíveis novos trabalhos quando sua mensagem chegou.

– Fico feliz que tenha esperado pela minha chegada.

– Fico contente em fazê-lo – disse Qilori. – Por um lado, viagens com você nunca são entediantes. Por outro... – ele ergueu a caneca.

– A folha de chá?

– Sim – disse Qilori. – Poucos empregadores de Desbravadores lembram das preferências de seus navegadores. Um grande número deles nem sequer se importa em aprender nossos nomes.

– Pareceu-me apropriado – disse Thrawn. – Já que esta deve ser nossa última viagem juntos.

– Mesmo? – Qilori perguntou, franzindo o cenho por cima da caneca. – Por quê?

– Vou para Primea para o resgate de duas reféns nas mãos do General Yiv – disse Thrawn. – Não espero que este encontro acabe bem.

– Oh – disse Qilori, tentando expressar a mistura correta de surpresa e preocupação. – Não está esperando deslealdade, está? Yiv, o Benevolente, sempre me passou a impressão de ser correto e honrado em seus negócios com os outros. Não está planejando nenhum truque, está?

— Ele queria que eu viesse sozinho em um cargueiro sem armas. — Thrawn acenou ao seu redor. — Está vendo mais alguém? Ou alguma arma?

— Bem, não *daqui*, certamente — disse Qilori, dando de ombros. Se bem que, considerando que ele tinha feito uma boa inspeção do casco do cargueiro antes de embarcar e passado seu último período de descanso procurando controles de armas, tinha bem mais certeza do que seu comentário improvisado o fazia parecer.

Ainda assim, havia algo estranho a respeito do formato do cargueiro, algo que chamou sua atenção quando passou por ele antes. Não era nada incrivelmente fora do comum para aquele tipo de nave, e nem sabia explicar o que era diferente a respeito dessa. Mas, horas depois, continuava pensando nisso.

— Pode, então, ter certeza de que segui as instruções dele — disse Thrawn.

— Nesse caso, não deve ter nada a temer — disse Qilori.

— Talvez — disse Thrawn. — Está pronto para o segmento final?

— Estou — disse Qilori, tomando um último gole de folha de chá e deixando a caneca de lado. Thrawn estava certo: seria a última viagem que fariam juntos. Qilori precisava agradecer o Benevolente mais tarde por deixar que estivesse presente para assistir aquele Chiss arrogante, assassino de Desbravadores, morrer. — Mais meia hora e estaremos lá.

— Ótimo — disse Thrawn, acomodando-se na cadeira. — Vamos acabar com isso, Qilori de Uandualon. De um jeito ou de outro.

CAPÍTULO VINTE E UM

Intuição. No fim, Ar'alani pensou, tudo se resumia a isso. Depois vinha a análise, a extrapolação e as contramedidas. Eram esses os fatores que tornavam uma campanha militar um sucesso, mas tudo começava com a intuição.

E, se a intuição estivesse errava, tudo desabava como uma ponte de gelo sobre uma fogueira.

Thrawn alegava entender Yiv. Ele alegava entender os Vaks.

Mas ele também achou que entendia os Lioaoi e os Garwianos. Seu fracasso havia remexido antigas desavenças e conflitos políticos, causado a morte de muitos estrangeiros e colocado a Ascendência no meio de tudo, sujando sua imagem. Se ele estivesse errado desta vez, causaria ainda mais mortes.

Mas, dessa vez, muitos dos mortos seriam Chiss.

Houve um movimento à sua esquerda, e Ar'alani ergueu o rosto para ver Wutroow parar ao lado da cadeira de comando.

— Saída em cinco minutos — comunicou a primeira oficial da *Vigilante*. — Todos os sistemas e estações estão prontos.

— Obrigada, capitã sênior — disse Ar'alani. — Mais alguma coisa?

Wutroow comprimiu os lábios.

— Acredito que compreende, almirante, que estamos pisando em ovos já esparramados. Tudo que temos é a crença do Capitão Sênior Thrawn de que os Vaks não estão completamente ao lado dos Nikardun. Se eles estiverem, vamos enfrentar os dois. E, a não ser que os Vaks nos ataquem diretamente, não temos autorização de disparar contra eles de forma alguma.

— É pior — Ar'alani avisou, pensando nos caças Lioaoin que ela e Thrawn haviam encontrado no mundo central Lioaoin. — Se eles estiverem ao lado de Yiv, já pode haver tripulações Nikardun em naves de guerra Vak. Não saberemos quem é quem até eles abrirem fogo.

— E, até lá, eles podem fazer todas as manobras que quiserem, impor bloqueios a favor dos Nikardun, ou até mesmo apontar as armas para nós — Wutroow disse de forma sombria. — Até eles dispararem, estamos de mãos atadas.

— Bem, se tivermos sorte, os Vaks vão declarar guerra assim que nos virem — disse Ar'alani. — Isso deixaria tudo mais fácil.

— Sim, senhora. — Wutroow hesitou. — Esse escudo de energia da República que Thrawn trouxe do outro lado do Caos. É tão bom assim?

— Eu não sei — Ar'alani admitiu. — Eu vi alguns dos testes enquanto eles tentavam conectar o escudo aos sistemas de energia Chiss, e parecia bem impressionante, mas não sei quão forte é, nem quanto aguenta fogo contínuo... — Sacudiu a cabeça. — Não faço a mínima ideia. Suponho que vamos descobrir em breve.

— Suponho que sim. — Wutroow bufou. — Com sua permissão, almirante, vou efetuar mais uma checagem com a tripulação do sistema de armas. Suponho que já tenha organizado tudo para que a Sky-walker Ab'begh saia da ponte assim que chegarmos a Primea?

— Dois guerreiros vão levá-la de volta à suíte — disse Ar'alani. — Eles vão ficar com ela e sua cuidadora até a batalha acabar.

— Boa ideia — disse Wutroow. — Thrawn perder sua sky-walker já foi ruim o suficiente. Se nós perdermos a nossa, nossas orelhas vão queimar de tanta reclamação.

Ar'alani foi obrigada a sorrir.

– Se *essa* é sua única preocupação hoje, capitã sênior, então sua vida deve estar indo incrivelmente bem.

– Obrigada, almirante – Wutroow disse, inocente. – Estou dando o melhor de mim. Agora, se me der licença, vou começar a checar o sistema de armas.

※

A Grande Presença o incitou uma última vez, os dedos de Qilori se contraíram, e eles chegaram.

– Bem – Thrawn comentou quando Qilori tirou os fones de privação sensorial. – Estou vendo que o General Yiv tem uma última surpresa para nós.

Qilori piscou, umedecendo os olhos. A trinta quilômetros da proa do cargueiro, havia uma formação de quatro couraçados de batalha.

– Por quê? Ele disse que também viria desarmado? – perguntou, tentando controlar o nervosismo em sua voz. Aquilo era *muito* equipamento militar, deveria ser ao menos metade da força Nikardun na região.

Qilori tinha presumido que Yiv ficaria contente em levar a *Imortal* para o encontro. Aparentemente, o Benevolente preferiu errar por cautela.

– Não, é claro que eu imaginei que ele traria naves extras – disse Thrawn. – Eu estava me referindo ao fato de que essas não são as coordenadas que ele mandou em sua mensagem.

– *Não são?* – Qilori perguntou, fingindo surpresa. Essas eram as coordenadas que Yiv passara a *ele*, mas é claro que Thrawn não tinha como saber disso. – Não estou entendendo. Essas são as coordenadas que você baixou no computador da nave antes de partirmos do terminal.

– Então alguém as trocou quando eu dei as coordenadas ao operador. – Thrawn apontou para a esquerda, onde o planeta Primea era só um ponto ao longe. – Deveríamos estar em uma órbita planetária alta. Aparentemente, o general queria que nossa transação ocorresse em uma parte mais inconspícua do sistema.

Ele foi até o painel de controle e apertou o botão do comunicador.

— General Yiv, aqui quem fala é o Capitão Sênior Thrawn. Acredito que minhas companheiras estão intactas, correto?

A tela de comunicação se acendeu. Yiv estava sentado em sua cadeira de comando, os simbiontes em seus ombros movendo-se no mesmo ritmo perturbador de sempre. As duas prisioneiras estavam ajoelhadas no convés. Uma delas era a fêmea que Qilori vira na recepção diplomática onde Thrawn e Yiv se encontraram pela primeira vez, a fêmea que Thrawn dissera ser sua refém familiar. A outra era muito mais nova, possivelmente uma criança, e as duas usavam a mesma maquiagem grotesca. Seja lá o que fosse esse negócio de reféns que os Chiss tinham, começava bem cedo.

— Pode ver por si só como estão suas *reféns*, capitão — Yiv disse, frisando a palavra enquanto acenava casualmente na direção delas. — Trouxe o resgate?

— Trouxe — disse Thrawn. — O dinheiro está em uma cápsula de equipamento, pronta para ser lançada até sua nave assim que minhas companheiras forem devolvidas em uma nave auxiliar. Faremos tudo ao mesmo tempo, é claro.

— Acho que não está entendendo, capitão — Yiv disse, e Qilori estremeceu ao ouvir a malícia presunçosa em sua voz. — O dinheiro não é o resgate. *Você* é.

— Compreendo — disse Thrawn calmamente. Se estava surpreso pela traição, não demonstrou nem no rosto nem na voz. — Planeja disparar daí?

— Você roubou uma de minhas naves e matou uma tripulação minha — Yiv disse, e a presunção desapareceu. — Isso já significava que morreria em minhas mãos. Eu gostaria de trazê-lo até a *Imortal* para vê-lo morrer, mas se insistir, posso fazê-lo de longe.

— Não insisto — Thrawn assegurou. — Apenas desejo avaliar os novos parâmetros de nosso acordo alterado. Presumo que, já que a localização de nosso encontro foi mudada, isso significa que as outras cláusulas não valem mais?

— Provavelmente não — Yiv disse, e a presunção voltou. Depois de pronunciar a sentença de morte com a severidade necessária, o Benevolente estava se acomodando para ver o inimigo se contorcer. — Há alguma cláusula que gostaria de revisitar?

— Primeiro de tudo, deixe-me cumprimentá-lo pela ideia de mudar a localização de nosso encontro para este local — disse Thrawn. — Suponho que achou que a órbita de Primea seria um lugar público demais? Especialmente considerando que não quer que os Vaks saibam quanta força militar tem na região?

— Isso não seria uma surpresa — Yiv assegurou. — Eles já viram estas naves e muitas outras. É incrível como a presença de um couraçado de batalha consegue amaciar uma negociação.

— Talvez, de modo geral, seja verdade — disse Thrawn. — Mas talvez não, com um povo como os Vaks. Foi sábio ao ficar no sistema de Primea em vez de ir a outro local. Assim, pode calcular e executar uma viagem de salto para o planeta em alguns minutos.

— Não estou antecipando motivos para me apressar a voltar — Yiv disse. Uma pontada de cautela apareceu em sua voz, Qilori notou, sentindo-se trepidar também. Se havia alguém que deveria estar preocupado com a situação, esse alguém era Thrawn. Por que ele estava jogando conversa fora falando sobre assuntos irrelevantes? — Espera que a liderança do Combinado precise conversar comigo de repente?

— Não necessariamente — disse Thrawn. — Você perguntou que parte de nosso acordo eu queria revisitar.

— E?

— Só uma cláusula — disse Thrawn. — A parte a respeito de eu ir até Primea sozinho.

⨉

O redemoinho do hiperespaço se transformou em chamas estelares e a *Falcão da Primavera* chegou ao destino.

— Dalvu: escaneie os sensores — ordenou Samakro, efetuando uma análise visual por conta própria. Havia bastante tráfego lá, com naves de todos os tamanhos e estilos entrando e saindo da órbita de Primea enquanto esperavam por sua vez. Nada surpreendente, considerando que era um centro comercial e diplomático, mas tornava o ato de identificar o inimigo algo muito mais complicado.

Ou talvez impossível, se as análises de Thrawn a respeito dos parâmetros das naves Nikardun fossem inadequadas para o trabalho. Se a força-tarefa não conseguisse identificar as naves de Yiv no meio da confusão, a missão terminaria antes mesmo de ter começado.

Deixando Thrawn sozinho com Yiv.

– A *Vigilante* acaba de chegar, capitão intermediário – Dalvu anunciou.

– Entendido – Samakro disse, olhando para a Nightdragon que apareceu à distância, diante da *Falcão da Primavera*. Enquanto observava, o restante da força de Ar'alani saiu do hiperespaço, os cruzadores, os contratorpedeiros, e os botes de mísseis movendo-se rapidamente em formação de análise ao seu redor conforme chegavam. – Kharill, já temos sinal dela?

– Conectando agora, senhor – Kharill confirmou. – Comunicação aberta com Primea e o restante da força.

Dois cliques e...

– Central de Comando de Primea, aqui quem fala é a Almirante Ar'alani da Frota de Defesa Expansionária Chiss. Presumo que tenham recebido a mensagem de meu colega, o Capitão Sênior Thrawn?

– Comando falando – uma voz com jeito de oficial respondeu rapidamente. – Recebemos.

– E a consideraram?

– Consideramos – o Vak disse. – Esperamos por sua confirmação das identidades e localizações das naves Nikardun.

– Entendido – disse Ar'alani. – Nossos oficiais estão coletando informação agora.

– Dalvu? – Samakro chamou. – Cada segundo conta.

– Mas é melhor fazer com cuidado – Kharill acrescentou.

– Concordo – Samakro disse, lutando contra a própria impaciência. Sem dúvida alguma, as naves Nikardun em órbita estavam relatando a Yiv que uma frota Chiss havia chegado, pedindo por ordens. Quanto mais a análise de sensores demorasse, mais chances havia de que Yiv ordenasse um ataque e os Nikardun teriam a vantagem.

Normalmente, isso seria algo bom; a desculpa que os Chiss necessitavam para disparar de volta. Neste caso, porém, esse tipo de enrolação seria inútil.

Mas eles precisavam tomar cuidado. Deixar uma nave Nikardun passar despercebida pelas entradas de seus sensores seria ruim. Atacar sem querer uma nave inocente seria pior ainda. E os segundos passavam...

— Achei, senhor — Dalvu disse, claramente satisfeita. — Trinta e duas naves que vão de contratorpedeiros a botes de mísseis.

— Recebi a lista da *Vigilante* — o oficial de comunicação falou.

— E as análises da *Picanço-Cinzento* e da *Pássaro do Sussurro*.

— As quatro análises batem — Dalvu anunciou. — Repito: identidade confirmada de trinta e duas naves inimigas. Padrão de mobilização... Ora, ora. — Ela tocou em uma tecla e as naves Nikardun marcadas apareceram na tela tática.

— Que interessante — Kharill disse, fingindo surpresa. — Eu diria que é uma formação de bloqueio.

— De fato — Samakro concordou. Mobilizando-se assim, provavelmente, para impedir os outros de saírem do trânsito normal e acidentalmente esbarrar no confronto entre Yiv e Thrawn, seja lá onde estivessem.

Mas, é claro, os Vaks não saberiam que esse era o motivo.

— A *Vigilante* está enviando o relatório ao Comando de Primea — Kharill avisou.

— Ótimo — Samakro disse. — Vamos ver se eles chegam à conclusão correta.

— É melhor eles se apressarem — sugeriu Kharill. — Não é possível que Yiv pense que poderia amedrontar um sistema assim sem ter mais poder de fogo em mãos. Se puder, eu gostaria de eliminar os para-choques antes dos brutamontes chegarem.

— Almirante Ar'alani, Comando falando — a voz Vak retornou. — Posso presumir pelo padrão da formação que estamos sendo sujeitos a um bloqueio Nikardun?

– Diria que sim, Comando, estão – Ar'alani confirmou. – Podem segurar suas naves de defesa enquanto limpamos a área?

– O Capitão Thrawn fez a mesma pergunta – disse o comandante. – A resposta foi decidida agora. Vamos segurar.

– Obrigada – disse Ar'alani. – Força-tarefa, já têm seus alvos. Fiquem à vontade.

– Ouviram a almirante – disse Samakro, identificando duas das naves Nikardun mais próximas com as teclas. – Vamos começar com essas. Azmordi, pode acelerar: velocidade de flanco.

⁂

– Não – Yiv disse, seus olhos focando ligeiramente ao lado. A presunção tinha desaparecido completamente de sua voz, substituída por descrença total e raiva crescente, os tentáculos de seus simbiontes ondulando sem parar. – Não é possível. Você não é importante o suficiente para os Chiss enviarem uma frota de guerra para resgatá-lo.

– Está presumindo que essa demonstração de poder Chiss está aqui por minha causa – disse Thrawn. – A chance de o Combinado Vak ter pedido a ajuda da Ascendência é muito maior.

– Absurdo engendra absurdo – Yiv caçoou. – Os tolos nunca tomariam uma decisão dessas. Eles não estão nem próximos de terem todas as linhas de pensamento de que precisam, que dirá de considerarem cada uma delas.

– Você os entende mal, general – disse Thrawn. – Isso será sua ruína. Gostaria de saber o que dizia na mensagem que enviei?

– Eu *sei* qual é a mensagem que você enviou – Yiv rebateu. – Eu a peguei de sua refém.

– E substituiu por algo muito mais inócuo – disse Thrawn. – Claro que sim. O que falhou em notar foi que eu deixei outra mensagem no computador do caça. Gostaria de saber o que falei?

A atenção de Yiv virou-se bruscamente em direção ao comunicador, deixando de focar no que ele estava olhando antes, um fogo terrível queimando em seus olhos.

– Diga-me – convidou suavemente.

– "Ao Comando Primea, aqui quem fala é o Capitão Sênior Thrawn" – disse Thrawn. – "Minha companheira Thalias entregou uma mensagem ao seu representante, cuja cópia estou anexando abaixo. Se é a mesma mensagem que receberam, tudo está bem, e podem considerar minha proposta como bem entenderem. Contudo, se *não* receberam esta mensagem das mãos de minha companheira, vamos concluir que alguns de seus oficiais e soldados conspiraram com o General Yiv para impedir que minha mensagem chegasse a vocês. Se for esse o caso, insisto que considerem minha oferta com a velocidade necessária. Para ajudar em sua decisão, também incluí dados de outros sistemas que tomaram contato com os Nikardun, assim como informações sobre uma nave cheia de refugiados que ele assassinou. Eu ou meus representantes viajaremos a Primea no futuro próximo para discutir o assunto com vocês."

Thrawn parou e, por um longo momento, Yiv só o encarou em silêncio.

– Absurdo – disse, finalmente. – Os Vaks não se moveriam tão rápido assim. Eles não conseguem. Eles consideram todas as linhas de pensamento. *Todas* as linhas.

Thrawn sacudiu a cabeça.

– Não. O que eles consideram...

– Maldição! – Yiv o interrompeu, seus olhos percorrendo de um lado para o outro as holotelas à sua volta. – Não! Não pode ser. Os Vaks... – Ele praguejou mais alguma coisa e a imagem sumiu.

– O que está acontecendo? – Qilori perguntou, as asinhas de suas bochechas tremulando.

Três minutos antes, o Benevolente tinha tudo sob controle. O que estava acontecendo ali, pelas Profundezas?

– Acredito que a Almirante Ar'alani tenha encerrado suas negociações – disse Thrawn, a voz tão calma que era gélida – e que os Vaks deram permissão para ela disparar contra o bloqueio Nikardun.

– Bloqueio? Mas... – Qilori estrangulou o protesto instintivo. É claro que um mero Desbravador não saberia que os planos atuais de Yiv para com Primea não incluíam um bloqueio. – Tem um *bloqueio*?

– Supostamente está lá apenas para impedir que alguém venha interromper nossa conversa – disse Thrawn de forma um tanto seca. – Mas, é claro, os Vaks não sabem disso. Eles só conseguem ver que, ao impor seus desejos ao comércio de Primea, Yiv está negando a eles muitas linhas importantes de pensamento.

Ele se virou para Qilori, uma intensidade estranha e desconcertante naqueles brilhantes olhos vermelhos.

– Diga-me, Desbravador. Acha que Yiv vai ficar olhando obedientemente enquanto destruímos sua frota em Primea?

– Eu não sei – disse Qilori, impotente. O que ele deveria dizer? – Suponho que depende se ele pode perder essas naves ou não.

– Está fazendo a pergunta errada – disse Thrawn. – É claro que ele pode perder essas naves. A verdadeira pergunta é se ele pode permitir que os Vaks o vejam abaixar a cabeça diante dos Chiss e se curvar perante a força Chiss.

– Certamente, todas as naves em Primea são pequenas – disse Qilori. – Não é uma vergonha perder naves pequenas para naves de guerra maiores que elas.

– É, se há naves maiores por perto e o comandante se recusa a utilizá-las.

– Talvez os Vaks não saibam que ele tem naves maiores.

– É claro que eles sabem – Thrawn ralhou. – Ele acaba de dizer que tem.

Qilori se xingou em silêncio. Tinha sido uma coisa muito, muito estúpida de se dizer.

– Só quis dizer...

– Mas esses são só detalhes – Thrawn interrompeu. – A resposta é não, ele não pode deixar que Primea veja sua fraqueza. – Ele assentiu em direção à panorâmica. – Como pode ver.

– Como posso *ver*? – Qilori repetiu, seguindo o olhar de Thrawn. Os quatro couraçados de batalha Nikardun em formação ao redor deles...

Tinham se transformado em um. A *Imortal* continuava lá, seu impressionante armamento ainda virado em direção ao cargueiro de Thrawn, mas os outros três couraçados de batalha haviam desaparecido.

– Isso vai deixar a batalha um pouco mais desafiadora – Thrawn comentou, tocando no botão de comunicação. – Caso a Almirante Ar'alani não tiver acabado totalmente com as naves de bloqueio Nikardun. General, ainda está aí?

– Estou aqui, Thrawn. – Abruptamente, a tela se acendeu novamente com o rosto de Yiv.

Mas não era o rosto alegre, persuasivo e charmoso que o Benevolente gostava de mostrar às suas futuras conquistas. Não era nem o rosto discretamente ameaçador que Qilori vira em ocasiões demais, um rosto que fazia as asinhas de suas bochechas palpitarem mesmo quando a ameaça não era dirigida a ele.

Esse rosto era novo. Esse rosto mostrava puro ódio.

– Seu povo vai morrer por isso – o Nikardun rosnou. – Não apenas você. Não apenas sua frota deplorável. *Todos* os Chiss. A Ascendência perecerá, triturada feito pó, moída feito pedra, queimada como grama seca. Cada um de seus filhos morrerá... e você morrerá aqui e agora, com a certeza de que você e apenas você foi o motivo de toda a destruição.

– Tudo isso porque eu o tirei de Primea? – Thrawn perguntou, a voz e o rosto tão plácidos quanto os de Yiv eram malévolos. – Ora, general. Só precisa se afastar e começar de novo. – Seu rosto endureceu. – Mas sugiro que escolha uma parte diferente do Caos em sua próxima tentativa. Esta região não aceitará mais seus sorrisos e promessas.

– Você sabe tão pouco, Chiss...

– Então explique-me – Thrawn convidou. – Diga-me a quem serve, ou quem segue o seu exemplo. Se há mais a se saber do que apenas os Nikardun, vou adorar ouvir.

A boca de Yiv se abriu em um sorriso tão amargo e furioso quanto seu olhar.

– Então ficará para sempre se perguntando quem o mandou para seu túmulo. – Encarou ostensivamente as duas fêmeas ajoelhadas diante de si. – Mas antes de que parta desta vida, vou mostrar exatamente o que planejo fazer com sua espécie.

A *Falcão da Primavera* acabara de mandar seu terceiro bote de patrulha Nikardun para o esquecimento quando três couraçados de batalha apareceram de repente.

– Chegaram os brutamontes – Kharill anunciou com calma. – Belo microssalto, ou seja lá o que fizeram.

– Parece um salto interno no sistema – Azmordi disse do leme. – Ainda mais rápido e mais fácil do que um micro.

– E não deixa uma trilha mostrando de onde vieram – Dalvu acrescentou sombriamente. – Se eles vieram de onde Yiv está, ainda não sabemos a localização dele.

O que significava que não podiam ajudar Thrawn se ele precisasse deles, Samakro sabia. A vida de Thrawn estava nas suas próprias mãos. Se ele calculasse mal qualquer parte de seu plano – se ele errasse qualquer um dos passos –, ele provavelmente morreria. Assim como muitos Chiss.

E a *Falcão da Primavera* precisaria de um novo capitão.

Pare!, Samakro ordenou a si mesmo. Thrawn era seu comandante, o mestre por direito da nave, e o trabalho de Samakro era cumprir seu dever com Ar'alani e a Ascendência e levar a *Falcão da Primavera* de volta ao seu mestre nas melhores condições possíveis.

O que, de repente, virou uma proposta muito mais desafiadora do que era trinta segundos antes.

– Ordens, almirante? – pediu.

– Vamos separá-los – disse Ar'alani. – *Picanço-Cinzento*, *Pássaro do Sussurro* e *Ferroária*: peguem a que está a estibordo. Eu vou pegar a que está a bombordo. *Falcão da Primavera*, pegue a do meio. Não se envolva totalmente, apenas a mantenha ocupada. Todos os outros podem continuar com o atrito com as naves de patrulha, e fiquem de olho em suas retaguardas.

– Entendido – Samakro disse. Então, a *Falcão da Primavera* sozinha contra um couraçado de batalha? Que maravilha.

– Ao menos ela não espera que a gente consiga destruí-la – Kharill disse secamente. – Suponho que não tenha nenhuma ideia de como distrair uma coisa desse tamanho?

Samakro sorriu.

– Na verdade, tenho.

CAPÍTULO VINTE E DOIS

*M*AS ANTES DE QUE *parta desta vida,* Yiv disse com uma voz que fez um calafrio percorrer a pele de Che'ri, *vou mostrar exatamente o que planejo fazer com sua espécie.*

Ele estava falando dela, ela sabia. Dela e de Thalias. Thrawn tinha prometido que ninguém as machucaria, e Che'ri mantivera a esperança o tempo todo.

Mas a dúvida agora começava a carcomer a esperança aos poucos. Thrawn ainda soava confiante... mas ele estava lá fora, sozinho, e Che'ri e Thalias estavam ali, cercadas de Nikardun.

E, no entanto, de alguma forma, ainda sentia que Thrawn tinha tudo sob controle. A Almirante Ar'alani e uma frota de naves de guerra Chiss estavam no planeta, e eles tinham feito algo que deixou Yiv tão irado ou assustado que ele mandou aquelas três naves enormes para impedi-los. Isso tinha que ser parte do plano, não tinha?

Ela olhou de relance para Yiv, estremecendo. Enganara-se. Ele não estava nem um pouco assustado. Só estava com raiva. Com raiva, ódio e plenamente confiante.

Os outros Nikardun na ponte falavam em uma língua que Che'ri não entendia. Com cuidado, para não chamar a atenção de Yiv, ela se aproximou um pouquinho de Thalias.

– Sabe o que eles estão falando?

Thalias sacudiu a cabeça.

– É a língua deles – ela murmurou de volta. – Eles só usam Minnisiat quando falam conosco ou com Thrawn ou...

De repente, alguém soltou um berro.

Che'ri se encolheu, seu coração se apertando. O grito partiu de trás dela, do próprio Yiv. Ele havia ouvido que ela estava falando com Thalias, e agora ia machucá-la. Mais um grito, e viu a mão dele com o canto do olho esmurrar outro Nikardun. O outro deu uma resposta que parecia nervosa e tocou um botão no painel de controle...

– Couraçado de batalha Nikardun, aqui quem fala é a nave de guerra *Falcão da Primavera* da Frota de Defesa Expansionária Chiss – uma voz calma e Chiss falou em Minnisiat.

Che'ri franziu o cenho. Era o Capitão Intermediário Samakro? Por que ele estava falando com uma das naves Nikardun?

– Sinto que deveriam saber que esta é a nave pessoal do Capitão Sênior Thrawn – Samakro continuou. – E, portanto, o mínimo que posso fazer é oferecer a chance de que se rendam antes de destruí-los.

Yiv deu outro berro e, de novo, bateu um dedo. O mesmo Nikardun acenou, agitado, e desligou a transmissão rapidamente.

Com cuidado, olhou de novo para Thalias. A mulher estava perfeitamente parada, mas havia um sorrisinho em seus lábios. Che'ri franziu a testa.

E, então, entendeu. Os Nikardun na ponte da *Imortal* estavam assustados, sim, mas não com medo de Thrawn. O que Samakro tinha feito com a transmissão deixara Yiv ainda mais furioso do que estava antes.

O que talvez não fosse algo bom, Che'ri notou com um novo calafrio. As histórias que contavam sobre Thrawn diziam que ele gostava de enraivecer os inimigos de propósito para que não pensassem com clareza. Mas, neste caso, elas eram reféns de Yiv, e ele já tinha ameaçado machucá-las. Deixá-lo bravo poderia fazer com que as machucasse mais rápido.

– É um bom conselho, general – a voz de Thrawn falou no alto-falante. – Espero que esteja ciente de que, se continuar nesse caminho, estou plenamente preparado para destruí-lo.

– Seu cargueiro contra um couraçado de batalha? – Yiv disse com desdém. – Sua tolice só se compara à sua arrogância. As duas vão iluminar o seu caminho para a destruição. Não importa o que fizer agora, você morrerá. Você e todos os Chiss morrerão.

– Então acabe com tudo – Thrawn convidou. – Venha me pegar.

Che'ri conseguia sentir sua respiração saindo em arfadas rasas. De novo, imaginava que tudo isso fazia parte do plano de Thrawn. De novo, ela não sabia que plano era esse.

Mas, de novo, Thalias sorria.

※

De novo, Qilori não fazia a mínima ideia do que Thrawn estava fazendo, mas aquele sorrisinho no rosto do Chiss o fez gelar até os ossos.

Ele estava tramando algo. Sentado ali, sem avançar nem fugir, convidando Yiv a ir até lá e pegá-lo... mas não havia nenhum desfecho possível para esse estratagema senão a destruição total de Thrawn.

E, de repente, entendeu.

Yiv estava focado em Thrawn. Focado, de forma absoluta e obsessiva, *apenas* em Thrawn. Nada poderia distraí-lo.

O que deixava a *Imortal* exposta a um ataque traseiro.

Qilori sentiu as asinhas tremerem. Ele nunca antecipou ter que comunicar algo secretamente ao Benevolente naquela viagem, então nunca se preocupou em grampear a comunicação do cargueiro. Como poderia avisá-lo de que Thrawn o estava provocando para impedi-lo de notar um ataque-surpresa que viria de uma direção inesperada?

– Desbravador Qilori.

Qilori sobressaltou-se.

– Sim?

– Parece incomodado – disse Thrawn. – Deve pensar que tenho outra nave preparada esperando o momento certo para atacar?

As asinhas de Qilori se achataram. Como, pelas Profundezas, ele fazia *isso*?

– Não faço ideia do que vai fazer – disse diplomaticamente.

– Mas sabe como poderia ser feito, não? – Thrawn insistiu. – Mesmo com as coordenadas alteradas que você substituiu em vez das que Yiv me mandou.

– Eu não... – Ele parou de falar quando Thrawn virou aqueles olhos vermelhos e brilhantes em sua direção. – Não é da minha conta.

– Ora, Desbravador, não seja tão modesto – disse Thrawn. – Você e eu entendemos, mesmo que muitas das vítimas de Yiv não entendam. Faz tempo que ele usa a habilidade dos Desbravadores de localizarem uns aos outros no hiperespaço para coordenar seus ataques.

– Não, é claro que não – Qilori protestou por instinto. – Cooperação direta com poderes militares seria uma violação direta ao código de regras da Guilda dos Navegadores.

– E poderia levar a guilda a remover os Desbravadores de sua organização?

Qilori engoliu em seco.

– Poderia – admitiu.

– Não só *poderia* – disse Thrawn. – Prefere, então, que eu guarde comigo essa informação?

Qilori o encarou.

– É claro – grunhiu. – Qual é o preço?

Thrawn voltou a olhar para a panorâmica.

– O preço – disse – é que esqueça tudo que assistir a partir de agora.

– Muito bem – disse Qilori.

Era uma promessa simples. Yiv provavelmente também iria querer que ele esquecesse dos eventos daquele dia, e ele tinha uma longa história de obedecer às ordens do Benevolente.

– A respeito de seu medo anterior – Thrawn continuou. – Não tenho motivo para mandar ataque algum. A batalha pelo Combinado Vak está acontecendo em Primea, e deixou Yiv com duas escolhas. A primeira: ele pode ficar aqui e tentar me destruir, dando a impressão de que está fugindo da batalha. A segunda: ele pode partir para apoiar seu exército, dando a impressão de que está fugindo de mim. – Ele fez um gesto em direção à *Imortal*. – Mesmo agora, está tentando decidir qual das duas opções será pior para sua reputação.

– Será interessante ver qual caminho ele vai tomar – Qilori murmurou.

Afinal, não faria diferença alguma Thrawn manter aquela informação devastadora a respeito dos Desbravadores se ele estivesse morto.

⚜

Outra saraivada de fogo laser espectral retumbou contra o casco da *Falcão da Primavera*, arrebentando mais três setores da barreira eletrostática e arrancando mais alguns sulcos do metal. Ao menos, Samakro pensou, distante, enquanto gritava ordens, Ar'alani não poderia dizer que ele não obedecera às suas ordens.

A *Falcão da Primavera* estava deixando o couraçado de batalha bem ocupado.

– Atenção, *Falcão da Primavera*, há dois botes de mísseis se posicionando a seu bombordo ventral – uma das naves Chiss avisou.

– Entendido – Kharill disse, e houve mais dois estrondos quando dispararam um par de esferas de plasma na direção dos botes.

– Mantenha-nos em movimento – ordenou Samakro, olhando para a tela tática. As duas naves Nikardun estavam tentando se esquivar das esferas de plasma.

Mas era tarde demais. Os dois botes de mísseis irromperam em chamas quando as esferas os atingiram, borrifando gás ionizado quente em suas linhas de controle externas e internas e lançando raios de alta voltagem no fundo do casco de metal. Houve vários estouros conforme os sistemas de energia ficavam sobrecarregados ou se desviavam e, um segundo depois, as duas Nikardun estavam flutuando, temporariamente desativadas.

– Azmordi, hora de girar – ordenou ao leme. – Fique atrás delas para usá-las como escudo.

— Não que isso nos fará ganhar muito tempo — Kharill comentou em voz baixa.

Samakro fechou a cara. Não faria muito mesmo, infelizmente. Ele já tinha tentado se esquivar, correr, ludibriar e até mesmo bater de frente; mas, apesar de tudo isso desgastar o couraçado de batalha, a *Falcão da Primavera* estava mais desgastada ainda. Mesmo os disparos frequentes vindos das outras naves Chiss não haviam sido suficientes para distrair o capitão do couraçado de batalha de seu único foco.

Yiv não queria apenas matar Thrawn. Ele queria destruir tudo e todos que tivessem algo a ver com ele.

Duas outras salvas atingiram o casco da *Falcão da Primavera* antes de Azmordi colocá-los atrás da zona protegida pelos dois botes de mísseis desabilitados.

— Tudo bem, podemos respirar um pouco — Kharill disse. — Alguma ideia do que fazer?

Samakro considerou a situação. Eles ainda estavam a uma boa distância do couraçado de batalha, motivo pelo qual não tinham sido destruídos ainda.

Isso não seria muito bom quando os outros Nikardun voltassem a funcionar, mas por enquanto...

Ele olhou para a tática e fez um cálculo mental rápido. Era precário, mas poderia funcionar.

— Quantos mísseis invasores ainda temos? — perguntou, olhando para o couraçado de batalha e sua enorme panorâmica zombeteira pelo espaço entre as naves desabilitadas.

— Três — Kharill disse.

— Prepare-os — Samakro ordenou. — Vamos esperar alguns segundos e então nos aproximar o máximo possível e jogar esses três na panorâmica do couraçado.

— Sim, senhor — Kharill disse, incerto. — Entende que *já* tentamos fazer isso, certo?

— De muito mais longe — Samakro o lembrou. — Se estivermos perto o suficiente, o couraçado pode disparar contra eles quando quiser e ainda assim o ácido não vai ter tempo de se dissipar antes de chegar à panorâmica.

– Vale a pena tentar – Kharill concordou. – Muito bem, invasores preparados. É só mandar.

Samakro contou os segundos dentro de sua cabeça, tentando encontrar o momento propício para disparar. Se fosse cedo demais, eles gastariam seus últimos invasores em um ataque inútil; se fosse tarde demais, os botes poderiam acordar e detonar ainda mais a *Falcão da Primavera*.

– Prepare-se para disparar: três, dois, *um*.

Com uma sacudida tripla suave, os três mísseis invasores se soltaram, passando pelos botes para ir até o couraçado de batalha.

Eles mal tinham passado pelos cascos dos botes quando o couraçado de batalha disparou seis vezes seus canhões de laser espectral, despedaçando os invasores.

Foi mais rápido do que Samakro esperava, mas com invasores, a destruição por si só não era o fim do mundo. O ácido ainda estava se movendo, girando e espalhando-se em direção ao alvo. A não ser que o couraçado de batalha conseguisse sair do caminho – e o ácido já estava próximo demais para isso –, ele seria atingido. Samakro prendeu a respiração...

E, então, de última hora, uma das patrulhas Nikardun acelerou, freando de forma brusca para se colocar diante das três bolhas de ácido.

– Não é grande o suficiente – Kharill murmurou com esperança. – Não pode bloquear as três bolhas.

As palavras mal tinham saído de sua boca quando o couraçado disparou mais uma vez.

Mas, dessa vez, seu alvo era a patrulha Nikardun à sua frente. Até Samakro sentiu sua boca se abrindo, incrédulo, enquanto a nave explodia, lançando destroços para tudo quanto era lado.

E, infelizmente, a nuvem de destroços *era* grande o suficiente para bloquear as bolhas de ácido.

– Maldição – Kharill grunhiu. – Essa gente é louca.

– *Falcão da Primavera*, qual é seu status? – Ar'alani chamou pelo alto-falante.

– Ainda estamos aqui, almirante – Samakro disse. – Mas não vamos rejeitar nenhuma ajuda oportuna que possa oferecer.

– Pois a ajuda oportuna chegou – disse Ar'alani, sombria. – Estava esperando não precisar fazer isso, mas que seja. Lembra a manobra que Thrawn usou contra os Paataatus quando ele assumiu o comando da *Falcão da Primavera*?

Samakro ergueu o rosto para olhar para Kharill, só para encontrar o outro homem encarando-o com uma expressão amarga.

– Sim, senhora – Samakro disse. – Quando?

– Mantenha-se atrás dos botes que desabilitou por mais alguns segundos, e depois saia daí e vire para ficar em órbita baixa. Eu aviso quando puder desativar.

– Entendido – Samakro disse, perguntando-se o que ela pretendia conseguir com isso. O couraçado de batalha já havia demonstrado que pretendia passar por cima de qualquer um, inclusive seu próprio povo, para pressionar a *Falcão da Primavera*. – Azmordi, prepare-se... já. – Com um giro doloroso, a *Falcão da Primavera* se afastou dos botes e disparou em direção ao planeta, para longe da batalha. – Prepare-se para desligar. – Contou três segundos...

– Já – Ar'alani mandou.

– Entendido – afirmou Samakro. Na ponte, os oficiais desligaram seus sistemas, os painéis se apagaram, e luzes de emergência se acenderam.

E, com isso, a *Falcão da Primavera* ficou tão desprotegida quanto uma nave de guerra poderia estar.

Apesar de que, por ora, a destruição iminente seria um pouco postergada. A linha de fogo do couraçado estava sendo bloqueada por uma batalha entre dois botes Chiss e um contratorpedeiro Nikardun. Mais alguns segundos, e o vetor da *Falcão da Primavera* a levaria para uma zona segura.

– Capitão? – Kharill chamou.

– Eu não sei – Samakro disse. – Vamos ver o que a almirante está planejando.

Não precisaram esperar.

– Bote de patrulha Vak, temos uma nave em estado crítico – Ar'alani comunicou. – Nenhuma de nossas naves está perto o suficiente para oferecer assistência. Será que poderiam nos ajudar?

— Nave de guerra Chiss, não somos combatentes — uma voz Vak respondeu. — Não podemos interferir em sua guerra.

Samakro torceu os lábios. *Sua* guerra? Os Chiss estavam tentando defender o mundo dos Vaks, malditos sejam. Como isso era a guerra *deles*?

— Sei e aceito isso — disse Ar'alani, aparentemente sem querer entrar em uma discussão política. — Mas, diante das circunstâncias, certamente podem oferecer ajuda humanitária, não?

— Ofereceremos — o Vak disse relutantemente. — Naves de guerra Nikardun, duas patrulhas estão indo oferecer ajuda humanitária. Não disparem. Repito, não disparem.

— Confirmo, comandante Nikardun — Ar'alani acrescentou. — As naves Vaks não estão entrando no combate, apenas oferecendo ajuda humanitária. Repito, *não* disparem.

Mais à frente, a estibordo da proa da *Falcão da Primavera*, duas patrulhas Vak começaram a avançar em direção à nave supostamente danificada.

— Então continuamos a nos fingir de mortos? — Kharill perguntou. — Por algum motivo, não consigo imaginar os Nikardun esperando e oferecendo um tempo de cortesia antes de tentarem nos massacrar de novo.

— Acredito que Ar'alani tenha um plano...

Um instante depois, o céu se iluminou quando uma das duas naves Vak se desintegrou em meio ao fogo laser Nikardun.

— Nikardun! — Ar'alani esbravejou de novo. — Não ataquem! Não ataquem!

Ela poderia ter guardado a própria saliva. Houve outra saraivada de laser e a segunda nave sumiu também.

— Nikardun, essas naves não estavam no combate — Ar'alani grunhiu.

— Talvez não estivessem antes — Kharill disse em um tom estranho. — Mas acredito que agora estão.

Samakro franziu o cenho. Ele tinha razão. Ao seu redor, as patrulhas Vaks que estavam se mantendo cuidadosamente longe da zona de combate começaram a se mover de repente. Em grupos de três e quatro, estavam convergindo ao redor do couraçado de batalha, disparando seus mísseis contra a nave gigante, seus lasers brilhando contra a barreira eletrostática dos Nikardun e colidindo com seu casco.

– Lição de hoje – Kharill continuou. – Não foque tanto em um inimigo que você acaba arranjando outro. Prontos para voltar à vida?

– Melhor não – Samakro disse. – Ar'alani falou que estávamos à beira do desastre. Não seria bom se, do nada, mostrássemos que não é verdade.

– Sim, duvido que os Vaks ficariam felizes de saber que foram traídos por um lado e manipulados pelo outro – Kharill concordou. – E então...?

– Vamos esperar – decidiu Samakro. – Tentar evitar ataques óbvios.

– E assistir ao show.

✹

– Qual é o plano dele? – Yiv berrou, inclinando-se para estapear a parte de trás da cabeça de Thalias. – *Qual é o plano dele?*

– Eu não sei – disse Thalias.

– Ele traz naves Chiss para me atacar – Yiv rosnou como se ela não tivesse falado. – Ele instiga os Vaks a conspirarem contra mim. Qual é o propósito dele? Qual é o objetivo?

Ele a agarrou pelo cabelo, girando seu rosto para encará-la.

– Qual é o *plano* dele?

– Eu não... – Thalias se encolheu quando a mão de Yiv desceu para dar um tapa em seu rosto, conseguindo se virar apenas para receber o golpe na orelha em vez de na bochecha. O impacto lançou uma pontada de dor e tontura na cabeça inteira.

– Não há necessidade de fazer isso, general – a voz calma de Thrawn veio do outro lado do comunicador da ponte. – Meu plano é cercá-lo. E você foi cercado.

– Posso destruí-lo quando desejar – Yiv grunhiu.

– Assim que chegar ao alcance de disparo – Thrawn corrigiu. – Uma posição que você não parece muito ávido de obter.

– Quer morrer mais rápido? – Yiv retorquiu. – Leme: aumente a velocidade.

– Achei que queria me levar a bordo da *Imortal* para poder me matar você mesmo.

– Você me convidou para ir pegá-lo – Yiv disse. – Decida-se.

– Não importa – disse Thrawn. – Já é tarde demais. Passou tempo demais aqui para que os Vaks e seu próprio povo concluam que não querem participar da batalha em Primea. Partir agora será interpretado como uma tentativa de fugir de mim. De qualquer forma, sua reputação está ferida em caráter permanente.

– Só se houver alguma testemunha para contar uma história que não seja a minha – disse Yiv.

– Interessante, eu pensei a mesma coisa – disse Thrawn. – Só tem mais uma chance, só uma forma de salvar seu nome e sua posição. Virá até aqui à distância de raio trator para levar minha nave a bordo. Eu desembarco, você transfere minhas companheiras para o cargueiro, e elas partem em paz.

Yiv resfolegou.

– Quanto trabalho, Chiss, para me levar ao mesmo caminho que eu pretendia fazer em primeiro lugar. Quanto mais penso a respeito disso, mais acredito que será igualmente satisfatório destruí-lo onde está.

– E minhas companheiras?

– Já disse que vou usá-las para lhe mostrar o que pretendo fazer com toda a espécie Chiss – Yiv disse. – Tem razão, seria mais impressionante se estivesse a bordo para assistir enquanto são desmembradas do que assistir de seu cargueiro.

Che'ri choramingou. *Está tudo bem*, Thalias pensou, ansiosa, olhando para ela. *Está tudo bem. Aguente um pouquinho mais.*

– Muito bem, general – disse Thrawn, calmo. – Se escolheu ficar frente a frente comigo, então venha. Espero por seu raio trator.

Por um momento, Yiv ficou em silêncio. Esquadrinhando nas palavras de Thrawn por falhas ou traição, sem dúvida.

Mas não encontraria nada, Thalias sabia. A parte mais importante era que Thrawn havia distorcido a situação até Yiv estar furioso e frustrado, com nada além de vingança em sua mente. A oportunidade de trazer Thrawn a bordo e matá-lo pessoalmente afastaria qualquer outra consideração.

Yiv rosnou um comando. Na tela principal, uma linha azul-desmaiado apareceu, conectando as imagens da *Imortal* e do cargueiro de Thrawn. Alguns números mudaram, e o cargueiro começou a se mover.

O momento havia chegado.

Thalias olhou para os lados e então encarou Che'ri.

– Chega de ser refém – murmurou. Virando-se para a frente, vendo o cargueiro se mover em direção à nave de guerra Nikardun, ela levou as mãos ao rosto e enfiou os dedos nos cantos da maquiagem de refém.

Por um momento, o material denso resistiu. Thalias continuou, forçando até usar as unhas como garras, notando com o canto do olho que Che'ri estava fazendo o mesmo. Abruptamente, a crosta dura se soltou, quebrando e desmanchando-se em pedacinhos e deixando pápulas doloridas na pele.

E, com uma breve descarga de frio e umidade, a névoa comprimida que foi escondida nos sulcos e platôs da maquiagem soltou-se no ar.

O primeiro impulso de Thalias foi prender a respiração, mas não adiantava. A névoa atravessou suas narinas em um instante, o cheiro de mel mudando rapidamente para algo parecido a açúcar queimado quando a droga começou a afetar seus sentidos. E, conforme o aroma mudava de novo, agora cheirando a couro fresco, ela ouviu o fluxo das conversas ao seu redor ficando mais distante, o tom das vozes estrangeiras cada vez mais grave. A ponte começou a escurecer ao mesmo tempo em que, paradoxalmente, as luzes e as estrelas do lado de fora da panorâmica pareciam brilhar mais intensamente.

E ela conseguia sentir sua mente se apagando.

Não era como adormecer, com pensamentos dispersos e lembranças flutuando enquanto ela se afundava na escuridão. Era mais rápido e mais completo, amortecendo seu bom senso e sua consciência ao mesmo tempo que nublava seus pensamentos. E, durante todo esse tempo, ela sabia que estava funcionando exatamente da forma que Thrawn dissera que funcionaria.

A ponte era grande, e a quantidade de névoa que os técnicos tinham conseguido colocar dentro da maquiagem era limitada, mas mesmo um volume pequeno de droga para sonambulismo era suficiente para causar confusão e desorientar alguém, e era isso que Thrawn precisava. Enquanto a névoa se espalhava pela tripulação, Thalias viu – tanto nas telas quanto na panorâmica – o cargueiro de Thrawn retorcendo-se e fugindo do raio trator. Um segundo depois, o cargueiro deu um pulo e acelerou a toda velocidade contra a ponte da *Imortal*.

Os Nikardun não estavam indefesos, é claro. Mesmo quando Thrawn acelerou contra eles, Yiv deu uma ordem arrastada, e os lasers espectrais do couraçado de batalha dispararam contra aquela ameaça que de repente avançava em sua direção. A mira deles vacilava, e muitos dos disparos se perderam no espaço. As defesas da ponte da *Imortal* eram fortes, porém, e os Nikardun só foram levemente danificados, e muitos dos disparos acertaram a nave em cheio.

Mas uma saraivada que teria demolido uma barreira eletroestática rapidamente, junto com a nave atrás dela, mal arranhou o escudo de energia da República que Thrawn e Che'ri haviam trazido de Mokivj. O cargueiro se aproximou... e se aproximou... o fogo laser se intensificou...

E, então, pelo que pareceu ser o último segundo, a salva enlouquecida hesitou e o cargueiro ficou um pouco mais devagar. Um instante depois, e o couraçado de batalha inteiro se sacudiu quando o cargueiro bateu de cara contra a enorme panorâmica, destruindo os consoles da frente e espalhando para longe os membros da tripulação. Durante a desorientação onírica de Thalias, ela sentiu o fluxo repentino de ar pela panorâmica destruída, e então o fluxo foi cortado quando o nariz customizado que Thrawn instalou no cargueiro se acoplou na abertura, selando a ponte e protegendo-a do vácuo.

Che'ri disse alguma coisa que pareceu estranhamente urgente. Thalias olhou para o lado, notando com surpresa que a menina estava meio de pé, pendurada no braço direito de Yiv, puxando a arma que ele estava segurando. Yiv estava tentando se soltar enquanto estapeava os ombros e a cabeça de Che'ri. Um momento de reflexão convenceu

Thalias de que ele não deveria fazer isso, e ela passou os próprios braços ao redor do que ele estava usando para bater na menina. Tinha a leve sensação de que havia outra coisa que ela deveria fazer, mas não conseguia lembrar o que era.

E, então, de súbito, Thrawn estava lá, tirando a arma da mão de Yiv e colocando um respirador ao redor do rosto de Thalias.

– Está se sentindo bem? – ele perguntou, a voz distorcida pela própria máscara.

– Aham – disse Thalias alegremente enquanto Yiv investia sem força. Thrawn desviou do ataque com facilidade, e o Nikardun caiu no chão do convés.

Thrawn esguichou com força um recipiente de tava que ele mesmo carregava, fazendo os simbiontes de Yiv se moverem freneticamente, e então se virou para Che'ri. Quando ele havia feito a mesma pergunta à menina e colocado o respirador no devido lugar no rosto dela, a mente de Thalias começou a voltar.

– Biblioteca de dados? – Thrawn perguntou enquanto puxava os braços de Yiv para trás e prendia seus pulsos.

– Acho que é aquele console logo ali – disse Thalias, maravilhada com a rapidez com que sua mente conseguira se recuperar do gás. – Ele também tem algo parecido com um questis no compartimento que fica no braço esquerdo da cadeira dele.

– Excelente – disse Thrawn. – Pegue o questis. Vou colocar Yiv a bordo do cargueiro e ver o que consigo copiar antes do restante da tripulação quebrar a porta da ponte.

– Não vamos destruir a nave?

– Nunca tive a intenção de destruir a nave dele – disse Thrawn. Estendendo a mão, ele pegou um dos braços de Yiv e levantou o Nikardun do chão do convés. – Tudo que eu preciso é *destruí-lo*.

– E eles? – Thalias insistiu, apontando para a tripulação Nikardun balbuciando e se contraindo no convés. – Quando tirar o cargueiro da panorâmica, eles não vão todos morrer?

O rosto de Thrawn ficou mais grave.

– Como Yiv disse – ele a lembrou calmamente –, sem testemunhas.

LEMBRANÇAS XIII

AR'ALANI SABIA QUE ERA necessário que ela e Thrawn conversassem a respeito do que acontecera em Solitair, mas ela conseguiu achar várias desculpas para adiar a conversa até estarem quase chegando em casa.

Chegou um momento em que não podia mais enrolar.

— Eu deveria ter notado — disse Thrawn, os olhos fixos em um canto sem nada interessante da sala de Ar'alani. — Eu deveria ter notado os sinais.

— Não — disse Ar'alani. — *Eu* deveria. Você não.

— Porque você tem mais experiência?

— Porque você não entende nada de política — disse Ar'alani. — Política, disputas de cargos, rixas, mágoas, despesas e contabilidade... todas essas são coisas que você nunca entendeu de verdade.

— Mas por que não? — Thrawn perguntou. — Eu não discordo, mas é tudo estratégia e tática. Só um tipo de guerra diferente. Por que não consigo?

— Porque as técnicas bélicas são relativamente diretas — disse Ar'alani. — Você sabe identificar o objetivo, reunir aliados e recursos, planejar estratégias e derrotar o inimigo. Mas, na política, aliados e objetivos estão sempre mudando. A não ser que consiga antecipar essas mudanças, você não sabe se preparar para elas.

— Alianças também podem mudar em guerras.

— Mas leva tempo para mover naves e exércitos e reconfigurar a zona de combate — disse Ar'alani. — Você tem esse tempo para se adaptar ao novo cenário. Na política, tudo é feito com palavras e um pouco de escrita. Meia hora de conversa, menos que isso se estamos falando de propina, e tudo mudou.

— Compreendo. — Thrawn respirou fundo. — Então, preciso estudar essa forma de combate. Estudá-la e dominá-la.

— Isso seria útil — disse Ar'alani.

Ela sabia que ele nunca conseguiria dominá-la. Como quem sofria de surdez musical, Thrawn era incapaz de ler as nuances e as danças egoístas que compunham o mundo político.

Ela só podia torcer para que ele e seus supervisores fossem astutos o suficiente para mantê-lo no campo militar. Ali, ele seria genuinamente valioso para a Ascendência.

⁂

Thurfian teve que engolir muitos sapos amargos durante seus anos lidando com a política da Ascendência, mas esse era o pior sapo de todos.

— Um nascido por provação — disse ao homem que o encarava na tela de comunicação. — Depois do fiasco com os Lioaoi e os Garwianos, você vai torná-lo um *nascido por provação*?

— Não temos escolha — o orador Thistrian disse com pesar. — Os Irizi estão fazendo propostas pesadas.

— Eles já tentaram isso antes — disse Thurfian. — Ele os negou.

— Nunca oficialmente — contrapôs o orador. — E aquela oferta era de torná-lo nascido por provação. Agora, eles estão se preparando para lhe oferecer posição distante.

Thurfian arregalou os olhos.

— *Posição distante*? Isso é absurdo.

— Talvez sim. Talvez não. Nem mesmo Thrawn é cego o suficiente para não notar as vantagens políticas que teria se aceitasse. Agora só nos resta torcer para que ele prefira ser nascido por provação dos Mitth em vez de ser posição distante dos Irizi.

— É um blefe — Thurfian insistiu. — Eles estão tentando nos manobrar para prendê-lo mais à nossa família. Quanto mais perto estiver, maiores são as consequências políticas quando ele errar de novo.

— Talvez isso não aconteça.

— Que ele não erre? — Thurfian bufou. — Não pode acreditar nisso. O homem é uma ameaça. Dê tempo a ele, e ele vai se queimar. E talvez queimar a família Mitth inteira com ele.

— Ou talvez ele faça algo que leve a Ascendência a alturas nunca antes vistas.

Thurfian o encarou.

— Está brincando, certo? Alturas nunca antes *vistas*?

— Pode acontecer — o orador disse pesarosamente. — E, se acontecer, não posso arriscar que os Irizi tenham essa glória em nosso lugar.

— Com todo respeito, orador, não vai ter glória *alguma* — disse Thurfian. — O Conselho não deve estar achando graça em nada disso. Eles já o rebaixaram a comandante intermediário.

— Mas também deram a ele uma nova nave — disse Thistrian.

Pela segunda vez em menos de um minuto, os olhos de Thurfian se arregalaram.

— Eles o *quê*?

— Um cruzador pesado de alto nível, a *Falcão da Primavera* — o orador confirmou. — E tem mais, estão discutindo a possibilidade de lhe dar o próprio grupo de combate, a Força de Piquete Dois.

Thurfian encarou o orador, sentindo um calafrio.

— Quem está fazendo isso? — perguntou, sentindo a garganta apertar. — Alguém está jogando capital político fora. Quem?

— Não sei — respondeu o orador, gravemente. — Na Frota, suponho que seja o General Ba'kif ou o Almirante Ja'fosk. Nos Mitth... — Ele sacudiu a cabeça. — Precisa ser alguém próximo ao Patriarca.

— Será que é o próprio Patriarca?

— Eu hesitaria em dizer isso — o orador falou. — Mas também não descartaria a possibilidade. É fato que a carreira e a vida de Thrawn estavam predestinadas ao sucesso desde o começo.

— Ainda assim é loucura — disse Thurfian. — Seus fracassos e vergonhas superam seus sucessos.

— Geralmente, eu concordaria — disse o orador. — Mas existe loucura e *loucura*. Chequei a missão atual da Piquete Dois, e eles estão trabalhando em uma zona de patrulha bem depois do leste--zênite da Ascendência. Isso o deixaria longe do centro da política da Ascendência.

Thurfian ponderou sobre o que ele estava falando. Considerando quão inepto Thrawn era sob um ponto de vista político, essa era a pior tarefa que eles poderiam dar a ele.

— Também é o lado da Ascendência mais distante dos Lioaoi e dos Garwianos.

— Considero isso um pró — o orador disse. — O que mais existe por essas bandas são nações pequenas, grupos de um só sistema, vazio e piratas.

— Ótimo — disse Thurfian com amargura. — Mais piratas.

— Mas, desse lado da Ascendência, as únicas nações grandes o suficiente para apoiar um grupo de piratas são os Paataatus — o orador apontou. — Isso significa menos potencial para complicações políticas se ele sair caçando. Além do mais, ele já demonstrou que consegue derrotar os Paataatus se precisar, e eles sabem disso.

— Suponho que sim — disse Thurfian. — O Conselho poderia tê-lo mandado para lá sem uma nave.

— Talvez — contemporizou o orador. — Ainda assim, a *Falcão da Primavera* não é nenhum prêmio. Não há glória ali, só pressões e responsabilidade de comando. Considerando tudo o que aconteceu, poderia ser pior.

— Poderia? — indagou Thurfian. — Comandante de um cruzador e nascido por provação dos Mitth. Se poderia ser pior, eu não imagino como.

Mas não estava acabado. Nem um pouco. Se Thrawn rejeitasse os Irizi de novo — e se o orador Thistrian estava certo em isso ser uma conclusão óbvia —, isso colocaria o Aristocra Zistalmu ainda mais ao lado de Thurfian. Juntos, eles poderiam continuar seu esforço de arruinar a carreira de Thrawn antes de ele fazer algo do qual a Ascendência nunca pudesse se recuperar.

E, apesar de serem apenas dois agora, Thurfian não tinha dúvida de que, em breve, mais Aristocras se juntariam a eles nos próximos dias e anos. Se havia um amor que todos compartilhavam, acima de todas as rixas políticas e familiares, esse amor era pela Ascendência.

— Veja o lado bom, Thurfian — disse o orador, em meio aos seus pensamentos. — Independentemente do que Thrawn fizer, será divertido de assistir.

— Tenho certeza de que sim — disse Thurfian, sombrio. — Só espero que todos possamos sobreviver ao que ele fizer.

CAPÍTULO VINTE E TRÊS

— SABE, ELES NÃO estão contentes com você – Thalias avisou quando colocou o prato de triângulos de yapel aquecidos diante de Che'ri. Era hora do jantar, o que deveria significar uma boa refeição balanceada, mas Che'ri queria yapels e Thalias decidiu que um dia comendo porcaria não a mataria. Só os céus sabiam como ela merecia um agrado. – Falei com a Almirante Ar'alani antes dela ir para a audiência. Ela disse que alguns Aristocras querem processá-lo por ter colocado uma sky-walker em risco.

— Eu sei – disse Thrawn. – Mas isso não vai dar em nada. Como já disse a eles, mandei você e Che'ri para Primea para devolver o caça Vak e entregar uma mensagem, esperando completamente que vocês voltassem a Csilla no próximo transporte disponível. Foi Yiv quem decidiu colocá-las em risco.

Thalias assentiu. Era até verdade.

Mas àquela altura, quase não importava. Os Aristocras poderiam chiar e bufar, mas a enorme gratidão dos Vaks tinha acabado com a chance de que fossem puni-los de verdade.

Isso, e o fato de que Thrawn trouxera Yiv para ser interrogado. Thalias não sabia o que o Conselho e os Aristocras tinham descoberto a respeito dele pelos dados que haviam pegado da *Imortal*, mas Thalias achava que Yiv era o tipo de pessoa que amava mostrar quão brilhante era, mesmo que fosse a única pessoa que pudesse ver e apreciar o próprio brilho. Ela não tinha dúvida de que os registros de sua autoindulgência incluíam seus planos para com a Ascendência.

— Ao menos está ficando melhor em política — disse. — Entre os Aristocras e os Vaks, você está aprendendo a jogar.

Thrawn sacudiu a cabeça.

— Não muito. Ar'alani e o General Ba'kif estão lidando com as negociações com os Aristocras. E, quanto aos Vaks, isso não era estritamente a respeito de política.

— Eu ainda não entendi essa parte — Che'ri disse com a boca cheia de comida. — Todo mundo disse que eles querem ver todos os lados de tudo, mas daí eles só ficaram do nosso lado e atacaram os Nikardun quando nós pedimos.

— Na verdade, a solução também veio da almirante — disse Thrawn. — No último momento, ela viu algo que eu não consegui ver.

Thalias ficou mais reta no assento.

— Você não notou algo?

— Eu não noto muitas coisas — ele disse. — E eu *tinha* entendido em partes, é claro. Os Vaks querem ver todos os pontos de vista, todas as linhas de pensamento, como todos dizem, mas nem todas as linhas têm o mesmo peso.

Thalias pensou de novo nas obras de arte que ela e Thrawn tinham visto na galeria em Primea.

— Mas você disse que a arte deles mostrava todo esse negócio de linhas de pensamento — ela respondeu.

— Verdade — disse Thrawn. — Mas, se todas as linhas de pensamento tivessem o mesmo peso, a arte deles seria só uma confusão de rabiscos, sem foco ou direção.

— Então eles decidem que linhas de pensamento mais lhes agradam? — Che'ri perguntou.

— As que mais lhes agradam, sim, mas mais importante que isso: as que eles confiam. Não tem nada surpreendente a respeito disso. Não importa o que as pessoas digam, elas sempre fazem juízo de valor baseando-se nas informações e opiniões que recebem. Não saberiam como agir, se não fosse por isso.

– Entendi – Che'ri disse, e seu rosto se iluminou. – Quando você mostrou que Yiv havia roubado a mensagem que você mandou, ou seja, que ele tinha mentido, ele deixou de ser alguém em quem eles podiam confiar.

– Exatamente – disse Thrawn. – Até pior que isso, no ponto de vista dele, já que tudo que ele falou a partir daí começou a soar suspeito.

– Então todas as promessas e negociações que ele fez foram por água abaixo – disse Thalias.

– Correto – confirmou Thrawn.

– Então, o que foi que a almirante viu? – Thalias perguntou.

– Ela pesquisou sobre a história Vak e notou algo estranho – explicou Thrawn. – Apesar de todo o desdém de seus vizinhos, alegando que eles nunca se decidem, todos sempre foram muito cuidadosos para não matar um Vak em combate.

Thalias olhou para Che'ri e viu a própria surpresa refletida nos olhos dela.

– Mesmo?

– Mesmo – afirmou Thrawn. – Porque eles sabiam a mesma coisa que a Almirante Ar'alani percebeu. Os Vaks valorizam todas as linhas de pensamento... mas, quando alguém é assassinado, suas linhas de pensamento se vão para sempre. Isso priva de informação o Combinado inteiro e ameaça sua cultura.

– Então, um ataque contra um indivíduo é um ataque contra toda a sociedade – concluiu Thalias, assentindo.

– Exatamente – confirmou Thrawn. – Não importa se Yiv sabia disso ou não; o fato é que o comandante do couraçado de batalha incumbido da tarefa de destruir a *Falcão da Primavera* aparentemente não se importava com esse tipo de sutileza. Ar'alani conseguiu fazer com que ele disparasse contra duas naves Vak que não faziam parte do combate, e todas as linhas de pensamento sumiram, deixando apenas uma no lugar.

– A linha onde eles se juntam para proteger seu povo e seu mundo – Thalias murmurou.

— E, com o plano de coordenação de batalha que eu já havia lhes fornecido, não houve passos em falso ou tentativas desajeitadas. As naves de guerra deles e as de Ar'alani juntaram forças rápida e eficientemente contra os Nikardun.

— E ela entendeu tudo isso só lendo sobre a história? — Che'ri perguntou.

— Isso e sua forma de ver o universo — disse Thrawn com um sorriso estranhamente triste. — Enquanto eu vejo quem não é Chiss como recursos, ela os vê como indivíduos.

Thalias olhou para Che'ri. Muita gente também via as sky-walkers como recursos.

— Isso a torna uma boa comandante.

— De fato — disse Thrawn. — Uma comandante certamente melhor que eu.

— Talvez sim, talvez não — disse Thalias. — Diferente não significa pior. Diferente só significa *diferente*.

— Foi seu plano de batalha, né? — Che'ri opinou. — Ela os colocou do nosso lado, mas foram vocês dois que ganharam a batalha.

— E os guerreiros da frota de ataque dela — disse Thrawn. — Os oficiais a seguem com confiança, até mesmo com entusiasmo. Os meus me seguem porque são bons guerreiros Chiss.

— Então mude — Thalias sugeriu. — Aprenda a ser como ela.

— Não sei se consigo.

— Eu não sabia se conseguiria voar — observou Che'ri. — Você me ensinou como.

— E você está me ensinando a observar e pensar — Thalias acrescentou. — E a respeito de confiança, se você acha que Che'ri e eu entramos na armadilha de Yiv porque somos guerreiras Chiss, você realmente não entende as pessoas. Ou ao menos não nos entende.

— Espero que demore muito tempo até que voltem a ser forçadas a confiarem em uma situação assim — disse Thrawn. — A Ascendência deve muito a vocês, Sky-walker Che'ri e Thalias, nascida por provação dos Mitth.

— Você é uma *nascida por provação*? — Che'ri disse, sorrindo, encantada. — Uau! Isso é incrível!

– Obrigada – disse Thalias, piscando para Thrawn. – Não sabia que eles já tinham anunciado.

– A nova estrela e heroína dos Mitth? – Thrawn sorriu. – Acredite em mim. Se eles pudessem anunciá-la como posição distante, eles o teriam feito, mas o tempo para isso virá.

– Talvez – disse Thalias.

– Vai vir mesmo – Che'ri disse. – Nós somos heroínas. O Capitão Thrawn acabou de dizer.

– Você é mesmo. – Thrawn ficou de pé. E agora eu preciso voltar para a estação de reparos. A *Falcão da Primavera* precisa de consertos extensos e me disseram que o contramestre quer que eu vá lá em pessoa ouvir seu relatório.

– Obrigada por vir até aqui – disse Thalias. – Che'ri e eu queríamos saber como tudo acabou, mas ninguém tinha tempo para falar com a gente.

– O prazer é meu – disse Thrawn. – Espero que possam retornar à *Falcão da Primavera* em um futuro próximo.

– Se pudermos escolher, iremos – Thalias prometeu.

Mas isso era supor que deixariam que ela continuasse sendo a cuidadora de Che'ri. Naquele exato momento, não tinha certeza alguma de que isso aconteceria.

– Então, cuidem-se – ele disse. Assentindo para as duas, ele deu meia-volta e saiu pela escotilha.

Thalias o observou partir, ouvindo as palavras do Patriarca ecoando em sua mente. *E cuide de seu comandante. Sinto que ele é a chave para o futuro da Ascendência, seja este seu triunfo ou sua destruição.*

– Thalias?

Thalias se virou para ver Che'ri franzindo o cenho para o yapel em sua mão.

– Sim?

Che'ri encarou o lanche por outro momento e o deixou no prato.

– Acabei de comer isso – ela disse. – Eu posso comer comida *de verdade* agora?

– É claro que pode – disse Thalias, sorrindo. – O que você gostaria, exatamente?

O transe acabou abruptamente, e Qilori foi arrancado da Grande Presença de forma brusca.

Piscou para abrir os olhos. Ele ainda estava na ponte da nave na qual estava trabalhando, acomodado em um assento de navegação configurado.

Mas as luzes e telas que deveriam mostrar a posição e status da nave estavam desligadas. Por algum motivo, todo o sistema de voo e navegação estava apagado.

Ele tirou o fone e, para sua surpresa, a ponte estava deserta.

– Olá? – chamou, incerto.

Sem resposta.

– Olá? – repetiu, encarando a panorâmica enquanto tentava procurar o cinto de segurança. A nave estava flutuando no espaço como se estivesse morta, no meio do nada, sem estrelas ou planetas que pudesse ver. O que havia acontecido, pelas Profundezas? – Tem alguém aí?

– Saudações, Qilori de Uandualon – uma voz que transpirava refinamento veio do alto-falante da ponte. – Perdão por interromper sua jornada, mas precisava falar com você em privado.

– É claro – Qilori conseguiu responder, as asinhas sacudindo ainda mais do que quando Thrawn tivera seu grande confronto com o Benevolente dois meses antes. – Sim. Eu... posso perguntar seu nome?

– Não pode – a voz disse calmamente. – Conte-me a respeito de Yiv, o Benevolente.

Qilori sentiu as asinhas se contraindo. Ele pensou – esperou – que tudo aquilo tivesse ficado para trás. Claramente, não estava.

– Eu... não sei do que está falando.

– Ele desapareceu – a voz disse. – Há rumores de que foi morto em combate. Outros dizem que desertou para se juntar aos Chiss ou alguma outra pessoa. Outros, que ele desertou suas forças e foi viver de forma discreta e luxuosa nos confins do Caos. O que *você* diz?

Qilori pressionou as asinhas contra as bochechas, tentando fazer com que parassem de se mover. Thrawn o advertiu de que, se dissesse algo a respeito de Yiv, Qilori seria expulso dos Desbravadores e os Desbravadores seriam expulsos da Guilda dos Navegadores. – Eu... eu não...

– Sabe onde está? – a voz interrompeu. – Estamos entre sistemas estelares, a anos-luz de qualquer outro lugar. Se saísse da nave agora, seu corpo flutuaria para sempre no vazio, sem que ninguém jamais saiba o que aconteceu com você. Prefere isso a responder minha pergunta?

– Não – Qilori sussurrou. – Yiv foi... capturado. Ele foi levado pelos Chiss. Pelo Capitão Sênior Thrawn.

– E o Destino Nikardun?

Qilori sacudiu uma mão, sentindo-se impotente.

– Yiv *era* o Destino Nikardun – disse. – Ele era o líder incontestável. Quando ele sumiu... não havia ninguém que pudesse tomar seu lugar. Ninguém que soubesse como continuar os relacionamentos que ele formou com nações estrangeiras. A incerteza do que aconteceu com ele... só isso já foi suficiente para congelar os planos e pensamentos de todos. E, quando os Vaks começaram a contar a todos na região como suas naves tinham disparado contra eles... – Sacudiu a cabeça. – Tudo ruiu. Alguns de seus comandantes ainda falam em recomeçar suas trajetórias de conquista, mas ninguém mais acredita que isso seja possível. Mesmo se tentarem, vão acabar só lutando uns contra os outros.

– E o mapa de Yiv para essa trajetória de conquistas?

Qilori suspirou.

– Os Chiss pegaram Yiv. Eles provavelmente também pegaram o mapa e tudo mais.

Por um momento, a voz ficou em silêncio.

– Você tinha um futuro luminoso à sua frente. Gostaria que isso continuasse?

– Já disse que os Nikardun acabaram.

Ouviu a voz bufar de leve.

– Os Nikardun eram tolos. Tolos destrutivos e exagerados. Úteis, à sua maneira, mas nós sempre soubemos que eles quebrariam como uma onda se encontrassem uma rocha dura demais.

– Você era o mestre do Benevolente, então? – Qilori perguntou.

Um instante depois, arrependeu-se de sua impulsividade. Era óbvio que estava ali para responder perguntas, não fazê-las. O vazio frio e profundo do espaço...

– Presume, então, que só pode haver uma única mente militar que vê os Chiss como o principal obstáculo para o domínio do Caos? – a voz falou. Para o alívio de Qilori, parecia haver mais diversão nefasta do que raiva em seu tom. – Não, Qilori de Uandualon. Se estivéssemos guiando os atos de Yiv, em vez de apenas observá-lo, ele teria sido muito mais bem-sucedido.

– É claro – disse Qilori, abaixando a cabeça. – Peço perdão por qualquer ofensa.

– Não foi ofensa alguma. De qualquer forma, o ataque frontal falhou, como muitos de nós acreditávamos que falharia. Claramente, é preciso ser mais sutil.

Qilori levantou as orelhas.

– Vai se opor aos Chiss?

– Você é contra isso?

– De modo algum – Qilori o assegurou. – Eles acabaram com minha vida. Se sua oferta de um futuro luminoso inclui vingança contra os Chiss, pode contar comigo.

– Excelente.

Abruptamente, as telas e controles voltaram à vida. Qilori respirou fundo, vendo as varreduras automáticas e a tela de localização se recalibrarem. Sua primeira impressão estava correta: encontravam-se realmente no meio do nada.

– Pode continuar sua jornada – a voz concluiu. – Falaremos novamente depois.

– Sim – disse Qilori. – Posso... Se não posso saber o seu nome, como posso chamá-lo?

– Jixtus – a voz disse. – Pode me chamar de Jixtus. Lembre-se bem desse nome, Qilori de Uandualon. É o nome daquele que finalmente vai destruir a Ascendência Chiss por completo.